凌默, 我有一个秘密, 特别想要告诉你。

你信不信我知道你的秘密是什么？

你怎么又来 拯救我

To Save Me

焦糖冬瓜 著

广东旅游出版社

中国·广州

目录

楔 子 ·001
小爷叫曲昀

第一章 ·005
一层潜入

第二章 ·022
猛虎与猫

第三章 ·050
命运真是奇妙的东西

第四章 ·076
亲情

第五章 ·095
以后我给你放烟花

第六章 ·118
和你一起,就像在做一场梦

第七章 ·141
独一无二

第八章 ·159
等我回来

第九章 ·170
二层下潜

第十章 · 190
做一个关心我的人

第十一章 · 210
承诺

第十二章 · 231
不要抛下我

第十三章 · 253
黑雀

第十四章 · 272
你刚才的转身很漂亮

第十五章 · 288
海豚崽

第十六章 · 305
《昨日重现》

第十七章 · 320
他在捕捉你

目录

楔 子　小爷叫曲昀

曲昀和队友们坐在飞机的机舱内，他们即将通过跳伞执行一项营救任务。

"我有点儿紧张。"曲昀的队友陈大勇说。

"紧张什么，不就是实地搜索那个病毒学家吗？飞机硬着陆，搞不好全机组已经挂掉了。"曲昀一副无所谓的样子说。

"呸呸呸！我才不是为了这个任务才紧张呢！我是担心等我回去之后，小红又要缠上来。"

"小红那样的美人，你都不喜欢？你行不行啊？"曲昀嫌弃地看着陈大勇。

"滚你的！现在每次休假，我都要乔装打扮一番才敢出营地。上上周末，我钻进补给车里假装送水，还一身臭汗呢，也不知道怎么就认出我来了！再上个星期，我改扮成营地里的厨子，抹了一脸猪血，结果我跟着后勤部的车子一出来，还是被认出来了！这周末，我改扮成一老头儿，还找了医疗队的姐姐们给我化了妆，满脸都是褶子，小红还是认出我来了！把我……"

"强吻了？"曲昀挤眉弄眼地笑着。

要不是他们都系着安全带，此时陈大勇肯定踹他一脚！

"你说，怎么无论我伪装成什么样子，小红都能认出我来啊？"

陈大勇看起来烦恼而忧伤，但在曲昀看来，这就像炫耀一样。

"你说你行不行啊？一个大老爷们儿，这一副没出息的样子，我都不想和你坐一块儿！"

"曲昀，我一大老爷们儿，小红那纤细的样子，我能跟人家动手吗？"

"那不能动手，你就跑啊！以为自己是小绵羊呢？"曲昀比了个小手指。

陈大勇怒了："曲昀！你这个小王八犊子！我也祝你，以后无论变成什么样子，怎么躲，怎么藏，都会被人挖出来！"

舱门打开，所有人员起立，依次准备跳伞。

曲昀在陈大勇的"祝愿"中执行了跳伞任务。

当他们来到飞机残骸前，曲昀和陈大勇会合，走向了机舱。

他们费了很大的力气，才将飞机的舱门打开。

曲昀和陈大勇双双抬起枪来，走了进去。

好像是听说这位凌教授的研究生里面有某个非法组织派来的间谍，在争夺凌教授携带的病毒抗体密码箱的过程中，造成了此次事故。

其他队友也已经来到了附近，有的在飞机外面戒备，有的和曲昀一起进入了舱内。

几名医务人员开始确认舱内生还人员。

一名飞机驾驶员已经死亡，一名昏迷。

曲昀举着枪，小心地上前，他看到了一个年轻的男人靠着机舱，左手手腕和一个黑色的箱子系在一起。

"找到了！这肯定是凌教授！"

曲昀立刻将枪收回，来到那个男人的身边，触上他的脖颈："还有脉搏！"

他用手缓缓托起男人的脸，只看见机舱上留下一片血迹，看来脑袋撞得不轻。

"喂，你是凌教授吗？"

不可能吧，凌教授这么年轻？

即便这个男人闭着眼睛，曲昀也能看出他的五官精致又硬朗，带着知性，就是陈大勇常说的"知识分子的味道"。曲昀看书少，找不到合适的描述来形容这个男人。

但他是曲昀见过最好看的人，包括男人和女人。

"他是凌教授！"

曲昀的小队队长赶来确认，然后高声呼喊医务人员过来。

"这里太窄了，我们得把他弄出去！"曲昀托着凌教授的脑袋说。

这时候，凌教授的眼睛微微颤了颤，缓缓睁开。

那是一双冰冷的眼睛，但是却比曲昀想象得要明澈。

"天瞎了，大教授你别忽然睁眼睛瞪人啊，小爷我这就带你回家。"

额头上的血迹就快流到凌教授的眼睛里，曲昀随手拿了毯子，替他把血迹抹开，然后托着他的后脑勺，将他扶上了医务人员送来的担架。

好不容易走出了狭窄的机舱，前面抬担架的不知道怎么绊了一跤。眼看着凌教授的脑袋又要"着陆",曲昀迅速反应,半身跪下,单手拖住了凌教授的后脑勺。

刚才闭上眼睛的凌教授,又睁开眼睛看着他。

老实说,曲昀很难想象,这双眼睛是属于一个学者的。

它们很深、很远,如同一股无形的力量,要将曲昀拽下深渊。

"谢谢,谢谢!"医务人员感激的声音让曲昀回过神来。

他低头看了一眼凌教授,然后笑了:"哎呀!凌教授,小爷又救了你一次。小爷名叫曲昀,以后你得知恩图报呀!"

"好了好了!你这爱废话的毛病什么时候能改?赶紧撤离这里!"队长在曲昀的脑袋上敲了一下。

曲昀站起身来,不满地说:"你每次都说我智商不够高,你还敲我后脑勺!越敲越傻。"

这里飞机无法着陆,锁定位置之后,凌教授所属的巨力集团派出直升机将他带走了。

"曲昀,你看见那位凌教授的正脸了吗?听说他的智商超过两百,和我们相比,咱俩是推土机,人家是航空母舰。"陈大勇揽着曲昀的肩膀说。

"看见了。哎!你别转移话题!小红不是挺好看的吗?你有什么不乐意的?"

"我跟你讲,这和脸蛋漂不漂亮没关系!小红一撩我,我就没力气扛了,很吓人的。"

"我才不信呢,那个凌教授也挺漂亮的,他看我好几眼,我也没觉得自己扛不住啊!你不行就不行嘛。"曲昀鄙视地看了陈大勇一眼。

"你小子是不懂什么叫作'一山还比一山高',真正厉害的人物,靠的可从来都不是蛮力!是魅力!你等着,那位凌教授要是养好了伤,风度翩翩往你面前一站……"

"我会跟他说,我救过你,我要的不多,给我五百万。"曲昀白了陈大勇一眼。

"你就等着吧,鹿死谁手犹未可知。"

陈大勇往前刚走了半步,就被曲昀踹了后腰。

"死曲昀,踹我腰!我咒你一辈子翻不了身!"

"呸呸呸!"

三天之后,曲昀结束了轮值,回国休假。

他坐在沙发上看新闻,刚起开啤酒,门铃就响了。

"曲昀您好,我们是巨力集团'思维深潜'项目组的组员,我们需要你进入一个重度昏迷的病毒学家脑中,将他唤醒。"

"啊?谁啊?"

"凌默。"

第一章　一层潜入

　　曲昀坐在校园外的人行道上，嘴里叼着一根狗尾巴草，书包就那么随意地扔在路边，反正也不担心有人会给顺走。

　　他的烟瘾犯了，但是现在比不得来到这里之前，随便走到哪里，队里的兄弟都会扔他一根烟。而他现在，十四岁的年纪，如果嘴里叼着一根烟，估计会被责任感强的老师和关心祖国未来的社会人士教育，重点是他兜里只有五块钱，买了烟明早就没饭吃了——曲昀称之为"青春的烦恼"。

　　虽然能再体会一把"舞勺之年"，听着美好，但是曲昀真的超级讨厌青春期少年。因为很多青春期少年活在自己的世界里，充满反叛，压根儿不管别人的感受，其中的代表性人物就是那个他正在蹲守的对象——凌默。

　　他来到这里的任务，就是要接近凌默，获得他的信任，然后告诉他"大兄弟哎，别睡了，再不起来，你就要被火化了！"

　　但他目前的任务进度是零，因为来到这里一个多月了，他仅仅和凌默交流了不到三句话。而且这所谓的"交流"，包括凌默用冷冷的目光看着他，表示"这是一个傻子吧"。

　　哦……还有一件更让曲昀感到痛苦的事，他来到这里之后，发现自己那一身小麦色的肌肤和匀称充满爆发力的体形，还有敏捷的肌肉反应速度，都被清零了——因为他现在成了一个胖子。

　　曲昀叹了一口气，他这个人没啥优点，除了乐观。

　　来到这里的第一天，他看着镜子里面的自己，悲伤不到三秒便喜笑颜开——是个胖子说明这个身体从来不缺吃的啊！想想自己在现实中执行任务的时候，啃着没味道的压缩饼干，有时候连水都喝不上几口，和搭档在热气腾腾的雨林里，一趴就是一整天，多么遗憾！现在的他，想吃就吃，吃到发胖也是他的自由！

此时，这个乐观的胖子正看着从这条路上离开的学生们，他们和自己一样穿着蓝色的运动衣，颜色看着有点旧，但是大多都带着一种青春朝气。这些宽大的校服将他们的身体衬托得看起来有种少年的骨感美，不像曲昀，愣是把宽大的校服穿出了球的形状。

曲昀等得都快对自己说"现世安稳，岁月静好"的时候，目标凌默终于出现了。

这个少年双手揣在校服口袋里，他的校服看起来比其他人的更旧，却很干净。虽然只是侧脸，而且五官也没长开，少年却有着漂亮而不失英气的线条，还有挺拔的背脊，以及不似这个年纪的沉稳步伐。

他的神情漠然，目光中也是一丝凉意，仿佛周围喧嚣的世界与他无关，可偏偏总有年轻的女同学为他侧目。

这种自带青春MV（音乐视频）男主角的气场，曲昀很羡慕。

如此的高岭之花，可远观，不可近攀啊！

曲昀之前觉得这个任务是小事一桩，现在他觉得，比起枪林弹雨，难度更高的事情是走进一个超然世外的人的心里。

看看啊，这家伙脸上、身上，就连头发丝儿，都写着"生人勿近"。

不过还好，曲昀脸皮厚，不然白长了这一身肉啊。

他起身，走了两步又想起了什么，回头拎起自己的书包，跟在凌默的身后。

跟了他一整条街，曲昀还是没想好上前搭讪的理由——早知道，当初和他搭档的观察员陈大勇说要教他"撩妹100招"的时候，他就该好好听着。

等等……凌默不是妹，估计要真把他当妹撩，以后连陌生人都做不了。

就在曲昀胡思乱想的时候，前面有几个混混模样的年轻人走到了凌默面前，将他拦住了。

"嘿，看看这是谁啊？传说中五中的尖子生，那些酸腐老头老太的心头宝？"

凌默的脚步停了下来，既没有回话，也没有多看他们一眼，而是走向另一侧，但很快又被拦了下来。

"别走啊！哥们儿几个想抽个烟，但是忘带钱了，不如你请哥们儿几个抽吧？"

曲昀站在不远处看着，歪着脑袋想了想，这些小混混好像是旁边职高的。

听说这个职高交钱就能上，所以鱼龙混杂。当然不否认也有追求知识与技能的好青年，但围住凌默的这几个在附近是出了名的不良青年，经常勒索学生的钱。

前段时间，有几个被他们拦住，但是没带钱的学生还被揍了，闹得学校的老师一到上下班时间就到附近巡查。这几个混混老实了一段时间，没忍住，又出来惹事了。

凌默还是没说话，转身又向另一个方向走去。

曲昀将叼在嘴里的狗尾巴草给吐了出去，挪动自己的脚步赶紧跟上去。

以曲昀的眼力，他虽然知道凌默应该是"穿衣显瘦，脱衣有肉"的类型，但是吧，一个十四岁的少年，在这样的场景下摆出这么个"王之蔑视"的高冷样子，是会被群殴的啊！

"哎，你是叫凌默吧？你去哪儿呢？没听见哥们儿几个叫你请抽烟呢？"

为首的那个混混好像是叫程治，父亲是什么服装厂的厂长，中考没考好，而且也不是读书的料，父亲就花钱送他进职高了。不知道是不是平日里太闲，干起了"打家劫舍"这档子事。

但是在曲昀的眼中，这就是一场可笑的COSPLAY（角色扮演）。这几个混混的衣着和发型还蛮有年代感的，而这个程治的眼里满满都是"欺软怕硬"。

凌默似乎终于不耐烦了，淡淡地回了一句："没钱。"

这是除了上课回答问题之外，曲昀极少数听到的凌默的声音。

他的声音很独特，如同冰凉的玉轻轻相碰时的声响。

"没钱？"程治露出了标准的坏人笑，他伸长了手指，指节在即将蹭上凌默脸颊的时候，被凌默避开了，"哎，你长这么好看，赚钱应该很容易啊。"

程治身后不知道谁喊了一句："没钱就去做小白脸呗！"

其他人跟着哄笑了起来。

凌默的目光冷了下来，他缓缓侧过脸，抬起下巴。曲昀看着凌默握起的拳头，估摸着凌默这一出手，程治的门牙估计是保不住了。

就在程治跟着大笑的时候，曲昀忽然挤到了程治和凌默之间，将一张五块钱递到了程治面前。

"那个……程哥……我这里有五块钱，你和诸位哥哥拿去买烟？"

曲昀露出笑容来，另一只手推了推凌默，暗示他赶紧走。

曲昀本来以为凌默会多少犹豫一下，没想到他真的转身就走了！

胳膊一甩，不带走一片云彩。

这也太不按照套路来了吧！

"喂！我们跟凌默说话,关你什么事儿？"程治的小弟推了曲昀一把，但是……没推动。

"几位不就是想要人请抽烟吗？那要不然，我给你们当小白脸？"曲昀继续笑着问。

程治差点被自己的唾沫呛到。

"你该不会是有病吧,死胖子你找揍!"

"我给了你们钱,你们还揍我,那明天我告诉我同学,给了钱还是要被揍,不如不给。"

曲昀义正词严地说。

程治愣了愣,之后不耐烦地又推了他一把:"滚!滚!滚!"

其他几个人互相看了看,完全没料到事情会这么发展。

曲昀立刻转身,往凌默离开的方向走去。

他在心里想象着刚才的那一幕,如果是现实中的自己会怎么办——根本不用贡献这五块钱,绝对十秒之内将他们全部撂倒。

第一拳挥过去直中程治的门脸子,接着踹倒左侧的,顺势一拳打倒右侧的,接着踩住剩下那个人的膝盖,扭住他的肩膀,拽他去顶程治的拳头,然后左侧飞踹右侧肘击,全部搞定!

呃……对付他们几个,好像太狠了。

只是……想象很劲爆,现实太丰满。

曲昀捏了捏肚皮上的肥肉,炸出来油渣炒点萝卜干,够吃一年了吧。

他气喘吁吁,好不容易看见了前面的凌默。

他还是保持走出校门时的姿态,仍旧是属于他的步调,丝毫没有担心程治和那几个混混会追上来。

曲昀觉得不甘心,他花了五块钱呢!

五块钱在这个年代,和一掷千金没什么两样!

怎么连一句话都没说上,对方就走了呢?

就在曲昀越追越近的时候,凌默停下了脚步。

曲昀也停了下来,由于惯性太大,差一点向前栽倒。

凌默转过身来,夕阳越过前面的小平房,落在他的肩头,他冷峻而精致的眉眼竟然有了点柔光效果。虽然之后的对话证明,这一切只是曲昀的错觉。

"你跟着我干什么?"

"……我……我给了五块钱给那个程治。"

"关我什么事?"

"那是为了帮你!"

"我有叫你帮我吗?"

说完,凌默扔下一个"你很无聊"的眼神,转身继续向前走。

"我知道你打得过程治，但是一时之爽，你会被揍得很惨。"

凌默还是继续向前走。

曲昀却觉得那五块钱给得值，至少刚才凌默对他说话了！

"这世上能用钱解决的，都不是大事儿！"

曲昀继续跟着，跟了凌默两条街。

就在快到凌默家的时候，他停了下来。

曲昀记得，接受这个任务之前，任务组给的资料里提起过，凌默上中学时父母就去世了，而原本住在凌家的阿姨和姨丈一家却借着收养照顾他的借口，霸占着他父母留下的房子，连房产证都不知道被他们藏到哪里去了，凌默反倒成了被寄养的。

这鸠占鹊巢很是难看。

所以中学时代的凌默很忌讳别人到他家。

"你到底想干什么？"

还是那样冷淡到没有情绪波动的声音，连不耐烦这种情绪都听不出来。

我想让你相信，你现在所在的世界只是你自己的想象，你得赶紧醒来啊！

但是我要真那么说了，你只会扔给我一个"你有病"的眼神。

我只有曲线救国了啊。

"我想……我想你教我数学！我上回测验，只考了三十五分。"

而且是一百二十分的卷子……初中的什么"边角边""边边边""勾股定理和它的逆定理"，曲昀早就留在了青春的阴影中，能蒙对三十五分，他觉得自己实在是太给力了。

"你叫什么名字？"

问我名字了！这进展太神速了！

曲昀觉得自己总算要走上正道了。

"曲昀！"

提起自己的名字，曲昀回答得非常雄壮。

"你不是叫莫小北吗？"

凌默侧过脸，目光落在曲昀挂在胸口的学生证上。

糟了……一个多月了还不习惯"莫小北"这名字呢，一不小心就把自己的真名说出来了。

"你……你知道我名字干什么还问啊？"

"我想看看数学三十五分的人知不知道自己的名字，没想到真的不知道。"

曲昀的眼睛亮了起来——哇，好厉害！竟然一次性对我说了这么多话。

"我教不了你。"

这一次，凌默真的转身了，也真的丝毫没有继续跟曲昀说话的意思了。但是曲昀的内心就像抽了一大条中南海那么精神抖擞。

他终于和目标说上话了！

他们终于不是陌生人了！

曲昀很想来个后空翻庆祝一下，可惜现在他双脚离地都很艰难。

当他回到家的时候，已经晚上七点多了。

他才将钥匙送进门锁里，门就开了，一个中年女子焦急万分地看着他。

"小北！你到底怎么搞的？这么晚回家，是不是跑去游戏机室了？"

"我没有，我没去游戏机室！"

眼前这个正要上来捏曲昀耳朵的人，就是他在这个世界所占用的身份"莫小北"的母亲——梁茹。她是一个企业的会计，月初月末和年初年末都比较忙，在家的时间也许没有其他父母多，但是对莫小北非常溺爱，看莫小北胖成这个样子就可以想象到了。

至于莫小北的父亲，是一位高级工程师，在业内非常有知名度，但经常在外地工作。

今天也是，只有梁茹和莫小北一起吃晚饭。

瞧瞧桌上的菜，一盆红烧肉、清蒸鱼，再加上小青菜。在这个年代，能几乎天天吃上这样的饭菜，曲昀真的很庆幸自己能成为莫小北。

但是曲昀还没来得及咽口水，就被梁茹女士拎住了耳朵。

他这个妈啊，什么都好，就是喜欢拎人耳朵这点，需要改进！

"我今早给你的五块钱呢？这是你两天的早餐钱，现在还剩多少？"

梁茹还是怀疑他去游戏室了，他倒是想去，但是钱都给了程治，去不了啊！

"本来还剩了两块五……但是出校门的时候丢了……"

肯定不能说自己为了和凌默搭讪，所以把五块钱贡献给程治了啊，不然梁茹只怕扯的不是自己的耳朵，而是拎着菜刀去找程治了。

"丢了？"

"嗯……我绕着学校找了好几圈……还是没找到……"曲昀委屈地说。

他是真觉得委屈，毕竟那五块钱没买煎饼果子，也没买凉粉拌面，更没进游戏室，而是给了程治，就算程治抽烟了自己也抽不着。

梁茹的手立刻松开了，抱着曲昀揉了半天："你怎么这么傻啊？这钱掉了哪里还找得回来？你跟妈妈说，妈妈会再给你啊！"

"可是我说了，怎么证明我是丢了呢？"

"要什么证明？妈妈相信你啊！"

哎？刚才不还信誓旦旦地说我带着钱进游戏室了吗？

"来，赶紧吃晚饭，别难过了。"

曲昀看着面前高高隆起的那碗饭，心里一阵叹息：跟着凌默走了那么久的路，白消耗热量了。

吃完了晚饭，曲昀坐在自己的小书桌前，装模作样将练习卷打开。反正除了语文，其他的什么数学勾股定理啊，物理光的反射啊，英语完形填空啊，他看着都很眼熟……但都不记得了。

这是要完的节奏啊。

想当初自己入伍的时候，和学渣小伙伴们可是喝了几摊啤酒，庆祝终于再也不用考试了！

但他万万没想到，再重来一次，这仍旧是他过不去的坎儿。

从前老师总是对他们说，天道酬勤，努力就会有收获。但是越长大，他就越明白，很多时候努力并不会有结果。

就好比从前的他，越是努力学习就离正确答案越来越远。

而凌默，不需要做卷子做到天昏地暗，背公式背到身心俱疲，他仍旧在十几年后成了全世界出类拔萃的病毒学家，天才中的"航空母舰"。

当曲昀所在的现实世界被一种名叫"黑尔"的病毒侵袭，全球陷入恐慌，各国精英的研究陷入瓶颈的时候，凌默喝了半个月的茶，熬了几天的夜，就带着他的团队找到了病毒抗体，研制出了疫苗。

可他带着研究成果登上飞机不到一个小时，飞机就发生故障，还好飞行员的技术好，勉强硬着陆在一片山林里。

凌默的助理当场死亡，其他几个团队成员达不到凌默的高度，无法复原他的研究。

但是凌默的头部受到撞击，陷入深度昏迷。

而他携带的那个箱子设置了密码，听说电脑需要计算至少十年，才能试完所有的可能性将箱子打开。而那个箱子具有高度抗热抗撞击的特性，除非有密码，否则无法被打开，是当代最先进的科技公司巨力集团的杰作。

而这个杰作关闭了人类的希望。

与此同时，"黑尔"这种接触性的出血热病毒已经发展到了可以通过空气传播，每一分钟的死亡人数都在急剧上升。

现代医学无法做到唤醒凌默，于是，资助凌默实验室的巨力集团启动了他们的另一项还处于实验过程中的项目——思维深潜。

凌默虽然陷入重度昏迷，但他的大脑仍旧有一部分正在活动中，采用"思维深潜"的神经元对接技术，可以实现让一个人的思维进入另一个人的思维当中去。

巨力集团派出了心理学家、神经学家、凌默的团队成员进入他的思维之中，但最后既没有唤醒他，也没有在他的脑海中检索到任何关于抗体样本密码的线索。

某天，当结束任务休假在家的曲昀一边眯着眼睛抽烟，一边抖着腿看着电视上关于"黑尔"病毒的新闻时，他的门铃被摁响了。

"思维深潜"项目的负责人江城博士找到了他，代表巨力集团的董事长宋致邀请曲昀加入这个项目，进入凌默的潜意识。

"你们为什么会选我？我不懂病毒，不懂天才的思维，还是个学渣——我和那个叫凌默的病毒学家不可能聊得来的！"曲昀感到万分疑惑。

"因为你在维和期间出色地执行了六次营救任务，而且根据我们的调查，你生性非常乐观。我相信你一定会打动凌教授的。"

江城对曲昀不知道哪里来的自信。

"我可以拒绝吗？还是香烟和啤酒更适合我。"

"生性乐观"算什么鬼理由？

曲昀刚想要坐回自己的沙发上，江城就将一张照片递给他。

"这是你的搭档，也是你的观察员陈大勇，他在回家探亲的大巴上感染了'黑尔'病毒。你有七十二小时，七十二小时之后，你就要换个观察员了。"

曲昀愣在那里，陈大勇还没把撩妹秘籍全部交给他呢，怎么能挂呢？

陈大勇如果挂了，以后执行任务的时候，谁跟他说话解闷？谁跟他一起喂蚊子，一起倒血霉？他捅了篓子，谁给他补回来？

"七十二小时……根本不够吧？"

"在凌教授的大脑里，时间和现实世界里的是不同的。你感觉自己度过了一年，两年，但是对于现实世界，可能只是五分钟而已。"

这一切对于曲昀来说犹如天方夜谭，但是他知道，巨力集团一直站在人类科技的最前沿，甚至还有传言说，他们研究出了空间压缩技术，实现了异世界探索之类的。

所以"思维深潜"对于巨力集团来说，一点都不科幻。

"那么进入凌默的潜意识里，我要注意什么？如果他抗拒我，把我干掉了呢？"

"你记住三点。第一,所谓的潜意识,都是现实生活的反映。你见到的每一个人,发生的每一件事,在现实中都曾经出现或者发生过,也许会因为你或者其他营救人员的进入而与现实有细微偏离。但凌教授都会根据自己现实中的经历,将一切导向它应该发生的结局。"

"第二点呢?"

"在凌教授的潜意识里,无论发生什么你都要保护他,绝对不能让他死在自己的潜意识里。如果那样的事情发生了……他就彻底醒不过来了。"江城的目光非常严肃。

而曲昀也感觉到了这一条原则的严峻性。

"我记住了。但是,如果我死了呢?"

"你会退出他的潜意识,意识深潜结束。"

"我不会变成傻子或者醒不过来吧?"

虽然曲昀的队长曾经不止一次崩溃般地表示"曲昀,你就是个傻子",曲昀还是乐观地认为自己的智商绝对是属于金字塔中游的。

"绝对不会。"

"最后一点呢?"

"最后,凌教授是他自己意识的宿主,但没有人能完全控制自己的潜意识,而我们也会把你送入他最浅表的意识层,能潜入多深,就看他能接受你到什么程度。我们不能保证你会成为他意识中的哪个角色,但根据我们之前的经验,应该不是什么重要的人。"

于是……曲昀第一次进入凌默的潜意识,变成了他的中学同学,一个学渣,还是个胖子。

……果然不是什么重要的人。

第二天早晨,曲昀一听到闹钟就爬了起来,一切就像本能一样,他把被子折成了方形豆腐块,然后就到洗手间里刷牙了。

梁茹穿着围裙,刚敲开儿子的房门,就微微愣了愣。

自从一个月前,儿子早上起床就再也不用她甩锅敲盆地叫了,就连被子也叠得整整齐齐的。梁茹在床前研究了好一会儿,她儿子莫小北是怎么把被子折得像个豆腐块一样的?

从前的莫小北总是定了六点半的闹钟,要赖到快七点才起床,但是对于现在的曲昀来说,六点半起床是多么的仁慈啊!

之前在队里,他们经常刚把被子睡热就接到指示,立刻马上出任务。现在作为莫小北,曲昀能一觉睡到天亮,这是多么幸福的事情啊。

啊,他又找到身为胖子的另一个好处了,那就是睡得好。

虽然不知道有没有科学依据,但在曲昀的印象里,胖子好像总是睡眠很好。

坐到餐桌前,虽然曲昀已经看了三十多遍,但洗手盆大小的一碗面、豆汁、嫩笋牛肉馅的包子、小菜,堆了快半桌子,这样的场景还是令他咋舌。

"妈,你也来一起吃啊,面都快糊了!"曲昀大声道。

"你吃吧,妈都吃过了!赶紧吃,早读别迟到,不然你班主任又要给我打电话了!"

曲昀进行了一下目测,他从前的纪律和习惯都让他做不到浪费粮食,所以,第一步是解决掉最容易糊烂的面。

他低下头,稀里哗啦将那一小盆面解决了。

其实这个时候已经有五分饱了,而且也足够一个十几岁少年的热量了。他得克制一下食量,收缩一下胃袋。

"小北,包子和豆汁你怎么都没吃啊?你没事吧?不会是生病了吧?"

梁茹穿着围裙从厨房里冲出来。

曲昀顿了顿。

完了完了……梁茹女士的母爱很正常,就是每当儿子食量保持正常的时候,她会超级不正常。

"哦……我想早读完了吃包子。早上吃太饱了,早读会想睡觉。"曲昀脑门儿一亮,想了个非常科学合理的借口。

"原来是这样啊。小北,我跟你说,你以前每次都还能吃下三个包子,不然你到午饭前就会饿的。你看看你,最近都瘦了。"

说完,梁茹就用饭盒把三个包子装进去,塞进了曲昀的书包里。

我的娘,你一定是我亲娘!儿子就算胖到塞满宇宙,你都觉得太瘦了!

曲昀背着书包,以及蛮有分量的三个包子,吭哧吭哧走在去学校的路上。

哎哟……想当初他为了任务,扛着二十公斤的补给,跟着队友在边境的雨林里奔袭大半天都健步如飞,可现在他连自己的重量都撑不住啊!

他必须要和那个负责"思维深潜"计划的江博士好好聊聊,至少能让他选择一个靠谱的身体吧?

当曲昀进入教室,轰隆一声坐下,早读铃刚响。

今天是英语,就看见英语课代表楚凝一脸骄傲地走上讲台,带着大家读单词。

曲昀随便望了望，发现好几个男同学都特别认真。他想起来了，这个年纪的男孩子似乎很容易喜欢上学习成绩好的女生，更不用说楚凝长得还蛮好看的。

楚凝读两三个单词就会抬起头来，那几个男生就会格外认真。但是楚凝的视线每次扫视一圈，最后总会落在一个人的身上。

啊哈……那个人就是凌默。

只可惜凌默永远都是看着手中的英语课本，从不曾抬头看她一眼。

唉，姑娘，等你长大了，你就知道像凌默这种活在自己世界里的男孩子，他不懂得撩你，不会讨你欢心，不会照顾你，你把你的全世界都交给他，他都不会在乎的。还是像哥哥我这样的男人是最好的，温柔善良、善解人意、以你为中心、全力支持你扬着脑袋做一只骄傲的小孔雀！

大概是曲昀的目光太"坦率"，楚凝狠狠瞪了过来。

"莫小北，第三十二页，第三个单词怎么念？"

"啊？"

曲昀赶紧翻课本，刚才才念到二十五页，怎么就到三十二页了？

同学们的目光都望了过来，楚凝的那几位簇拥者也一副等着他出糗的样子。

虽然数理化早就无法治疗了，但好歹参加维和那么久，他的英语口语还是很溜的。

"Violinist."

还好从前保护过一个赴海外演奏的乐团，不然这个单词怎么念，他还真的不知道。

楚凝愣了愣。

这个单词老师还没有教，她还是听了磁带预习才会的，莫小北明明连音标都没学好，为什么这个单词的发音那么标准？重音也是对的，还带着一点儿洋味儿！

曲昀下意识看了一眼凌默的方向，他还是那么安静，好像和这个世界格格不入，却总有一种这个世界不甘心被冷落，追逐着他的错觉。

"嗯。莫小北，早读的时候看着单词，不是看着我。"

楚凝的话刚说完，教室里就涌起一阵笑声。

"我没看你啊……"曲昀说。

"那你刚才看的哪里？"

"我在发呆啊。"曲昀回答。

教室里忽然尴尬地安静了。

曲昀的视线余光瞥过凌默的方向，那一刻，凌默的嘴角仿佛向上微微地扬起，那样微妙的弧度，就像裂开了一道足以让人潜入的缝隙。曲昀立刻望了过去，却发现凌默恢复了古井无波的表情，无论曲昀怎么用力，都无法察觉到一丝端倪。

啊……他果然很讨厌凌默这种小孩，好像一颗铜豌豆，烧不化，炖不烂。

第一节课是语文课，讲的又是古文，不少男同学都在课上开起了小差。

而曲昀正非常努力地盯着语文老师，试图将她讲解的东西都记入脑子里，虽然坚持不到五分钟他就会昏昏欲睡。

当语文老师端着课本走到教室的后方，曲昀的脚下好像被什么东西轻轻撞了一下。

他睁开眼睛，低下头来，发现在自己脚下有一本书，封面看着很旧，是手绘的江湖人物。曲昀艰难地弯下腰去，捡起来一看，发现这是一本小说，看起来很古旧的版本，名字是什么《江湖迷情录》，作者叫黄龙笑笑生。

他再翻到背面，发现这本书的定价是一块九毛八，当真是一本"老书"了。

这个年纪的学生喜欢看武侠小说，一点都不稀奇，只是曲昀知道的都是什么金庸、古龙一类的武侠四大家，再不然也是还珠楼主。这个"黄龙笑笑生"，他怎么连听都没听过？

曲昀随手翻开一页，里面的内容让他惊呆了。

这时候后排的男同学用笔戳了戳他："胖子，书给我！"

曲昀惊讶地看着对方，那个男同学一脸威胁的样子。

难道我不还给你，你还能揍我？

"你一个初中生就看这种东西，小心长不高。"曲昀将那本书扔还到对方的桌面上。

他刚转过身去，语文老师就听见声响，回过头来，走到了曲昀身后的座位边。

"孟飞，你刚才把什么东西收到抽屉里去了？"

"没什么……刚才笔记本掉地上了，我就捡起来了。"

"笔记本拿出来。"语文老师的手在桌子上敲了敲。

同学们的目光都望了过来。

孟飞不得已地从抽屉里还当真拿出了一本英语笔记本，递给了语文老师。

语文老师看了一眼，冷冷地说："以后上课，不许那么多小动作，不要以为我看不到。"

说完，她就端着课本继续念古文给大家催眠了。

而孟飞则狠狠地踢了曲昀的椅子一下，低声说："等下课了，看我不收拾你这个死胖子。"

曲昀摸了摸鼻尖，心想：你来咯，看你够不够力气把我从三楼扔下去咯！

下了语文课，曲昀正要出去打点热水喝，谁知道孟飞站了起来，直接挡在了过道上。

而身后的几个同学，李远航、陈桥他们几个都围了上来，曲昀这下明白了，这几个人应该是这个"黄龙笑笑生"的粉丝团了。

"死胖子，你说清楚是不是故意的？"

这个小团体在他们班也一直比较霸道，而曲昀现在的身份小胖子莫小北，在班上也不属于人缘好的类型，教室里的学生们看这气氛不对，大家都纷纷走出去了。

"喂，你们要叫我胖子没关系，我本来就胖，但是你们叫我死胖子，是不是太恶毒了？我还活着呢！而且我故意不故意的，我能料到你们上课传小说扔到我的脚底下？"曲昀回答。

"死胖子，其实你很想看吧？所以才会霸着那本书不还给我们！"孟飞满眼的鄙视。

他们都想要看曲昀面红耳赤，被堵到说不出话来的样子。

谁知道曲昀摸了摸下巴，笑了笑说："你们说我想看所以霸着不还，我也没办法自证清白，但是被人强加自己没做过的事情，能让心里不憋屈的方法，那就只能是干脆做了得了！"

"哈？"

孟飞还没反应过来，曲昀就猛地从他的抽屉里将那本"武侠小说"拿了出来。

"你干什么？"

孟飞伸手就要去抢，曲昀立刻向后撤退，一边倒退一边得意地笑。

几个小毛孩还想跟他斗！

"抓住他！"

"他肯定是要带着书去找老师！"

"揍他！"

当孟飞的第一拳砸在曲昀的胸口上时，他忽然意识到，他现在是小胖子莫小北，不够灵敏啊！

惹不起，他就跑！

曲昀立刻转身，还没跨出一步，就撞在了一个人的身上。

明明肉很厚，但那种骨骼一颤的感觉还是让曲昀抬起头来，对上的是一双清澈却深不见底的眼睛。

还有曲昀鼻间，嗅到的是肥皂的淡香，以及被太阳晒过的味道。

身后的孟飞急红了眼,一拳揍在曲昀的背后,孟飞的团友们也撞了过来。

曲昀经不住他们这样一起撞过来,直接向前扑倒,把面前的人也连带着撞倒了。

对方伸手试图扣住旁边课桌的边缘,但这样的挣扎是没有价值的,课桌发出吱呀的声响,他们还是倒了下去。

下坠的那一刻,眼见对方的后脑勺就要着地,曲昀的心脏都要提到嗓子眼,伸出手来一把抱住了对方的脑袋。"咚"一声,曲昀的手指疼得他快要掉眼泪。

"他……好像压到凌默了……"孟飞看着这一幕,有点蒙。

"凌默?他进教室了?"孟飞身后的陈桥挤了过来。

李远航凉凉地拽住了孟飞和陈桥:"你们怕什么?"

然而被曲昀护住脑袋的凌默却忽然屈起了膝盖,狠狠顶在了曲昀的肚子上。曲昀感觉五脏六腑都要从嘴巴里吐出来了,一边咳嗽着一边起身。

"天瞎了,我是怕你撞到脑袋!你有没有良心啊?"

现在手指疼,肚子也疼,倒了血霉了!

"是你压在我身上。"

凌默的声音还是那么清冷,充分体现了他的没人性。

而之前曲昀和孟飞他们争夺的"武侠小说"就躺在凌默的身边。

"喂,凌默!把我们的书还给我们!"李远航凉飕飕地说。

曲昀记得,李远航就是凌默的表弟,但是看他的态度,仿佛和凌默不共戴天似的。

凌默站起身来,拍了拍自己的校服,丝毫没有捡起那本《江湖迷情录》的意思,拎起摔在地上的水杯,走回了自己的位置上。

"拽什么?"李远航哼了一声,将那本书捡起来,扔回给了孟飞。

而凌默坐在自己的位置上,课本就摊在桌面上,他微微侧着脸,很平静。

那是一种无视一切的从容。

上课铃声响起,孟飞他们几个回到自己座位上去了,而曲昀则动了动自己的手指。

还是好疼。

但是他的心更疼,因为他有一种不好的预感——凌默应该是那种就算自己粉身碎骨也无法冲入他世界的人。

第二节课下课,又是曲昀非常不喜欢的广播体操时间。

要是他还保留着之前的腱子肉,他是不介意像超人那样把外套一扒,底裤套在紧身衣外,展露一下的。但是现在的他,怎么做运动都像一个球……

曲昀跟着同学们来到了操场上，大家排好队。

按照班上的规定，每天会有一个同学轮流到前面做领操。

今天的领操正好就是凌默。

站在第一排的曲昀，看着凌默来到自己面前的背影，忽然感觉到小小的雀跃。

广播体操也不是那么讨人厌的嘛！

有点儿熟悉、充满怀旧感的音乐声响起，曲昀傻傻地看着面前的凌默的背影。

凌默的动作很标准，但是这种标准里又带着一丝随意。

曲昀就这样跟着凌默重新温习他早就忘到九霄云外的广播体操。

凌默本来就腿长胳膊长，做起广播体操来都挺有气质的。曲昀跟着他，动作幅度自然比之前大很多。

几节下来，曲昀出了不少汗，呼吸都急促了起来。谁知道，到了第三节胸部运动的时候，曲昀跟着凌默侧身弓步扩胸，只听见"嗤啦"一声，曲昀感觉自己双腿间的束缚仿佛忽然放松开了。

完蛋！

紧接着身后传来一阵哄笑声。

曲昀快要疯了！怎么做个广播体操裤子都能裂开？这校服绝对是劣质的！

他要求退款！

曲昀不得不离开他们班的方阵，去了校医室。他借了针线，脱了裤子，坐在小病床上，开始自己缝裤子。

"哟，看不出莫小北你还能自己缝裤子？"校医喝了口茶。

"嗯，我会。"

曲昀挺娴熟地把裤子缝好，线头也扎好了，校医看了看他缝合的部分，都笑了："以后谁要是需要缝伤口，找你就成了。"

"那是。"曲昀笑眯眯地穿上裤子，下了床。

还真别说，缝伤口他是真会。

接下来一整天的课，对于曲昀来说就像坐飞机，他只管到达终点，不管东西南北中。

还好听听老师的课，一部分的数学还捡回来了，但是一到勾股定律什么的，他理解起来就有些晦涩，一旦没跟上老师的思路，就开始犯困了。

好不容易到了下课，竟然下起大雨来。

曲昀摸了半天，发现梁茹女士简直是思虑周全，连雨伞都给他准备好了。

他刚看向凌默的方向，就发现他的位置早就空了。

他记得凌默应该是没带伞的，难道他要一路淋雨回去？

曲昀赶紧出了校门，跟了上去。

雨下得像倒豆子一样，许多带了伞的学生和老师挤在校门口，想要等雨小了再走。

但曲昀踮起脚就看到凌默已经跑到了学校对面的身影。

这小子，也不怕被淋成落汤鸡！

曲昀赶紧撑着伞，也冲到了学校对面。

但是以他的速度，是怎么也追不上长腿凌默的。

前面的路已经被水淹了。

凌默终于停了下来。

曲昀追得心脏都快跳出来了，但是在距离凌默两三米远的地方，他下意识停了下来。

"凌默！"

他叫了凌默的名字，叫完之后，凌默侧过脸看了他一眼，然后他觉得自己傻了，因为他不知道接下来说什么。

凌默蹲了下来，将校裤向上撩起，露出了脚踝和小腿。

他的脚踝很漂亮，曲昀本来以为他的小腿会很细，但是没想到线条看起来却纤长而隐隐带着力量感，绝对属于踹一脚能让人想起来疼一辈子的类型。

眼看着凌默就要迈入水里，曲昀觉得自己真没力气继续追他了，随口说了句："你别蹚水了！万一有没盖紧的下水道盖子，掉下去了怎么办？"

之前新闻上不是写过吗？

凌默站在路边，顿了顿，他终于又多看了曲昀一眼。

"不然你上前探路。"

"……"

这是要死先死我的意思吗？

曲昀有一种被当成炮灰的悲壮感。

"因为你就算踩到了没盖上盖子的下水道，也只会卡住，不会掉下去。"

凌默没理睬曲昀，走进了水里。

眼看着凌默又要离自己远去，曲昀赶紧跟上去，将伞举过凌默的头顶。

"我有伞啊，我送你回去呗。"

"你的伞连你自己都遮不住。"

凌默的声音里带着几分冷哼，但是被曲昀成功过滤掉了。

他不想在这个世界浪费太多时间，虽然江城说这个世界的一两年可能也只是现实世界几分钟，但是对于被病毒感染的搭档来说，分秒必争。

他不能矜持，要加快"倒贴"的进程！

"能遮住你就好了啊。"曲昀说。

"你是不是有病？"凌默凉凉地反问。

明明雨声很大，他的声音却像是穿透了一切缝隙，清晰无比。

"我有病你还跟我说那么多句话？你是不是寂寞？"

哎呀，哎呀，高冷臭屁的少年凌教授跟他说话了，而且说得还挺长——一向乐观的曲昀没来由嘚瑟了起来。

"你还是快点瘦下来。"凌默冰冷的声音将他拉回了现实。

"没想到学霸你也和他们一样庸俗！"

这看脸的社会啊！

"你瘦下来我就能踹你进下水道。"凌默说完就快步蹚进水里，迅速去到了马路另一边。

只留下曲昀一人，站在雨中凌乱。

天瞎了！你还想踹我，信不信我让你哭出来！

曲昀看了看自己的肩膀，好像这把伞还真的遮不住他？

021

第二章 猛虎与猫

凌默奔回了家,他昨晚上洗的衣服晒在院子里,果然现在已经全被刮到了地上,浸在水里。

他默默地把衣服收了,回到房间。

因为他是奔回来的,这时候他的姨母和姨丈还没回来,估计他的表弟李远航也被困在学校等雨停下来。

校服完全贴在身上,凌默将它们脱了,直接进了浴室。

刚打开水,就听见姨妈和表弟进门的声音。

"妈——我身上湿了难受!我要洗热水澡!"李远航一推浴室门,听见水声,立刻不高兴了,"搞什么啊?怎么那个死人脸先回来了?"

凌默当没听见,继续洗。

李远航用力踹了一脚门,嚷嚷着:"你快点出来!我也要洗!"

凌默连水都没关,冲完了才不紧不慢地走出来。

李远航狠狠瞪了凌默一眼。

这时候李远航的妈,也就是凌默的姨妈陈莉看着他笑着走了过来:"小默啊,下这么大雨你也不等等姨妈,我去接你啊。"

凌默淡淡地瞥了她一眼:"姨妈,就两把伞,你一把,表弟一把,我正好两只手可以帮你们打伞?"

陈莉的表情有点僵,随即又笑了:"唉,你啊!闹小脾气啦?晚饭好了,你先吃吧,吃完早点做完作业早点睡!"

凌默没说话,去到了餐桌前。

盘子里是昨天吃剩下的烧茄子和土豆,但是灶上却用小火炖着东西,闻得出来是红烧肉的味道。

让他先吃，就是不想他和表弟李远航抢肉吃罢了。

凌默什么都没说，把饭和菜都吃了。

陈莉从灶上夹了两块排骨，放在小盘子里，端到凌默边上，很温和地拍了拍凌默的肩膀，露出慈母般的笑容来。

"小默啊，你表弟比你小，你凡事多让让他，多担待担待。"

凌默不说话，也没去夹排骨。因为那都是陈莉精心挑选的，只有骨头不带肉。

"下次啊，小默你要让远航先洗哦。他身体不好，一着凉就容易发烧感冒。你是哥哥啊！哥哥就让一让弟弟嘛！"

说得很温和很有道理的样子，但是李远航好吃好喝顿顿有肉地养着，要论身体，到底谁好还不一定呢。

凌默侧过脸来，看着陈莉，那双眼眸很冷，嘴角却带着一丝若有若无的笑意。仿佛在嘲讽她，又似乎对这一切都不在乎。

陈莉心里莫名一阵紧张，想到这不过半大的孩子，他懂什么，就算懂又能怎样？

"小姨，我吃完了，去做作业了。"

凌默将碗筷收进厨房，洗干擦净，就回到自己房间了。

他的父母生前是研究所的研究员，还在大学里任教，父亲就快评上教授了，却在从研究所回家的路上出了事。

父亲当场身故，坐在车上的母亲陈媛也重伤入了医院。

在这之前，凌默的小姨陈莉和姨父只有中学文化，后来恢复高考也没考上大学，找的工作一直也不怎么样。陈莉的丈夫，也是托大姨子陈媛的关系进了一个厂子，但是在厂子里和车间主任起了冲突，把人的腿给打折了，和对方打起了官司。陈莉不得不把房子卖了，之后就一直带着孩子寄宿在姐姐陈媛家里。

陈媛和丈夫经常在研究所里待着，所以陈莉在家帮忙照看儿子凌默也是好事，但没想到不到半年就出事了。

陈媛在病房里咽下最后一口气的时候，把儿子交给了妹妹陈莉。

凌默的父母都是一门心思做学术的学者，心思单纯不懂人心。陈媛没想过从小生活在自己光环下的妹妹并不懂得感恩，他们夫妻才入土不到一个月，陈莉就以儿子李远航和他们夫妻俩一起睡影响学习为由，让凌默搬出了自己的房间，去了之前凌默父母存放论文的储藏室住。之后她又以他们夫妻工作不如凌默父母那么赚钱，养凌默压力很大为由，到处哭穷卖惨，搞得凌默父母的同事帮她老公又找了一份事儿少，钱还比之前多的工作。

这些都不算什么，陈莉还假装自己得了重病，想要从凌默手中把凌默父母留下的银行卡给拿来。凌默本来不吃他们那一套，结果陈莉又跑到左邻右舍说自己辛辛苦苦照顾凌默，还要挣钱养着他，没想到自己病了之后，凌默抱着爹妈留下来的钱假装不关他的事儿。

结果在街坊邻居那里，凌默就被说成了是个白眼儿狼。

有一次，凌默父母所在研究所的所长过来看他，陈莉又卖了把惨。她说担心凌默是不是把父母留下来的钱用完了，渲染了半天小孩子拿着那么多钱会变坏的例子，搞得所长劝凌默把父母留下来的钱和房产证交给她保管，但是要求她记账，到底养育凌默花了多少钱，等到凌默考上大学的时候，把剩下的钱还给凌默。陈莉当时还装模作样地立了一份保证书。

凌默不想让父母的老领导为难，于是把存折和房产证交给了陈莉。陈莉看着存折上的余额，眼珠子都快瞪出来了。

凌默心里清楚得很，这就是肉包子打狗——有去无回。

在那之后，他过了小半个月好吃好喝的日子，陈莉也把他当小爷那么供着。可是没过多久，那位老领导就中风瘫痪了，听说连话都说不出来了。凌默的生活瞬间一落千丈，陈莉一天到晚地说养两个孩子辛苦。于是，他成了表弟李远航的垃圾桶——李远航吃剩下的，就是他的正餐。

看着凌默将自己的房间门关上，陈莉仿佛想到了什么，冷哼了一声："和他妈一个德性，一副清高得不得了的样子。"

凌默打开窗子，外面还在下雨，他看了一眼自己扔在盆子里的脏衣服，回到小书桌前，把今天的作业给做了。

等到陈莉睡了，凌默才端着那盆衣服去接水洗。

自从听邻居说洗衣机比手洗费水之后，陈莉就故意跟凌默说，李远航皮肤敏感，如果把他的衣服和别人的衣服一起洗，就会发皮疹，从那之后凌默的衣服都是自己手洗。

从十点洗到十一点，外面还在下雨，凌默只能把衣服晒在他的小房间里。

只是他刚打开自己的房门，就看见李远航在房间里鬼鬼祟祟的，而他的书包被翻开了扔在地上。

"你在干什么？"凌默将盆子放下，冷冷地看着他。

李远航的手里拿着凌默的数学作业本。

"我……我有一道题不会做，想找你问问，但是你洗衣服去了，我不想浪费你时间，所以就自己找了找。"

李远航被他看得一阵心虚。

"不问自取是为偷。"凌默的目光还是那么凉。

"什么叫作偷啊？我是你表弟！我就看看你作业罢了！不就是会做题吗？你了不起啊！"

"你不是看看，是抄。"凌默伸出一只手来，拦住李远航。

"干什么？"

"我的作业本麻烦还给我，我没说给你看。"凌默回答。

李远航瞪圆了眼睛："你不给我看，我就不能看了？你也不看看在这个家里，是谁养着你，是谁给你饭吃！"

他还用自己的手指用力戳了戳凌默的胸口。

冷不丁地，凌默忽然扣住李远航的手，猛地向后一折，李远航立刻发出杀猪一般的嚎叫。

"妈——妈——快来啊！凌默要杀人啦！"

睡着了的陈莉从床上翻下来，冲进凌默的小房间里。看见自己的儿子被凌默用膝盖顶着后背压在地上，手臂折在身后，眼泪都要冒出来的样子，她猛地一巴掌就扇在凌默的脸上。

李远航顺势起身，一拳头打在了凌默的眼眶上。

"凌默，你干什么？！"陈莉扬高了声音。

她忍了那么久，每天要看着凌默那张神似自己姐姐的脸在面前晃悠，心里诅咒千万遍，希望某天就再也不用见到凌默了。就连今天下雨，她都希望凌默能出个什么事儿，再也不用回来了。

可她就这么忍着，他竟然还敢对她的儿子动手。

凌默捂着眼睛站了起来，扬了扬下巴："他偷我作业本，要抄我作业。"

陈莉被哽了一下。

"我没抄！我只是看他在洗衣服不想打扰他，所以就进来找了找。不就一道题不会，看看他怎么做出来的吗？谁知道，他非一口咬定我要抄他作业！难道上课的时候老师把题目写黑板上，我们所有人都是在抄老师的？"李远航扯着嗓子嚷嚷了起来。

陈莉吸了一口气，走过来，挪开凌默的手，发现眼眶那里瘀青了。

她露出心疼的样子，去拿毛巾来给凌默贴上。

"小默啊，不是小姨偏心，而是你做事太激进了啊。远航是你弟弟，纵然他有做得不对的地方，你也不用打他啊？而且他不过是看看你怎么做的，你为什么非要说他是抄呢？这样既伤你们兄弟之间的感情，又伤了远航的自尊心。以后别再这样了啊！"

说完，陈莉就拉着李远航出来了。

等到凌默的房门关上，李远航不服气地嚷嚷起来："妈——你为什么就那么轻易放过他了？他揍我！"

陈莉在儿子的脑门上拍了一下："不光他揍你，连我也要揍你！你怎么那么蠢？要揍就揍在他的身上，你怎么能打他的眼？你也不怕别人说你欺负他？"

"那你不也扇了他一个耳光吗？"

"你还说，还不是被你嚷嚷的？你抄人家作业还不嫌丢人，巴不得整栋楼都听见啊？"

李远航哼了一声，手里还捏着凌默的作业本。

他抄完了凌默的作业，顺带把他的作业本给撕了，撕完还故意扔到了客厅的垃圾桶里，就是为了让他早上起来能看见。

"你都会做又怎么样呢？"

但是躺在床上的凌默听见李远航的脚步声，毫不在意地微微扯起了嘴角，看着天花板的眼睛里带着一丝狡黠的笑意。

第二天早晨，凌默起来后，就看见陈莉匆匆忙忙地把刚蒸出来的包子装进李远航的饭盒里。

"小默啊，对不起啊，小姨今天起来晚了，没来得及做早饭！柜子里有饼干，你拿着垫垫肚子对付一下啊。"

说完，她就拉着李远航的手风风火火地出门了。

凌默扯起嘴角笑了笑。

放饼干的柜子上了锁，陈莉唱的这出戏，就是为了惩罚他昨晚打了李远航。

凌默背上书包，不以为意地走出门去。

虽然天空还是阴沉沉的，但是凌默的嘴角却扬得比平常要高。

早晨来到学校的曲昀叹了口气，梁茹又在他的饭盒里放了两个烟笋肉包。虽然以他这个身体的食量完全吃得下，但是他真的不想再胖下去了。

更重要的是，他的数学作业只做了一半，剩下的一半，关于反比例函数的……好像有点难度，他做不来。

距离曲昀两排的位置，是早早就来了学校的李远航，他一边吃着妈妈给他装的包子，一边抖着脚。

"哎，李远航，昨天的数学作业你都做完了吗？"一个男同学从后面杵了杵李远航的肩膀问。

"做完了啊。"李远航脸上的得意劲儿，收都收不住。

"骗人吧？最后两道函数题，好多人都不会做，你难道会？"

"我也不会啊，但是你忘了谁住我们家？"

"你也太能吹了吧？谁不知道凌默那家伙柴米油盐不进，谁都别想看他的作业本，就算他住你家也一样！"

曲昀听到这里，心里简直笑开了花。

"死胖子，你笑什么？"李远航随手揉了个纸团，砸向曲昀。

曲昀想要躲开，无奈四肢反应不够快，还是被砸中了。

"因为你们说凌默住李远航家啊，这多好笑啊！"曲昀眯着眼睛继续笑。

"这有什么好笑的？"李远航反问。

"因为李远航你住的那房子，不是凌默他父母留下来的吗？所以应该是李远航你，和你全家住在凌默家，不是凌默住你家！"曲昀继续笑眯眯地说。

曲昀现在顶着一张胖脸，笑起来就像一个皱起来的包子。

李远航一拍桌子就要起来，打算揍曲昀，曲昀心想谁怕谁啊，我现在肉厚不怕打。

后面的几个同学拉住了李远航。

"别理死胖子，他脑子里都是肥油！笑得倒胃口，你和他计较不是降低自己的层次吗？"

这个时候，凌默信步走了进来，左眼的眼窝还带着淡淡的瘀青。

李远航刚才被曲昀搞得没面子，故意用不大不小的声音对后面几个同学说："凌默那个死人脸确实护作业本护得就像金银财宝似的，不过我一个拳头，他就乖乖把作业交出来了！"

"还是你厉害，凌默看我们一眼，我们都要冷上好一阵子呢！"

"你们怕他干什么？他吃我家的，住我家的，他得罪我没好日子过！这不，今天早上他连早饭都没得吃！"

"远航，作业借大家看看吧！不然我们都会被丁老师给削一顿。"

"课间请你吃辣椒饼！"

"我请你吃面筋！"

"拿去吧。"李远航将自己的数学作业本扔给了他们，"动作快点啊，可别被逮住了。"

"知道，知道！"

李远航如同被众星捧月一般，还不忘瞥曲昀一眼，意思是你想看我都不给你看。

曲昀的余光瞟过凌默，虽然他脸上还带着伤，但是神情却很淡然，仿佛李远航说的那些跟他凌默一点关系都没有。

"喂，莫小北，我抄完了，要不要借你抄一下啊？"

陈桥扬着作业本，看着曲昀说。

小样，你指望我求你吗？

我就是求你，你也不会给我抄，你当我傻啊！

而且凌默就在后面，我要是抄了你的作业，这辈子凌默都看不起我，更别提得到他的信任了。

"不用啊。不会就是不会，抄完了还不是不会。如果我写完了，丁老师才会觉得奇怪，搞不好还会被点名上去写解题步骤。"

曲昀态度很认真地摇了摇头。

"你就装吧。"

"行了行了！早读开始了。"

所有人纷纷把课本取出来，曲昀叹了一口气，不知道今天他坚持到什么时候就会开始神游天外。

第一节课结束的时候，女孩子们到走廊上跳皮筋去了，李远航喜欢黏着楚凝，带着他的小兄弟们也跟到走廊上给她们拉皮筋去了。

教室里稀稀拉拉坐着几个人。

凌默坐在自己的位置上，拿出了数学书，单手撑着下巴，看着。

他的神情有一种慵懒。

这种慵懒源于自信。

曲昀想到李远航说凌默早晨没吃早饭，于是从书包里取出自己的饭盒，然后来到凌默的面前，将饭盒放在了他的桌边。

"干什么？"凌默将饭盒推开，差一点就要落下去，还好曲昀将它摁住了。

"你不是没吃早饭吗？这个包子是烟笋肉馅儿的，你尝尝呗？"

曲昀知道凌默这个人有他的骄傲，绝不会接受别人的施舍。

"我不饿。"凌默又推了一下。

曲昀在心里叹了一口气。

所以说他不喜欢青春期的少年啊，自尊心能干什么，能当饭吃？能让你小姨和表弟好好对你？还是能让大家知道他们占了你的房子，还欺负你？

说这些都没用，还是哄哄吧。

"你看啊，我太胖了，可是我妈还老给我塞吃的。继续胖下去不健康，但是这包子我要是没吃，我妈会难过。而你……也要长身体对吧？你吃饱了，李远航找你麻烦的时候，你才有力气顶回去不是？我们这是各取所需，皆大欢喜。"

曲昀好声好气地劝着，他觉得自己这逻辑没问题，也给凌默找了台阶下了。

他把包子又往凌默手臂边靠了靠，谁知道凌默一个抬手就把饭盒推了回去。

"我不用。"

曲昀虽然脑子反应过来了，但是手臂跟不上速度，饭盒翻到了地上，包子也掉落出来了。

那一声还挺响的。

教室里正在看书和趴着睡觉的同学都看了过来。

一时之间，安静到尴尬。

曲昀愣在那里两秒。

他这辈子最见不得的就是有人浪费食物。

有一次执行任务，他的补给意外掉了，林子里的果子、虫子、草根他都吃过，胃里面酸到心慌，好不容易逮到了一条蛇，不能生火，只能生吃，梦里都想要咬一口包子。

凌默这态度，曲昀是真的忍不了。

"我的好意你可以怀疑，也可以不接受。但是这包子是我妈妈做的，面皮是她晚上发的、擀的，馅料是她剁的。你不吃不要紧，但别糟蹋。"

曲昀的眼睛发红，连声音都在微微抖着。

他蹲下来，把一个包子捡起来，放进饭盒里。

另一个包子滚在了凌默的脚边。

曲昀正要伸手去拿，没想到凌默却低下身来，将那个包子捡起来，咬了下去。

曲昀愣住了，凌默却没有侧过脸来看他。

他不紧不慢地将那个包子吃完，淡声说了句："回去吧，一会儿还有戏看。"

曲昀站起身来，看见凌默的脸上依旧没有表情，让人分不清楚他脑子里到底想的是什么，高兴或者失落都像是被遮掩了起来。

那句"一会儿还有戏看"是什么意思？

但是细细回味，总觉得凌默说的那句话，听着冷，但其实带着那么一丝柔和。

直到下午下课之前，班主任和教数学的丁老师一脸沉色地走进了教室。

班主任的视线扫过教室里每一个人，然后才冷冷地开口："今天，在我们年级的办公室里，发生了一件很有意思的事情。"

所有人都抬起头来看向班主任，他口中的"很有意思"绝对不是褒义的。

"那就是我们班今天交上来的数学作业，有六位同学竟然全错！"

同学们忍不住小声议论起来了。

全错是什么概念啊？那就是前面三道基本上套公式来做的题都错了啊！

不远处的李远航则扬高下巴，一脸得意。

反正这六个人里面绝对不会有他。

丁老师清了清嗓子，念起了名字："陈桥！林斌昇！王雨！孔杰！孟飞！"

这五个名字念出来，李远航肩膀一颤，不好的预感涌上心头。

就连曲昀都意识到了，这五个人不就是早上抄李远航数学作业的吗？

"李远航！"

这个名字念出来，丁老师就将作业本狠狠地往讲台上一摔。

"我真的非常需要你们解释一下，为什么你们的数学作业不但全错，就连错的细节、用错的公式、错误的思路都一模一样！"

丁老师虽然年轻，却很负责任，布置的作业难度是循序渐进的，但是李远航他们连基础题都错了。

这简直就是抄得不动脑子，连觉得自己没脑子的曲昀都惊呆了，难道他的智商还在这六个人之上？

六个人站了起来，其中五个人狠狠地瞪着李远航。

班主任带了那么多年的学生，立刻注意到了这个细节。

"李远航，你来说，你们的作业是怎么回事！"

李远航咽下口水，想了半天，解释说："今天早上……陈桥他们问我数学作业写没写完……我说我写完了……他们说有题目不会做想借去看看，我就借了……"

这完全是把锅甩给了其他人。

反正他李远航唯一做错的事情，就是数学作业"全错"了而已。

站在李远航身后的陈桥看了他一眼，咬牙切齿，白眼都要翻到天上去了。

"借你的？你平常数学学得也不怎么样啊？而且他们几个连头带尾抄下来，脑子都不动！这么信任你？"班主任背着手，走到了陈桥的身后，教鞭在陈桥的桌面上敲了敲，那几声令整个教室仿佛都跟着颤了颤。

"陈桥，你说！李远航说他把作业借给你们看看，你们厉害啊！抄得一道题都没有对！真是才华横溢，接都接不住啊！"

陈桥心里面本来就有火,反正横竖自己抄作业已经板上钉钉了,李远航明明没有抄到凌默的作业却非要吹牛说抄了,吹牛也就算了,还没一道题是对的,这不是害人吗?想撇开自己,没门儿啊!

"因为李远航说他抄的是凌默的作业,所以我们想也不想就相信了!本来我们前几题还是对的,因为相信那是凌默算出来的答案,我们就把自己做对的题都改成错的了。"

"你胡说!我没抄!"李远航瞪大了眼睛回过头去。

丁老师也点了点头:"凌默的作业是全对的,一道题都没错。他要是抄了,就全对了啊。而且以凌默的性格,是不会给其他同学抄作业的。"

李远航听说凌默的作业是全对的那一刻,不由得惊讶了一下,随即明白过来了。

自己拿走的那份作业本是凌默早就准备好的,凌默这是在陷害他!

好啊,凌默!我忍了你那么久,这一次一定要把你全身骨头都拆下来!

"凌默,李远航是抄了你的作业吗?"班主任威严的声音再度响起。

"没有。"凌默的回答很简洁,但是却低着头。

班主任眯了眯眼睛。

"是李远航自己说他抄的凌默的作业!"陈桥不服气地叫了起来,他就是要把李远航拉下水。

曲昀摸了摸肚子……哎哟妈妈,原来是这样的大戏啊!这场大戏虽然幼稚,但还是很有意思的啊,只是到了这个点儿,他这个身体饿了啊。

啥时候演完了,好让他回家吃饭啊!

"你见过凌默给谁抄作业啊!"李远航立刻为自己辩解。

"因为你说凌默住你家,吃你的,喝你的,不给你抄作业你就给了他一拳,今天早上你家还没给他吃早饭!"陈桥叫了出来。

一时之间,大家都看向凌默的方向。

虽然凌默总是一副高冷的样子,但原来李远航家这么对他啊!

丁老师的心立刻软了,看向凌默:"凌默同学,刚才陈桥同学说的是真的吗?"

"不是。"凌默低着头回答。

凌默虽然不苟言笑,一点都没有这个年纪应带的几分幼稚的鲜活,但是他很有礼貌,无论是和哪个老师说话,都会看着老师的眼睛。

可今天,他却一直没有抬起过头。

曲昀看着凌默,眼睛眯了起来,这一切不仅仅是让老师知道李远航抄作业这么简单。

李远航扯起嘴角，看了一眼陈桥，好像在说：你说啊，你说啊，反正凌默不会承认被我打！

曲昀看着李远航那嘚瑟劲儿，都在心里抹了一把汗——孩子，你真的确定要这样吗？

陈桥被李远航的目光怼得一不做二不休，高声道："凌默的眼睛还是青的呢，难道他抡起拳头自己打自己啊！"

这句话一出，整个教室的人哗然。

今天一整天他们都看着凌默用一只手撑着额头，原来是挡眼睛上的伤啊！

班主任毕竟是有经验的，她很清楚，在这样的情况下继续逼问凌默，一个寄人篱下的孩子是不可能承认被欺负了的，毕竟他还和李远航一家住在一起。

丁老师正要走下来看凌默的眼睛上是不是真的受伤了，班主任却咳嗽了一声。

"好了，今天就到这里。你们六个人跟我去办公室，打电话给家长，叫他们来接你们！做错题不要紧，如果每道题你们都会做，还要老师干什么？但是态度是最重要的。如果你们拎不清自己的学习态度，那么再好的老师也教不了你们！"

班主任的话说完，其他同学纷纷开始收拾书包回家。

李远航一脸愤恨地看向凌默。老实说，他越愤恨，默默看戏的曲昀就觉得越爽。

熊孩子啊，搬起石头砸了自己的脚吧。

人家不是学霸，而是未来站在金字塔顶端的科学家，人类的救星，这么大的光环，是你李远航一个熊孩子就能绊倒的？

不过想到凌默的遭遇，曲昀的心里对凌默涌起一丝同情。路过凌默的课桌时，凌默刚好将书包背起来，在他转身的那一刻，曲昀看到了一丝浅笑。

嚣张、锐利而放肆。

他的步伐和平时一样，就那样不疾不徐地走出了教室。

而曲昀在那一刹那明白过来，所有的一切都在凌默的意料之中，包括他写了一本完全错误的作业本，他知道李远航会为了炫耀把抄完的作业拿给其他人抄，甚至他脸上的伤说不定都是故意让李远航打的，他的目的就是要李远航得意地把这事儿告诉其他同学，然后由其他同学来揭穿李远航一家对他并不好。

只是……这怎么可能呢？

这个时候的凌默才十四岁不到呢，这是少年版本的《宫心计》？

他刚才那一笑，应该只是嘲笑李远航自作自受吧。

不管那么多了……肚子好饿。

曲昀将饭盒从书包里拿出来，里面还放着早晨剩下的那个包子，虽然包子上沾了一些灰尘,但那又有什么?反正曲昀在现实中就不是那么讲究的人,而且这个世界还不是真实的,包括吃进肚子里的包子。

曲昀拿起最后一个,咬了一口。

虽然冷了,他还是觉得味道不错。

不知道是不是错觉,他觉得今天凌默走得比平时要慢一点。

当他们来到学校的第一个路口,凌默停下脚步。曲昀还在生他的气,一点也不想靠近他,于是站在一堆学生最后面,安安静静吃着自己的包子。

就在过马路的时候,凌默在路中央停了下来。

当对他视而不见的曲昀路过他的身边时,他的声音传入曲昀的耳朵里。

很轻,但是很清晰。

"对不起,弄脏了你妈妈给你做的包子。"

说完,凌默的长腿迈开,立刻与曲昀拉开了距离。

曲昀一抬头,看见的只剩下凌默的背影了。

"天瞎了,高冷孤傲、世界中心的凌教授竟然会说对不起了?"

曲昀一脸被闪光弹闪瞎了眼的样子。

随即曲昀明白过来了,凌默一定很想念自己逝去的母亲,所以当曲昀提起包子是妈妈做的时候,凌默是动容的。

加上他刚才毫不在乎地吃着掉在地上的包子,让凌默觉得他是真的很珍惜妈妈的心意吧?

……难道这算是歪打正着?自己意外在凌默那里增加了好感度?

曲昀开心起来。

这就好像炸碉堡一样,他匍匐前进,就快要接近碉堡下面了!

他快步走到凌默身边,笑着问:"你今天吃我的包子,说有戏看,戏在哪儿啊?"

"没看够的话,要不要我提升你做男主角?"凌默的声音冷冷的,却比之前要轻。

"……我不要。"曲昀想想李远航那个样子,凌默的剧本里男主角没有好下场啊!

"也对,你记不住台词。"

凌默停下了脚步,曲昀在凌默的唇上又看到了那一抹笑容,虽然还是只有一瞬,但曲昀知道,凌默是一个非常出众的演员,尤其擅长小野狼装小绵羊。

这时候班主任骑着自行车来到他面前:"凌默,老师有话想跟你聊一聊,我们去那边的饺子馆吃点饺子怎么样?"

凌默向后退了一步，用平常的语气说："老师，我得回家，我小姨不知道我去了哪里，她会着急的。"

"你小姨就是李远航的妈妈吧？她应该正赶来办公室领李远航回去。我们就聊一顿饺子的时间，聊完了，我用自行车载着你回去。"

凌默还是低着头，但是班主任却靠近了，轻轻将凌默的脸扶起来，果然看到了凌默眼睛处的瘀青。

"走吧，吃饺子去。老师也想问问你，为什么学习那么好，有没有什么诀窍。"

曲昀有点小羡慕："哇，班主任请你吃饺子！"

"回去做作业吧，数学三十五分的傻子。"

凌默点了点头，跟着班主任走进了马路对面的东北饺子馆。

班主任点了二十个饺子，十个白菜猪肉，十个荠菜虾仁。

等饺子的时候，班主任问了问凌默对于现在课程难度的感觉，等饺子上来了，凌默还是坐在那里一动不动。

班主任将盘子推给凌默，说了声："你先吃，这些都是给你点的。"

凌默还是低着头，咽下口水，过了几秒才将饺子送进嘴里。他吃得很慢，仿佛舍不得一下子把这些饺子都吃完，但吃东西的样子显得很有教养。

"凌默，你眼眶上的瘀青是怎么搞的？"班主任开口问。

"摔跤摔的。"凌默忽然停下筷子，坐在那里。

班主任眯起了眼睛，随即叹了口气："凌默啊，你是聪明学生，应该知道摔跤摔到眼眶，老师是不会相信的。你放心，老师知道，你住在李远航家里……"

"那是我家，不是他们家。"凌默的声音不大，却很肯定，而且清晰。

班主任意识到了什么，点了点头继续说："对，那是你家，他们只是暂住在你家里照顾你。所以，你眼眶上的伤，是李远航打的吗？"

凌默犹豫了片刻，最终还是点了点头。

"李远航是抄了你的作业吗？"

凌默点了点头。

"那么他的作业为什么全错了？你是故意的吗？"

凌默吸了一口气，再度点了点头。

"你是知道李远航会抢你的作业，所以故意写错的？"

"他把我那本作业本撕了，扔垃圾桶里了。我知道他抢了我本子，也不会还给我，索性就写了一本错的。"

"他妈妈知道这件事吗？"

"知道……她说李远航是弟弟,我应该让着他。"

班主任了然于心,说了句:"把饺子吃了吧,吃完了,我送你回家。"

凌默没动。

班主任笑了:"你都这么大了,还要老师喂你吗?"

凌默这才提起筷子把饺子吃了,然后班主任让凌默坐在自己车后边,将他送回家。

一路上,凌默一开始只是坐着,后面有些颠簸,他才抬起手紧紧拽着班主任的衣角。

班主任黄老师的眉头蹙了起来,她能感觉到这个孩子隐藏在平静外表下深深的孤独与不安。

黄老师走进凌默家客厅时路过一个垃圾桶,里面撕碎的纸页上还有凌默的笔迹,看来凌默说李远航故意撕碎他作业本的事情多半是真的了。

黄老师的拳头握了握,刚打开凌默的房门,她就愣住了。

这间房间里就一张小床,一套小学生用的书桌,以凌默现在的身高来说肯定不合适了。房间只有一扇小窗,怎么看都不像是一间房间。

一根绳子从房间的对角线拉过,上面还挂着半干的校服。

"他们就让你住这里?"

"嗯。"凌默点了点头。

"岂有此理!"一股火冲上黄老师的头顶,她低下头来十分认真地对凌默说,"你什么都别说。今天我会请教务处的林主任一起来家访!本来我还以为李远航说的话只是争强好胜,没想到竟然是真的!必须要让陈莉夫妇知道点轻重。她还想当家长会的联络员,我们怎么能同意?这不是给学生家长带来负面影响吗?"

而此时的陈莉已经来到了年级办公室,她的儿子就站在那里,低着头,面前是一位年轻的女老师。老师一脸严肃地将李远航的作业本递给了陈莉,陈莉翻开一看是一片红色。

陈莉立刻火了:"李远航!你上课到底听没听讲?怎么一道题都没对?"

"不只这样,他的作业还是抄凌默的!"丁老师说。

"抄凌默的?不可能吧?"陈莉失笑,"这要是抄凌默的作业,那还能全错啊?"

"五个同学亲耳听见他说的。他还说凌默不肯给他抄,他就把凌默给打了。"

陈莉一听脸色就变了,直接揪起了李远航的耳朵:"我叫你得意吹牛!就你还打得过凌默?老师,你别听他胡说,他在我们家里都是被凌默摁着打的!"

"凌默不会打你家儿子吧?而且你家儿子今天好得不得了,上课的时候我可是看见凌默的眼眶是青的。"正在改作业的英语老师抬起头说。

"不不不，老师别误会，我的意思不是说凌默打了远航，我是说远航打不过凌默，所以凌默的眼睛不是远航打的。"

"你这是转移话题！你儿子亲口对着那么多同学说抄凌默作业，这怎么说？"丁老师追着问。

"老师，您别生气！这就是小孩子没认真听讲作业全错，然后又吹牛说看到了凌默的作业，这才惹出来的。其他同学抄我家远航的作业，那是其他同学的学习态度不好，这还是得一码归一码。我为我家李远航没好好上课向老师道歉！我回去就亲自教训他，盯着他写作业！"

陈莉这一说，年轻的丁老师张了张嘴竟然说不出话来。

寒暄了两句，陈莉带着李远航走到办公室门口的时候，一直低着头改作业的英语老师抬起头来，说了声："其实作业会不会不是大事儿，老师讲一千遍一万遍都没关系，但是人品如果是从根儿上就坏了，那就真的谁也救不了了。"

这句话说完，陈莉的脸色都暗了，她拽了拽李远航，依旧恭敬地回答："老师说得是，我们家长一定注意！"

等到离开了教研楼，陈莉忍不住狠狠拍了一下儿子的后脑勺。

"你说你脑子是不是有问题？你怎么会当着那么多同学的面说自己打了凌默？你成绩是比凌默好吗？还是你觉得比起凌默，老师更喜欢你？"

"妈……可是凌默他陷害我……他故意准备一本全写错的作业本给我……"李远航很不甘心。

这时候另一个穿着长裙、气质优雅的女人迎面走了过来，她微微向陈莉一笑。

陈莉立刻展露出笑容来："卢主任，您好！没想到在这里见到您啊！是来接陈桥回去的吗？"

这位卢主任就是陈莉所在单位的办公室主任，同时也是陈桥的妈妈卢月华。

"没办法，听说我家陈桥抄了你家李远航的作业，闹得人尽皆知啊。"卢月华说的话很客气，但是陈莉有了不好的感觉。

"是远航不对，他不该拿自己的作业给陈桥抄！卢主任，您别介意！"

"这么说，错都在我家陈桥身上？我怎么还听说，你对凌默并不像你成天说得那么好？李远航想打他就打他，你想不给孩子饭吃，就不给孩子饭吃？我家陈桥学习是不好，可是进了中学这么久，还是第一次闹到要叫家长来啊。看来果然近朱者赤，近墨者黑。"卢月华还是笑着，但是眉梢扬了起来，若有所指。

"卢主任，这真的只是孩子口没遮拦！您可千万别相信啊！"

陈莉身后的李远航想要辩解，却被陈莉拦住了，说多错多啊。

"是不是孩子的无心之言，谁知道呢？只是咱们单位的半年优秀工作者不仅仅要考核工作表现，还有人品。孟飞的父亲也是单位中层干部，这回他也到学校来接孩子了，被老师批评得灰头土脸。就算我还愿意投你一票，孟经理知道了，心里也会不舒服吧？你上次送给我的香水我还没开过呢，看那包装就觉得太贵重了，明天我让陈桥给你送回来。"

说完，卢月华就走了过去。

"卢主任，卢主任！您听我说！"

卢月华扬了扬手，意思是这件事到此为止。

陈莉气得想给李远航一个大耳刮子。

"臭小子，这下你满意了？我跟你说过多少遍，在人前要对凌默和和气气，这下好了！你知道这个半年优秀工作者对妈妈多重要吗？你搞得一个主任、一个经理来学校被年轻老师训话，你知道这多没面子吗？她肯定会记下来啊！"陈莉的眼泪都快要掉下来了。

"妈，你怪我干什么啊？我也被凌默算计了啊！"

"那是你蠢！走，回去！"

晚上陈莉破天荒蒸了包子，夹了一个给李远航，一个给凌默。

凌默没有要吃的意思，吃了陈莉的包子，起码要还她一块金子，于是他只是淡淡地看着。

"小默啊……你能不能帮小姨个忙？"

"小姨你说。"

"就是远航他爸爸一直说想吃莲藕肉馅儿的包子，你能帮我个忙，给他送去厂子里吗？他要周五才回来。听说厂子里伙食不大好，没油水，包子都是白菜馅儿的，你姨父说想吃点肉都快想疯了……我本来说亲自给他送过去，谁知道今天接着老师电话，着急赶去接远航，把脚都给崴了……"

陈莉一副小心翼翼的样子，而且强调说是接到老师电话着急才崴脚的，就是暗示凌默，如果不是凌默陷害李远航，她也就不会崴脚了，凌默得对这件事负责。

"好。"凌默低下头。

"唉，还是小默让人省心，你表弟要有你一半懂事就好了！"

一旁的李远航一开始听见陈莉对凌默的夸奖还很不爽，十几秒之后想明白什么，便露出幸灾乐祸的表情来。

看着凌默出门，李远航跑过来抱住了陈莉。

"还是妈妈厉害!坐公交到老爸的厂子,得一个多小时!"

"等他坐过去,回来的时候,末班车就没了,看他怎么回来。这才叫下马威!看他以后还搞事吗?"

凌默离开了家,上了公交车,他眯着眼睛打了个哈欠,想也不想就靠着车窗睡着了。

等坐到终点站,他并没有去找李远航他爸的工厂,而是直接坐上回来的公交,又靠着车窗睡了一觉。

凌默的嘴角微微扬起,路灯的灯光掠过他的脸庞,忽明忽暗。

时而阴郁,仿佛无数暗涌的浪潮在阴影中翻滚。

时而明亮,像是万千羽翼挣扎着想要飞入空中。

就在陈莉坐在沙发上看电视的时候,敲门声响了起来。

陈莉看了看时间,心想凌默不至于这么快就回来了。

于是,她起身将门打开,发现站在门外的是李远航的班主任以及教务处主任。

"哎呀!两位老师怎么来了?是不是为了白天远航犯的错啊?"

教务处主任笑着说:"远航妈妈不要紧张,我是学校的教务处主任林苑,这位是班主任黄老师。我们是为了落实教育部的一项工作,要求在本月结束之前,学校对学生的家访率要达到百分之六十。您看,您这儿有两个学生,我们肯定要优先过来看看。"

"哦……原来是这样,林主任,黄老师,请进!请进!"

教务处主任和黄老师看了看李远航的房间就退了出来。

"那么我们去看看凌默吧。"林主任对正在准备茶水的陈莉说。

"哦……小默啊,他出去给他小姨父送饭去了。因为我崴了脚,不方便,小默作业又写完了,我就让孩子帮忙跑个腿儿。要不然,两位老师明天再来?"

陈莉心里紧张起来了。凌默一时半会儿是回不来的,要是被两个老师知道,她让凌默去那么远的地方送东西,又不知道会生出什么闲话来。

"凌默也不可能要到九、十点才回来吧?我和黄老师就等等他吧。"林主任开口道。

陈莉心中不安起来,毕竟和李远航的房间相比,陈默的房间太小了,万一让老师,特别是还有教务处主任看见的话,难免产生不好的联想。

但是无论陈莉说什么,黄老师和林主任的意思都是要见一见这位年级里最出色的学生。

陈莉如坐针毡,心想怎么好死不死今天跑来家访呢?而且还是教务主任,为什么总觉得这个班主任黄老师是故意选的今天？

但愿凌默半路上觉得太远自己回来了。

不过这个多半不大可能。凌默那么固执，哪里会半途而归啊！

他到了厂子后打个电话回来报平安也行啊，到时候就可以找借口对老师说，明天早上他姨父会亲自送他去学校，今天晚上就在厂里睡了。

可问题是……厂子里在搞技术学习，除了守门的大爷，就没人了……凌默就算到了，也没个地方打电话。她就是看准了这点，才要让凌默白白去厂里跑一趟的！

唉，真是倒霉啊！

这个时候，凌默已经从回来的公交车上下了车，他路过一家小商店，看了看里面的挂钟，才九点半，还不够晚，要再晚一点回去。

他拎着保温桶，单手揣着口袋，漫步在街道上。

前几天下雨，今天好不容易晴天了，晚上的云少，抬起头，还能看见几颗若隐若现的星星。

而此时的曲昀，正百无聊赖地坐在书桌前，翻开数学作业本，一如既往地做到了倒数第三题就做不下去了。

没有思路的时候，绞尽脑汁也只是自我折磨而已，于是曲昀放逐自己，撑着脑袋在窗边发呆。

这个年代连互联网都不是很发达，就更不用说什么智能手机了。曲昀无聊地打了个哈欠，目光往窗外一瞟，就看见了凌默熟悉的背影。

他一个人，保温桶随着他的步伐晃悠着，走在清冷的路灯下。

看起来并不寂寞，反而更像是享受这一切。

曲昀想到白天发生的一切，忽然像是打了鸡血一样，打开房门就冲了出去。

"小北——这么晚了，你跑哪里去？"

"我看见我同学在楼下，我去找他！"曲昀说完就跑下去了，生怕自己动作慢了，凌默就又走远了，自己追不上。

他一边跑一边感觉到自己肚皮上的肉一颠一颠的。

唉，他要减肥啊！这样下去不减肥是没有前途的，是追不上时代浪潮的啊！

好不容易就在拐角的地方，曲昀终于要追上凌默了。那感觉就好像是在林子里埋伏了几天几夜，终于目标出现可以扣下扳机一样。

"凌默！"

他忍不住叫出那个名字，带着几分雀跃。

凌默蹙了蹙眉头，却还是当作没听见，继续往前走。

按照对方的速度和自己的质量，曲昀知道如果凌默迈开步伐，自己又要追不上了。

"你口袋里的钱掉出来了！"曲昀高声道。

凌默终于停下脚步，转过身来。

"白痴，我口袋里没钱。"

管你有钱没钱，你会停下来跟我说话，说明你愿意和我说话。

"这么晚了，你怎么一个人在外面晃悠呢？"曲昀喜滋滋地说。

"你不也是一个人大晚上在外面晃悠？"凌默声音淡淡的。

"那我是从窗子上看到你才下来的。怎么了，被你小姨赶出来了？"

曲昀本来想过要不要用委婉一点的方式去关心凌默，后来想想，还是算了吧。越委婉，在这家伙眼底大概就越显得虚伪，倒不如直来直去。

"所以呢？"凌默看起来冷淡，却并没有不搭理曲昀。

"那你要不要到我家去？我刚好数学做了一半，最后三道又不会写了，你教教我？"

"我不是说了叫你放弃吗？"

"放弃什么？也许在你心里，没你聪明的都是蠢才。我没想达到你那个程度，我就想，至少作业能写满了交上去。我妈又要给我吃夜宵了，我要是再吃下去，真要三高了，正好你也帮忙消化消化？"曲昀用一种哥俩好的语气说。

其实从今天白天包子的事情，曲昀就发现，凌默对直来直去说真话，哪怕是不好听的真话的人，远比那些委婉地装好人的人要有耐心得多。

"你到底想要什么？"凌默开口问。

"你拎着个保温桶在街上晃悠，肯定是在杀时间吧？我记得天气预报说晚上有阵雨，你确定你要继续晃悠下去？等到阵雨下下来了，你明天还有干校服穿吗？"

凌默还是没有动。他对所有接近他的人都充满戒备，这才是为什么那么多精英潜入他的潜意识却无法完成任务的原因。凌默要的是别人对他最真实的回答。

曲昀呼出一口气来，朗声问："凌默，你觉得自己是猫还是老虎？"

他与凌默对视，眼睛很明亮，也很坦荡。

凌默站在那里，一直看着曲昀的眼睛。

"有人对我说过，当你还是一只猫的时候，得心有猛虎。但是当你成为一只虎的时候，别忘了你曾经是一只猫。你的内心可以清高，但是姿态别那么高，别高估你自己，也别看轻别人。"

凌默用一种从来没有过的目光看着曲昀，仿佛要看透这副身体背后到底是一个怎样的人。

那是一种十几岁的少年所没有的洞察力。

曲昀知道自己应该庆幸接到的任务不是与他为敌。

"也许我在大多数人眼里只是一只肥猫，但是肥猫也有爪子。你是一只漂亮的小老虎，可那又怎样？你再聪明，也没人懂你。"

凌默站在那里，拎着保温桶的手不可察觉地颤动着。

好像有什么在敲击着他的心脏，一下又一下，明明就要将他击穿，可他却又无法克制地期待着崩裂的那一瞬。

手中的保温桶被人拿走了，他甚至还没反应过来。

"走了！我跟你说，我妈做的打卤面巨好吃。"

凌默看着前面有点圆圆的背影，他明明可以上前把保温桶夺回来，但是他还是没有那么做。

当他们路过一个小商店时，前面的曲昀忽然停了下来。

他摸着下巴看着从玻璃门上映照出来的自己的样子，惆怅地呼出一口气来。

"你干什么？"

"你说……你是不是故意在我家楼下晃悠？"曲昀一副"我忽然聪明起来"的样子。

凌默的神情冷了下来："你什么意思？"

曲昀立刻笑着说："我的意思就是，你想跟我做朋友啊！"

凌默转身就要走，曲昀赶紧上前拽住他。

"你别走啊！一点玩笑都不能开，胖子没有被人待见的权利啊！"

凌默要拿回曲昀手里的保温桶，曲昀不肯给，凌默竟然没有再抢。于是曲昀拎着保温桶快步向前走，一边走，一边回头看凌默还在不在。

凌默始终没说话，只是跟着他大概两三米的距离继续走。

来到家门口，曲昀拍了拍门："妈，妈！我回来了！"

梁茹把门打开，刚要训儿子快十点了还往外跑，就看见儿子身后真的跟了一个男同学，还是眉清目秀一看就是好孩子的那种。

"哎呀！真的是下楼找同学去了，进来进来！"

"阿姨好，这么晚了，打扰阿姨了。"

"不打扰！你叫什么名字啊？长得真好看！"梁茹给凌默拿了拖鞋，让他进来。

"他叫凌默，我们班，啊不对，我们年级里学习最好的那个！"曲昀带着一种自豪的语气说，好像说的不是凌默，而是他自己。

"这就是凌默啊！我开家长会的时候经常听见你的名字啊。阿姨煮了打卤面，进来吃一碗！"

"妈……我才是你儿子哦！"曲昀无奈地说。

"你是我儿子又怎么样？你数学才考了多少分啊？我被老师点名的时候，你知不知道我有多惨？"梁茹就差没去拧儿子的耳朵了。

"妈……你知道家长会上最悲惨的，不是老师指着你说你儿子数学只考了三十五分。"

曲昀一边说，一边又多找了一个碗出来盛面。

"那是什么？"梁茹没好气地问。

"而是咱们班主任指着另一个家长对你说，那是你亲家。"曲昀舀了一大勺卤肉酱浇在面上。

"那还是让我死了吧。"梁茹叹了一口气。

凌默又侧过脸去，嘴角翘了翘。

曲昀招了招手："凌默，吃面啦吃面啦，再不吃就糊掉了！"

"阿姨一起吃吗？"凌默看着梁茹说。

"我晚上不吃，这个年纪吃了容易胖。还是凌默懂事，不像小北，有了同学忘了娘！"梁茹好笑地摇了摇头。

凌默刚坐下，曲昀就把那碗都是卤肉的面推给了他。

"赶紧吃吧，把早上没吃的补回来。"

"什么'早上没吃的'？凌默早上没吃早饭吗？孩子，听阿姨说一句啊，早饭一定要吃，不然容易得胆结石的！"

"妈——你不知道，就别瞎说。那是凌默的阿姨一家欺负……"

曲昀的话还没说完，凌默就把筷子放下来了。

"你再说，我立刻就走。"凌默的目光扫了过来。真别说，看得曲昀心里凉飕飕的。

"为什么不让说啊？反正今天那么一出大戏，你还担心下一次家长会的时候没人知道啊？"曲昀歪了歪嘴。

儿子第一次带同学回家玩，梁茹很高兴，于是坐在桌边也跟着聊了起来。

"不过凌默啊，都这么晚了，你怎么还在外面呢？这个保温桶里面是什么东西啊？"

梁茹是长辈，而且是对自己有善意的长辈，凌默的筷子顿在那里。曲昀算是看出来了，凌默在犹豫。

说实话是对长辈的尊重,可是实话说出来,就像博取同情,把长辈当成枪杆子一样。

曲昀低着头,哧溜哧溜吸着面条。他不打算多嘴了,说或者不说,应该是凌默的选择。

梁茹毕竟是在大企业里做事的,见多了人情世故,也看出来凌默是一个自尊心比较强的孩子。她想了想,开口说:"凌默,你今年多大了?"

"十四岁。"凌默放下了筷子。

梁茹也不叫他继续吃,而是语重心长地说:"十四岁,那就是孩子啊。梁阿姨不是看不起你,或者觉得你弱小,但是你需要知道,生活中有些事情本来就是由大人来解决的。你觉得可以忍耐,但这个时候的忍耐,其实是对你人生时间、空间的挤压和浪费。你有这个时间去忍耐,还不如什么年纪做什么样的事情。"梁茹拍了拍凌默的肩膀说。

但是她也仅仅是点到为止,并没有逼凌默说什么,而是起身去厨房收拾东西了。

这时候就剩下曲昀和凌默坐在饭桌上。

曲昀说了句:"我觉得我妈说得挺好的。"

凌默没有说话。

没过多久,家里面的锁眼忽然动了,有人拎着行李箱进来了。

"哎,老公,你怎么回来了?"

走进来的就是莫小北的父亲莫青。

莫青戴着一副眼镜,穿着白衬衫,在玄关就说:"小北这次数学就考了三十五分吧?我再不回来看看,这孩子是要上天了吧!"

"呃……完了……"曲昀看了一眼旁边的凌默,只见他站起身来。家里人多了,他大概觉得不自在,可能要走了。

曲昀赶紧拽住他,小声说:"求你了别走……你在的话,我爸爸就不好意思揍我了。"

"那是你活该。"凌默凉凉地说。

"……真没人性。"曲昀的脸皱了起来。

莫青一边换鞋一边说:"我在这次的工程会上碰到了志群生前研究所的人,终于问到志群的儿子在哪儿了,就和小北念同一所中学!明天要不你陪我去看看那孩子。"

梁茹走过来,和丈夫聊了起来:"是去学校看吗?要准备点什么?"

"也不知道这个年纪的孩子喜欢什么。买点新衣服?"

"你也真好笑,那也得看见孩子长多高,什么体形才能买啊!"梁茹好笑地说。

"也行。我打算每个月给那个孩子存一千元左右的教育经费,存到他上大学。"

"你以为志群没给孩子留点家底?钱是小事儿,大人要经常关心孩子,别让孩子觉得自己没有家人,才是重点。你问到孩子叫什么了吗?"

"叫凌默,幽默的默。"

曲昀的视线望向凌默,果然见到凌默僵在那里。

莫青刚走进来,就看见站起身的凌默,那一刻,有一瞬间的失神。

"小北,这是……这是你同学吗?"

"嗯。爸爸,这是我同学凌默,不过不是'幽默'的'默',是'沉默寡言'的'默'。"曲昀心里激动起来,他怎么都不知道原来莫小北的爸爸一直在找凌默?

"你……你叫凌默?"莫青又走近了一步,极为认真而郑重地看着凌默。

凌默很谦逊地说了声:"叔叔好,这么晚打扰叔叔阿姨休息了,我这就回去了。"

"凌默要走啊?面都没吃完呢!是不是阿姨做得不好吃啊?"梁茹从厨房里赶了出来,然后瞪了莫青一眼,"你大晚上跑回来,一进门就嚷嚷,把人家孩子都吓坏了!"

莫青却没顾上回答,有点激动地问凌默:"你……你爸爸是不是叫凌志群?"

凌默点了点头:"我父亲是叫凌志群,叔叔认识我父亲吗?"

莫青两三步走过来,忽然一把揽住了凌默的肩膀:"像啊,你长得可真像你爸爸!你坐,你坐下!我和你爸爸是高中同学,那时候刚恢复高考,你爸一次就考上了最好的大学,我又考了一次才考上的。那一年,我心情低落,你爸一直帮我补习,后来我就考上了!"

梁茹也拉着凌默坐下:"孩子的家长会你哪次去过?天天都在忙你的工程项目。你要是去了家长会,早就见到凌默了!"

"孩子,你这几年在哪儿啊?过得怎么样?你爸妈出事儿的时候,我正好是在海外进修的第三年,小北的妈妈带着他在外省,直到同学会才听说你父母的事情。虽然毕业之后我们天各一方联系得少了,但是你父亲一直是我最敬佩的朋友!"

凌默的眼眶红了,身体还是那么僵硬,但是喉头却掩饰不住地颤动着。

那一刻,曲昀看了也有些心疼。无论凌默在未来如何出类拔萃,此刻他也只是十几岁的孩子而已。

"我……我跟着我的姨父和姨母,过得还行。"

凌默的话刚说完,就听见拍筷子的声音。

"这都叫还行?你咋不说你现在住在月亮上呢?"

莫青和梁茹看了过去，发现自家儿子一副气鼓鼓的样子。

"小北，怎么了？哎哟，爸妈是看见从前师兄的儿子，激动了一下，没顾虑到你，对不起啊！"梁茹当是自己儿子吃醋了。

谁知道曲昀却说："你对着真心关心你的长辈也硬拗着，你累不累啊？等我妈开家长会，听那些三姑六婆说你小姨怎么对你，你表弟怎么欺负你的，我妈肯定会哭，我爸会在工地上跳脚！你有意思吗？"

"怎么回事？"莫青看向儿子。

曲昀义愤填膺地说："才不是凌默跟着他姨父和姨母过呢！是他姨父姨母带着李远航霸占了凌叔叔的房子，还对他不好！"

"莫小北！"凌默瞥向曲昀。

曲昀却很明白，就算是少年，在心里也是把自己当成男人的。男人向别人哭诉和抱怨显得软弱，那么凌默不好说的话，他曲昀对着自己爸妈却可以随便说。

"瞪我干什么？你瞪我，客观事实还是事实，不会以你的意志为转移！好人就是好人，坏人就是坏人！"

莫青一把将凌默摁了下来，看着自己儿子说："莫小北，你来说！有不对的，凌默再补充纠正！"

曲昀可算找到机会了，他绘声绘色地把早晨听见李远航怎么吹牛揍了凌默，陈莉没给凌默早饭吃的事情都倒了出来。

有些事情不用说得太明白，虽然看着是件小事，但大人们总能依靠经验把小事背后的大事猜个七七八八。

莫青是一个高级知识分子，他的骨子里本来也清高，听不得这种小市民家里乱七八糟的事儿。而且凌默又是他高中时代好朋友的孩子，心里面那股火就直往脑门儿上冒。

梁茹也是个心细的主，立刻想到了什么："凌默，你跟阿姨还有叔叔说清楚，这么晚了，小北看见你还在外面，还有你那个保温桶，到底怎么回事儿？"

凌默抿着嘴，不说话。

"凌默，还记得阿姨对你说过什么吗？有些事情，是大人来解决的。你有你在这个年纪应该做的事情，不要浪费自己的精力，哪怕你觉得自己能挺过去。"梁茹拍了拍凌默的肩膀轻声道。

"高中的时候，我跟你爸之间从来都是有话就说。我希望我和你之间，也能这样。"

莫青这一句话，让凌默的眼眶瞬间湿润起来，他将陈莉叫他出去给她老公送包子的事情给说了一遍。

凌默说着，莫青的拳头慢慢握了起来。他一个知识分子不会说脏话，但是从脑门上的青筋看得出来，他是真的怒了。

梁茹直接拍了桌子："这个陈莉脑子是被门夹了吗？那个厂子地点我知道，凌默晚上跑去送什么鬼包子，下了车还得走十几分钟呢，这哪里赶得上末班车回家啊？她费那么多心思对付个孩子，这不是有病吗？"

"妈……原来是这样啊！我还以为只是想使唤一下凌默呢……还是妈你聪明！"曲昀朝梁茹竖起大拇指，不忘记拍妈妈的马屁。

梁茹拍了一下儿子的脑袋："你以为别人都跟你一样蠢啊！"

"我记得那个厂子，这段时间晚上都安排员工培训，地点不在厂子里，而是厂子附近的职高。我们单位还派了工程师过去做指导，所以我知道这事儿。凌默就算去了也见不到他的姨父，他小姨难道不知道？"莫青看向梁茹。

"这就更可气了，她这就是故意的，给凌默下马威呢。她心里肯定是觉得自己儿子抄凌默作业抄错了，是凌默欺负了自己儿子呢！"梁茹摇了摇头，"真是林子大了，什么鸟儿都有！这心眼儿真够垃圾的。"

凌默看了看时间，起身说："莫叔叔，梁阿姨，时间不早了，我得回去了，明天还要上课呢……"

"还回去干什么？在这里睡！明天早上我送你和小北去上学！"莫青的脸色很不好看。

曲昀哪里会放过这个接近凌默的好机会？今天他才知道，原来自己爹妈和凌默的父亲是这样一个关系，这简直是超强外挂，看来自己离完成任务不远了。

他必须要将这个有利条件好好利用起来。

曲昀在桌子下面拽了拽凌默，小声说："你别走了……你要是走了，我爸就要跟我秋后算账数学三十五分了！"

梁茹也拍了拍凌默的肩膀说："就在这儿睡。这都十点多了，到哪儿不是睡觉啊？我给你小姨打个电话，别怕她。"

这个时候，正在沙发上坐着的教务处林主任和班主任黄老师的脸色越来越难看了。

"这么晚了，都十点多了，凌默怎么还没回来？不会出事了吧？"林主任看向陈莉。

陈莉笑了笑，装模作样地说："那个，我去打个电话，问问凌默姨父。也许他姨父觉得时间太晚，就把凌默留在厂里的职工宿舍睡觉了？"

陈莉起身去打电话了，而黄老师则靠向林主任说："会不会孩子一直就在房间里睡觉，我们不知道啊？还是生病了，他小姨不想我们看见？"

林主任的眉头也蹙起来。

"我看这房子除了主卧和次卧，就那边那扇门了，我去敲门看看？"黄老师是知道凌默住哪间房的，但她就是不说，她想要林主任亲眼看看凌默住的房间。

"我跟你一起去。"

林主任也起身，和黄老师一起走向那个小房间。

就在陈莉拿着电话酝酿好准备演戏的时候，黄老师已经打开了房间门。

迎面映入林主任眼帘的，是一排晾在绳子上的校服，房间里也带着潮湿的味道。

陈莉一回头就看见了，赶紧冲过来："哎哟，两位老师，这是怎么了……"

林主任的脸色瞬间难看了起来："你竟然让一个孩子住在这样的房间里？"

"这个……这不是凌默住的，这是我们家的储物间。这段时间不是下雨吗？衣服干不了，所以就在这里晾着了……"

"储物间？"黄老师声音扬起，拨开衣服，走到一个小书桌前，"怎么这里放着凌默的书包？怎么这个书桌的抽屉里是凌默的作业本？"

"那个……家里两个孩子，空间挤了点儿，凌默就把东西放在这里了……"越是解释，陈莉的心脏就跳得越是厉害。

"是啊，连衣服都收在这里了？"黄老师打开一个柜子，里面都是凌默的衣服。

"如果这里不是凌默的房间，那么哪里才是？这套房子就一间主卧，一间次卧。次卧你儿子在住，我没看见第二张床，难不成凌默跟着你睡主卧吗？"林主任的声音压得很低，听得出来他是在压抑怒气。

这个时候，家里的电话忽然响了起来。

黄老师本来就担心凌默这么晚了还没回来，一听到电话就赶过去："估计是孩子打电话回来了。"

陈莉赶紧要去接，林主任却说："我来接！我要亲耳听孩子说，他这么晚到哪里去了。"

陈莉肩膀一颤，但是林主任很有气势地上前将听筒拿起。电话那端，传来的是莫青的声音。

"喂，我是凌默同班同学莫小北的父亲莫青，凌默晚上就睡我们家了，明天我会亲自送他去上学。"

林主任一听有孩子消息了，立刻说："这位是孩子家长吧？我是教务处的主任林苑，我和凌默的班主任来做家访，结果等到了晚上十点也不见孩子回来，能不能跟我们说一下情况？"

一旁的陈莉更加蒙了，凌默现在在别的学生家长那里？

而电话那端的莫青一听是教务处主任，神色立刻放缓了。

"林主任，不好意思。对不起，我不知道电话那端是您。"

在一旁听电话的梁茹拽了拽莫青的袖子，问："谁啊？"

"他们教务处主任在做家访，说是一直在等凌默……"

听到这里，曲昀总算明白，凌默拎着保温桶明明都回了市区，却还在外面晃悠不回家的原因了。

他肯定早就知道今天有家访了，所以故意让林主任在家里等他回去。

行啊，这一套一套的。

曲昀斜着眼睛看着凌默。

凌默却没看曲昀一眼，而是专心致志地吃面，一副与世无争的样子。

梁茹一听是教务处主任，眼睛一亮，说了声："你说不清楚，我来说。"

她从莫青那里拿过了听筒："林主任啊，真不好意思，事情是这样的，我爱人莫青今天正好从外地回来，大概九点多的样子开车经过大红机械厂，发现有个穿着和我儿子同样校服的少年在路上走，所以就问了问，没想到竟然是我儿子的同班同学。那么晚了，孩子没赶上末班车，想要走回来。我爱人一看这怎么行啊，就把他带回来了。到了市区，孩子在门口不回家，我爱人一看就觉得奇怪了，原来是孩子去机械厂给他姨父送包子。可是晚上那机械厂根本没有人，都去职高学习去了，孩子包子没送到，不敢回家。我爱人一看，觉得这不行啊，就把孩子带回家来了。林主任，您看时间都这么晚了，我们留孩子睡一晚，没什么大问题吧？"

梁茹的声音是又客观，又带着对教务处主任的尊重。

只是她说的……好像不是那么回事吧？

明明是他曲昀把凌默带回来的，不是他老爸莫青啊！

"哦，原来是这样，能让我听一下孩子的声音吗？"林主任还是相当谨慎的。

梁茹点了点头："那当然。凌默，你过来和你教务处的林主任报一声平安。"

她一回过头就看见自己的爱人莫青傻傻地看着自己，曲昀也侧着脸，一脸呆萌。

凌默放下筷子，来到了电话边："林主任，我是凌默。真对不起，让你们在家里等那么久……我现在在同学莫小北家里。"

"那就好，我和你的黄老师就安心了。有事情明天再说，今晚好好睡觉。"

"谢谢林主任。"

"行，那我和你黄老师就先回去了，今天太晚了，明天我们好好聊。"林主任说。

挂了电话，凌默站在那里。

曲昀拉了拉梁茹的袖子说："妈，我爸什么时候去工厂附近接了凌默啊？"

"小茹……你这是撒谎，是在给孩子做不好的榜样。"莫青抬了抬眼镜，一本正经地说。

"你是做工程师做到脑子坏掉了！"梁茹用手指戳了一下莫青的脑子，"我哪里说错？那个陈莉想的不就是凌默到了车厂又找不到人，又没有车子回来？一晚上在外流浪，孩子该多寒心啊！凌默那是聪明，没耽搁到那么晚就直接回来了。如果是你的傻儿子莫小北，你自己想一下，他肯定在路边哭呢。"

"妈……妈……"曲昀拉了拉激动的老妈，很认真地说，"我不会哭的，我真不会哭的。"

"那你会怎样？你认得路走回来？"

"……反正我不会哭的……"曲昀强调说。

莫青想了想，一本正经地说："说得也是……不像你么说，林主任也无法了解陈莉的不轨用心。"

"好了啦，都快十一点了，凌默去洗澡，阿姨给你找睡衣穿。你这个校服也脱掉，我刚才摸了一下，都没干透。你不能这样的，湿气进到身体里面是会生病的，以后老了会有关节炎！"

"阿姨，现在洗了干不了的。"

"家里有烘干机。小孩子想那么多干什么？赶紧睡觉，睡少了长不高的！"梁茹赶了赶两个孩子，"小北，带凌默去你房间。妈妈去准备被子和枕头，不是有床新被子吗？放哪儿去了……"

"妈……我才是你亲儿子……"曲昀看向梁茹，那床被子他一直想盖。

"我知道，也只有亲生的儿子数学考三十五分，还能留在家里混吃混喝了！"

曲昀表示……无话可说。尽管如此，曲昀还是在心里放着烟火。

耶！他可以和凌默一起畅聊人生了！

第三章 命运真是奇妙的东西

曲昀不断在内心酝酿着：大兄弟啊！你现在所有遭受的不公都已经过去了，你赶紧醒过来吧！

而林主任和黄老师也准备离开了，陈莉一直将他们送到了门口。

"林主任，黄老师，这真的是个意外。你看，我的脚踝受伤了，这才让凌默去给他姨父送包子的……也真的一时之间没想到公交会没有！"

"脚踝受伤……"黄老师低下头看了看陈莉的脚踝，"我看你刚才走路挺利落的。"

陈莉心里慌了，她忘记装了！

"在我看来，不管你是不是忘记公交车的末班时间，晚上让一个十几岁的孩子到那么远的地方去送东西，也是不对的。难道大人吃个包子还会比学生的安全更重要？"

林主任摇了摇头，就要离开。

陈莉一时之间想不出个合适的说辞，而林主任离开之前，用类似警告的目光看了一眼陈莉。

"这位家长，你怎么对待凌默的，我们心里有数。打个比方，李远航的房间，你花点心思弄个上下铺，两个孩子就都能住下了。可是你竟然能让凌默住在那么小的储物间里，湿的衣服也晾在那里。如果我没记错，你因为是凌默的监护人，才有资格住在这套房子里的吧？虽然说我和黄老师没有管你们家务事的权利，但是如果凌默受到任何伤害，或者他的权利被侵犯，因此提出申请撤销你们的监护人资格的话，我和黄老师也会对着法官说实话。"

林主任说完这话，正好住在楼上加班完的男人走上来，他抬头若有所思地看了一眼陈莉。

陈莉一看，不得了啊，这个男人是最近搬来的，不知道口风紧不紧。

"对了，家长会联络员这个工作，我和林主任觉得还是交给其他学生的父母吧。您有两个学生要照顾，还是以照顾好李远航和凌默的学习以及生活为重。"

等到林主任和黄老师走了，陈莉坐在沙发前，忽然一把将茶几上所有的东西都掀落下去了。

"妈……你怎么了？"李远航打开房门，有点害怕地看着陈莉。

"你知不知道，你不过抄一下凌默的作业，却把你爹妈的天都捅下来了！"

"不就是个家长会联络员吗……"

"这个联络员就是人脉资源，你懂不懂？！我好不容易打听到，你们班上有学生的家长就是高级工程师！能找到人家，就能以家长会联络员的借口去跟人家多走动，让人家把你爸从那个破厂子调回市区来！"

李远航愣在那里。

陈莉用力摁住脑袋，她此刻终于明白，凌默当初说李远航既然喜欢动拳头就要付出代价到底是什么意思了！

学校的老师也许管不了他们的家务事，但是能质疑陈莉的品性，能让她做不了家长会联络员，也就能让她攀不上家长里面的有利资源，让她的老公回不来！

这时候，曲昀打开了房门，将凌默带到了他的小天地里。

"这里就是我的房间。"

凌默简单地看了看，曲昀的书桌上还摊着数学作业本，房间不算大，但是绝对不小，看得出来莫家的家庭收入是不错的。

"你睡外面还是里面啊？"曲昀一副很开心的样子问。

"都可以。"

"那你睡里面吧，我怕你睡外面会掉下去。"曲昀摸了摸自己身上的肥肉，他没把握自己不会把凌默挤到地上去。

凌默就站在桌前，垂着眼帘看着曲昀的作业本，黄色的灯光让凌默的五官变得柔和了起来。

"这是你的作业本？"

"嗯？怎么了？"曲昀回过头来问。

"第四题，公式用错了。第五题，倒数第三步的计算错了。"

"啊？真的吗？我还以为我做对了呢！"曲昀凑过来。

"你真是好蠢。"

那声音很轻，还是凌默特有的高冷范儿，但是不知道为什么，没那么让人觉得不舒服了。

曲昀坐在桌子前，仔细地看了看："好像真的是啊……那你送佛送上天……你教教我最后这几题怎么做呗……不然我挑灯夜战，你也睡不了觉……"

"起来。"凌默扬了扬下巴。

曲昀立刻起身，把位置恭恭敬敬地让给了凌默。凌默拿了一张草稿纸，写了起来。

曲昀这才发现，凌默的手指生得也很漂亮，长长的，但并不是那种纤细像青葱的类型，而是隐隐透着力度。

凌默一边写，一边说着思考的方向。

和老师的讲课方式不同，曲昀发现自己很容易就跟着凌默的思维走了，好像忽然打通了任督二脉，脑回路清晰得不得了。

"会了吗？"凌默问。

"好像会了。"曲昀抓了抓脑袋。

凌默把草稿纸撕碎了扔进垃圾篓里，完全不给曲昀拼起来抄的机会。

好小气啊……曲昀在心里感叹。

曲昀一边在心里小小地抱怨，一边把做错的题重新做了一遍。

当他写完最后一行的时候，呼出一口气来。

他一侧过脸，本来只是想请凌默帮自己看看做对了没有，却没想到他撑着下巴，看着曲昀的方向。曲昀有感觉，旁边的凌默从他开始做题就没有动过，难道这家伙一直看着自己？

这时候凌默点了点头，说了句："收拾了吧。"

意思是都做对了。

这时候梁茹拿着睡衣进来，放在床上："凌默啊，你就先穿小北从前的睡衣，凑合凑合啊！"

"谢谢阿姨！"

梁茹一看两个人在桌子前学习，而且儿子还一副很认真的样子，顿时对凌默的好感又增添不少。

凌默拿着衣服就去洗澡了。

等他洗回来，曲昀已经把其他习题做完了。

"你回来啦？你帮我看看，我做对了吗？"曲昀亲自一页一页地把作业翻开。

凌默每一页都只是淡淡地瞥了一下，说了一句"可以睡觉了！"

曲昀伸了个懒腰，正要去床上，坐在床边的凌默却抬起脚顶住曲昀的肚皮。

"不洗澡就不要睡觉。"

曲昀有点怀疑，这到底是他家，还是凌默家？

"哎哟，那么讲究干什么啊？"曲昀就要往床上挤，凌默的脚又蹬住曲昀的肚子。

"那我睡地板。"

"……"

曲昀认命地转身，又去冲了个澡。

等他回来的时候，凌默已经靠着墙睡下了。

前一天，他还一副生人勿近的样子，可是今天，他却已经在自己家里了。

命运真是奇妙的东西。

他不知道凌默睡着了没有，按道理他能很轻易地入眠，可是现在看着天花板，想着旁边还有一个人，不敢翻身不敢动一动，生怕挤到他……睡不着了。

"凌默……凌默你睡了吗？"曲昀轻声问。

"睡了。"凌默的声音冷冷的。

"……睡了哪里还会回答我……"曲昀忽然想到什么，很兴奋地说，"我跟你讲，我同桌是个傻子，他说发明电灯的是牛顿！天瞎了，明明是爱因斯坦。"

"傻子。"凌默凉凉地说了一声。

"对啊，傻吧？"

"我说你。"

"啊？我怎么了？"曲昀完全不明白的样子。

"是爱迪生。"说完，凌默就翻过身去，背对着曲昀，表示不打算和他进行低智商的谈话了。

渐渐地，睡意涌上曲昀的心头，他发出轻轻的鼾声，睡了过去。

一直看着墙壁的凌默缓缓转过身来，看着曲昀睡着的样子。

当目光适应黑暗，曲昀侧脸的轮廓也变得清晰起来。

第二天早晨，曲昀没有等到闹钟响起，自己就打了个喷嚏醒了。

醒来他就发现自己的被子三分之二掉到了地上，就剩一个角搭在肚子上。

曲昀抓了半天将被子拽起来，还想继续睡的时候，闹铃就响了。

听见身边有被子移动的声音，曲昀这才想起来凌默也在。

他立刻侧过脸，果然看见凌默缓缓坐起身来。

这时候曲昀又打了个喷嚏，凌默侧过脸看了他一眼："鼻涕流下来了，真恶心。"

曲昀正要用手去擦，凌默一把抓住了他的手腕。

"麻烦你用纸巾，难道你想蹭到被子上吗？"

曲昀厚着脸皮说："我被子都掉了……你晚上也不给我盖盖被子……"

凌默放开了曲昀的手，淡然地从床的另一头爬了下去。

"我可以给你的脸盖保鲜膜。"他的声音凉凉的，很有提神醒脑的效果。

"……不用了，你留着自己盖吧！"凌默先去了洗手间，他一进去就看见了梁茹早就给他准备好的牙刷和漱口杯。

"阿姨，谢谢。"

曲昀听着凌默的声音歪了歪嘴巴，这家伙在他面前和在莫青与梁茹面前完全两个样子。

这是什么？这是两面派和虚伪！

"谢什么，以后经常来住，牙刷和漱口杯我给你留着。"梁茹笑着说。

等到凌默回到曲昀的房间，去叫他的时候，发现两床被子已经被折成了豆腐块。

凌默站在曲昀的旁边，看着那两个豆腐块，忽然叫了一声："曲昀。"

"啊？干吗？"曲昀转过头来。

那一瞬间，曲昀才意识到，自己在这里的名字是莫小北，并不是曲昀。

他那天不小心说错了名字，没想到凌默竟然到现在还记得。

"你到底叫曲昀，还是叫莫小北？"

凌默看向曲昀，目光深不见底，却又像是在那瞬间进入了曲昀的脑海中，看尽了他所有的秘密。

曲昀立刻想起进入凌默的潜意识世界之前，负责项目的江城博士就告诉过他，凌默是一个防备心很强的人，这也导致了之前大批进入凌默思维的精英都铩羽而归。

"我爷爷给我取的名字是莫小北……你不觉得很普通吗？如果我还有弟弟妹妹，是不是叫莫小东、莫小西啊？所以我从小就幻想了许多个自己的名字，最喜欢的一个，就是曲昀。"

"什么曲？什么昀？"凌默接着问。

"曲子的曲，日字旁一个匀的昀。"

"有什么意义吗？"

"没什么啊，我就喜欢那两个字。"

"好蠢。"凌默从曲昀的身边走了过去，好像并不在意的样子。

曲昀悄悄呼出一口气来，还好凌默没有太在意。

"喂,你到底刷不刷牙?"凌默站在门口侧过身问。

"来了来了!"

还问他要不要刷牙,那就是没想杀掉他嘛!

曲昀立刻喜滋滋地去刷牙。

当他坐到餐桌前的时候,傻眼了。

平常梁茹准备的早餐就已经够夸张的了,今天更是铺了一整张桌子。

"妈,您这是要搞满汉全席吗?"

"凌默第一次在我们家吃早餐,当然要表现出我的一流水准!"

"我会撑死的!"

"撑的不是你!来,凌默,你尝尝看,应该都很好吃的!"

"阿姨,实在是太多了……吃不完浪费了,我会内疚的。"凌默很认真地说。

"不会浪费的,剩下的小北可以吃完。"

曲昀愣在那里……我又不是垃圾桶!

"先吃,一日之计在于晨。"莫青发话了。

曲昀和凌默一起低下头来吃早饭。

"小北,你感冒了吗?"

"是啊。"曲昀闷闷地说,这回老妈总该心疼他了吧?

"我晚上本想看看你们睡不睡得下,一开门就看见你一个人四仰八叉地睡着,人家凌默给你拉被子。你说你睡觉就不能老实点?"

"啊?"曲昀惊讶地看向凌默。

这家伙不是说给他盖保鲜膜吗?所以……还是给他拉被子了?

但是凌默的表情淡淡的,让曲昀很怀疑。

"妈,你偷看我,我下次锁门睡!"

"你还自我感觉良好了!"梁茹白了他一眼。

吃完饭,莫青就开着车送曲昀和凌默一起去学校。

这个年代,有车的人还是很少的。

莫青是高级工程师,经常要来往于重要的工程项目,所以配了一辆捷达。

莫青一边开着车,一边跟凌默说没事儿就来他们家住。

曲昀心想,就是要长久相处才能培养信任,逮着机会可不能松口。

"爸,你不知道,凌默可厉害了!我不会的题目,他随便说两句我就懂了。爸爸,就让凌默一直跟我们住吧!"曲昀学着孩子的样子故意摇了摇莫青的椅背。

莫青难得笑了:"凌默你看,小北跟着你都变得爱学习了。你没事儿就在我们家待着,别让叔叔担心。"

凌默侧过脸看了曲昀一眼,仿佛一下子把曲昀的小心思都看透了。

当莫青将车开到学校门口,跟着两个孩子下车的时候,不少家长和学生看了过来。

毕竟现在大多都是骑着自行车送孩子上学的,大家都在猜测莫青的身份。

"爸……你怎么也跟着来了?"

"我去找你们老师了解一下你的学习情况。"

曲昀的脸垮了下来,跟着凌默一起走上教学楼的阶梯。

"我完了……丁老师肯定会重点讲我考试考了三十五分的事情……"

"下次你争取考四十多分,不就好了吗?"

凌默揣着口袋,不紧不慢地向前走。

曲昀停了下来,仰着头看着已经走到高处的凌默:"四十多分和三十五分,在你眼里不都是傻子吗?"

凌默停下脚步,回头看着曲昀,唇上扬起一丝浅笑。

"你还知道这点,大脑进化了啊。"

英语课代表楚凝正好从他们身边走过,她惊讶地看着凌默。

因为凌默不但和莫小北那个傻胖子说话了,还对他笑了?

这是怎么回事?

到了教室里,大家放下书包,课代表们就开始收作业了。

曲昀还是第一次非常肯定地把数学作业本交上去。

有人从后面杵了杵他:"莫小北,你数学作业写完了?"

"嗯,写完了。"曲昀点了点头。

"哇,最后一道题有点难啊,总觉得自己算的答案不对呢。你怎么算出来的?"

"是……"曲昀差一点说是凌默教的,那一刻他收到了来自凌默警告的目光,立刻改口说,"是家里有人教的。"

"是你爸爸吗?今天早上看见你爸爸开车送你来上课了。"

曲昀笑了笑,没说下去。

这个时候李远航进来了,他第一眼就瞪向凌默。

而凌默的视线漠然地瞥过他,接着撑着下巴看着窗外。

这种无视,让李远航恼火。

昨天晚上,李远航根本没有做作业的心情。

当然,那些题他本来也不会做,但是作业还是要想办法交的。于是在早读的课间，趁着数学课代表上洗手间的工夫，李远航直接到他的位置上，从桌子下面第一眼就看见了凌默的作业本，翻出来，不管三七二十一就开始狂抄。其他同学虽然不爽，但是也不想惹他。

李远航就不信，凌默交上去的作业还能是错的。

全程，曲昀都看在眼里。

他觉得李远航的脸皮子还真是够厚的，才因为抄凌默的作业被老师罚了，现在竟然还敢抄？

曲昀下意识看向凌默的方向，发现对方的表情平静得很，正撑着下巴，看着课本，轻轻翻到下一页。

曲昀抓了抓后脑勺，忽然觉得凌默才是当时的武功高手，应了金庸大神的"他强由他强，清风拂山岗。他横由他横，明月照大江。"

而此时的莫青，已经来到了莫小北的班主任黄老师那里。

莫青和黄老师聊完儿子的成绩之后，就向黄老师表达了自己打算照顾凌默的意思。

黄老师叹了一口气，说："我是真想让凌默提申请，撤销陈莉夫妇的监护权。但是，一来他们夫妇有凌默母亲的临终嘱托，又是亲属；二来他们想要赖在凌默家的房子里，如果硬要提起申请，怕他们闹起来。清官难断家务事，折腾几个月下来，反而是孩子的学习和生活都给毁了。"

"所以，我在这里请黄老师帮忙留意，如果有任何事情请通知我爱人梁茹，她会来学校接凌默走。现在我们还没有绝对的条件优势，毕竟陈莉和凌默是目前唯一有血缘关系的亲属。如果陈莉更过分了，我会说服凌默把监护权交给我们夫妻。我们手上还留有以前凌默父亲的亲笔书信，可以用来证明我们之间的友谊。"

黄老师露出松了一口气的样子。

看莫青戴着眼镜，穿着衬衫西裤的样子，就是有身份的知识分子。

他愿意帮凌默，哪怕只是一点点，对这个孩子来说也是相当重要的。

莫青和黄老师打了招呼之后就离开了。

早晨的第一堂课课间，曲昀就颠颠儿地来到凌默桌前，小声问："你都不生气李远航又抄你作业吗？"

正撑着下巴看奥数题集的凌默，竟然抬起头来看着曲昀。

"干吗？"

凌默的下巴微微抬了抬，曲昀就立刻狗腿似的凑近了，以为凌默要跟他说悄悄话。

"你连自己的数学老师都不了解，怪不得数学学不好。"

"哦……"曲昀正要起身离开，耳朵上却被揪了一把。他捂住耳朵看向凌默，发现凌默已经低下头继续研究奥数了。

早上的最后一节课，是丁老师的数学课。

上课第一件事，就是解析昨天的数学作业。

"今天，我想请两位同学上来，将昨天作业的最后一道题到黑板上来演示一下。"

丁老师这么一说，大家就纷纷看向凌默。

但凌默还是垂着眼，看着书。

"莫小北，你上来写一下这道题。"

曲昀听到老师喊"莫小北"的名字，压根儿没反应过来是叫自己，直到身后的同学戳了他一下。

而李远航则一脸幸灾乐祸地看着他，口型说的是"死胖子，完蛋了！"

其他同学也向曲昀报以同情的目光。

没想到丁老师接着走到了李远航的桌子前，手指在他的桌面上敲了敲："李远航，另一个人是你。"

"啊？老师……为什么是我？"李远航睁大了眼睛。

"你不是会吗？"

丁老师这么一问，李远航愣在那里半句话都说不出来。之前因为抄李远航的作业，还被叫家长来的几个学生纷纷露出迷之笑容来。

李远航磨蹭了半天才上去，站在黑板另一侧的曲昀都已经拿着粉笔写了好几行了。

李远航满脑子都是蒙的，拼了命地回忆当时抄凌默作业时是怎样的，但也只是挤出了两三行。

反倒是曲昀，这道题凌默是跟他讲解了的，他的思考逻辑没问题，一直往下写，就连丁老师都惊讶了。

她本来听说，昨天晚上凌默是住在这个孩子家的，这莫小北数学一直不好，忽然将这样有难度的题型做出来了，丁老师不得不想到，该不会是抄了凌默的吧，但没想到他自己做出来了。

到最后答案出来了，曲昀摸了摸后脑勺。

这答案怎么好像不大像呢？

曲昀拿着粉笔，一行一行地检查起来。

当来到倒数第三行的时候,他身后传来了一声轻轻的咳嗽声。

曲昀的脑瓜子一亮:哎,就是错在这里!这么简单的乘法竟然错了,还是太紧张了啊!

英语课代表楚凝顺着那声咳嗽回过头去,就看见一向对别人的事情漠不关心的凌默,正撑着下巴,看着黑板。

准确说,应该是看着那个小胖子。

当曲昀再度退开,露出自己的计算结果的时候,丁老师点了点头,而仰着下巴的凌默则微微勾了勾嘴角,低下头去继续看他的书。

曲昀的手心都是汗,小心肝儿可紧张着呢。

"莫小北,你可以先回座位了。"丁老师微笑着点了点头。

曲昀接收到老师肯定的目光,心里面放起了烟花。

他看向凌默的方向,却失望地发现凌默并不在乎。

唉,算啦!

反倒是李远航还站在讲台上,黑板来来回回都擦了无数次。他很想偷看另一侧曲昀的答案,但是曲昀第一次上台答题没有经验,写的字还没有手心大,根本就看不清楚啊!

丁老师耐着性子又等了三分钟,这才冷冷地开口道:"可以了,李远航。写作业就是这样,会就是会,不会就是不会。知道你不会,我才会多花心思教你。你现在假装会了,中考可不是能假装的。"

台下的同学不给面子地发出一阵笑声来。

李远航的耳朵都红透了。

他心里面那个恨啊……偏偏后面的陈桥还阴阳怪气地说:"他就是个爱抄别人作业的惯犯。"

"你——"李远航转过头去瞪着陈桥。

陈桥却懒洋洋地看向其他方向:"连莫小北都不如,还要怪别人吗?"

下了课,曲昀就来到了凌默面前,傻傻地笑了笑。

"谢谢你教我。"

凌默没说话,只是轻哼了一声。

"你之前说我无药可救,你看这不还是起死回生了吗?"

曲昀继续厚着脸皮在凌默面前晃悠。

"行啊,还会用'起死回生'这个词了。"

凌默一抬头,就见曲昀用手指在肚腩上挤出了一个肉鼓鼓的心形。

"向你比心哦！"

凌默在那颗心中央戳了一下："神经。"

"……我现在伤心了。"

几秒之后，凌默抬起手来用撑着下巴的姿势遮住自己的嘴巴，低着头看书，而今天一直忍不住观察他的英语课代表楚凝却觉得他好像是在笑一样。

中午的时候，学生可以在学校的小食堂吃饭，离得近的学生可以回家。

李远航身上有钱，他得意地看了凌默一眼。凌默昨晚是在别人家睡的，没回家，陈莉自然没给他午饭钱。

但是凌默却完全不在乎。

曲昀拿了家里的钥匙，挪到凌默的面前，说了句："走了，回家吃饭啦。"

凌默点了点头："嗯，你回去吧。"

曲昀看他那样子，就知道他又在硬拗了。

"哎……你明知道我妈出门的时候跟我们说了要做红烧大排，你不去……我妈肯定伤心，我还要被逼着把你的那份都给撑下去，肚子都要爆掉。你说你忍心吗？"

凌默还是没动。

曲昀又开始把手放在肚子上挤肉："你不去吃饭，我就一直在这儿给你比心，比心！比心！你不是说我神经吗？我神经病烦死你！"

凌默低下头来，用手摁住曲昀的肚子："行了，别比了。"

看着他高冷的样子，曲昀在心里叹了一口气。

"回去吃肉，你就不能高兴点儿吗？"

"我高兴。"

"我看不出来。"

"那我不去了。"

"别啊，你还是来吧！"

回到家里，一开门，就闻到了香喷喷的饭菜味。

看桌上，我的天哪……

土豆炖牛肉、红烧大排、松子鱼……

"妈，今天是过年吗？"曲昀正要用筷子去夹排骨，就被梁茹狠狠拍了一下手背。

"洗手去！"

于是，曲昀和凌默两个人就到洗手间洗手了。

曲昀刚抹了肥皂，忽然想到了什么，对站在后面的凌默说："手伸过来。"

"干吗？"

曲昀将泡沫在凌默的手上蹭了一下："肥皂抹多了，匀给你点儿。"

"不用你匀，恶心。"

曲昀眯着眼睛笑了笑，也不管凌默高不高兴，冲完手就走出去了。

凌默站在洗手池前，将手洗干净，然后看着镜子里的自己，抬起手来，侧着脸看了看。

门外传来曲昀的声音："妈——你不用上班啊，怎么有时间做这么多菜？"

"我前些日子加班，正好这周补休！"

"完了，你肯定每天都做特别多吃的，我会胖死。"

"谁做给你吃？给凌默吃的。"

"到底我是你亲儿子，还是凌默是你儿子啊？"

"呵呵，也就因为你是我亲儿子，不然早扔你出去了！"

凌默擦干净手，坐到了餐桌前，梁茹已经给他盛了一大碗饭。

"你看你太瘦了，多吃点儿啊！"

凌默愣在那里，一动不动。

"怎么了？你不喜欢吃排骨？"梁茹问。

"不是，谢谢阿姨，已经很久没有人给我夹过菜了。"

凌默低下头来咬了一口排骨。

曲昀也伸长了筷子，口齿不清地说："那你天天都来，我天天给你夹菜，保准你吃成两个我那么大！"

"我才不吃你的口水。"凌默凉凉地说。

曲昀差一点就要把牛肉扔进凌默的碗里，这下不得不停下来。

"喊！你不吃我吃。"

曲昀刚要把那块牛肉放回自己碗里，凌默却凉凉地说："没诚意。"

"给你给你！"

曲昀吃的速度比平常要慢，因为他知道吃太快，塞太多，只会越来越胖。发胖这个任务以后就交给凌默了，他要变瘦变帅，闪瞎那些叫他"死胖子"的人的狗眼！

吃完饭，凌默就要帮梁茹收拾碗筷，梁茹却拍了拍他，说："你还是跟小北回学校吧，趴桌子上还能再睡会儿。"

"谢谢阿姨。"

"谢什么。晚上也过来吃饭吧？我刚研究了个糯米鸡，晚上试验一下。"

"阿姨，我晚上还是回家吧，毕竟我家在那里。"

梁茹想了想："也对。那里毕竟是你家，你不回去看看，还不知道你那个小姨要折腾什么呢。而且你在外面不回去，她那么小心眼，该不会以为你在给她甩脸子了。"

"谢谢阿姨理解。"

"没事儿，就你姨妈那点弯弯绕，还不够我看呢。你最好收拾几件衣服放我们这边。他们要是让你不舒坦了，就过来住。"

"嗯。"凌默抿了抿嘴唇，说了声，"谢谢阿姨。"

很郑重。

曲昀知道，凌默不会轻易表露感情，但对于他真正在乎的人，他会豁出一切去保护。

吃完饭，凌默和曲昀走在回学校的路上。

虽然曲昀不用那么费力地跟着凌默了，但凌默总离他一米开外。

"哎，你说你爸和我爸是兄弟，按道理你和我也是兄弟，为什么你总离我那么远？"

"你出汗了，难闻。"

虽然嘴上这样说，但凌默的表情淡淡的，并不嫌弃。

"……就你事儿多，又嫌弃我口水，又嫌弃我出汗，给你挤个心你也说恶心。我跟我妈说给我准备瓶 six god！"

"那是什么？"

"你英语行不行啊？六神花露水。"曲昀翻了个大白眼。

回到学校，凌默刚在座位上坐下，一张小字条就传到了他的位置上。他打开一看，应该是女孩子的字：李远航把你的语文书扔掉了。

凌默看着那张字条，微微抬起了眉毛，拉开书包看了一眼，果然语文书没了。

"怎么了？"曲昀走过来问。

"没什么。"凌默还是什么都不打算说。

"你这人可真没意思。"曲昀一把将凌默桌上的小字条给拿了过来，完全不顾凌默在说他"放肆"的目光，反正曲爷开心就好。

"天瞎的！这李远航的童年一定不幸福，阴影面积怎么这么大？你怎么办？"

他们的语文老师是一个快退休的老太太，人很认真，有的时候也很严厉。

如果有学生没带课本，就是学习态度不端正，是要到后面去罚站的。

李远航干这么个事儿，就是想看凌默罚站，幼稚又无聊。但可惜他正当幼稚无聊的年纪。

"怎么办？"

"我都说没事了，我自己解决。"

"有人看见扔哪儿了吗？我去给你找找。"

"不用了，我会让李远航去找。"凌默淡淡地说。

曲昀知道凌默看起来清高得不得了，其实一肚子坏水。

可是，他和凌默相处了一晚，培养出了一点可贵的兄弟情义，虽然可能是他单方面觉得的吧，但他还是不肯让凌默吃亏。

就在语文老师走进教室门的那一刻，曲昀将自己的语文书拿了出来，以最快的速度扔到凌默的桌上，接着颠颠儿地回到自己座位上。

语文老师扫了曲昀一眼，然后开始上课，她刚开口说将课本翻到第五十二页，就看见曲昀的桌面上空空如也。

老太太立刻不乐意了："莫小北，你的课本哪里去了？"

"忘家里了。"曲昀回答。

然后他得到了老师的经典回答，那就是："你怎么不把脑子也忘家里呢？"

大家笑了起来。

李远航狠狠地瞪了曲昀一眼，用口型说："死胖子，要你多管闲事！"

语文老师沉声说："没带课本的，上后边站着去！"

曲昀毫不犹豫地起身，走到了后面。

没想到的是，凌默也站了起来，走到了后面，和曲昀并肩站着。

他的神情还是那样的沉敛，让人看不出他在想什么。

语文老师抬了抬眼镜，露出惊讶的表情。

"凌默，你桌上不是有语文课本吗？怎么回事？"

曲昀更加郁闷，小声说："你也不至于这么不愿意接受别人的好意吧……两个人一起罚站有意思吗？"

凌默的背脊还是那么笔挺，他的声音总有一种让人莫名信任的感觉。

"我课桌上的书是莫小北的。我教了他数学，他想帮我而已。"

语文老师瞥了曲昀一眼："莫小北，是这样吗？"

曲昀还没开口，凌默又说了一句："书的侧面还写着他的名字。"

老师看了看语文书，还真的是。

她又看向凌默说:"那么你的书呢?哪里去了?"

凌默沉默了两秒,用不大不小的声音说:"我的书在李远航那里。"

李远航不光抄凌默作业,还打了凌默,这事几乎整个年级办公室的老师都知道。

语文老师一听,就觉得李远航又欺负人了。

"我才没拿你的书呢!"李远航扯着嗓子说。

"那么你手上的书是谁的?"凌默反问。

"我手上的书当然是我的。"李远航扬起下巴说。

曲昀有点晕,凌默这到底唱的是哪一出?

"你的?你的书侧面怎么写着我的名字?"凌默凉凉地反问。

"这……"李远航一时之间说不出话来。

除了在书的正面,大家都喜欢在书的侧面也写上名字。

李远航把书正面的那张写了凌默名字的衬页给撕掉了,在目录页上签了李远航的名字。

"这就是我的书,书上也有我的名字!你肯定是趁我不注意的时候写上去的!"

李远航这么一嚷,语文老师也不好辨别了。

这时候,英语课代表楚凝歪着头看了一眼说:"你的语文书?我怎么看见里面的笔记都是凌默的字啊!你的字像狗爬的一样,才没那么好看呢!"

语文老师一听,把书翻开来看了看,果然前面三十多页的侧面空白的部分都能看到凌默写的注解。

凌默不会像别的孩子一样,老师说什么、在黑板上写了什么,就急匆匆地记下来,他的笔记是根据自己的记忆和理解来的。

"李远航,你倒是说说看,你上课是凌默替你上的吗?你的课本上怎么都是凌默的笔记?"

李远航傻在那里,一句话都说不出来了。

"天瞎了……这到底怎么回事?"曲昀靠向凌默的方向,凌默却不打算回答。

但是李远航却快崩溃了。

"李远航,上课不带课本就算了,还拿别的同学的课本!你给我上后面站着去!"语文老师的手在讲台上用力拍了起来。

老太太被气得厉害。

因为前段时间,李远航老说自己小腿抽筋,陈莉估摸着儿子是要长个子了,于是熬了筒骨汤,晚上端进李远航的房间里,让他在屋子里吃。

谁知道李远航不小心把碗撒了，骨头汤就泼到桌子上，正好把语文课本给弄湿了。

李远航擦了许久，课本还是皱巴巴的，他就趁凌默洗衣服的时候，把自己的课本和凌默的给换了。

后来凌默知道了，就拿着课本来找李远航。

谁知道，陈莉听见以后又来那套"远航是弟弟,你让让他吧。而且你笔记做得好,就让远航看看。等远航的书干了，再换回来"。

然后，书就一直没换回来。

李远航不甘心罚站，立刻说："老师，这书之前是我的，但是我和凌默换了一下。结果我把他的书带来了，他没把我的书带过来。"

"那你为什么要和凌默换书呢？"后排的陈桥不给面子地继续拆台。

"因为……因为……"

当然不能说自己的书弄脏了，就讹了凌默的书啊。

李远航就照着陈莉说的话说："因为凌默的笔记做得好，我就换过来看看！"

"可是这都上课了，你怎么还不把人家的书还回去？难不成你在凌默的书上乱写乱画，凌默在你那本书上替你好好做笔记啊？"楚凝这小丫头因为成绩好，一直很有优越感，刺起人来也是见血封喉的主。

而且李远航总在她面前嘚瑟吹牛，说凌默在他们家怎样听他妈妈的话，怎样被他呼来喝去的，她早就不满了。

语文课代表刘梦也说话了："今天早读的时候，我明明看见凌默拿了语文课本出来。中午离开学校的时候，凌默没背书包回去，所以他的语文课本按道理应该是在学校里的。"

刘梦的话，不就是暗指李远航偷了凌默的书吗？

曲昀完全惊讶了。

凌默是好学生，楚凝也是好学生，刘梦也是好学生，好学生抱团的威力是巨大的。

语文老师拿起李远航桌上的课本，放到了凌默的桌上，说了句："回来吧。"

然后又回头指着李远航说："你到后排去好好反省，明天老老实实带你自己的课本来上课。以后再搞这些乱七八糟的东西，就不要再来学校了！"

李远航的眼睛通红，眼泪都要掉出来了，一脸"老师冤枉我，大家都冤枉我"的样子。

当李远航和曲昀肩并肩站在后排的时候，曲昀的心里有一种别样的爽感，再度放起了小烟花。

这时候语文老师抬起头来,看了一眼曲昀。

曲昀立刻激动了起来。

老师快让我回座位!我有带语文课本!

谁知道老太太说了句:"莫小北,虽然你带了课本,你把自己的书给凌默也是出于同学感情,但这仍旧是欺骗老师的行为,罚你在后面站半堂课。"

曲昀的心碎掉了。

老太太真的让他站了半堂课才回座位,他的脚底板都快撑不住了。

坐下来的那一刻,曲昀发出一声叹息,好歹李远航比他还惨不是?

下了课,凌默照例背上书包,潇洒地走了。看那样子,丝毫没有要等曲昀的意思。

"不等就不等,你腿那么长,我跟着你还累呢!"

曲昀哼了哼,背着书包走出了校门。

学校外面有一排小商店,有卖小零食的,卖文具的,还有卖书的。

曲昀来到卖小零食的门口,正门那里放着一台老式的电视机,正在播放《灌篮高手》,正好就是樱木花道灌篮的时候,那一瞬间,围在那里看的学生都小小地欢呼了起来。

这个动画片可是曲昀儿时的回忆啊!但是电视播放的时间很尴尬,一般学生放学回家,顶多就是看最后五分钟,曲昀甚至只能听个片尾曲。

没想到还能在这里看见。

零食店的老板没忘记招揽生意:"辣条买不买?冰砖买不买?不买东西的不要围在这里啊!"

学生们只能离远了伸长脖子看两眼,还是得早点回家,不然得挨骂。

曲昀身上是有零花钱的,他给了对方五角钱,买了一小把奶油味道的葵花子,老板就给他端了一个小马扎,让他坐着看。

曲昀正看得津津有味呢,一阵清冷的声音从头顶上传来。

"你不回家在这儿看动画片,小心你妈妈抽你。"

曲昀一抬头,就看见凌默漂亮的下巴。

"那就抽呗,我肉厚不怕。"

曲昀想了想,又说:"你不是已经走了吗?怎么又折回来了?"

凌默没说话,只是揣着口袋,酷酷地看着电视机,引得好几个放学回家的女同学都看了过来。

曲昀回过头,扯了扯凌默的校服袖子:"楚凝看你来着呢!"

"你不看楚凝，你怎么知道楚凝看我？"

凌默还是头也没回。

曲昀无所谓了，反正谁喜欢凌默都没关系，这家伙就是个捂不热咬不烂的铜豌豆。

"等等……你不会是为了等我，所以折回来了吧？"

曲昀又扬起脑袋问。

因为这个假设，曲韵的心里激动地拉起了手风琴。

曲昀的队友也说过，他这家伙从来都是给点阳光就灿烂。

凌默还是没回答他，指了指电视上一个漂亮过人，接着狂酷拽灌篮的身影说："这是谁？"

"这你都不知道？你怎么讨女孩子欢心？流川枫啊！"

"我为什么要讨女孩子欢心？"凌默继续揣着口袋反问。

曲昀梗了梗，在心里摊了摊手。

"我知道的，都是女孩子来讨你欢心。"

曲昀继续聚精会神地看着电视。

"喂。"凌默轻轻唤了一声。

"啊？"曲昀还是盯着电视，都没看凌默一眼。

然后，凌默忽然抬起脚来踹了一下小马扎。

曲昀本来就沉，所以都不敢全力坐下去，凌默这么一踹，曲昀失去平衡，小马扎……倒了。

曲昀坐在地上，一脸无辜地扬起头来看着凌默说："你干吗踹我啊？"

"这有什么好看的？你喜欢谁？"

曲昀无奈地叹了一口气。他也不知道凌默是怎么了，但这是他的目标对象，碰不得打不得啊！

"当然是流川枫！信不信哥们儿我瘦下来，就是流川枫那样的？"

"你神经啊，喜欢这么个虚拟人物。"

葵花子都撒了，曲昀把没嗑的都捡起来，架起小马扎，继续一边看一边嗑。

凌默没听见曲昀的回答，才发现这家伙的目光又直勾勾地盯着电视机，里面正好是一个头发都立起来的家伙潇洒地空中过人。

凌默的手指从曲昀窝起的掌心拿起一个被他嗑过的葵花子壳看了一眼，发现两片壳的底部还连着，像是张开嘴一样，但是里面的葵花子已经没有了。

他又拿起一个看了看，还是一样的。

终于，动画片播完了，曲昀意犹未尽地舔了舔嘴巴："哎，如果是你，你喜欢流川枫还是仙道彰？"

"仙道彰是谁？"

"就那个头发立起来的……"

"都一样。给我把葵花子嗑出来。"

凌默指了指曲昀的手心说。

"你自己嗑啊！"

"不会。你不嗑就算了。"

凌默转过身，就向前走。

"我都吃完了，没有了。"

曲昀赶紧跟上凌默，他不敢靠太近，怕凌默又说自己身上汗味重。

两人再没有说过一句话，曲昀从后面看着凌默的背影，发现自己完全不知道这家伙在想什么。

到了十字路口，曲昀拽了拽凌默的校服后面，正好红灯变绿灯，凌默都已经迈出的步子，又收了回来。

"你真不跟我回家啊？"曲昀问。

"不回。"

"你今天回去，李远航铁定告黑状。"

"告了又怎样？"凌默侧过脸来反问。

"好吧。明天见，拜。"

经过这几个回合，曲昀也知道凌默肚子里黑着呢，谁在他那里都讨不到便宜。

凌默走到了马路对面，停下脚步回过头，看着曲昀的背影。

只见他跳了起来，可惜两条腿没离地多远，但是手臂的动作却很潇洒，是个投篮的动作。

落了地，曲昀继续向前走，到了前面的小区就进去了。

曲昀拎了拎校服裤腰，这段时间总是要跟着凌默，大概是运动量大了点儿，裤腰松了呢！

凌默回过头去，又走了十几分钟，才回了家。

当他打开家门，就看见陈莉坐在沙发上，而李远航得意地瞥了他一眼，就进去屋子里了。

"小默回来了？吃了没？"陈莉还是一副笑容满面的样子。

"还没。"

"啊……你没吃啊？远航说看见你和同学在一起，还以为你又上人家家吃饭去了呢，所以我没给你留。"

陈莉的表情有点尴尬，这一次她还真不是故意的。毕竟老师刚来家访过，陈莉也不敢过分了。

"小姨，不用了，我不饿。"

说完，凌默就转身回自己的房间。

陈莉犹豫了一下，还是开口了："今天远航说你的课本找不到了，老师又误以为远航那本是你的，让他站了一节课。远航下了课，找了好久才把那本书从垃圾桶里找回来了，身上都臭了，眼泪掉了不少呢。"

陈莉嘴上这么说，其实就是在暗示凌默当时故意陷害李远航。

凌默却转过身来，一步一步走向陈莉。他这段时间长个子了，校服裤子都短了一小节，来到陈莉面前比她还高。

"小姨，谁对谁错，你心里应该很清楚。你为了让我过得不爽而惯着他，害了自己的儿子，值得吗？"

他的声音淡淡的，却有一种莫名的威慑力。

"你……你怎么这么跟长辈说话？"

"那么我要怎么说？"凌默垂下眼帘，陈莉有一种早就被他看透的感觉，无论是她内心的算计，还是她所有的自卑，"你们做了什么，我很清楚。我只是嫌麻烦，没跟你们计较。论法论理，再惹我，我会连本带利要回来。"

说完，凌默就进屋关门了。

而陈莉倒退了两步，心脏跳得很厉害。

她刚才竟然被凌默给镇住了，这段时间她已经感受到所有的不顺，都是凌默"送"给她的。

曲昀回家之后，被梁茹拎着耳朵念了快半个小时。

什么"不是叫你把凌默带回来吗""你怎么这么不懂事儿啊""你要关心同学懂不懂"……

车轱辘话来来回回，听得曲昀都食欲不振了。

"那你把这个糯米鸡装保温桶里，我给他送过去不就得了？我去请他教我做作业！"

梁茹听到这里，不再念叨了。

"那你赶紧吃，吃完了去找凌默做作业！"

"……你是我亲妈吗？"

"不是！你看你的数学成绩，哪里像我和你爸？"

"好吧……"

一个会计，一个高级工程师……确实不像……

不过因为这样，曲昀晚上没有吃那么多了。

他把课本都从书包里拿出来，只留下作业本，再将保温桶放进去。

放进去之前，他忍不住打开盖子看了看。

好家伙，又是糯米鸡，又是豉汁蒸排骨，还有茄子煲肉……

"妈——你这也太多了吧！凌默就是吃到明天也吃不完啊！"

"怎么吃不完了？你不是都能吃完吗？"

这是填塞式喂养啊，急着让我们长够了重量，好送上餐桌吗？

"我九点钟到凌默家对面接你，没问题吧？"

"嗯，应该没问题。"

曲昀背着书包走了，来到凌默家门口的时候，还真有那么一点点紧张。

他先是敲了门，果然听见了陈莉的声音。

"阿姨您好，我是凌默的同学莫小北！"

陈莉一听这名字，就想起自己儿子说过，他和凌默是一伙儿的，顿时没有了好脸色。

她现在是不敢再给凌默找不痛快了，但是可不能让他和其他同学抱起团来欺负李远航。而且这时候凌默刚好去洗衣服了，应该听不见。

"这位同学啊，凌默他有些不舒服，你改天再来吧。"

这时候，楼上的男人又加班晚了，正好回家，看见莫小北站在走廊里隔着门说话，不由得皱了皱眉头。

上一次班主任和教务主任离开这里的时候，碰上的也是这个男人。

"这家人也真是的，把孩子关在门外说话，有什么不能开了门对孩子说的？"

曲昀朝着对方憨憨地笑了笑，继续隔着门问："凌默病得严重吗？我今天上课的时候他还好好的。"

"同学，你就先回去吧，凌默发着烧，不方便跟你说话。"

门外的曲昀感觉到了陈莉浓浓的不爽，他摸了摸下巴，多半是李远航打了小报告，所以陈莉见不得他和凌默来往吧。可是这饭还是要送给凌默吃的啊，他也不相信凌默晚上吃了东西。

他看了一眼楼上，决定去碰碰运气。

走上去，曲昀敲了敲门，很有礼貌地问了一声："有人吗？"

门开了，没想到就是刚才那个从曲昀身边走过的男人。

"怎么了？"

"叔叔你好，我想借你家的窗户用用，看能不能给我的同学送点吃的。他的阿姨说他病了，又不让我进去看……"

长得胖的好处就是看起来容易让人相信，特别是这个男人亲耳听见陈莉隔着门说那个叫凌默的孩子病了，也不开门面对面跟孩子说，她的态度怎么想都让人觉得不舒服。

"行，你进来吧。你同学在哪间屋子，你知道吗？"

"我知道，谢谢叔叔。叔叔有绳子可以借我吗？这样我就可以把保温桶放下去。"

那个男人一下子就明白曲昀想要干什么了。

"成，我给你找找去。阳台上有撑衣杆，你用来敲敲你同学的窗子。"

"谢谢叔叔，叔叔你人真好！"

曲昀趴在这个男人家的小书房，握着撑衣杆，伸下去，勉强碰到了凌默房间的窗户上沿。

凌默听见声音，从窗户将脑袋伸出去，侧着身子一抬头就看见曲昀趴在自己头顶上傻笑，一双眼睛在夜里很亮。

"你怎么在那里？"凌默压低了声音问。

"我妈让我给你送饭吃，你小姨不让我进去。"

凌默的眉头蹙了蹙，立刻猜到陈莉想什么了，低声说了句："又欠收拾了。"

这个时候，男人找来了一个吊篮，曲昀一看这个，差点没笑开花。

小时候他家里也有一个。如果楼层住得不高，就用绳子绑着个篮子送到楼下，送牛奶的就会把牛奶放在吊篮里，再拉着吊篮上去就好。

曲韵也将保温桶放进吊篮里，男人亲自帮忙把吊篮放下去，一边放一边说："这里面装了很多吃的啊！"

曲昀抓了抓脑袋，小声说："我妈妈怕凌默吃不饱……"

男人立刻想起了那天下班的时候，听见两个老师模样的人站在陈莉家门口说的话，什么明明李远航的房间里还能再搭一张床，却让另一个孩子住在储物间里之类的。

上下楼的户型是一样的，男人所在的这间屋子就是原本的储物间，他觉得可惜了，就改成了小书房。

但是这么小的空间，孩子住在里面，多压抑啊！

凌默拿到了保温桶，说了声"谢谢"，做了一个快回去的手势，曲昀这才将脑袋收回来。

"叔叔，这一次真的谢谢你了！不知道叔叔姓什么？"

"我姓姜。"

"姜叔叔，你真是好人！"

姜叔叔笑了笑："这样吧，下次要是楼下那个女人还不让你去看你的同学，你就上来找我，从我这里把想给你同学的东西送下去。"

"谢谢叔叔！这么晚，打扰叔叔了！"

等曲昀和梁茹碰上了，就立刻绘声绘色地把陈莉说了什么，都告诉了梁茹。

梁茹一听，哼了一声，然后摸了摸曲昀的脑袋说："不错，不错，今天你这事儿做得很好。"

看儿子那么憨厚的样子，难为儿子动脑子把吃的送给凌默了。

但她不知道曲昀此刻心里的弯弯绕绕。

曲昀的任务是接近凌默，获得他的信任，然后引导他相信这个世界里的一切都只是他根据记忆创造出来的。但是陈莉不让曲昀进凌默家里，就是在阻碍他的任务进程。

不行啊，不行！这样的人，怎么能不给她点颜色看看呢？

曲昀拉了拉梁茹的袖子，说了声："妈——"

"怎么了？"

"凌默接保温桶的时候，我看他的脸色不是很好呢……我们是不是该打个电话跟我们班主任黄老师说一下啊？"曲昀一脸认真地说。

这对于梁茹来说是一个提醒。

毕竟她是另一个孩子的家长，贸然跑到陈莉那里说要看凌默，确实有点唐突。但是黄老师听说凌默病了去家访，却是很正常的事情。

于是，半个小时之后听说凌默病得很严重的黄老师，就骑着自行车去了陈莉家。

"黄老师，您怎么来了？是不是我家远航又在学校里闯祸了？"

"不是，我听其他学生家长反映说凌默病了，而且病得很严重。我很不放心，所以特地过来看看！"

陈莉的脸上立刻一阵尴尬。

自己随便找的借口，没想到竟然被凌默的那个同学给当真了，还给汇报到班主任那里去了。

再怎么样，凌默也是在她家住着，那个莫小北真是多管闲事！

陈莉笑了笑说:"这……这是误会吧?凌默在他的房间里做作业呢!"

"是吗?我能看他一眼吗?"黄老师还是不放心。

"行,您看看他。上一回您和林主任过来,说我们给孩子安排的房间太简陋了,我和孩子的父亲也反省了一下,确实对凌默不够上心。只是孩子的父亲没那么快回来,我一个女人做不了,所以就先让孩子再凑合一下。黄老师,您看了别误会啊。"

陈莉敲开了凌默的房门,黄老师看见凌默好好地站在那里,也不像是病了的样子,总算松了一口气。

"在吃饭呢?"

没了悬挂衣服的遮挡,这个小房间一览无遗,黄老师一眼就看到了放在凌默桌子上的保温桶。

"嗯。"凌默点了点头。

黄老师看了陈莉一眼,有点狐疑地说:"怎么……凌默还用保温桶吃饭?"

陈莉的脸色一变,立刻将凌默拉了过来,揽着他的肩膀,一副很亲近的样子说:"因为小默今天回来晚了一点,所以我就把饭菜放在保温桶里,这样他回来就能吃热的了!"

陈莉用力捏了一下凌默的肩膀,示意他不要乱说话。凌默低下头笑了笑,可惜陈莉没看见。

"虽然你之前对凌默是……忽略了一点,但现在总算像点样子了。"

"那这么晚了,黄老师还是早点回家吧,明天还要给孩子们上课啊。"

黄老师点了点头,拉着凌默的手说:"有什么问题,一定要跟老师说啊。"

陈莉在一旁,脸都要笑僵了。

她将黄老师送到门口,寒暄了两句。

"你们总算对孩子上了点心。"

"那是当然,我们以后会做得更好!"

就在这个时候,楼上的门打开了,一个男人的声音传来:"这位老师,您说的是不是那个住在储物间的孩子?"

黄老师一听,就抬起头来:"对,那是我的学生,叫凌默。"

"这位老师,我不得不说一下这家的家长。让孩子住在储物间里就算了,那个孩子的同学来找他,她把人家同学关在门外,连门都不开一下,说那个叫凌默的孩子病了,叫人家回去。结果,凌默的同学很担心,就到我家,用我家取牛奶的篮子把保温桶从窗子送下去的!"

陈莉的脸色立刻难看起来。

黄老师惊讶地看着她说："不会吧？你不是说饭菜是你留给凌默的吗？怎么又变成是学生送的了？"

陈莉立刻扯着脖子辩驳道："这位先生，您是不是有什么误会？或者听错了？"

"我怎么会听错？凌默的同学就是趴在我家储物间的窗台上，把保温桶送下去的！他还对我说，担心他的同学晚上没饭吃。他那个同学长得胖胖的，是还是不是？"

黄老师脸上的怒意扬起。

陈莉看情况不对，赶紧说："这位先生，我们平日里也没什么来往，你如果分不清楚状况，就不要随口乱说话！"

"我乱说话？那要不然，哪天我把那个小胖子叫来，加上凌默一起对峙？我正好再给你家写个专访。你们是谈不上虐待了孩子，但是心灵上的冷落和差别对待，难道不是冷暴力？"

"专……专访……"

"这位先生，您是……"黄老师抬了抬眼镜。

"我是本市晨报的专栏主任，我叫姜海。"

这个姜海是今年刚搬过来的，每天早出晚归的，打交道的次数不多，没想到竟然是报社的专栏主任？

"这个，姜主任……您可能有什么误会……"陈莉的声音软了下来，带着一丝讨好。

"没什么误会不误会的，我们报社不是法院，断不了是非曲直，但我看不惯。明明是那个小胖子辛辛苦苦给他同学送的吃的，怎么就变成这个女人给孩子准备的了？那个保温桶提手的边缘可能是被摔了，瘪下去了一块，老师如果不相信，就去验看一下。如果不是那个从我这里被送下去的保温桶，我亲自登门给这位女士道歉！"

黄老师皱起了眉头，再度回到凌默的房间，当着陈莉的面，检查了一下保温桶，果真发现提手边缘被撞瘪进去了。

陈莉张了张嘴，真的是一句话都想不出来了。

"你的心思不好，没关系，但别教坏了远航。"

黄老师这话一说，陈莉的脸上青一阵、白一阵的。

"凌默，太晚了，早点睡觉。"

"谢谢黄老师关心。"

黄老师骑着自行车离开了。

一边骑，心里面一边烦恼。

她这个做老师的没立场去闹，把凌默唯一的亲人闹没了，凌默又该交给谁来照顾？也许……只能找莫青夫妇谈一谈了。

黄老师走了之后，陈莉刚要在这浓浓的尴尬中回屋，却忽然被凌默抬手拦住了。

"小姨，你为什么要说我病了，不让小北见我？"

凌默的目光漠然里面带着一丝凉意，看得陈莉凉飕飕的。

"我只是觉得太晚了……"

凌默随意地向前一步却带着某种压倒性的力量，陈莉一边莫名心惊，一边后退。

"你可以把任何想要接近我的人赶走，唯独小北不可以。"

凌默的眼神更冷了，陈莉再度后退，冷不丁跌坐在了沙发上。

这个她一向不以为意、以为自己是他唯一亲人和依靠的少年居高临下，用一种极度漠然的目光看着她。

"你知道，我就算不上课也能考上重点高中，我有的是时间陪你演戏。这个房子，我让你住下去的唯一理由，是我可以和小北待着。"

陈莉张了张嘴，喉咙就像被掐着一样说不出话。

"要是我申请撤销你的监护人资格，法院会派人来核查你是怎么替我保管我父母留下来的钱。那时候，你可能就要好好解释一下，远航名下的那套房子是怎么回事了。"

凌默揣着口袋，低下头来看着她。

"那套房子是我们自己买的！"陈莉一激动就抓住了凌默的胳膊。

"那我谢谢你们替我投资，还替我还房贷了。"凌默靠在她的耳边轻声说，"你们有空折腾，不如早点把存折上的钱还上。"

"你……"陈莉完全没想到凌默会忽然强硬起来。

"阿姨，您抓得我胳膊很疼，要是留下印子，被其他同学和老师误会了怎么办？"

陈莉的手就像被烫了一样松开。

凌默回到自己房间里，把门关上。

他安静地看着那个保温桶，下意识伸手摸了摸提手上被摔瘪下去的地方，然后低下头来，将额头轻轻贴在上面。

第四章　亲情

第二天，曲昀很早就被梁茹赶出家门了，因为梁茹担心凌默没吃早饭，让儿子给带出来了。

曲昀刚把书包放下，就看见凌默走了进来。

曲昀立刻眯着眼睛笑起来，跑到凌默的面前，故意在凌默前面那排坐下，面朝凌默扬了扬下巴："喂，昨天你阿姨是不是又忙着演戏来着？演得好不好？能不能得那个什么卡？"

"奥斯卡。"

"对对，奥斯卡！"

"她没有你演得好。"凌默说。

听凌默这么说，曲昀立刻就笑了，一双眼睛眯着连缝都看不到了。

"我那是本色演出，童叟无欺！"

凌默漂亮的手指在桌面上敲了一下："你昨天作业都写完了吗？"

曲昀的脸立刻垮了下来。

"你知道肯定没有，还要问……"

"是数学还是英语不会？"

"数学……"刚才还兴奋的曲昀，此刻就像霜打的茄子。

"还有一刻钟早读，拿出来赶紧解决。"

凌默的声音还是凉凉的，但是听在曲昀的耳朵里，简直就是天籁。

之前这家伙对自己还爱搭不理的，现在愿意主动教自己做题了！

曲昀立刻带着作业本来到凌默身边坐下，还准备好了草稿纸和笔。

不少同学都望了过来，露出惊讶和羡慕的表情。

因为在这之前,凌默从来不会主动和哪个同学说话,他的思维是自己的,他从来不会教别人做题,但是他竟然要教莫小北了。

凌默的逻辑思维很清晰,他自己可以从第一步跳到最后,但是对着曲昀却不能这样,必须一步一步来。

陈桥来得早,也有题目不会,但是不敢去抄凌默的作业,就来到凌默身后站着,伸长了脖子听凌默怎么教曲昀的。

"明白了吗?"凌默的声音凉凉的,有一种提神醒脑的效果。

"好像明白了怎么一回事儿,但不确定自己会不会做……"

"你试试看。"

陈桥的底子比曲昀好一点,加上在背后听凌默讲两句,懂得比曲昀快。他赶紧回座位上,把没写的题目给补了。

曲昀在一旁做着题,凌默打开了曲昀带来的饭盒,看见里面满满的包子、烧卖,馅都快挤出来了。

"怎么这么多?你是不是没吃早饭?"

"我吃了啊。我吃了两个包子呢!"曲昀一边写着,一边回答凌默。

"你吃两个包子够了?"

"我不能再胖下去了,容易上课犯困,得减减。而且,这样下去体育一直没办法及格了。"

凌默轻哼了一声:"还挺有规划。"

"哎呀!"曲昀忽然大叫一声。

"怎么了?"

"你是不是在关心我啊?担心我没吃饱,怕我饿着?"曲昀笑着问。

"那你还是饿着吧。"

"我妈单位上迎接审计检查,要加班,中午和晚上都没空管我们了。她给了我们钱,让我们中午在学校的小食堂吃。"

曲昀用的不是"我",而是"我们",意思就是,梁茹给他的零花钱里,是算上了凌默的。

凌默侧过脸来,看着曲昀。

凌默把手指伸过去,刚要揉曲昀的脑袋,曲昀就抬起头来了:"你给我看看,对了没?"

凌默的手放下来,在曲昀的作业本上轻轻点了点:"你能长脑子把计算做对吗?"

"啊……"

曲昀低下头来仔细看，凌默拿起一个包子，看了一会儿，一口咬了下去。

这时候，李远航背着书包进来了，看见凌默和曲昀坐在一起，一把火莫名地就往上冒。

昨晚不知道凌默到底和陈莉说了什么，陈莉和她老公李浩打电话到三点多。陈莉很惶恐，一直叫李浩赶紧还钱什么的，还大吵了一架。

"哟！一大早就有人拿吃的贿赂你呢！"

曲昀一听就火了，刚要抬起脑袋，凌默就低声说了句："做你的题。"

李远航见凌默还是那个样子，接着呛声："凌默，你不是从来不教别的同学吗？怎么，曲昀拿自己吃剩下的东西施舍给你，你就摇着尾巴贴上去了？"

陈桥看不顺眼了，说了句："只有你才会以为，人人拿你吃剩下的东西当成宝吧？"

"关你什么事儿？"

正好，英语课代表楚凝也走了进来，站在李远航身后，刚想要开口叫李远航让让，谁知道李远航对着凌默说了句："你就是个做乞丐的命！在我家吃不着，就等着吃死胖子的！"

曲昀一把火从脚烧到了头顶，刚要起身揍他，谁知道凌默的手指又在他的作业本上敲了一下："最后一步，赶紧算完了交作业。"

凌默的漠然，才是哽死李远航的武器。但是这一回，曲昀不打算淡定了。

"我会交，你别管！"

曲昀噌地站了起来，他比李远航矮那么一点，但是胜在气势惊人。而且最近又瘦了些，眼睛一瞪，还挺惊人。

"李远航，你知道什么是'哥们儿'吗？"

"啊？什么？"李远航一时之间傻了。

"就是我有一口粥喝，一定把里面的米掏出来给我哥们儿吃！你是不是没人对你好，在这儿羡慕嫉妒恨啊？"

末了，曲昀还学着凌默一贯的高冷调调"哼"了一声。

那一下，把李远航震得下意识抖了抖。

这时候楚凝撞了李远航一下，没好气地说了声："好狗不挡道。"

李远航一听，正愁没处撒火，可一回头看到是他一直喜欢的英语课代表楚凝，半个字都吐不出来了。

中午下课了，曲昀走到凌默的身边，说了声："走吧，一起去小食堂买个盖饭！"

凌默没像从前一样拒绝，而是起身陪着曲昀去了小食堂。

凌默还是第一次到小食堂来，不少学生都好奇地看了过来。

"要不你去桌子那儿占个位置，我去排队打盖饭。"曲昀知道凌默不喜欢闻油烟味儿。

"嗯。"

几分钟之后，曲昀端着盖饭走向凌默，谁知道胳膊肘被人撞了一下，盖饭翻了下去。曲昀的反应极快，在盖饭还没完全翻过去之前就把它给接住了，只可惜有一些菜溅到了身上。

"啊,对不起哦,你不能拿去讨好凌默了哦！不过,你把校服脱下来,放在桌上,你们两个还能一起吃的嘛！"

曲昀一侧脸，就看见李远航那张欠抽的脸。

正在吃饭的同学们都望了过来，他们一时之间成了小食堂的焦点。

曲昀正要豁出去给李远航一顿教训，谁知道有人来到他的身边，扣住他的肩膀将他拽到了身后。曲昀闻到了好闻的香皂味道，只听见整个小食堂不约而同发出一声惊呼——凌默从李远航的手中拿过他的盖饭，直接扣在了他的脸上！

凌默收手很快，拽过曲昀就回到桌子边坐下。

李远航的双手捂住碗，拿下来的时候，菜汤滴滴答答落下来，米饭也撒了一地。

他愣在那里，完全没有反应过来刚才发生了什么。

凌默对他动手了？

"凌默——你找揍！"

"你可以把校服脱下来，放桌上，慢慢吃。"凌默淡淡地回答他。

周围的同学还是看着他们，有的甚至对心底的幸灾乐祸不加掩饰，李远航顿觉颜面扫地。

他的拳头还没挥到凌默的脸上，就被人牢牢扣住了。

"同学，你在食堂里想干什么？"

大家的目光齐刷刷地看向说话的人——食堂王大妈穿着围裙，站在那里。

"他把饭扣我身上！"李远航大声说。

"他把饭扣你身上，你就要打同学了？"王大妈反问。

"他故意的！"

正在吃饭的楚凝眉梢颤了颤，开口说："王大妈，我只看见他故意走到同学莫小北的身后，用手去抬莫小北的胳膊肘，莫小北的盖饭就扣在身上了！然后凌默走过来想跟李远航理论，李远航的盖饭不知道怎么就扣到他自己身上去了。"

楚凝的话没有说清楚到底是不是凌默掀了李远航的盖饭，却在暗示李远航很可能是自己把盖饭弄翻了，却诬陷同学。

　　"是这样吗？"王大妈看向其他坐在桌子前的学生们。

　　大家都觉得多一事不如少一事，纷纷低头吃饭。而且李远航的行为确实挺让人不舒服，凌默把他的盖饭掀翻了，大家都在心里暗爽。

　　王大妈还有点儿为难，认为万一李远航的盖饭真的是凌默掀翻的呢，谁知道，陈桥却开口了："唉，妈呀！我说李远航你这人寸不寸啊？你明知道莫小北是打饭给凌默吃，你非要把莫小北的盖饭掀了，不就是不想让凌默吃饭吗？凌默才走到你面前，你的盖饭就翻到自个儿身上了。你是被凌默给吓的，还是你早上没吃饭，胳膊虚啊？"

　　自从上次抄作业事件之后，陈桥就和李远航不对付了。反正只要李远航能吃瘪，他陈桥就是不吃饭也开心。

　　"陈桥——你这混账东西！"

　　"哎？混账叫谁呢？"

　　"混账叫你！"

　　李远航的话刚落，整个小食堂里的学生都哈哈大笑起来。

　　李远航的脸红得都快成天上的太阳了。

　　"行了，这事儿就到这里，不许再闹了！谁在我的小食堂里打架，我就跟他们班主任说！"

　　王大妈虽然在食堂工作，但也是学校的老员工了，在老师那里还是说得上话的。

　　大家立刻也不笑了，安安静静地低头吃饭。

　　李远航站在那里，一时之间不知道该干什么。

　　"我再去买碗盖饭。"曲昀说。

　　凌默却拉住了他："不用了，倒胃口。"

　　曲昀知道，他说的是李远航。

　　"那我们回教室去吧。"

　　"嗯，阿姨做的包子和烧卖不是还没吃完吗？"

　　凌默就在所有人的目光里坦然地走过李远航的身边，他用不大不小的声音说："李远航，下次再玩这一套，我掀的就不是盖饭，而是一根一根碾断你的手指头。"

　　李远航倒抽一口气。

　　凌默从来不会虚张声势地放狠话，而且还是当着这么多人的面。

　　曲昀也傻住了。凌默从来都是一副不食人间烟火的样子，这一次却生气了。

"谢谢啊。"曲昀跟在凌默的身后,小声说。

"什么?"

"谢你帮我出气,把李远航的盖饭给扣了。"

"少往自己脸上贴金。"

"没钱买金子贴。不然等你以后飞黄腾达了,买点儿金子给我贴?"

凌默没回答他,只是轻轻哼了一声。

只是这一声"哼",曲昀听在心里觉得特别美妙。

他们回到教室里,面对面,把饭盒里剩下的东西都吃了。

"你没吃饱就到外面买个煎饼果子。"凌默说。

"别了吧……下午第一堂课就是数学,会犯困的……"

"那就睡觉。"

"嗯,睡午觉。"

曲昀也不离开,就着凌默身边的位置趴下来。不到一分钟,他竟然就开始打鼾了。

中间曲昀迷迷糊糊醒过来一次,他睁开眼睛,就看见对面的凌默单手撑着下巴,垂着眼睛,看着书,另一只手轻轻搭在桌子边缘。

"你都不会困的吗?"曲昀闷着声音问。

"我现在睡。"

凌默将书合上,也趴在了桌子上。

下午下课的时候,凌默又没等曲昀就先走了。

虽然曲昀有那么一点小小的寂寞,但想到中午自己趴在凌默身边睡觉,他也没说自己身上的盖饭味道难闻,曲昀又感到小小的开心。

当曲昀走到楼梯拐角,就看见凌默揣着口袋安静地待着,同学们从他身边一个一个走过,他却一动不动。

凌默在等他。

曲昀雀跃地迈开步子,来到了他的身后。

"我妈妈说,她今晚单位加班,很晚才能回来,你来我家陪着我吧!"

"不陪。"凌默回答得很快。

"你别这样,我一个人在家会害怕。"曲昀随口就扯。

他那么大个人了,其实啥都不怕。

凌默果然轻轻哼了一句,凉凉地说:"你怕个鬼。"

"哎?你怎么知道我怕鬼?"

其实曲昀真正担心的是，今天他们刚怼了李远航，等他回了家，会跟他妈妈一起找凌默的晦气。

已经走下了教学楼，凌默还是没答应和曲昀一起回去。

曲昀看着凌默的背影，想了很久，忽然开口问："我觉得你根本不在乎陈莉这个所谓的唯一的亲人，为什么不直接申请撤销陈莉的监护权？"

凌默的脚步停了下来，却没有回头。

曲昀有点后悔。

"对不起……那是你的事情，我不该问……"

凌默就算愿意替他出气，也不代表他什么都可以问。

"其实陈莉并没有虐待我，也没有要谋杀我。她所做的一切，不过是把在我母亲面前的自卑发泄到我的身上而已。我并不在乎她对我有没有亲情，所以我也不在乎她对我好不好。她从我这里拿走的，我都能拿回来，那么我干什么要花时间和精力陪她唱大戏？"

曲昀明白了，是因为不在乎，所以才漠然。

"那你在不在乎……"曲昀欲言又止。

"什么？"凌默看向曲昀。

"你在不在乎我对你好不好？"曲昀看向别的地方。

老实说，这样的话从他的嘴巴里说出来，真的好矫情啊！

凌默的手忽然伸过来，用力在曲昀的脑门上摁了一下："你病又犯了？"

"那犯了病的我今天一个人待家里，你不能跟我回家吗？"

曲昀故意用有点可怜的声音说。

这时候，凌默才缓缓回过头来，看着曲昀。

夕阳之下，凌默的眼睛好像有一点红。

"你不就是要我教你写作业吗？"

"对啊。"曲昀知道，凌默心软了。

"废话那么多。"

凌默转过身去，曲昀立刻笑着跟上他。

他知道，凌默已经答应跟他回家啦。走出校园，路过小卖部，正好又在播放《灌篮高手》。

曲昀听见这音乐，双腿都要迈不开了。

凌默停下脚步，看着他写满向往的侧脸，说了句："想看就进去看。"

"就是嘛！反正今天老妈也没在家里等咱们！"

曲昀颠颠儿地进去，又买了五毛钱的葵花子。

小老板乐了："小胖子，你行啊，五毛钱的葵花子想换我两个座位？"

曲昀看了看凌默，又拿了一张五毛钱给对方："那再买五毛钱的！赶紧赶紧，片头曲都唱完了！"

两个人坐下来，曲昀已经聚精会神地开始看了。

凌默用胳膊撞了撞他："瓜子嗑出来。"

"啊？我看着呢，你自己嗑！"曲昀抓了一把放进凌默的掌心里。

凌默又把瓜子放回去了。

"你不嗑，我就回去了。"

"啊？别啊！"

哪有让别人给嗑瓜子的！

但转念一想，凌默这种性子对动画片肯定是不感兴趣的，要耐着性子陪他，之前还教了他作业，嗑瓜子就嗑瓜子吧。

于是，曲昀一边看着，一边把葵花子放在门牙中间。

他嗑瓜子可是一绝，仅仅嗑出一条缝，然后把瓜子仁儿带出来，两片瓜子壳能做到不分开。

曲昀每嗑一下，就放在一旁凌默的手里，但是一双眼睛还是聚精会神地看着电视。

樱木花道一出糗，他就跟着笑。

十几分钟的时间，动画片就演完了。

曲昀看了看身旁的凌默，他利落地起身，将瓜子壳都扔进垃圾桶里。

"妈啊，一块钱的葵花子，你都吃完了？"

他可一粒都没吃呢。

"嗯，吃完了，不经吃。"

"以后你自己嗑。我舌头尖都起泡了，疼死了。"曲昀掂了掂书包，跟在凌默的身后。

"那还不回家喝水？"

"走走走！"

曲昀发现，跟上凌默的脚步，其实就跟练习竞走似的，等到了家门口，都出一身汗了。

打开门，梁茹果然不在。

但是桌子上放着二十块钱，还有梁茹留下的字条：回家就去对面买面吃。如果凌默来了，就再加两个卤蛋。不准拿剩下的钱去游戏室。

曲昀看着这张字条，露出复杂的表情。

"怎么了？"

"什么叫作'如果凌默来了，就再加两个卤蛋'？"

难道凌默不来，他出去吃面就不能加卤蛋了？

"你在头疼这两个卤蛋是加给你的，还是我的？"凌默凉凉地问。

"废话！当然是一人一个！"

曲昀要了两碗面，一份大的，一份小的，还有两颗卤蛋。

等到面上来了，老板看着身量，将大的给了曲昀，小的给了凌默。

但是曲昀却换了过来，把小的给自己，就连卤蛋也都给了凌默。

凌默看着眼前一大碗面，还有两个卤蛋，问曲昀："你吃得饱吗？"

"晚上少吃点才能瘦。"

"是为了瘦下来上课不犯困，还是瘦下来讨女生喜欢？"凌默的声音凉凉的。

曲昀一边吸着面，一边含糊不清地说："瘦下来，睡觉的时候就不会挤到你了。"

凌默的筷子停在碗边，然后忽然戳起其中一个卤蛋，扔回到曲昀的碗里。

"吃你的蛋吧。我没觉得挤。"

吃完面回到家里，曲昀搬了椅子到书桌前，非常自觉地让了一半桌子给凌默。

但是凌默却没做作业，而是说："校服脱下来，我给你洗了。"

"啊？等我妈回来扔洗衣机呗……"

"等你妈回来看见了，就会揪你耳朵，而且时间久了更难洗掉。"

曲昀想了想，起身说："那我还是自己洗吧。"

"你做你的作业，我洗完了正好给你看看。"

凌默没表情，但曲昀觉得他好像有点不高兴。

"我校服有汗味……还有李远航掀翻的盖饭味儿。"

"没味道还用洗吗？"

凌默的目光里写着：不要废话。

曲昀将校服脱下来，凌默就拎着去洗手间了。

过了半个小时，凌默挽着袖子进来。

曲昀正好写完数学作业，虽然最后一题有点难度，但他还是做出来了。

"谢谢你帮我洗校服。"曲昀不好意思地挠了挠头，"数学作业我刚好做完了。"

"你谢谢我，不比心了？"凌默扬了扬下巴问，目光看着的正好是曲昀穿着白T恤的肚子。

曲昀愣了两秒,立刻用手在肚子上挤了一下:"挤个心给你!"

凌默用手指在鼓鼓的中央戳了一下:"你好像瘦了。"

"真的?"

"再瘦就挤不出心了,还是胖着吧。"

"你不是说我挤心是神经吗?"

"你不是说我说你神经,你会伤心吗?"

"啥玩意儿……绕口令似的……"

曲昀顿住了,看着凌默拉开椅子,拿过他的作业本看。

刚才凌默是在和自己开玩笑吗?

虽然玩笑很冷……但是曲昀的脑子里忽然又放起了烟花。他们越来越熟了!凌默越来越信任他了!

"你脑子里都在想什么啊?"凌默凉凉的声音响起。

"放烟花啊!"曲昀想也不想就说。

"……我看是放风筝。计算又错了,上点心吧。"凌默把作业本扔回给曲昀,也不告诉他到底哪道题错了。曲昀只能收了心,一道一道题认认真真看过去。

先去洗澡的也是凌默,等到凌默靠在床头看书的时候,曲昀还在和英语试卷鏖战。

在曲昀的床对面,贴着樱木花道的海报。

"你怎么这么喜欢这个红毛怪?"凌默问。

"他是樱木花道,不是红毛怪,他从一个门外汉成为灌篮高手!"

"这是给你们这种傻子灌的心灵鸡汤。"

"灌鸡汤不好吗?"

"你有没有听过一个故事,一只狐狸在山崖边告诉小鸡,你们飞过山崖就会成为老鹰。于是,小鸡前仆后继地跳下去,狐狸每天只要到山下去找那些摔死的小鸡,就能吃得饱饱的了。"

"啊?什么意思?"

"意思就是,你不会成为樱木花道,只会成为摔死的小鸡。"凌默伸了伸手,示意曲昀把英语模拟卷子拿过来。

曲昀递过去,凌默用铅笔圈了圈,还给曲昀。

"你圈的是我做错的?"

"我圈的是你做对的。"

凌默淡淡地说,曲昀却一点都不想看英语了。

等曲昀好不容易把所有作业做完，再洗了澡出来，就看见凌默指着床对面的海报说："把它拿下来吧。"

"怎么了？"

"看着碍眼。"

"那是我偶像，我不撕！"

这是我家，我爱贴什么就贴什么！

"我刚才不是说了，樱木花道是骗人的心灵鸡汤。"

"那又怎么样？"

"你只会成为高宫望。"

这句话无情地打击了曲昀的自尊心。

高宫望就是樱木军团里面的那个胖子……

估计不把海报拿下来，凌默会让曲昀后悔活在这个世界上。

等曲昀把被子盖上，凌默的眉头皱了皱："你喷什么了？"

"六神花露水！"

"没有蚊子你喷什么花露水？"

"我怕我出汗，你觉得难闻啊！"

"冲死了。"

"花露水再冲，也比我的汗味好闻吧！"

"我没闻见你身上有汗味。"

曲昀忽然有点受宠若惊，刚要侧过脸去看凌默，凌默早就背过身去了。

大概是……花露水真的呛鼻子？

而对于李远航来说，却是不开心的一晚。

今天好不容易父亲李浩从厂子里回来了，李远航绘声绘色地描述了一下凌默是如何与班上的那个胖子勾结起来，掀翻了他的盖饭，让他饿了一中午。

李浩性子冲动，陈莉就一直在旁边劝着，说李远航的班主任和教务处主任都对他们家有意见，而且楼上还有报社的专栏主任，一个不小心就会成众矢之的。等到李远航回到屋子里，陈莉再次提醒李浩，凌默已经猜到他们挪用了自己父母留下的遗产，垫了买房子的首付，如果凌默较真，对他们没有好处。

李浩也软下来了："那我跟他好好聊聊，不要再和远航闹不愉快了，总行吧？"

谁知道李浩准备了很久，凌默却没回来，只接到了梁茹的电话，告诉他凌默在他们家辅导莫小北的功课，太晚了就不回去了。

李远航有种吃瘪的感觉。更重要的是，陈莉耳提面命对他说，如果下次再惹凌默，她就再不会给他一分零用钱，还说叫凌默回家吃饭，要向他赔礼道歉！

第二天下午下课，李远航来到凌默的课桌边，说了句："喂，我爸回来了，说好久没见着你了，叫你回家吃饭！"

曲昀正好走到凌默的身边，拽了拽他，意思是不要回去了，万一是鸿门宴呢？

"哦，我知道了。"

听到凌默应了这一声，李远航才哼了一声离开。

"喂，万一李远航他爸撸袖子打你怎么办？"曲昀一脸紧张地问。

"那不是正好？"凌默侧过脸来，勾着嘴角。

"什么正好？"

"到时候，你就知道了。"

这是曲昀第一次看见凌默的眼底都是笑意。

接着，凌默的眼睛微微眯了起来："你这是什么表情？"

"你刚才笑起来真好看。"曲昀发出由衷的赞叹。

"你觉得说一个男生笑起来好看是夸奖吗？"凌默的手指突然在曲昀的肚子上戳了一下。

"哎哟！"

"给你机会再夸我一遍。"凌默的眉梢扬了扬。

"你……你不会认真的吧？"

"嗯。"

曲昀傻眼了，他哪里会赞美人啊，也不知道从哪里就冒出来一句："就像总裁邪魅一笑！"

凌默的表情没有任何变化，只是目光就像看傻子一样。

"你没看过？"曲昀问。

"看过什么？"

"就是女生午休的时候，经常低着头，在抽屉里放一本这么大的小说！"

曲昀伸出自己的手掌比画了一下。

凌默还是盯着他，扬了扬下巴："然后呢？"

"然后我就瞥了一眼，就看到了那一行……"

"一次性说完。"凌默下巴还是仰着。

曲昀感觉自己已经听到了他喉间的那一声"哼"了。

"写着'总裁邪魅一笑，一把将她摁在墙上……'"

凌默还是一句话不说，看得曲昀心里发毛。

087

"没了？"

"没了……后面翻篇了……"

曲昀其实并不懂言情小说的套路，凌默的手指在曲昀的肚子上又戳了一下："挤个心，说再见。"

"算了呗……"

"怎么了？"

"老挤心，我会恶心。"曲昀苦着脸说。

"明天早上检查你的作业。"

曲昀的心瞬间沉了下去。

"你之前不是说不管我的吗？"

曲昀和凌默在十字路口就分开了，只是曲昀还没走多远，就被程治带着兄弟们给围上了。

"好久不见了，小胖子！"程治笑着走近曲昀。

他那个笑容，让曲昀瞬间想起了电视剧里面土匪要打劫良家妇女的样子。

"哦……什么事儿？"

从主观上，曲昀是不怕他们几个的，他在脑海中能模拟出一千种把他们揍得哭爹喊娘的方法。

从客观上，曲昀觉得以目前莫小北的身材，还真的有可能实现……要不然，试一试？

程治的手伸过来，弹了弹曲昀的书包带子："哎，一直都很想要个书包，你这个挺合我心意的。"

"是啊，小胖子，就把你的书包留下吧。"

几个人一起围了上来。

曲昀一边后退，一边观察情况。

周围路过的学生看着这情形不大对劲，都远远避开了。

"我这书包都用了很久了，不如明天我送一个新的给您吧。"曲昀本着"先礼后兵"的诚意说。

"可我就是看你现在背着的这个最顺眼啊！"

看着程治那目光，曲昀算是明白了，他们的目标不是他的书包，而是他本人。

当程治的人要来扯曲昀的书包带子时，曲昀向后一甩，避开了。

"小胖子，你要是不想挨揍的话，就把书包交出来！"

程治瞪圆了眼睛，看着曲昀，试图让他害怕。

曲昀生平最讨厌的，就是别人威胁他，况且还是这么几个不入流的小混子。就算被揍，曲昀也决定要维护自己单薄的自尊心。

他也扬起下巴，冷冷地看着程治。

那不是十四岁少年的目光，相反，那目光带着凉意，仿佛穿透了风雨，历经过生死，带着厮杀的戾气冲入程治的眼中。

那一瞬间，程治怔在那里，他有一种即将被穿透的惊恐感。

其他人也莫名感觉今天的小胖子不一般。

"有本事，你们就来揍我。抢我的书包，没门儿！"

程治的拳头二话不说挥了过来，只见曲昀侧身一把摁下程治的拳头，紧接着送腰一拧，程治就被摁在了地上，整个过程行云流水。

程治的半边脸都被压在地上，那模样要多狼狈就有多狼狈。

这一切快到出人意料。

曲昀看其他兄弟就要上来，直接单膝跪在程治的后背上。程治肩膀都快被拧折了，疼得哭爹喊娘。曲昀再冷冷地看向其他人，他们都僵在那里，不敢上前了。

"我们往日无冤近日无仇，说吧，是谁叫你们来找我的麻烦？"曲昀一声怒喝，把他们瞬间震住了。

"是……是那个李远航叫我们把你的书包收拾收拾！只是要你找不回课本……还有作业本而已……求求你……松一点……快断了……"程治的声音都在抖。

曲昀不为所动，继续问。

"李远航给了你们多少钱？"

"十块钱。把书包扔了让你找不回来的话，还能再给十块……"

"哦，就为了两三包烟的钱？真没出息啊！你们可以滚了。再来惹我，下次我拧的就不是你的胳膊，我让你一辈子都'东方不败'！"

曲昀松开了程治，顺带还踹了他一脚。程治一个跟跄，招呼着他的兄弟们跑了。

"妈啊……这个胖子什么时候这么厉害了！"

"他都瘦了，最近肯定是练过了！"

曲昀摸了摸下巴，心想：李远航，你那么喜欢玩阴的，小爷不亲自阴一阴你，你还真以为胖子是软的，可以随便捏！

凌默一进家门，就看见李远航的父亲冷着一张脸坐在饭桌上，而李远航已经坐在那里吃上了。

"小默，回来了，快点坐下。你姨父回来了，正好我们可以一家人一起吃个饭。"

陈莉说着，还给凌默盛了一大碗饭，"你们班主任都批评我们了，都是一家人，我们以后要好好照顾小默。"

陈莉给李浩使了一个眼色，叫他不要乱发火。

凌默的嘴角微微勾了起来，开口说："是啊，吃喝最不用省了。因为钱省下来了，最后也不一定是给远航的。"

陈莉的肩膀僵住了，李浩抬起眼来看着凌默："你刚才的话，是什么意思？"

"没什么啊，我就是想到了我的爸妈而已。"

说完，凌默就低下头继续将米饭往嘴里送。

李浩直接把筷子在餐桌上一拍："提起你爸妈，你是不是想说我和你姨妈没他们文化高，所以教不好你？所以，你一而再再而三地去陷害你表弟！我和你姨妈辛辛苦苦工作，为的难道不是你和远航？"

"姨父，你刚才说的话里面，只有一点对了。"凌默放下筷子，看向李浩，他的目光里很凉。

"什么？"

"你们没有我父母文化高，其他的都没对。"

陈莉赶紧去劝。她心里有种不好的感觉，凌默要给李浩一个大教训了！

"姨父，不如你说说看，我哪里陷害李远航了？"

"你还没陷害他？作业的事情呢？课本的事儿？"李浩想到儿子跟自己说的那些委屈，就觉得做父亲的，总要在儿子面前有威信。

"首先，作业本不是我拿给远航的，是远航趁着我洗衣服的时候到我房间里取走的。第二，我阻止过他，要把本子拿回来，但是他一拳打在我眼睛上。小姨，你不是也看见了吗？"

"是啊是啊，是远航不好！别说了，吃饭！"

"语文课本的事情嘛，你问问你家的远航，学校那么大，垃圾桶那么多，他怎么就知道语文课本在哪个垃圾桶里？而且，我拿回来的难道不是我自己的书？李远航不是自己陷害自己？"

"你……你……"一时之间李浩根本不知道该说什么话来回答凌默。

"何止一本课本？我的房间不是远航住着呢吗？我父母的主卧不是您和我小姨住着吗？我父母留下来的存折不是你们用着呢吗？你们确定等我读高中的时候，你们能说得清楚存折上的钱哪里去了？"凌默的声音里带着独有的薄凉，这种薄凉就像针尖一样扎在李浩的心头上。

"你这个没良心的白眼狼！我和你小姨难道白养你吗？"

"还真不是你们白养我,是我爸妈留下来的积蓄白养着你们,房子也白给你们住着。"

"小兔崽子!你以为有什么班主任给你撑腰,你就要上天,我今天非打死你不可!"

李浩怒气冲天,直接将面前的那碗汤拿起来,冲着凌默就扔了过去。

"不要啊!"陈莉一看情形不对,想要拦住他,但终究还是晚了一步。

她明显看见李浩失控的那一刻,凌默嘴角上带着笑呢。

凌默伸出胳膊来挡,汤就这样泼在了他的胳膊上,那可是盛出来没多久的筒骨汤啊!

哗啦一声,碗落在了地上,摔碎了。

汤滴滴答答流了凌默一身。

他的手臂立刻就红了。

拿着筷子的李远航看着这一幕,不知道多得劲儿。

陈莉立刻慌了,赶紧去找毛巾给凌默擦:"疼不疼?你小姨父不是故意的,你别生气,别生气!小姨现在就带你去看医生!"

凌默却像感觉不到疼一样,抬起眼来问李浩:"上个月我可是听李远航在班里面吹牛,说你们在隆鑫给他买了房子。那里均价三千,八十平方米就是二十四万,全款付清,写的是李远航的名字。这笔钱哪里来的?"

陈莉立刻解释:"那……那是当初我和你姨父卖房子剩下的钱买的。你这孩子疑心病怎么那么重呢?"

"你和我姨父的房子不过六十平方米,当年也就卖了十五万,正好抵了他那场官司吧?"

提起那场官司,李浩就更加按捺不住了。

"行了!还吃什么吃?你给我滚回屋里去!"

"刚才不还说要好好照顾我吗?我还没吃晚饭。"凌默平静地说。

"吃晚饭?我们家养不起你!"

李浩一把就将凌默提了起来,拽向他的小房间,甚至心里不解气,还在他的后背上踹了一脚。

凌默没站稳,摔在了地上。

李远航抱着碗,看着这场戏,呵呵笑。陈莉心想,完了完了,对这小祖宗动手,绝对没有好果子吃!

凌默没起来,李浩心里不满意,上前扯着他的后衣领:"你装什么装……"

这时，只听见"吱呀"一声……门就这么开了。

李浩一抬眼，发现门外站着几个人，不知道听了多久。

陈莉绕过桌子赶过去，看着门外的人，完全愣住了。

门外站着的，不仅仅是楼上晨报专栏的姜主任，还有居委会的陈大妈和她的儿媳妇。

"姜主任，陈大妈……你们怎么来了……"

陈莉这才明白，刚才凌默进门的时候，就压根儿没把门关好。

姜主任的脸色很冷，走进来把凌默扶起来。

还在气头上的李浩竟然上前推了姜主任一下："这是我家！我什么时候让你进来了吗？"

陈莉赶紧挡在了姜主任面前，不断地冲自己老公使眼色。

"这是晨报专栏的姜主任！老公，你收收你的脾气！姜主任，你别误会，我老公脾气直，孩子说话没个轻重，他就是想和孩子理论一下，没想到就……"

"我没误会。眼睛看着，耳朵听着，他的脚踹在凌默的背上，这要是都能误会，世界上没有什么是能看明白的了。"

姜主任抬起凌默的手臂，那里烫红了一整片。

"我要带孩子上医院了。你们爱怎么闹，就怎么闹。"

说完，姜主任就把凌默带走了。

居委会陈大妈的目光仍旧是诧异的。

她没少听陈莉说她有多困难，凌默这孩子有多难照顾，总是对他们心怀敌意等等。

陈大妈看陈莉平日里处事圆润，又很会照顾他们这些上了年纪的人，但今天……

"这房子明明是凌默的父母留下来的，你们却让孩子住在储物间里？我没听错吧？"

"陈大妈，你别误会啊！"陈莉这会儿终于明白，只要凌默想，她之前塑造出来的含辛茹苦的形象，立刻就能崩塌。

"孩子问他父母的钱哪里去了，你们好好回答不就是了？存折不是有流水吗，拿出来一看不就知道了？孩子一问你们就大声吃喝，还拳打脚踢，楼上楼下邻里听见了，还以为你们俩心虚！"陈大妈继续说。

"陈大妈，那是我们怕孩子知道父母留了钱，不打算好好读书，就想着依靠父母留下来的钱，所以才压着他的。等他考上大学了，我们一定把钱还给他！"

陈莉想着安抚陈大妈，她毕竟是居委会的，她知道了，整栋楼的人都知道了！

陈大妈心想，陈莉的为人她这回算是看清楚了，于是转头拍了拍媳妇的肩膀说："我们走吧。"

陈大妈的媳妇却冷笑了笑。她和陈莉是一个单位的，陈莉会说话，为人圆滑，经常把不想做的事情扔到她的部门来，结果事情她做了，得夸奖的却是陈莉。

"我说陈莉啊，你们给远航买房子的事情，我们可都是知道的啊。大家在一个单位做事，你的收入和我差不多吧？加上你家老李，不吃不喝这些年，买得起隆鑫的房子？"

陈莉一听，心想这事情可别传到单位去了，立刻上前想要和对方说一句话，但是对方完全不在乎，挽着陈大妈的手上楼去了。

"完了……完了……"陈莉看向李浩。

"什么完了？你别在我耳边叨叨！"

"你怎么就那么管不住自己的脾气！你现在是闹得报社的人也知道了，居委会的也知道了！我单位同事也知道了！我们以后还怎么在这栋房子里住？"

"那不是正好？等远航名下那套房子装修好了，我们就搬过去住。他凌默不是觉得我们占了他的房子吗？以后他一个人在这里，爱怎么住，怎么住！"

"好啊！"李远航就差没拍手了。

听到儿子这么说，李浩感到一种莫名的优越。

"好个屁啊！那是一套毛坯房，装修都要半年！而且你哪里来的装修钱？"

陈莉这么一问，李浩就沉默了。

"你还是想想，怎么和楼上那位专栏主任解释，把凌默领回来吧！"

"还要领他回来？"李远航万般不乐意。

"不止要领他回来，托你爷俩的福，我还得把他当祖宗那么供着！"

陈莉用手摁着眼睛，长长地呼出一口气来。

她算是明白了，凌默为什么会一直用话刺激李浩，为什么被李浩踹了也不反抗……门是凌默故意没关上的，在这栋楼生活那么久，陈大妈和自己儿媳妇每次散步的时间，凌默是心里有数的，他就是故意让她们听听，他们夫妻是怎么对他的。

凌默被姜主任带回了自己家，姜主任拉着凌默到自来水下面冲洗，看他手臂红了一大片，不由得呼出一口气来。

"姜主任，谢谢您。"

"谢什么，一会儿带你去医院开个证明，留个证据。"

凌默低下头来，看着姜主任给他上药，又问："谢谢姜主任……您平常都要八点钟以后才回来,今天怎么回来得这么早?"

"你真想知道?"姜主任坐在对面看着他。

"您……是为了我才这么早回来的?可是您并不知道……"

"不知道你的姨父今天会从厂里回来?还是不知道他会对你动手?"

"所以,您是知道的。"凌默的眉心微微蹙起。

"其实我在报社的工作还没有做完,我提早回来,是因为那个小胖子给我打了电话。"

"莫小北?"凌默抬起头来。

"嗯。他说他回到家之后就一直担心你,说你姨父在家,怕你姨妈撺掇你姨父教训你。他从晨报上找到了我们编辑室的电话,说请我帮忙留意,如果听见情况不对,就来敲门。他还说我不用进门,只要站在门口问一句,你姨妈就不敢再对你怎么样了。"

凌默的指尖颤了一下,他低着头,没人能看到他的表情。

"今天你肯定是不好再回去了。"

凌默抬起头正要拒绝,姜主任像是知道他在想什么,笑了笑:"你不愿意在我这里睡也行,但你至少要给那个担心你的同学打个电话,对不对?"

"我知道。"

凌默起身,来到电话前。

第五章　以后我给你放烟花

莫青曾经给过凌默自己家里的号码，他看一眼就记住了。

那天晚上十点多，一辆车乘着夜色，开到了凌默家的楼下。

莫青铁着一张脸，用力敲着凌默家的门，梁茹就站在他的身边，抱着胳膊。

陈莉抬腿踹了一脚李浩，说了声："都这么晚了……你去看看是谁。"

"搞不好是那个小兔崽子回来了。"

"不管。"

"你不开门，他敲一晚上，你也不怕明天整栋楼都议论！"

陈莉这么一说，李浩不情不愿地起床，来到门口低声咒骂："你个混账东西，还敢回来？"

他从猫眼里一看，发现门外面根本不是凌默，而是莫青那张没有表情的脸。

李浩一个激灵，赶紧把门打开："莫……莫总工程师……您怎么会来我家？请进！请进！"

莫青眯了眯眼睛："你认识我？"

"您到我们厂子里做过技术监督啊！我这种小人物，您肯定不记得，但我怎么可能不记得您啊！"李浩转头就冲卧室喊，"陈莉！陈莉，你赶紧起来，我们上面的领导来了，你赶紧泡个茶！"

陈莉一听觉得奇怪了，以李浩的性子，不怎么讨领导的喜欢，怎么会有领导来家里，还是这个时间点？

但是陈莉还是赶紧起身，披了件外套走出来。

李浩还没来得及隆重介绍，莫青就直接开口了："喝茶就不必了。我和我爱人今天过来，就是来把凌默带走的。"

"凌……凌默……"陈莉惊讶了。

李浩也蒙了:"这个……领导,您和凌默……"

"凌默的父亲是我兄弟,既然你们不打算好好对孩子,我带孩子走!我们家照顾他!"

莫青晚上八点多接到儿子的电话,说凌默在家里被他姨父打了。莫青二话没说,就从邻市连夜开车赶了回来。

陈莉却立刻反应过来了。这要是把凌默放走了,天知道传出去又变成什么了。

"这么晚了,还是明天早上再说吧,孩子也睡下了不是?"陈莉堆着笑,心里面却是万万没想到,原来自己一直想要联系上的那位当工程师的孩子家长,就是莫小北的爸爸。这下好了,李远航在学校里和莫小北可是水火不容啊,李浩是甭想调回市区了。

"现在还不晚。孩子呢?"莫青是个直脾气,听说凌默在这里挨了揍,一点都没有要忍的意思。

陈莉和李浩的脸色难看了,这要是被他们夫妇发现凌默连家都没回,怎么说得清楚?

"你说!凌默呢?"莫青瞪向李浩,额头上青筋都起来了,惊得李浩支支吾吾说不出话来。

这时候,楼上的门开了,正是姜主任:"孩子在我这里,你们是他的老师吗?"

梁茹立刻退出门外,扬起头:"我们不是他的老师,是他父亲生前的好友,也是他同学的家长。"

"哦,是那个小胖子的家长?"

"是的是的!"

凌默这才从楼上走下来,看见莫青和梁茹的时候,微微露出惊讶的表情。

"梁阿姨,莫叔叔……您不是在外地吗?"

"我们来接你走!"梁茹也不客气了,"我现在要进去收拾凌默的东西。"

"这……"陈莉很为难。

大晚上这对夫妻跑来,目的不言而喻。他们是高级知识分子,又对凌默父亲很熟悉,万一听了凌默的话,找他们麻烦怎么办?

"怎么?不行?还要我每天到这里来看孩子好不好?"莫青一瞪李浩,李浩马上就软了。

"您是领导的领导,您说要孩子去住,那就过去住……要不我帮您送孩子过去?哪敢劳烦领导啊!"

凌默站在那里，他身后的姜主任小声问："这对夫妻有问题吗？"

"他们没问题……他们都是好人……"

姜主任立刻就感觉到凌默声音里的哽咽。

"那就快去吧，大人明天也要上班的。"

凌默打开房门，梁茹直接挤开陈莉，一进凌默的房间就愣住了。她听儿子说过，凌默住在储物间里，但她觉得顶多就是房间小而已。现在看来，何止是小，夏天没有风扇多闷热，冬天又不保暖，这哪里能给孩子住啊！

梁茹拍了拍凌默的肩膀说："你去收拾课本作业本，阿姨给你收拾衣服。"

凌默刚想说自己来，梁茹就已经把柜子打开了。

看着叠得整整齐齐的衣服，梁茹把早就准备好了的行李袋打开，把衣服往里面放。凌默的东西本来就不多，连一个行李袋都没装满。

"阿姨……您怎么都收进去了？"

"离中考一年多呢，能带走就都带走。"

梁茹这么一说，凌默就明白那是什么意思了。

"阿姨，这样……"

"中考虽然不比高考，但也是人生的转折点。别把你人生最精华的时间浪费在和你不是一个层次的人的斗争当中。"梁茹又把凌默的抽屉打开，一眼就看见了凌默父亲和母亲年轻时候的合影，她二话不说，连照片一起装进去。

凌默站在那里，不知不觉，眼泪就掉下来了，自己却不知道。

梁茹赶紧去擦："你干什么啊？人生长着呢。这都掉眼泪，我们家小北数学考三十五分还乐不颠儿的，一嘴巴歪理呢！"

几分钟之后，梁茹就背着行李包，凌默背着书包走到了客厅。

莫青起身，从爱人那里接过行李包，然后蹙了蹙眉头："这么轻？"

"都装了，你不至于锅碗瓢盆也要我带走吧？"

李浩想起来，现在他必须跟凌默说清楚了，到了莫家不能说半句他的坏话。他正要去抓凌默的胳膊，就听见凌默闷哼一声。

莫青看了过去，见凌默胳膊上一片红，立刻扬高了声音："怎么回事儿！"

惊得李浩马上放开了凌默的胳膊。

"不小心烫到的，莫叔叔您别担心。"

"行，你让你梁阿姨照顾着，我以后就不担心。"莫青说完，狠狠瞪了李浩一眼，"如果是有人故意烫了凌默，我就让他吃不了兜着走！"

那气势，让李浩没来由抖了抖，心想：这回在厂子里没得混了啊！

097

莫青一抬头，就看见站在楼梯上面的姜主任。姜主任走下来，将一张纸递给莫青，那是医院的证明，表示凌默在几月几号就诊。

"谢谢。"莫青点了点头。他明白姜主任给这张证明的用意，就是让陈莉夫妇投鼠忌器。

上了车，梁茹就一直在看凌默的伤，还和莫青商量着要不要去大医院再看看。

凌默不得不开口说："叔叔阿姨，我的伤不要紧，只是红了而已，没起水泡。小北还在家里等着呢！"

"他？我和他爸不在，他现在肯定喜滋滋地偷偷看电视呢。"

"都这个时间了，没他爱看的电视了。"凌默说。

"谁说没有？《神雕侠侣》啊！每次我把电视机调到中央一套，只要我加班晚回来，打开电视一看，就是《神雕侠侣》那个频道。"

"算了，我不在的时候，小默，你就帮叔叔阿姨看着小北，真不让人省心。几十分的数学，还看电视……"

凌默就这样一路听着莫青夫妇吐槽自己的儿子，回到了莫家。

一开门，曲昀就跑了出来："凌默，你可来了！"

"你怎么还没睡？"梁茹有些惊讶，却走到了电视机边，用手去碰了碰电视机后面。

"我在等你们接凌默过来啊！"曲昀一副理所当然的样子。

眼看着曲昀就要给凌默一个熊抱，而且还是惯性挺大的那种，梁茹伸手给拦住了："凌默胳膊上给烫着了，你少搞事儿啊！"

"啊？烫了？严重吗？"曲昀立刻就去抬他的胳膊。

"没事的，明天就好了。"凌默抬手，摸了摸曲昀的脑袋。

"那凌默，你去擦个澡，别碰着胳膊上的伤。擦完了，阿姨给你稍微包一下。"梁茹又吩咐自己儿子说，"你，负责把凌默的行李收拾进去。"

"好嘞！"

不等凌默抬手，曲昀就拎着凌默的行李包，颠颠儿地进去了。

莫青走到梁茹身边问："他是不是又看电视了？"

"这回还真没有，电视机后面是凉的。"

曲昀听见了，不由得暗暗一笑。还真当他是从前的莫小北啊，他现在有比看电视更重要的事情了！

现在，他正奔在和凌默越来越熟悉的康庄大道上，不过也要感激莫青和梁茹夫妇的鼎力支持。

洗完澡，凌默就来到梁茹和莫青的房间处理烫伤的地方。

"阿姨，我有件事想麻烦您。"

"什么事？"梁茹一边给他上药一边问。

凌默将一个存折递给了梁茹，一旁的莫青也愣了愣。

"我父母留下的遗产，其实有两个存折。一个存折是我外公外婆过世的时候留下来的钱，小姨怎么样也是他们两位老人的骨血，那个存折我就给了她，她一直以为是我父母的遗产。这一个，才是我父母真正的存款。"凌默将存折递给了梁茹。

梁茹看都没有看，就推回给了凌默。

"你父母留下的财产，你自己好好留着，拿给我做什么啊？"

"阿姨是做会计的，肯定很擅长打理资产，如果让这笔钱躺在存折里，等过几年，还不知道够不够我上大学。"

梁茹和莫青对视，他们终于感觉到了凌默和莫小北的不同之处。凌默会早早规划好一切，就是所谓的"深谋远虑"，和同龄那些只知道在学习中挣扎、出入游戏厅的孩子，是不同的。

"好，这笔钱我帮你管着。无论是做理财也好，投资任何稳妥的项目也好，我都会来和你商量。"梁茹打开存折一看，愣住了，里面竟然有五十万元。这在那个年代，是巨款。

"这些并不仅仅是我父母的薪水。当年我父亲投资了两万元给他的一个朋友到巴西去经营木材生意，后来那个朋友生意做起来了，每年都有给我们家分红。再后来那位叔叔身体不好，把公司转卖了，按照股权占比把那部分钱也打进来了。"凌默淡淡地解释着存折里钱款的由来。

"你父亲是……好人有好报。"提起凌志群，莫青的声音微微哽咽。

凌默的信任，让梁茹感觉到自己必须要为他尽更多的责任。

"现在我们手上有医院的烫伤证明，以及晨报姜主任和居委会陈大妈的证词，你愿不愿意变更监护人？"梁茹很认真地问。

莫青也很郑重地开口说："虽然我们不是你的血亲，但我和你梁阿姨保证，我们对小北怎样，就一定对你怎样。"

凌默抿了抿嘴唇，再坚强的孩子，这个时候感受到他们真正的善意和关心，也是不可能不动容的。

"我一点都不怀疑你们。只是陈莉是我唯一的血亲，又是我母亲临终时当着医院那么多医护人员交代的监护人，她在监护权方面占有优势。我只是被轻度烫伤，无法构成虐待未成年人。陈莉是一个聪明的女人,我们必须快刀斩乱麻,趁他们心虚搞定监护权,以及……他们最在乎的就是有没有地方住。"

"我懂,光脚的不怕穿鞋的,那个李浩逼急了,杀人放火都有可能。但是你放心,我不会让他们占你便宜。"梁茹的心里已经有了计较。

凌默又写了一个电话号码给梁茹:"这位是当初顾所长留给我的电话号码。他后来中风还进了抢救室,我不好把自己的情况告诉他。但是现在,我觉得可以跟顾所长说了。"

"有顾老所长帮忙,我们就更有把握了!"

梁茹给凌默包好了纱布,凌默一进卧室,就看见曲昀正万分认真地把他的书一本一本摆到自己的小书架上。

"很晚了,睡觉吧。我爸爸说明天要找班主任黄老师说你的事情,估计是要你在我家长治久安。"曲昀说。

"'长治久安'不是这么用的。"

"怎么不是?是要你'长治'我,'久安'他们的心。"

曲昀平躺在床上,像挺尸一样,动都不敢动,生怕碰到凌默受伤的手臂。

凌默却侧过身来,看着曲昀。

"你怎么就能想到从报纸上查姜主任的电话呢?"凌默轻轻问。

总觉得曲昀每天颠颠的,不像会想这些的样子。

"家里有晨报,不然我还得花五毛钱去买呢……"

"你就不怕我占了你的房间,占了你吃的喝的,占了你爸妈?"凌默又问。

曲昀最近生活很规律,到了十点半十一点的样子就犯困,今天已经晚了,所以眼皮子都快睁不开了。

"我的就是你的呗……"

曲昀的呼吸缓缓拉长,就快要睡着了。

"你脑子里到底在想些什么呢?又在放烟花吗?"凌默想起上一次曲昀说的话,不由得露出一抹笑来。

"……哪来那么多烟花好放……"

说完这句,曲昀就真的睡着了。

不知道过了多久,一旁的凌默翻过身来。

"以后我给你放烟花,你要一直高高兴兴、没心没肺的。"

这天早晨,曲昀按时把所有作业都交了。经过昨天的那顿晚饭,李远航也知道这回凌默把自己爸妈狠狠算计了一遍。他记得他妈妈坐在沙发上说了一句话,那就是"凌默之前按兵不动,就是为了等到莫青夫妇这样合适的监护人出现"。

李远航恨凌默,连带着也恨起了曲昀,可惜他上回请的混混都没动得了曲昀。

当曲昀摊开书,准备早读的时候,李远航不阴不阳地说了句:"你家收留凌默的目的,就是为了给你找个抄作业的对象吧?"

曲昀瞥了李远航一眼,那凉飕飕的表情,也不知道是不是和凌默黏在一起太久了,竟然那么像。

"凌默从前天天跟你住一块儿,你都没让他好好教你?你不是做人太差,就是压根儿没想过好好学习吧?有种的,今天中午下课之后,在体育仓库后面单挑!"曲昀早就想亲手给李远航这个熊孩子一点教训了。

"单挑就单挑!谁怕你!"李远航心想自己胳膊好腿儿好,还能打不赢这个胖子?

到了午休的时候,等同学们回家的回家、去小食堂的去小食堂,曲昀却走到凌默的桌边,对他说:"你去小食堂帮我买份盖饭不?我想上大号!"

"事儿真多。"凌默瞥了曲昀一眼,就跟着大部队走了。

曲昀的小心肝儿却在怦怦乱跳。

他来到了体育用品仓库,果然在那里看见了李远航。

"死胖子!你跟我约在这里,是不是特别想做我的沙包啊?"李远航一脸拽样。

在他的心里,曲昀只要不和凌默狼狈为奸,就什么都不是。

"沙包?"曲昀哼了哼。

自从进入了莫小北的角色,他都有注意锻炼身体,这一个月他已经瘦了四五斤。虽然对比基数效果不是很明显,但曲昀觉得正好能用李远航再试一试自己的锻炼成果。

曲昀走到李远航的面前,李远航还没摆开架势,只觉得面门一阵风吹来,快到他预料不及。他向后一个大踉跄,跌坐在地上。他恍然看着面前的曲昀,全然没想到这一拳是这个从来被人欺负,但都闷不吭声的胖子打出来的。

脑袋里一声嗡响,鼻血流下来了,李远航立刻站了起来,红着眼对着曲昀就是一阵猛捶。

"死胖子、死胖子、死胖子!你竟然敢打我!揍死你!"

李远航又是用拳头揍,又是用脚踹。

曲昀抬起胳膊,护住自己的脸,绷紧身体,李远航的拳头落下来虽然狠,但是对曲昀却并没有那么大的杀伤力。

但是曲昀猛地打出来的每一拳,都能让李远航疼得快吐出来。

又是一拳飞到李远航的脸上，他的牙都被打掉了！

正在整理体育用品仓库的体育老师听到声音，绕到后面来，看见李远航那又是踹又是踢的架势，吓坏了。

"你们干什么？！"

随着体育老师一声喝，李远航终于回了神，就在他犹豫的那短短一瞬，曲昀抓住机会快准狠地踹在他身上，让他直接向后跌落在地。

这一脚踹得比李远航之前的许多下都更有力量，李远航差一点没飞出去。

他看见曲昀扯起嘴巴嘲讽地笑着，哪里管得上是不是体育老师在场，不管三七二十一又踹了起来。

曲昀除了脸，其他部分几乎让出来让他踢，校服上一个又一个的脚印。

小子，随便你踢，我不疼，你留下的脚印越多，一会儿越惨。

体育老师见李远航还不停，怕曲昀被李远航踹出个好歹来，赶紧去拦着。但是李远航心里憋着恨，还是不肯放弃，体育老师的运动裤上也挨了一脚。

"你连老师都踹，你踹上瘾了？走，去见你们班主任去！"

体育老师的力气还是比李远航要大的，一扯一拽，李远航就摔在地上，吃了一脸灰。

黄老师正在办公室里一边出期末试卷，一边吃饭，谁知道体育老师拽着一脸愤恨的李远航，后面跟着满身都是脚印的曲昀，来到了他的面前。

"黄老师，这是你们班上的学生？在体育用品仓库后面打架，拉都拉不开！"

黄老师一看是李远航和曲昀，眉头不由得皱了起来。

"怎么又是你啊，李远航？还有你，莫小北，怎么回事？"

"他打我！"李远航指着自己正在流鼻血的鼻子说。

黄老师赶紧边伸手捏紧李远航双侧鼻翼，边拿了卫生纸，给李远航捂。

体育老师却笑了："莫小北打你？我咋看见你追着人家又踢又踹？你看看莫小北全身都是脚印，你除了屁股上有灰，可是单方面压倒性胜利，连我都中招了啊！"

黄老师低头一看，就看见体育老师腿上的脚印。

"真对不住啊，我班上的学生实在太让人不省心了。"

"我踹他是因为他先揍的我！"

李远航觉得，委屈的明明是他，他踹得再多，死胖子既没出血也没掉肉！

黄老师看向曲昀："莫小北，李远航的鼻子是你打的吗？"

"是我打的，因为他一直不停叫我'死胖子'。我有名字，你为什么不好好叫？"

曲昀红着眼睛问。

"你的名字不就是'死胖子'吗？班上哪个同学叫你名字了吗？"

黄老师听到这里，忽然在桌子上一拍："李远航，你够了！在老师面前你也这样，你就那么没教养吗？"

李远航这才从流鼻血和掉门牙的愤恨中醒过神来，忽然惊觉自己说的那番话确实不合适。

只是从莫小北转学过来开始，李远航在人前人后都是叫他"死胖子"，叫得多了，一时改不了口。

"还有，莫小北，你应该来告诉老师。老师会出面纠正他，而不是你和他打架。"黄老师很认真地说。

"我并不是故意打他的……那是因为他拿走我下午要交的数学模拟卷的钱！"

曲昀控诉完，李远航却蒙了。

"我……我什么时候拿你的钱了？你骗老师！"

"我没有！我的钱上面还有我的名字呢！你拿了我的钱，就放在你的口袋里！"

曲昀万分肯定地说。

"我没有！我根本没拿你的钱！"李远航又要上前去揍曲昀，被体育老师赶紧拉开。

"李远航，你口袋里到底有没有莫小北的钱？"

李远航愣住了，立刻用手去捂自己的口袋。

当时和曲昀在那里打架，曲昀摔在地上，正好掉了二十块钱出来，李远航心想这家伙竟敢揍自己，就让他找不着钱，于是趁着曲昀侧身爬起来没注意的时候，就把这二十块塞进自己口袋里了。

"李远航，你口袋里的是莫小北的钱吗？"体育老师觉得他刚才还一脸委屈，现在忽然变了脸色，起疑了。

"没……没什么……"李远航的心跳如同打鼓，"我口袋里的……是我自己的钱……"

曲昀在心里哼了哼，这个李远航啊，不是干坏事的料，却总要到处捅是非。

"我的钱……丁老师说的，要我们在交的钱上面用铅笔写下自己的名字。"曲昀一脸委屈地说。

体育老师开口道："那好办，把钱拿出来看看，有没有莫小北的名字。"

黄老师看着李远航，李远航却一动不动。

"李远航，没有人要拿走你的钱，但同样的，你也不能拿别人的钱。还是你要我打电话，叫你爸妈过来？"

李远航的眼睛立刻红了，他觉得自己又被冤枉了。他再蠢，也明白这就是死胖子计划好的，钱搞不好也是曲昀故意掉出来，引他去捡的！

"我没有抢他的钱！是它自己掉出来的……"

李远航将钱拿出来，递给黄老师。

黄老师打开一看，上面写着"莫小北"三个字。

"如果真的是莫小北掉出来的，你既然捡了，刚才老师问你，你为什么不说呢？"黄老师只觉得头很疼。

李远航张了张嘴，在老师谴责的目光中有苦难言。

这时候，曲昀的肚子发出咕噜一声，黄老师才意识到这两个孩子可能没有吃饭。

"你们两个，都去给我写检讨，检讨要家长签字！还有这二十块钱，莫小北你拿回去吧。"

"谢谢老师。"

而曲昀一走出教室门，就看见凌默冷着脸站在那里。

"哎？你怎么来了，不是让你到食堂帮我买盖饭的吗？"

凌默本来是买好了盖饭，坐在小食堂里等着曲昀。

可是等了快二十分钟，曲昀都没来。他本来以为曲昀是不是上大号没带纸，想去洗手间看看，但刚起身就听见同学议论，说曲昀和李远航打架，被拽进年级办公室了。他这时候才明白，上大号什么多半是骗人的，曲昀搞不好早就想好要和李远航来这么一出了。

"盖你的头。"凌默的目光带着狠劲儿，与他对视的曲昀连哼都哼不出来了。

经过他身后的李远航却恨得牙痒痒，张了张嘴："莫小北！你等……"

曲昀却在他叫嚣之前先吼了出来。

"李远航，你要我等什么？你欺负同学，觉得全世界的好东西都是你的，觉得别人也该像你妈一样捧着你？不好意思，我没这个义务。你要是觉得自己委屈，觉得自己占理，那就把你自己的屁股擦干净了。不然，怎么抹，都是一股屎味儿。我莫小北从来明来明往，人不犯我，我不犯人。下一次，我会让你一黑到底！"

曲昀仰着下巴，那气势拽得不得了。

李远航打了个寒战，向后退了半步。

他害怕的不是眼前的莫小北，而是莫小北身后揣着口袋看着他的凌默。

他的目光很冷，带着锐利的刃，刺进李远航的眼睛里。

凌默一步一步走过来，李远航下意识后退，这里还有同学，还有老师，他不信凌默能……

凌默蓦地扣住了李远航的手腕，反手拧了过去。

"啊——"李远航叫嚷了起来。

"我好像上一次对你说过，再搞事就碾碎你的手指头吧？"凌默的声音压得很低，同学们看过来了，却没人上前。

这是他们第一次见到凌默动手。

"不是……不是我搞事……"

凌默看着李远航受伤的鼻子和空了的门牙，嘴角扯起一抹若有若无的笑，松开了他。

"滚吧。"

李远航立刻捂着胳膊跑了。

"爽了？"凌默看向曲昀，挑了挑眉梢。

"没爽，我悬崖勒马。"曲昀一转头，对上凌默的双眼，刚才高昂的气势瞬间萎靡了。

"你很行啊，叫我去买盖饭，假装要上洗手间，弄半天是和李远航决战紫禁之巅啊！"

凌默的手指在曲昀的肚皮上用力一戳，曲昀就像泄了气的皮球。

"这小子给了学校外面的混混钱，叫他们扔小爷的书包，小爷没让他们得逞……"

"什么？李远航找了混混来对付你？"凌默侧过脸，眯着眼睛看着曲昀。

"是啊……这不忍无可忍了，我才找他的吗？"

"那你还悬崖勒马个鬼啊？"

凌默的手指又伸过来，在曲昀的肚子上更加用力地戳了一下。

曲昀捂着肚子向后退了一大步。

"疼啊！"

"你下次还敢瞒着我去跟别人斗？"凌默冷着声问。

"你不也总这样吗？凭什么只准州官放火，不许百姓点灯？"曲昀抬了抬下巴。

"你还来劲了？你什么意思？"

"我的意思就是……就是……"曲昀低下头来，想了半天，才开口说，"哪怕你心里边山呼海啸了，你也一脸平静，不让人知道你难过。可是你有没有想过，在乎你的人，不管你说不说，需不需要，都会为你担心难过，也想给你出气。"

凌默伸出手指，轻轻戳了一下曲昀的脑门。曲昀傻在那里，半天才说："这是啥意思？"

"闭嘴，我正山呼海啸呢。"

凌默的声音那么近，那么清晰，曲昀的眼睛也莫名跟着酸了起来。

这时候，学校广播站正在放广播。

平常这时候曲昀想要趴在桌上睡觉，所以总觉得广播站里声情并茂到夸张的播音员很恶心，但今天放的英文歌却很动人。

"这首歌叫什么啊？真好听！"曲昀曾经驻外执行维和任务的时候也听过。

"Yesterday Once More."凌默回答。

他的声音和那女歌手充满磁性且让人怀旧的歌声融合为一体，曲昀竟然觉得异常动人。

"啥意思？昨天再来一次？"曲昀按照字面来翻译。

"昨日重现。"

"哦哦！这歌很容易让人怀旧啊。"

"你才几岁，有什么旧可怀的。"

下了课，曲昀又照例来到学校外面的小卖部，等着看《灌篮高手》了。

"你爸爸这几天都在家吃饭，你还敢在外面闲逛？"凌默凉凉地问。

"只有我一个人，叫闲逛，有你就不一样了嘛！"曲昀露出讨好的表情来。

"买点儿葵花子。"凌默拉过小马扎，在曲昀身边坐下。

"好嘞，我给你嗑！"

两人就这么并排坐着，直到动画片结束。

真正让曲昀烦恼的还是那篇检讨，回到家看着满桌子的饭菜，曲昀立刻有了小九九。

当梁茹把饭端上来的时候，曲昀却说："妈——你以后别给我添那么多饭了，你看凌默都没吃那么多。"

"这是怎么了？不是你说，不吃饱晚上睡不着吗？"

"吃太胖……会被同学嘲笑……"

梁茹果然接着问："这是怎么了？谁嘲笑你了？"

"李远航……他叫我死胖子……我没忍住，就和他打了一架，班主任让写检讨。"

"这个李远航！也太过分了！"梁茹一听儿子受了委屈，心里难过了。

莫青却说:"同学给你起不好听的外号,你就打架,你这叫以暴制暴!"

梁茹用胳膊顶了莫青一下:"好了……儿子的心受伤了,你别在伤疤上撒盐。"

莫青叹了口气:"那你不吃饭也不是办法,应该加强锻炼,这样才能瘦得健康。"

梁茹也跟着点头。

凌默侧着脸,勾着笑。曲昀那点小心思,他看得很明白。

"小默啊,顾律师正从北京赶过来,他说他很有把握帮我们拿下你的监护权。以后就算房子收回来,你一个人也别回去了,我和你梁阿姨看不见你不安心。小北的房间是挤了一点,我打算把我的书房整理出来,你就有自己的房间了……"

曲昀一听,他难得有了和凌默升华革命友谊的机会,怎么能就这样分开呢?

"我房间不是挺好的吗?凌默的书和衣服都放下了!"

"哟,你乐意,还没问人家凌默愿不愿意跟你住!"梁茹瞥了曲昀一眼。

曲昀眼巴巴地看着凌默。

"叔叔的书房还是留着吧,我要是真和小北分开,他隔三差五跑来问我,这怎么做那怎么办,那还不是一样的。"

"小默,你别跟阿姨客气啊!小北晚上睡觉不老实,怕他打扰你休息。"

"他不老实吗?昨晚好像都没听见他翻身。"凌默说。

曲昀立刻露出小得意的表情:"看吧看吧,可不带你们这样污蔑自己儿子的!"

梁茹看了看莫青,意思是两个孩子感情好,就先由着他们。

莫青咳嗽了一声:"但是你既然和同学打架了,检讨还是要好好写,要深刻、真实!"

"我知道了!一定深刻、真实!"

开玩笑,他曲昀可是写检讨的行家啊!

"你要是觉得挤了,就偷偷跟阿姨讲。"梁茹眨了眨眼睛。

凌默低下头来,嘴角微微凹陷。

她难得看到这个孩子露出温柔的姿态来。

等凌默回到曲昀的房间,就看见他正伏在书桌前,认认真真地写着作业。

检讨早就写好了,放在一边。

"检讨书"三个字又大又有点可笑,但是里面的内容声情并茂,果真又深刻,又真情。

曲昀抬起头来,发现凌默既没有做作业,也没有看书,而是一直看着他。

"你……你看我做啥?"

"你怎么那么蠢?"凌默还是撑着下巴的样子。

在灯光下，显得很柔和。

曲昀相信，这不是错觉。

"因为你呗。"曲昀低下头来，继续写作业。

赶紧写完了，让学神给看看。

"关我什么事？"

"你负责聪明到会当凌绝顶，我负责蠢到一览众山小。"

曲昀一抬头，就看见凌默的眼帘微微垂着，嘴角带着笑。

而此时，李浩看着儿子的检讨书，简直要发疯。他今年在厂子里的评定很差，提了烟去找领导，领导告诉他，总部的总工程师对他印象不好，别说调回市区，普通的加薪也别想了。

"你写的什么？你把莫工的儿子打了，你怎么敢打莫工的儿子！你知道他爸爸是谁吗？我领导的领导！他说一句话，你爸要失业，你要喝西北风！"

于是，李远航被李浩用皮带狠狠收拾了一顿，哭得鼻涕眼泪一大把。

那一天，李远航躺在床上，耳边是那句"觉得全世界的好东西都是你的"。现在他忽然有点明白，并不是自己本来拥有的优势，就会一直拥有，比如此刻，他的父母互相抱怨，越吵越凶，墙都要裂开。

而这个时候，曲昀和凌默正在悠闲地聊天。

曲昀连打了三个喷嚏。

"谁骂我呢！"

凌默凉凉地说："除了李远航，还能有谁？李浩忌惮你爸爸，肯定正教训李远航。"

"切……感觉我恃强凌弱了一样，有一个争气的老爸真是顶用。"

"嗯……你真的很幸运，也很幸福。有爱你的父母，有一颗容易满足又不操心的脑子。"

凌默的声音很淡，曲昀听出来的并不是羡慕，而是孤独。

他可以想象，在他来到这个世界之前，凌默一个人在那个小小的房间里，独自面对这个世界。

"我也有很孤独无援的时候，一个人静静地待着，一个人等待着机会。不知道和我一起的同伴是否还活着，不知道前面等待着我的是什么。也许千军万马，也许枪林弹雨，也许就算完成了任务也无法全身而退……慢慢地，忘记了时间的存在，忘记自己的呼吸，偶尔还会问自己是谁。直到那确定的一瞬间到来，扣下扳机，看着它在那最为短暂的瞬间穿透一切，空气、光线、尘埃都没有意义，只是为了速度和最终的毁灭而存在。"

那一刻，曲昀的表情和平常是不同的。

刚毅而果决。

凌默侧过脸，看着那一刻的曲昀，他就像一柄静静地藏在刀鞘中的利刃。

"嘿……你知道吗？有些孤独，听得懂的你可以说它是经历，听不懂，才是真正的幸运。"

曲昀侧过脸，才发现凌默一直看着他，不知道多久了。

曲昀是一个很有危机意识的人。

那一刻，他有一种危险的预感。

他说太多了，很可能引起凌默的警觉了。

可就在那一刻，凌默的手伸过来，在他的头上摸了一下。

"你电影看多了吧。"

"我最近看的就是《拯救大兵瑞恩》啊！"

凌默换了个话题。

"喂，你好像真的瘦了，床都不挤了。"

"对啊，我这么努力还不能瘦，简直对不起苍天大地。哎，你说外表真的那么重要吗？他们都叫我胖子，背地里喊我死胖子。"

"如果是你，再重都好。"

"啊？什么……"曲昀侧过脸，看着凌默。

他已经蜷了起来，闭上了眼睛。

很安静，很平和。

曲昀很快也睡着了。

陈莉和李浩忍了两周，凌默还没有回家的意思，就亲自来学校接，说尽了这辈子没对凌默说过的好话。

曲昀早就知道梁茹和莫青的打算，就差没抠鼻孔了，他直接挡在凌默面前。

"接什么接？就在学校对面饺子馆，我爸妈请你们去吃饭！"

曲昀说完，一把拉过凌默的手，雄赳赳气昂昂地就往饺子馆去了。凌默看着曲昀那志气满满的样子，嘴唇不由得微微勾起。

陈莉和李浩互相看了看，只能跟着去了饺子馆。

莫青夫妇订了包厢，而包厢里面坐着的有居委会的陈大妈、晨报的姜主任、班主任黄老师以及一位戴着眼镜的年轻人。

曲昀故意说了一句:"三堂会审咯!"

陈莉和李浩坐也不是,站也不是。

梁茹笑着招呼他们坐下:"陈大妈、姜主任和黄老师你们都认识,我就不介绍了。这位是曾经到你们家拜访过的那位顾所长的儿子——顾晨,顾律师,他是特地代表他父亲来的,他手上还有你们当初写给顾所长的保证书。"

顾晨点了点头,从公文包里取出一张纸,当着所有人的面打开:"这是复印件,怕在座有人一个激动,把它给撕了,所以特地把原件留在我的事务所里。我父亲虽然半身不遂,但说得清话,脑子也很清醒。我今天就是作为凌默的代理律师,来核实当初他交给你们的二十万元的资产情况。"

顾晨的话音刚落,陈莉和李浩就互相看了一眼。还好陈莉早有准备,她猜想到了凌默会借助莫青夫妇来查那笔钱,立刻将存折拿了出来。这是她抵押了李远航名下的房子临时还上的,今天刚到账,但是只有十五万。

顾律师直接开口:"你们成为凌默监护人的时间为八个月,存折上少了五万元,你们每个月花费六千二百五十元是不合理的。"

陈莉咽下口水。他们把钱拿去垫付李远航名下那套房子了,本来想着在凌默成年前慢慢还上,没想到这么快闹出事来了。

李浩闷在那里没说话,杵了一下陈莉,陈莉已经汗流浃背了。

"那个……那天本来想要给小默交学费,没想到取了学费和家用,在回来的路上被贼给抢了。我怕小默担心,没敢说。"

梁茹轻哼一声说:"不知道的,还以为是你们挪用到什么地方去了呢。"

"这……这怎么可能……"

陈莉和李浩的脸色都很难看,而且很窘迫。

曲昀低着头吃饺子,他转着盘子,把韭黄虾仁馅的直接端下来,一大半倒进了一旁凌默的碗里面。上来什么热菜,他都要先挪到凌默面前,夹给凌默吃。

曲昀喜欢吃大排,但是筷子是铁的,半天夹不起来,凌默说了声"笨",就抬手夹了最大的那一块给曲昀。

陈大妈、姜主任和黄老师互相看了看,都明白两个孩子感情好,和与李远航相处完全不一样。

他们都对莫家的家庭氛围很满意。

顾晨清了清嗓子:"大家都不是闲着的,我就打开天窗说亮话。凌默户口所在地的居委会以及学校都一致建议,由莫青和梁茹夫妇来担任凌默的监护人。"

这就像一颗炸弹,炸落下来。

"这怎么可以？！凌默是我姐姐陈媛亲口交给我的！我才是与凌默有血缘关系的人！"陈莉轰地一下站了起来。

"根据民法通则中关于撤销及变更监护人的条件，第一，你们对凌默的资产管理不善，已经造成了损失，存折为证；第二，你们对凌默照顾不周导致其烫伤，有医院证明以及姜主任和陈大妈为人证；如果还需要其他证明，黄老师愿意向法庭说明凌默和你们住在一起的生活情况。"顾晨开口说。

陈莉脑子很清醒，立刻就说："存折上的损失是意外，我们很抱歉，也会在之后补偿。小默烫伤的时候，正好是我煮了筒骨汤给他喝，难道对他好我也有错？你们看见我爱人李浩与凌默起了摩擦，但是凌默是骨折了吗？还是住院了？哪个大人管教孩子的时候不用唱一唱红脸？至于生活条件不好，我承认我们疏忽了一点。但是你们可以带凌默去做体检，他肯定没有营养不良，除了烫伤，他的身上肯定也没有别的伤痕，根本不算是我们对他不好。你们联合起来，紧抓我们的一些小纰漏和疏忽，我都怀疑是要欺骗凌默，骗取他父母留下来的遗产！"

说完，陈莉拉起李浩就要离开。

曲昀的筷子停下来了，看向凌默，心想，哎呀！陈莉好精明，这可不好办。

凌默却又给曲昀舀了一勺发菜汤，淡淡地说："吹凉了再喝。"

哎，看凌默这样子，还有大招？

梁茹开口了："可以，那我们法院见。不过我要提醒你们一点，上了法庭，你们可一点优势都没有。首先，我和我爱人是高级知识分子，能给凌默良好的生活和教育环境；第二，根据民法通则相关规定，除了亲属，关系好的朋友也可以担任监护人。我和我的爱人还保留着这几年与凌志群的所有信件往来，可以充分证明孩子的父亲对我们夫妻的感情和信任。"

陈莉和李浩停下了脚步，转过身来，他们犹豫了。

曲昀乐了起来，好好好！老妈一鼓作气攻克他们！

一直沉默的莫青开口了："如果我们胜诉，你们会一无所有，还要负担我方的诉讼费用。就算我们夫妻败诉，所有人也会知道你们是怎么对待孩子的。只要在这座城市，任何一个单位都不敢用你们。"

这才是一盆冷水浇在陈莉的头上，她怎么忘记莫青在这个城市多少是有影响力的。

"我们报社也很愿意做个专栏，去你们单位上采访一下关于青少年的教育问题。"姜主任开口说。

"那么也采访一下居委会和学校,我相信陈大妈和黄老师肯定也有话愿意说。"

梁茹笑着看向那两位。

"你们……你们这是合起伙来威胁我们!"

李浩的眼睛里泛起了血丝,正要抡拳头,就被陈莉一把拽住。

"对,这就是威胁!"

莫青和梁茹坐着一动不动,但是看向陈莉和李浩的目光却极有气势。

"如果你们签字,我们可以达成协议。你们可以继续住在凌默父母留下的房子里,但是凌默是房东,你们是房客,鉴于你们的亲属关系,租金可以打折。租赁合同,顾律师也拟好了,是市面价格的七折,你们可以考虑租或者不租。另外,这本存折需要交还给凌默,顾律师会计算清楚这八个月你们抚养凌默的合理开销是多少,差额部分,分月偿还。"

陈莉一咬牙,觉得梁茹是在诈自己,立刻说:"我们不签,上法院就上法院!"

"当然可以。这些条件本来就是看在你是凌默亲戚的面上提出来的,算是给你姐姐陈媛的面子。反正到时候法院判下来,肯定不只是让你们还这么一点。"梁茹看向顾律师。

顾律师点了点头说:"嗯,我很愿意再接一个未成年人财产侵占的官司。"

"财产……侵占……"李浩是个外强中干的主,平常横得很,但是上法院什么的,他是发怵的,特别是去年他打了人闹到卖房子还钱的地步。

"我们也有咨询律师的权利。"陈莉说。

"当然可以。不过顾某时间有限,明早你们不愿意同我去办理手续,我们直接法院见。我等着收你们败诉之后的律师费。"顾晨笑了笑,那种自信不是装出来的。

陈莉站在那里犹豫着,她看向凌默,她就不信凌默真的要把自己唯一的亲人送上法院。

谁知道凌默对顾律师说:"那就法院见吧。我已经十四周岁了,法庭会充分信任我的证词和意愿。"

这句话,简直是最后的暴击。

陈莉差一点站不住,李浩看过去,陈莉一咬牙,点了点头。

"那就这样,明早我们到相关部门把手续办理了。"顾晨说。

"两位,事情谈清楚了就好,我再叫几斤饺子一起吃?"梁茹笑着说。

"不了,远航还在等我们回家吃饭。"

陈莉夫妇完全没有吃东西的心情。

等他们离开,曲昀直接欢呼起来:"哈哈哈,太好了!"

"哟,莫小北同学,你就一点不担心凌默把你爸爸妈妈的爱抢走?"姜主任笑着问。

"我爸妈心胸宽广,大爱无疆!就算分一半爱给凌默,我也没关系!"曲昀看起来比凌默还高兴。

而走出饺子馆的陈莉夫妇面如死灰。

回到家,陈莉不甘心,特地在报纸上找了个律师事务所的电话打过去咨询,对方律师也说这官司不好打,陈莉夫妇不一定输,但赢的可能性只有三四成。

再一听凌默的代理律师是顾晨,对方直接就说别浪费钱,赢的可能性连一成都没有了。

李浩坐在沙发上抽起烟来,陈莉也快哭出来了。

"都是你不好,非把凌默弄去储物间住!这才让人抓住了把柄!"李浩踹了陈莉一脚。

"难道不是你说要让自己儿子住得好,我才同意的?难道不是你打人把家里的钱败光了,不然我们看中的房子用得着用凌默的钱?这下好了,明天签完字,那十五万都要还给凌默。我们得还银行贷款,就连这套房子也得交钱给凌默!要吃萝卜咸菜了!"

"大不了就不住了!"李浩骂骂咧咧起来。

"不住?不住你住哪儿?那个顾晨律师开出来的房租条件,我们只能暂时住着,尽快找更便宜的地方!以后只能租单间,让远航和我们挤在一起住了!"陈莉像连珠炮一样地抱怨。

"我就不签字,就不还钱,能怎么样?"

"你还嘚瑟什么?莫青是你们总公司的高级工程师,他要你失业你就失业。不签字,我们一起喝西北风!"

李浩本来就憋了一肚子火,把烟灰缸直接往陈莉脸上一摔,陈莉立刻头破血流。

李远航冲出来护住陈莉,但是李浩控制不住情绪,一把将李远航推开,看着陈莉满头是血的样子也愣住了。

"这个家成了这个样子,我们无家可归,连凌默都能拿捏我们……你要不就把我打死了吧?我也省得这么没脸没皮地活着!"陈莉大哭起来。

李远航这才知道,一个凌默就有让他们家变天的本事。

经过这件事,陈莉夫妇算是消停了。他们签了字,凌默的监护人正式变更为莫青夫妇,但期末考试也快来了。

按照上一次的成绩,曲昀被分在了倒数第四考场,离凌默所在的第一考场很遥远,曲昀觉得很惆怅。

113

回到他们的房间里，曲昀冷不丁一把抱住凌默的腿。

"你在干什么？"

"我在抱大腿……"曲昀用可怜兮兮的声音说。

"抱大腿干什么？"

"天瞎啦！当然是为了期末考试啊！从数学到物理，从语文到英语……我没有一门擅长……学神，全靠你了！"

"那你还是服个软比较管用。"

"什么？"曲昀一脸蒙。

"不明白的话，把你同桌那本什么霸道总裁邪魅一笑看完吧。"

曲昀有点怀疑地看着凌默。

两人晚上吃完了饭，在同一张桌子上开始写作业。

曲昀一想到期末考试就要来了，顿时感觉到压力重重，每一道题都认真仔细地计算着。

而台灯之下，曲昀可以看见自己和凌默的影子。

他的影子一直在动，但是凌默好像保持撑着下巴的姿势已经很久了。

曲昀故意用胳膊肘撞了凌默一下："喂，你想什么呢？"

曲昀还等着凌默讽刺自己，没想到他用很平淡的声音说："你的睫毛很长很翘。"

听他这么一说，曲昀来劲了。

"对吧？对吧？我同桌今天也这么说！她说我要是瘦下来，说不定很帅气！"

一边说着，曲昀一边闭着眼睛往凌默跟前凑。

"给你看，免费给你看。"

曲昀睁开了眼睛，发现凌默仍旧是撑着下巴的姿势，那张脸漂亮得不像话。

"一脸盖饭味儿，你还敢凑上来，找死啊。"

"切，就你事儿多。"

在期末模拟考试中，曲昀的成绩从班上的倒数二十名进步到了正数二十多名，虽然语文和英语还是差了一点点，但是其他学科都将近满分。

他的同桌临走前说了句："莫小北，你真用功，都瘦了。"

"真的啊？"曲昀觉得这赞美挺走心。

"嗯，眼睛都大了，脸下面也尖了！"

"哈哈哈，谢谢！"

曲昀的脑子里又开始放烟花了。

放学之后，曲昀又来到凌默的身边小声说："下课了你陪我去一趟租书店吧。"

"你去那里干什么?"

"就是你说的总裁邪魅一笑的后面啊!我之后就一直在想……为了杜绝考前分心,我决定去租那本书,找到答案。"

"你知道那本书的名字?"

"《霸道总裁爱上我》。"曲昀很认真地说。

"你自己去,我不去。"

"你不去不行啊!我同桌说,老师会在那里守着,不让学生租乱七八糟的书看。"

曲昀跟着凌默走到了教室外面,也不知道他说的话到底哪里惹凌默不高兴了,凌默忽然回过头来。

"你知道那是乱七八糟的书,还要去找?"

"明明是你叫我看的。"曲昀一脸名正言顺的样子。

"我把你说过的话当圣旨,'君无戏言'啊!"

凌默看着曲昀,看着看着,曲昀心里面一阵发毛。

就在这个时候,女孩子的声音响起:"你们两个在干什么呢?"

曲昀绕开凌默,来到了李静的面前。

"没什么,我就是想去租书店,看你租的那本书。"

"啊?你看……你看言情小说干什么啊?"李静有些不好意思。

"好奇嘛……研究一下。"

而且,自从凌默随口说了一句叫他把那本霸道总裁看完,他就产生了一种莫名的好奇心,想要知道里面到底有什么内容?霸道总裁邪魅一笑的后一句到底是什么?

"这有什么好研究的。"李静把书包转过来,从里面拿出一本口袋大小的言情小说,递给了曲昀,"拿去吧。我在我家附近租的。你得早点还给我,一天两毛钱。"

"好哦!我看完了立刻还给你。"

曲昀一回头,就看见凌默冷着脸看着自己。

"干……干什么……"

"考不好别找我。"

凌默扔下这句话就走了。

曲昀歪着脑袋想了想,赶紧跟上他。

"你别走那么快啊!"

吃了晚饭，凌默还是照例早早就把习题和模拟卷都写完了，然后又开始撑着下巴，貌似是望着曲昀的方向发呆。曲昀知道，自己写的每一个字都在凌默的目光之下，于是更加紧张，生怕写错。

凌默拿着曲昀的英语卷子看了看："你的英语和语文作文看着挺闹心。"

"……这个我真没办法，大概是智商上不可逾越的鸿沟吧。"曲昀仰天叹了一口气，一副真的要放弃的样子。

凌默却拿过两张草稿纸，在上面写了起来。

他不仅中文写得漂亮，就连那一手英文，都像是被印刷上去的一样，规整中又带着一点灵动的贵族气质。

"我给你编了两套英语作文的模板，空白的地方，你只要根据作文主题填进去就行了。"

"哇！这是……神器啊！"曲昀拿着纸对着台灯，一脸膜拜的样子。

"什么？"

"学神给的，可不就是神器吗？"曲昀仔细地看着，在心里默默记着。

不得不说，凌默是个很有逻辑的人，而且他选择放进框架里的词汇也是根据曲昀的水平来的，好掌握，好记。

今天的学习进展顺利，他们两个十点钟就刷完牙洗完脸，靠着床头坐着。

凌默从莫青的书房里借了一本工程学的书看，而曲昀就在他的身边。明明架着一本英语书，英语书里却放着那本口袋言情小说。

凌默扫了曲昀一眼，只见曲昀看得聚精会神。

"这种毫无逻辑的脑残小说，真不知道你怎么看得下去。"

"爱是没有逻辑的。你看这个有钱又有颜的总裁，为什么撞了骑自行车的女主角，就爱上这个脑子缺根筋的女人了？"曲昀一脸不明白。

"说得好像你脑子里的筋是齐全的。"

曲昀很认真地翻了几页，没多久就继续吐槽："搞没搞错啊，这女的都和那个总裁睡在一起了，还说只是朋友，对方只是照顾她？"

当他将书翻到下一页的时候，呆住了。

"怎么了？"凌默侧过脸来。

因为曲昀终于看到了那一页：霸道总裁邪魅一笑，单手撑在女主角的耳边，将女主角逼到墙角，接着吻了下去。

曲昀感觉心灵像是被打开了一扇大门，他从来都不知道，原来女生爱看的言情小说竟然是这样的！

凌默见曲昀表情呆滞，就侧过脸看了一眼那本书，从头扫到尾，面不改色："你觉得在现实里面，这样对女生，不会被甩耳光吗？"

　　"女主角就没扇他耳光……"

　　"所以说，现实中我们通常用三个字来概括这样的人——傻、白、甜。"

　　曲昀愣了一下，看着凌默嘴角明显到不能更明显的笑。曲昀再一回想，凌默让自己看霸道总裁小说"找共鸣"的用意……曲昀立刻反应过来，这家伙又耍自己呢，不就是拐着弯儿地说自己傻吗？

　　"快十一点了，睡觉。"

　　曲昀气哼哼地翻下来，关上床头灯，没多久就睡着了。

第六章　和你一起，就像在做一场梦

第二天早读的时候，曲昀在桌子下面把那本口袋小说还给了同桌李静，里面还别着两毛钱。

"谢谢。"

李静抿着嘴唇笑了笑："不客气。"

正在整理大家英语试题卷的楚凝一侧脸，就看见凌默微微抬着下巴，看着曲昀的背影。

早上的数学课，丁老师按照顺序叫同学起来解答模拟卷的题目。

李静看了看顺序，数到最后一道选择题。丁老师讲解试卷，不仅是要学生回答答案，还要简要说一下解答思路或者计算过程的。

这道题李静不会做，她紧张起来。

一旁的曲昀注意到了，将自己的卷子拉了过去，用胳膊肘碰了一下李静："赶紧看。"

曲昀将公式标注得很清楚，一下子就点通了李静，让她安然地回答了丁老师这个问题。

中午下课后，凌默去了班主任黄老师那里。

"凌默，有事吗？"

"黄老师，我来这里是请老师帮个忙。"凌默在真心对自己好的人面前总是很谦恭的样子，一点也让人联想不到"高冷"这个词，"我想请老师帮我调换一下座位。"

"怎么了？是坐在后面看不大清黑板？"

"不是的。是我想和小北坐一起，这样他有不会的，我可以早点教他，也能在他开小差的时候提醒他。"

黄老师露出"原来如此"的表情。

凌默这个要求，在黄老师看来是"知恩图报"，帮莫青夫妇管着莫小北的学习。

"小北这个学期好像是长高了不少，再让他坐在第二排是不大合适了。只是让小北坐你身边，不会影响你的学习吗？"

"老师放心，我不是容易被人影响的。"

黄老师点了点头："好，我会考虑一下的。你先去吃午饭吧。"

"谢谢老师。"

等凌默离开了，黄老师摸了摸下巴，笑了笑。

其实之前她虽然知道凌默的学习很好，但总有一种与世隔绝不食人间烟火的感觉。

凌默在校园这个环境还没什么，但是如果以后上了大学呢？进入社会了呢？

一直保持这样的性格是很容易被排挤的。

可是自从凌默和莫小北走近了之后，他变得不一样了，至少……他的世界不再只有他自己。

下午的最后一堂课是黄老师的语文课，黄老师提前五分钟结束了课程，然后对大家说："这个学期，许多同学都长个子了，座位要稍微调换一下。"

曲昀立刻与李静对望。

他们才刚刚培养起深厚的无产阶级革命友谊，一点都不想分开，但是没想到黄老师立刻就叫了曲昀的名字："莫小北，你和张欢换一下吧。"

曲昀露出遗憾的表情说："黄老师，我不是长高了，我是瘦了……所以才显得高了。"

他的话刚说完，教室里就响起小小的笑声。

而凌默的眉梢微微挑了起来。

黄老师也笑了："小北，你的校服裤腿都短了一小截，你没注意到吗？"

"那是洗缩水了。"曲昀低声说，但是座位还是不得不换。

放了学，曲昀背着书包和凌默走在回家的路上。

"你是不是喜欢你的同桌？"凌默看着低着头不说话的曲昀问。

"啊？李静？"曲昀这才回过神来，"哎，这样一想，她还真的挺好的，从来不发脾气，还总是为别人着想。"

"所以你才特别舍不得老同桌，百般不愿意来做我的同桌吗？"凌默的声音

119

凉凉的。

"啊？难道张欢的位置在你旁边？"曲昀一脸惊讶。

"你是真不知道，还是装不知道？"凌默一副打算撇下曲昀向前走的样子。

"我真不知道啊！我每次向后看的时候，就只看见你，没注意到别人啊！"曲昀脱口而出。

凌默站在那里，好半天才回过头来："你又扯谎哄人了？"

"你有什么好哄的？"

铜豌豆一个！

"那你和李静依依惜别个什么劲儿？"

"那是因为不做同桌了，就不方便交接了啊！"

"交接什么？"

"漫画书……"曲昀瘪了瘪嘴。

"漫画书？都快期末考试了，你看什么漫画书？"

"我这不是弥补我……"

弥补我逝去的青春吗？

"所以你舍不得李静，就是因为她帮你借漫画书？"

"呃……你不要把我和李静的友谊概括得这么粗浅好不好？"

"她给你借了什么？《花仙子》还是《水兵月》？"凌默的眼神好像在看小朋友。

"花仙子是幼儿园的，水兵月是小学的好不好！"

"你还能看什么高智商的东西？"

"《棋魂》啊！讲下围棋的漫画！"

"你连围棋规则，什么是天元都不知道，看什么围棋漫画？"曲昀被凌默鄙视了。

曲昀早早就把作业写完，然后爬到了床上，照例把漫画书夹在英语书里，靠着床头津津有味地看。

看着看着，曲昀一低头，发现不知道什么时候凌默凑到自己面前来了，看得好像还挺入迷。

"你也要看啊？拿去啊。"

"我不拿，那么多人翻过的，很脏。"

那么理所当然，曲昀想用漫画书拍他的脸。

"翻页了。"凌默对着漫画书吹了一口气。

曲昀虽然不乐意凌默"坐享其成"，但是想到自己和凌默看同一本漫画书，又有一种莫名的成就感。

漫画书翻完了，凌默用肩膀撞了曲昀一下："洗了手再睡觉。"

"知道了！"

曲昀拿着漫画书从床上坐起来，忽然想到了什么，在心里一阵坏笑——让你嫌这嫌那地嘚瑟！

漫画书就从曲昀的手中掉了下来，不偏不倚就要盖在已经躺下的凌默的脸上。

凌默就像早有预料，带着被子一个翻身，漫画书就拍在枕头上了。

紧接着，曲昀的腰上就被踹了一下。

"找死啊。"

"我才不会死！"

"脏了，你的枕头拿来。"凌默就这样收缴了曲昀的枕头。

曲昀觉得这明明是自己家，自己的床，自己的枕头，可他咋就那么没地位呢？

结果，一直到了期末考试前一天，曲昀还做贼心虚地跑到租书店里去借《棋魂》。

还好他擅长隐蔽，眼看着班主任黄老师到租书店门口晃悠，他就完美隐藏到了老板的位置后面没被发现。

等他走出来的时候，却发现凌默站在马路对面，揣着口袋示意他快点过去。

那完全不关他什么事儿的样子，让曲昀恼火。

你揣什么口袋？

你扬什么下巴？

你以为自己摆拍海报呢！

欠抽。

但是曲昀不敢说实话。

等回到家里，曲昀还紧张兮兮地背着《五柳先生传》，凌默却用脚蹬了蹬他的肚子。

"我要看漫画。"

"喂！明早考语文！"

"考就考。"

"我还没背熟呢！"

"你背熟了，自己瞎紧张。"凌默又用脚踹了踹曲昀的肚子。

"说好的好好学习呢？"曲昀无语地看向凌默。

"我学好了。"凌默回答。

"我还没学好呢！"

121

"你也够了，难道你还想一飞冲天进第一考场？"

第一考场是年级前三十名，那怎么可能呢？

"没想过。"

"那不就得了。"凌默扬了扬下巴。

曲昀总觉得……自己是不是把凌默给带坏了，他从前根本就不看漫画啊！

曲昀一边在心里模拟把凌默的胳膊卸了、把他吊打、把他揍得眼歪口斜，一边用英语书挡着，翻漫画书。

"我说凌默……如果你和我一起看漫画只是一场梦，你愿不愿意醒过来？"曲昀小心翼翼地试探。

"不愿意。"凌默回答得很干脆。

曲昀悲伤起来……到底要怎样才能让凌默意识到这一切都是记忆空间呢？

很快，期末考试就到了。

几乎每个学生都严阵以待，这关乎暑假能不能开心度过。

让所有人跌破眼镜的是，曲昀这学期的成绩简直是火箭一般的进步，一举冲入了年级前百名，差三个名次就能进第二考场了，而凌默仍旧是雷打不动的年级第一。

班主任黄老师在家长会上对曲昀都是点名表扬，梁茹还是第一次有了挺直腰杆子的骄傲感。

暑假到了，作为奖励，梁茹问："小北啊，为了奖励你们这次的考试成绩，你们有没有什么想去玩的地方呢？"

曲昀立刻说："市郊新开了一个水上乐园！我要去那里玩！"

"水上乐园？你又不会游泳，你去玩什么啊？"梁茹乐了。

"谁说我不会……"曲昀话刚说完，就发觉自己得意忘形。

他是会，但不代表莫小北会啊！

"一般水上乐园水都不深，而且都有救生员。如果不会游泳就不能去的话，水上乐园就经营不下去了。"

凌默开口，总有一种让人信服的力量。

晚上，曲昀和凌默去买泳裤，用剩下的钱买了根冰棍，那种两根贴在一起的，曲昀用力掰开之后，递给了凌默。

曲昀一边吮着，一边舔下面化掉的。

"你就不能赶紧咬掉？流得到处都是，太邋遢了。"

曲昀一看凌默手里的，都快咬到底了。

"我爱怎么吃，就怎么吃。"

"傻子。"凌默回了一句。

曲昀看他那样儿，不得劲儿了。

"其实我把我每一个嗑给你的瓜子都舔了一下。为了不让你受到刺激，这个秘密保守了一个多月！好辛苦！"

曲昀故意小口小口啜着那根冰棍儿。

"哦，为了不让你受到刺激，我把你每天早上用的筷子都舔了一遍，这秘密我也保守了一个月。不过现在不是秘密了。"

凌默无所谓地说。

曲昀僵在那里，看他走出了三步远，赶紧追上去问："不是吧？不是真的吧？"

"你猜。"

"我不猜，你告诉我答案。"

"没有答案。有本事你把这一个多月的早餐都吐出来。"

这一定不是真的！

这明显不是真的！

是啊，凌默肯定不会做那样的事情……

他真的不会做那样的事情吗？

曲昀忽然不是很确定自己对凌默的了解了。

但是来到这个世界以后，曲昀已经很久没有好好玩过了，一想到第二天就能去水上乐园，他兴奋得一晚上睡不着，在床上翻来覆去。

凌默被他翻得睡不着，忍不住用脚踹了他一下。

"你摊饼啊，翻来翻去。"凌默凉凉地说。

天早就热起来了，还好房间里装了一台空调，温度并不高，两个人躺在床上也没有很热。怕曲昀掉下去，梁茹特地在床的外面摆了一排方形的凳子，用床垫盖着，不知道的还真以为这张床是一米六宽的呢。

但是如果曲昀一直翻身，就会让凳子碰在一起，发出响声。

原本曲昀还以为凌默已经睡着了，却没想到他忽然翻过身来。

"睡不睡？不睡自己到外面跑步去！"

"睡了。"

因为水上乐园在市郊，曲昀和凌默还是要早点出门，不然赶上大太阳，要被晒成鱼干了。

暑假的水上乐园人真不少，跟下饺子似的。

凌默和曲昀进了男子更衣室，大老爷们儿就在储物柜前脱了个一干二净。

曲昀三下五除二扒掉了自己的 T 恤，准备扯运动短裤的时候，一转身正好对上凌默换泳裤。

凌默的身上一点赘肉都没有，大概是最近梁茹提供的营养太好了，凌默也绝不瘦弱，最重要的是，两条腿又长又直，像模特一样。

"怎么了？"

"你……身材真好。"

凌默又轻轻哼了一声，打开门走了出去。

十几年前的水上乐园是没办法和现在比的，但曲昀还是很高兴，迫不及待地去爬水上滑梯。

他们从旋转的隧道里滑下去，接着冲进水里。

曲昀觉得爽呆了，刚从水里冒出脑袋来，抹开脸上的水，凌默就从旋转隧道里滑下来，一把将他扑倒。

曲昀始料未及，被凌默直接摁倒进水里，爬起来呛了半天。

曲昀再一睁开眼，看见凌默就勾着嘴角站在他面前。

"你是故意的！"

"故意的怎样？"

"我给你好看！"

"我本来就比你好看。"

啊！好恼火！

曲昀眼睛一亮，忽然不顾三七二十一冲上去，拽着凌默倒下去。

凌默瞬间反应了过来，他向后躺倒，屈起膝盖，直接反过来把曲昀压了下去，完全不知道他是怎么做的，曲昀就又灌了一耳朵水。

他好不容易挣出来，向后退了两步。

"还能这么玩吗？"

曲昀摇头。

曲昀太自负了，以为自己瘦下来了就能有现实中的敏捷，但还是凌默的身体和他的大脑更合拍啊……

"好玩吗？"凌默歪着脑袋问。

"不好玩。"曲昀的脑袋摇得跟拨浪鼓似的，可怜兮兮的。

凌默轻哼了一声，嘴角勾起。

完了……又是那啥邪魅一笑，曲昀心里发毛……

他们一直在水上乐园玩到了下午三点多才回家。

上了公交车，两人坐在了前排。

公交车司机正在放广播。

是那首 Yesterday Once More。

热风从窗口灌进来，曲昀一直不停地捋着自己的头发，想要它赶紧干。

而凌默则单手搭在窗口，看着窗外。

"喂，凌默，我经常会有一种想象。"曲昀用尽量自然而随性的语气对他说。

"什么想象？"

"就是这个空间其实是你做的一个梦，然后在现实世界里，还有一个你和我。"曲昀有点紧张地等待着凌默的反应。

"那么现实世界里的我还是凌默吗？"

"那肯定是啊，搞不好已经成为赫赫有名的科学家了。"

"那么你呢，在那个世界里，你还是莫小北吗？"

"可能是另一个身份。"

"那我们还是朋友吗？"凌默用一种闲聊的语气问。

他的话让曲昀沉默下来。

是啊，如果这真的是凌教授的一场梦，如果只有在梦里自己才能是莫小北……那么他也愿意在这个梦里睡得久一点。

大概是因为去水上乐园玩起了瘾，曲昀和凌默几乎每星期都会去一趟。

两人去卖废铁的地方花了三十块钱淘来两辆自行车。曲昀把铁锈磨掉了，把链条、龙头、车轱辘都给弄好了，暑假他们打算骑车出去玩。

就在他们第三次从水上乐园回来的时候，曲昀悲哀地发现……竟然有一辆自行车被偷了。

"这贼干吗不两辆都偷走？成双成对不好？"曲昀无语了。

"说明贼只有一个人。"

"啊？"

"你见过一个人可以同时骑两辆车的吗？"凌默反问。

"哦，没有。"曲昀抓了抓后脑勺，"要不你坐公交车回去，我骑自行车回去。"

"算了，前半段你载我，后半段我载你。"

"哎？你载得动我？"

"这是我应该问你的问题。"

曲昀的自尊心受到了小小的伤害。

他跨上坐垫，骑了两米，凌默从后面跳上去，一瞬间还真的差一点失去平衡倒下去。

在他摇晃的时候，凌默伸出手臂托了他一把。

那一刻，曲昀立刻稳住了，向前骑了出去。

不得不说，他和凌默真的很有默契，每当拐弯的时候，凌默都能适时帮他稳住平衡。到了红绿灯，他也能先曲昀一步点着地。

四五点的风从他们的耳边飞快掠过，少年的笑声和影子追在身后，拖得很长。

暑假结束前，莫青回来之后，从公文包里拿出了两本书递给凌默。

"这是我在北京的新华书店给你买的，虽然难了一点，但是你应该看得懂。"

曲昀凑过去一看，发现竟然是关于工程力学的。

"谢谢叔叔。"凌默很小心地把书抱住。

"哎，爸爸，你怎么给凌默看，不给我看？"

"你？你能看懂你的教科书就已经不错了。"莫青瞥了他一眼。

曲昀觉得自己年少的心灵受到了伤害。

晚上，凌默靠着床头看着莫青给的书时，曲昀将脑袋凑了过去。

"你以后也想做工程师吗？"

"嗯。"凌默回答。

"啊……我觉得工程师不适合你。"曲昀说。

凌默将书放下，抬起眼来看着曲昀问："那你觉得我适合做什么？"

"当个病毒学家。"

你不去研究病毒，谁来找到"黑尔"病毒抗体？谁来拯救全人类？

"你知道病毒学家是什么？"凌默勾着嘴角，手指在曲昀的额头上戳了一下。

"谁说我不知道的？"

"可是我不喜欢病毒。"

"哦……也是，研究病毒很危险吧。一不小心，自己感染了怎么办？"

凌默摇了摇头。

"不是因为病毒很危险。"

"那是因为什么？"曲昀好奇地问。

"因为……病毒是千变万化的，它们会随着自己遇到的条件而进化，通向完全不可预料的方向。研究病毒，并不像研究物理、研究数学那样有着既定的结果，病毒拥有无限的可能。"

"这样不好吗？多有挑战性，适合你聪明的大脑。"

"可我不想要无限的可能，我只想要一个结果。"凌默看着曲昀说。

"什么结果？"曲昀下意识问。

凌默没有回答，只是又用手指在曲昀的脑门上弹了一下。

大概是因为莫青回来，梁茹今晚烧了一桌好菜，其中有一样就是黄豆烧猪脚。

曲昀吃了太多黄豆，一个没忍住，在空调被里放了个闷屁，想翻身又不敢，忍不住了，才压低了声音说："那个……我在被子里放了个屁，应该很臭……"

真正的意思是，我想翻身，请你做好准备。

"是吗？"

曲昀还没反应过来，凌默就一把将曲昀的空调被拽走了。

那一刻，汹涌澎湃的气味让曲昀心惊胆战。

他觉得凌默会踹自己下去，谁知道凌默只是说了句："开窗，透气。"

曲昀如临大赦，一个翻身下去，把窗子打开了。

好不容易味道散掉了，曲昀回到了自己的位置上，说了声："对不起啊！"

凌默却像是睡着了，没有回应。

曲昀呼出一口气来，心想：还好，还好！

暑假就这样过去了，曲昀还是不知道该怎样跟凌默说明这个世界并不是真实的……应该说凌默压根儿没有醒来的打算。

开学那天，曲昀走到学校门口，就听见李静喊住了他："莫小北！"

"李静！"曲昀转过头来。

李静用惊讶的目光从上到下把曲昀看了个遍："你真的是莫小北啊！"

"废话，我当然是莫小北啊，不然还能是谁？"

"你……你瘦了好多……"李静看着看着，好像还有点不好意思了。

"真的啊，我也觉得校服很松，我妈还帮我把裤腰收紧了呢！"曲昀笑着回答。

只是下一秒，曲昀书包后面就被一旁的凌默拎住了，将他拽向教学楼。

"要聊到教室里再聊。"

新学期，班主任黄老师一上讲台，就说今年是冲刺的一年，是多么重要云云，说了半天。

而曲昀却隐隐发现，班上的女同学总是会偷偷看他，但是当他看过去的时候，她们又将目光移开了。

课间十分钟，曲昀去洗手间，隔着那道墙，曲昀就听见女生们在另一边聊天的声音。

"唉……你们不知道洗手间回音大吗?"

一开始还是聊暑假发生了什么,可就在曲昀洗手准备离开的时候,不知道谁说了一句:"你们有没有觉得莫小北变得好帅了?"

"对啊对啊!忽然就瘦下来了!眼睛大大的,鼻梁高高的,眼睛鼻子一下子就开了。"

"其实暑假之前他好像就瘦了,但是这个学期,更明显了!"

"那你觉得是他帅,还是凌默帅?"

曲昀心里一下子兴奋了起来,拿他和凌默比了?他上升到这个级别了?不得了啊!

"那肯定还是凌默帅。凌默给人的感觉不一样,想看他,但是又不敢看他。可是莫小北不一样,你看他,他也不会生气。"

曲昀叹了口气……刚才的开心没有了。

因为跟凌默相比,自己好像比较廉价——想看就看。

开学第一天,许多课程并没有真正展开,曲昀没有觉得疲惫。

下课的时候,李远航路过凌默的桌子,说了句:"明天我妈过生日,叫你来吃个饭。"

凌默应了一声,李远航就走了。

陈莉一直想要节省开支找个单间一家人挤着,但是好几个房东见识到了李浩的坏脾气,没两天又只能搬回来。最近李远航都瘦了不少,毕竟陈莉要省吃俭用交房租、还欠款和银行贷款。

"啊……为啥我总觉得是黄鼠狼给鸡拜年,不安好心呢?"曲昀有点担心。

根据以往的经验,每次凌默跟他的姨父姨母打照面,就一定会有不爽的事情发生。

但是凌默的表情淡淡的,甚至嘴角还带着笑。

"谁是黄鼠狼,谁是鸡?"

"啊……说错了。"曲昀摸了摸脑袋。

"不过,我看今天那些送书套给你,还有请你吃零食的女同学,倒是黄鼠狼给鸡拜年,不安好心。"

说完,凌默拽过曲昀的书包带子,拉着他向前走。

曲昀并没有把这事儿放在心上,反正怎么想……凌默的段数应该比陈莉和李浩要高吧?

第二天下课，凌默和曲昀在十字路口分别。

"喂。"转身的时候，曲昀叫住了凌默。

"怎么了？"

"你别在那边吃太多了。"

"嗯？"凌默揣着口袋，侧着脸看着曲昀。

"我怕李远航妈妈做的饭，你吃了不消化。"

凌默轻笑了一声，转身离开了。

凌默才刚走到家门口，陈莉就跑来开门，露出笑容，殷勤得很："小默，你回来了啊！快进来！"

"嗯。"凌默站在门口正要换鞋，陈莉却说不用了，让他直接进来。

看得出来，陈莉的这一桌菜花了心思，有鱼有肉。

李远航就坐在餐桌前，李浩也在。

"远航，去给你表哥拿瓶汽水。"李浩给李远航使了个眼色。

李远航不情愿地去冰箱里拿了一瓶可乐，放在对面，一句话也不说，低头就要吃饭。

李浩打了他一下："你表哥还没上饭桌，你怎么就开始吃了？"

李远航抬起头来有点委屈,但想起吃饭之前父母的千叮万嘱，只能把筷子放下。

凌默将可乐挪开，淡淡地说："吃饭喝可乐会不消化。"

"哦，那就吃完了喝！来，吃饭！"

陈莉给凌默盛了一大碗饭。

凌默没有动筷子，他的眼睛很深，完全感觉不到他的喜怒。

"小姨，你们叫我回来肯定是有大事商量，您就直说吧，我还有作业要做呢。"

陈莉看向李浩，李浩点了点头。

"那个……就是，你小姨单位的效益是越来越不好了。小姨寻思着这么一直在那个单位吊着也没什么意思，不如离开了找点事做。我看好了一个铺子，打算卖早点，就是早上煮个面烫个粉那种。我问过了，这样一个店面，扣除租金，一个月还能净挣三五千呢！这样就能早点把钱还给你，也能早点出去租套房子，免得总占着你父母留给你的家。"

"然后呢？"

"然后吧，小姨想你给签个字，就是我们家里人都要签字的。"

陈莉拿了一个牛皮纸袋过来，从纸袋里面取了一份合同出来，合同封面写的是某某银行抵押贷款合同。

陈莉把笔递了过去，点了点最下面的空位，要凌默签个字。

"小姨想抵押我的房子？"

陈莉紧张起来："贷款嘛！走个流程而已。"

"对啊，对啊！一个流程而已！"李浩也跟着劝。

"如果只是想卖早点的话，没必要抵押房子去卖早点，加入市政府的菜篮子工程就好了，早点材料有配送，您也不用起早做白案那么辛苦。"凌默回答。

陈莉咽了下口水，更加紧张了："那个……推车什么的那种挣不到钱的啦！"

"挣不到钱的话，我们学校门口那个阿姨怎么一摆就是三年？这个字我不会签。"

凌默直接起身。

"小姨，生日快乐，我回小北那里了。"

凌默说完就转身离开了。

他快步走下楼，越走越快，明明清冷的眼睛也越来越酸。

"小默，吃了饭再走嘛！"陈莉站在门口喊他的名字。

但给凌默的感觉像是咬了他一口一样，他只想快点冲出去。

八月底的晚风还带着夏季的余温，蚊虫围绕着路灯一团一团盘旋着。

凌默抬起手，抹开眼睛里的湿润，用力一甩，然后他看见路的对面是一个少年，骑着自行车，低着头，一直不停地拍打着。

原本已经干了的眼眶，在那一刻再度模糊起来。

"哎，凌默！你怎么就出来了？饭吃了吗？"

曲昀骑着车来到了他的面前。

"你怎么在这里？"凌默问。

"等你啊。"曲昀理所当然地说，"万一你被你姨妈给忽悠，留在那里了，到点我就上去敲门！"

凌默的目光颤了颤。

"你……等多久了？"

"我回家拿上筷子，就觉得不是个滋味儿，然后我就骑车出来了。没注意等你多久，反正一直打蚊子来着！你吃了吗？"

"没有。"

"太好了，你赶紧上来！我快被蚊子咬死了，这个时候的蚊子可毒，我们回去饭还是热的呢。"

曲昀扯了扯凌默的袖子。

凌默不说二话坐上后车架，曲昀蹬着自行车就跑了。

"我跟你说，我妈看你晚上不回来，她做饭都没劲儿，就炒了个辣椒炒肉，青椒炒蛋……绿油油一片。"

"嗯。"

"你回去帮我看看化学……好像要背什么元素周期表……好恐怖。"

"好。"

回到了家里，梁茹见凌默回来了，就像是打了鸡血一样，兴致勃勃进了厨房，又给做了个回锅肉。

曲昀给凌默夹了一大筷子回锅肉，不时地扭着腰抓来抓去。

"小北，你这是怎么了？"

"被蚊子给咬了，拍得我手心都是血！"曲昀扒着饭，含糊地说。

"你真是的，晚上出去也不知道喷点花露水！"

曲昀立刻给呛着了。

"妈，我是男的，喷什么花露水啊！而且……凌默不喜欢那种冲了吧唧的味道。"

"没事，抹清凉油吧。已经被叮了，喷花露水也没用了。"

吃完饭，洗完澡，曲昀神清气爽地盘坐在床上，给自己的胳膊和腿擦清凉油。

凌默把清凉油拿了过来，说了声："我给你擦后背。"

曲昀也不拒绝，直接转了过去。

"哎，跟我说说呗，你小姨摆的又是什么鸿门宴呢？"

"没什么，他们就是想把房子给抵押了，说是要盘下一个店面做早餐，叫我过去，在银行的抵押借款合同上签字。"

"什么？"曲昀立刻转过身来，看着凌默说，"你没签吧？那可不能乱签字！你姨妈要是还不起银行的贷款，你那套房子就没了！"

凌默看着曲昀那担心得不得了的样子，嘴角不自觉地扬起："你觉得我会签吗？"

"不会。"曲昀想了想，凌默精明着呢，才不会被陈莉的三言两语给忽悠了。

"我会。"凌默低着头说。

"什么？"曲昀扬高了声音，晃了晃凌默的肩膀，"醒醒哎！"

"如果你叫我签，我什么都签。"凌默回答。

很郑重，很认真。

曲昀愣了一下。

"你……你吓死我！我才不会让你签那种东西呢！"

抓了抓后脑勺，曲昀又乐了："他们要骗你签抵押合同，说明他们已弹尽粮绝，就快过不下去了！李远航他爸多能折腾啊。不过……陈莉好歹是你的小姨，她这么做，你肯定很失望。"

凌默把清凉油盖好，说了声："我不失望，因为他们不是你。睡觉了，明天早起。"

因为他们不是你……也就是说这个世界上只有曲昀对凌默不好的时候，才能真的让他失望。

"嗯。闻着清凉油的味道，你还睡得着？"

"睡得着。比你吃了黄豆放的屁好闻。"

"……"曲昀觉得自己又忽然受到了一万点的暴击。

曲昀躺下来，很清楚自己害怕的并不是深潜任务失败，而是永远失去凌默的信任。

曲昀侧过身来，对上凌默的眼睛。

在黑暗里，凌默的眼睛很漂亮，深邃到极致的纯粹。

"凌默，你是我的任务。"

凌默没有说话。

"为了完成这个任务，我可以连命都不要。"

他没有说谎。

每一个字都是真话。

良久，凌默的胳膊又搭了过来。

"我不要你没命，只要你没命地好好学习，跟我一起考上三中。"

"什么？三中？"曲昀腾地坐了起来，"我考不上的！"

三中是这座城市排名第一的高中，进入三中，就等于一条腿跨进了大学。如果进入了三中的零班，那就是跨入了重点大学。

"我要你考上，你就得考上。"凌默淡淡地说。

不要吧……

我随便上个高中混混就好了……

反正这里又不是真实世界，学习成绩好也没有用啊！

"凌默，你醒醒吧，这里只是你根据记忆塑造出来的世界而已。在现实里，我就是个学渣！真的真的无药可救的那种！"

"又看了什么垃圾电影？明天陪你背元素表。"

"不行，我们得认真探讨这个问题！"

"你自己探讨吧，我睡了。"

"凌教授，你醒醒，世界等你拯救呢！"

"嗯嗯。先要睡着了，才能醒来。"

第二天早晨，曲昀一到餐桌上就发现自己位置上放了一袋葵花子。

"这咋回事儿？"

"给我嗑瓜子。"

"不嗑！"曲昀很有骨气地说。

"听起来你对我很有意见？"凌默夹起豆包，不紧不慢地吃着。

"对啊，你心高气傲，眼高于顶，还有洁癖！"曲昀一副牙痒痒的样子，但眼底都是笑意。

"你都接受不了？"凌默的声音凉凉的。

不知道从什么时候开始，哪怕他的语气从来没有起伏，曲昀也知道他到底是高兴，还是不高兴。

"废话，当然接受不了。"

"要么装瞎，要么自杀。"

之后，凌默好像是真的要把曲昀逼死一样。

哪怕是周末，也没让曲昀喘口气，拼命学习。

"好困……想睡觉……"曲昀眼皮子打着架。

他就不明白，在一旁撑着下巴看着自己的凌默怎么就能那么精神呢？

"要不要我给你脑壳里塞几节二号电池，让你精神？"凌默的声音是凉的，嘴角却勾着。

"不……不用……"

曲昀乖乖摊开物理模拟卷。

几分钟后。

"我还是好困……"曲昀趴在桌子上，他现在真的很想凌默杀掉他，结束这场任务。

"那我帮你清醒一下？"凌默的声音很轻。

曲昀不敢试探他会用什么手段"帮"自己清醒，一阵寒毛倒竖，立刻精神了。

曲昀在凌默的高压之下，第一次月考之后进入了全校前五十名，坐稳了第二考场。

得知这个消息的梁茹，抱着儿子狂亲了一通。

到了第二次月考，曲昀又稳定发挥，进入了全年级第三十名，坐在了第一考场的吊车尾。

曲昀看着考试成绩单，他都不相信自己了。

大概因为曲昀现在已经是班上的好学生了，不少同学都喜欢向他请教。

曲昀本来就是个热心的人，如果有人来问他，总是事无巨细地教对方，而且是按照凌默教自己的思路来教，非常简单好懂。

曲昀一抬头，就看见从前的同桌李静踮着脚，却挤不进来。

曲昀刚要开口对李静说话，一旁的凌默就忽然用力拽了一下他的后衣摆。力气之大，曲昀差一点趴在课桌上。

周围的同学感觉到凌默散发出来的低气压，纷纷让开。

"你那么喜欢众星环绕？"凌默沉着声音问。

曲昀摇了摇头："我是希望大家共同进步！"

谁知道，到了下一堂课的课间，曲昀就坐在李静的桌子边，将第二次月考数学的大题给李静详解了一遍。

李静为了谢谢曲昀，给了他一块巧克力。

回到座位上，曲昀把巧克力掰开，递了一半给凌默："喂，吃吗？"

"不吃。"凌默回答。

之后，凌默正眼都没瞧曲昀一下。

曲昀本来想，你不吃我就全吃掉呗，但又怕凌默若是问他巧克力呢，便忍住了。

可是回到家里，曲昀做完了最不擅长的化学，本来想请凌默给他看看，凌默却只回答了一句："自己的作业自己看。"

他凑过去，发现凌默面前的模拟试卷一直停留在倒数第二题，而且……

"你这里好像算错了。"

他将手指伸过去，戳了戳凌默的试卷。

凌默一把将卷子扯了过去："关你屁事。"

曲昀抓了抓脑袋："我说……你是大姨父来了吗？"

凌默的目光扫过曲昀，那叫"横扫千军，尸横遍野"，曲昀连个屁都不敢再放了。

这算什么鬼啊！

曲昀有一种自己被排斥了的错觉。

就连梁茹都发现凌默不大爱搭理曲昀了，于是梁茹特地把曲昀悄悄叫到自己房间里问。

"小北啊，你和凌默怎么回事呢？"

"我也不知道啊……他忽然就这样了……"

曲昀抬着头，一脸茫然和委屈。

"难道是他小姨那边的事情，他知道了？"

"他小姨干什么了？"

"唉，就是他小姨和姨父学人家炒股票……我也是前两天打电话，听你爸爸说的。你爸爸到他姨父厂子里去做技术指导，听厂里员工说，他们两口子拿了三万块进股市，亏得最后剩一万多块出来。"

"啥玩意儿？拿三万去炒股？他们脑子被门夹了啊！"

"估计他们是想赚一笔快钱，把他们的房贷还了，但没想到血本无归。"

曲昀心里觉得庆幸，还好当时凌默没在那个抵押合同上签字。

虽然最近这段时间，凌默不跟自己说话了，但他们上学放学还是在一起啊，李远航也没上来叨叨……

这天晚上睡觉的时候，曲昀看着凌默的后脑勺，做了一番心理建设，对自己说，再冷战下去，就要GAME OVER（游戏结束）了。

"告诉你个好消息，你小姨和姨父炒股亏了一大笔！你没签抵押合同，太英明啦！"

"你很吵，我要睡觉。"凌默又把曲昀给推开了。

曲韵再一次贴上去，挨着凌默。

"不吵了，不吵了，我们睡觉了。"

凌默忽然一下转过身来，猛地推了曲昀一把。

曲昀咽下口水，有点儿紧张，他蜷起膝盖，向旁边挪了挪。

"你……没事吧？"

凌默就那样看着他，仿佛用目光就能封锁他所有的思考。

那种自己会被锁死在凌默世界里的危机感，再度涌入曲昀的心头。

蓦地，凌默撑起身，下了床。

"你上哪儿去啊？"曲昀坐起来。

凌默最近阴晴不定，可别一生气就冲外边儿去。

"洗手间。"

凌默撂下这句话，就把洗手间给锁了。

曲昀呼出一口气来，还好凌默不是要"离家出走"。

但是一放松，曲昀就觉得自己也特别想上洗手间了。

他穿了拖鞋，来到洗手间门外候着。

几分钟过去了，凌默还是没出来，曲昀不得不敲了敲门："凌默……凌默，你是大的还是小的啊？"

里面没有人回应。

曲昀又忍了一分多钟，尿意更加明显了。

"凌默，你是不是拉肚子啊？你还要多久啊？我也想上厕所……"

门那边传来"砰"的一声，好像是凌默将卫生纸扔过来砸了门。

曲昀老实了。

初秋的夜里带着凉，曲昀穿着裤衩和小背心站在那里，被窗子缝隙间吹进来的风整得打了个小喷嚏。

曲昀快憋不住了，小声说："凌默，我快出来了……你好了没啊……"

"憋死你。"凌默终于把门打开了，顺带把地上的卫生纸捡起来，摁进曲昀的怀里。

等曲昀回到卧室，凌默又像之前那样，面朝着墙睡了，给曲昀留下了一大片的空间。

曲昀悲凉地抱着被子，说了声："你到底生什么气啊？"

"自己想。"

"……同床异梦是不是指我们俩这样的？"

凌默不搭理曲昀了，曲昀只好自己睡着。

以往都有凌默的胳膊搭在曲昀身上，所以曲昀的被子就从来没掉过。

但是这一次不一样了，曲昀是一个寒战醒过来的，他鼻子塞了，被子几乎全掉地上去了。

而凌默仍旧面朝着墙壁。

早晨吃饭的时候，曲昀觉得嘴巴里没什么味道，草草吃了两口。

凌默起身的时候，曲昀赶紧把碗筷放下，跟了上去。

凌默还是不说话，曲昀只能没话找话说。

"你晚上肯定知道我被子掉了对不？你真坏，不帮我捡起来……"

"你这么大了，自己照顾自己。"

曲昀眼巴巴地看着凌默："你到底怎么了？"

凌默甩开他，迈开长腿向前走去。

这段时间他长高了不少，曲昀得大跨步才能追上。

"你别这样，我就是觉得我跟你不分彼此，你别生我气了！"

曲昀那句"不分彼此"之后，凌默的脚步微微放慢了一点，但还是没有和曲昀说话的意思。

等到上课了，曲昀的脑袋蒙蒙的，精神总是无法集中。

好不容易熬过第一节课，他就在桌子上趴下了。

前排的李静本来拿着本子走过来，还想问曲昀题的，但是看他趴在那里，忽然担心起来。

"莫小北，你怎么了？不会是病了吧？"

"嗯？"曲昀抬起头来，正好看见李静担心的样子，"我没事……我就是困……"

凌默探了一把曲昀的额头。

"你发烧了。我去跟老师说一声，送你去医务室。"

凌默刚起身，就被曲昀拽住了。

"你终于跟我说话了啊？"曲昀笑了笑。

"你是笨蛋吗？"

凌默没把曲昀的手甩开，而是等他自己放开之后才走出去。

没过多久，凌默回来了，曲昀还是刚才趴在桌子上的样子。凌默拍了拍他的脑袋，说了声："起来，我背你过去。"

曲昀这才起来了，软绵绵地走了两步。

"你背不动我的。我还没病到动都动不了……就是没力气而已。"曲昀恹恹的样子。

凌默将他的胳膊绕上自己的肩膀，带着他走出了教学楼。

"喂……凌默，你说你这几天为什么不理我呢？"

"因为你看着讨人厌。"

"……那我哪里讨人厌了啊？"

"自己想。"

凌默的样子还是冷冷的。

曲昀叹了一口气。

来到了校医室，凌默扶着曲昀躺下来。校医看了看，就说曲昀应该不是大毛病，给他吃了点药，让他躺着休息了。

凌默回去上课，到了中午打了午饭过来看曲昀。

校医正在用酒精帮曲昀擦身上，凌默放下了午饭，过去帮校医。

大概是出了一身汗，又吃了药，曲昀觉得舒服了很多，甚至有点饿了。

曲昀腾出一只手来，拿起凌默给他带的西红柿鸡蛋盖饭，舀起一大口塞进嘴里。

"病好了就起来，还能赶上化学课。"

"……你怎么还是这么煞风景啊！"

晚上回到家，梁茹炖了粥，还给他们的房间里加了被子。

曲昀今天因为生病，几乎错过了一整天的课程。凌默陪着他，一门一门地过了一遍。

"其实这样看起来，老师每天真正讲解的东西，一个小时就能归纳了……可偏偏还要在课堂上歪着脑袋待上一整天。"

"你看看作业都会做，再说你自己都懂了吧。"

曲昀一开始写化学作业就会分心，他写了没两题，就用手肘碰了碰凌默，说："今晚你会帮我拉着被子吗？"

凌默没说话，只是瞥了他一眼。

"你帮我拉被子，就表示我和你之间的关系修复了啊！"

"那你自己睡吧。"

曲昀有点小伤感，因为晚上睡觉的时候凌默还是面朝着墙壁，赏他一个后脑勺。

"我说，我都病好了，你怎么还面壁思过啊？"

"起开，想死呢？"

曲昀当作没听见："如果我们考上同一所高中，但是没在同一个班，会怎样？"

"你会看着其他女同学流口水，然后我会甩你一大截。"

"听起来果然是疼痛的青春。"

曲昀继续说着话，突然嗅了嗅。

凌默用胳膊肘顶了他一下。

"你干什么呢？"

"没干什么啊，就闻一闻。你没觉得我妈新买的沐浴露味道特别浓？比六神花露水还厉害？"曲昀纯属没话找话。

"我用的香皂。"

"哎哟，怪不得那么清新动人，像可爱的小姑娘。"

"你是不是真的不想活了？"凌默的声音降了个八度，仿佛是从齿缝里挤出来的。

"我……我就是……"

"就是什么？"

"在你这里刷一下存在感嘛……"曲昀咽了咽口水，对自己说以后再也不招惹这家伙了。

"你还想多有存在感？"凌默反问。

"不……不想了……"

凌默翻身下了床。

"你……要去哪里？"曲昀问。

"洗手间。"

他们初中三年的最后一次运动会即将到来，黄老师虽然担心大家在运动会上浪费太多时间，从而影响学习，但也不想大家留下遗憾，所以还是放开了让同学们报名。

体育老师站在讲台上收集大家的报名信息。

曲昀还是第一次作为莫小北参加这样的活动，更重要的是他已经不是个胖子了。

他报了一个两百米，一个四乘一百米接力。

一旁的凌默淡淡地问："你跑得动吗？"

"废话，小爷当然跑得动。这要是有环城自行车比赛，小爷也能拿个名次！"

这时候，英语课代表楚凝拿着报名表来到凌默的面前："男子四乘一百米接力还差一个人，凌默，你愿意吗？"

周围的同学都看了过来，因为凌默虽然体育成绩不错，但过往两年的运动会都不怎么积极。班主任又不是那种会勉强学生的人，也就随他去了。

凌默还没开口说话，曲昀就将胳膊搭在了凌默的肩膀上说："他愿意啊！当然愿意！"

"你凭什么说我愿意？"凌默凉凉地瞥了曲昀一眼。

"因为四乘一百米接力是我们唯一可以共同完成的项目啊！你想啊，我们不可能做一张卷子吧？不可能写一本作业本吧？但是可以一起接力啊！"

凌默拿起桌面上的笔，在报名表上写了自己的名字，然后继续低下头看书了。

楚凝低着头，看着报名表上的名字，又看了一眼自个儿在那儿乐呵的曲昀，抿了抿嘴唇。

那天晚上，梁茹给了曲昀几百块钱巨款，让他们两个去百货大楼买新的运动鞋和零食。

曲昀一边走一边问凌默："我想买虾条，还有那种黄油曲奇！你呢？你想买点儿什么去运动会？"

"葵花子。"

"……咱们能换点别的吗？"

"不能。"

"要真买了葵花子，你还非得要我给你嗑，那我不得舌头抽筋啊！"

"你舌头要是抽筋了，我给你捋直了。"

曲昀一侧过脸，就看见凌默似笑非笑的嘴角。

"喂，凌默。"

"嗯？"

"你跟我在一起，开心吗？"

"怎么了？"凌默停下脚步，看着曲昀。

"没什么。"

"和你在一起，就像在做一场梦。"凌默仰起头来，不知道看向的是路灯还是天空。

"本来就是梦。你醒了，哥们儿一样带着你玩。"

曲昀拍了拍凌默的肩膀说。

凌大教授，其实你不是孩子了，得赶紧醒啊！

"那么，要怎样才会醒呢？"凌默反问。

曲昀愣了愣……是啊，要怎样才能醒？

凌默在曲昀的后脑勺上拍了一下。

"傻瓜，既然不知道怎样醒，那就美美地睡着。"

"可也许你再睡下去，会有很多等待被你拯救的人死去。"曲昀小心翼翼地说。

"我不在乎别人，我只在乎你。"

第七章　独一无二

初中的最后一次运动会，太阳还挺大。

学校租了区里面的运动馆，学生们都坐在水泥看台上。

有一些学生带了伞，用来遮阳，从跑道上看看台，五颜六色一大片。

早晨都是预赛，到了下午才是决赛。

这是凌默第一次披挂上阵，他穿着运动背心和短裤站在跑道上的时候，那简直马上就吸引了全校女生的目光。

他侧着脸，活动着筋骨。

其实从他修长的手指就能猜到他是长胳膊长腿的类型，而且经过梁茹的悉心"喂养"，再加上暑假和曲昀一起不是游泳就是骑自行车，他身上的肌肉线条紧绷而流畅，却又不夸张。

曲昀站在凌默面前，摸着下巴看着他。

"看什么？"

"哥们儿，你身板儿不错啊！"

"暑假游泳你没少见。"

"唉，这穿着运动衣就是另外一番景致了嘛！"

凌默拍了拍曲昀的脑袋："羡慕的话，就多加油吧。"

"凌默！"

凌默斜着眼看了他一下。其他正在准备的同学看了过来，曲昀只好闭嘴。

大家各就各位，曲昀有点儿不开心。原本和凌默的四乘一百米，因为差了人手，体育老师竟然给李远航报了名。

那小子在曲昀前面一棒，他心里就觉得不得劲儿……

141

比赛开始的哨声响起,看台上的同学们一阵加油声,偏偏李远航跑步时就跟裤腰带要掉了似的,落后了其他同学一大截!

曲昀接了李远航那一棒,不得不疯了一般狂跑。

眼前是做好了接棒准备的凌默,回过头来看着他的样子。当棒子交入凌默的手中,他就如同离弦之箭射了出去。

一双长腿倒腾的速度,看得曲昀都羡慕得不要不要的。

同学们疯狂呐喊着,曲昀伸长了脖子,看着凌默超过了旁边两三个对手,冲过了终点线,心也跟着沸腾起来。

曲昀和凌默坐到座位上,把包打开,扯了一袋上好佳的虾条,嘎吱嘎吱吃了起来。

凌默则低着头,看莫青送给他的工程学书。

"我还是觉得你更适合研究病毒。"曲昀拿了一根虾条,送到凌默嘴边。

"你洗手了吗?"

"没洗,不然你别吃。"

曲昀哼了哼,继续嘎吱嘎吱吃着虾条。

过了两秒,凌默开口问:"你说的病毒,到底是指电脑病毒,还是生物病毒?"

"还生化武器呢!你不就是又想嘲笑我,不知道什么是病毒吗?"

"这世上还有比你更厉害的病毒吗?"凌默凉凉地问。

"我?病毒?怎么了?"

"感染了,就什么疫苗抗体都没用了。"

曲昀一听,就乐了。

"哎!那我就要当这样一种病毒。"

"傻子。"

这时候,李静撑着遮阳伞来到曲昀身边坐下,特地将伞撑向曲昀。

"小北,你刚才二百米预赛的时候跑得好快,排第三呢。"

"那是,小爷的爆发力不是盖的。"

"这里太阳光线太刺眼了,我给你遮着吧。"

李静微微把伞靠向曲昀。

曲昀正要说谢谢,就感觉到凌默抱着书,朝另一侧挪了挪。

这让曲昀忽然意识到,上一次凌默跟他闹不开心的时候,好像也是李静来问题目的时候。

难道凌默不喜欢李静?

不过想到上一回的冷战，曲昀虽然闹不懂凌默在想什么，但他觉得还是防患于未然比较重要。

"没事儿！我是男生，被太阳晒晒还能补充维生素，增强钙质吸收！"曲昀笑着从李静的遮阳伞下边挪了出来，歪向凌默。

这时候女子两百米预赛开始了，李静起身跑到看台前面加油鼓劲，留下曲昀和凌默安静地坐着。

曲昀从书包里拿出了一根火腿肠，扭了一下，拧成了两段，把其中一段伸到了凌默的面前。

凌默没动，就只是张了张嘴。

"哎！瞧你这饭来张嘴的劲儿。"

曲昀嘴上不满意，但还是颠颠儿把外面的塑料膜剥开了，塞进凌默嘴里。

很快就到了中午，太阳更晒了。

运动会也暂停，到了午休的时候。

大家聚在一起，讨论着早上的预赛。曲昀是一到中午就犯困的类型，他本来想用脚尖踹一踹凌默，但一想到这小子有洁癖，就用手拽了拽他："我想到台子下边去睡觉……"

下半句是想说，麻烦你帮忙看着书包。

但没想到凌默说了句"嗯"，就把书包两三下收拾好了，拎起来就走。

这是要陪他去主席台下面睡觉的节奏？

"凌默，主席台下面没光线，你看不了书！"

"我中午也眯一会儿。"

凌默已经走远了，曲昀赶紧颠颠儿地跟上。

来到主席台下边，曲昀直接往地上一坐，然后才想起来，他忘记把凌默之前用来铺地的塑料纸收回来了，刚想要说他回去拿，凌默却毫不介意地一屁股坐了下来。

"你不嫌脏啊？"

"这里看不清，眼不见心不烦。"凌默淡淡地说。

曲昀笑了笑："你在小爷的熏陶之下，也知道对这个世界温柔以待啦？"

"你到底睡不睡？"凌默的声音凉凉的。

因为午休的关系，也有不少同学跑到主席台下面的阴影里来打盹了。

"睡啊，现在就睡觉啦。"

曲昀本来是向后靠着墙睡觉的，刚要神游太虚，学校广播站的竟然嗨起来了，开始夸张地念起了运动会征文稿。

"加油！加油！同学们热血沸腾地为参赛选手打气……"

什么"离弦之箭"，什么"友谊第一，比赛第二"，不断在广播中刷着存在感，曲昀抬起手来捂住耳朵。

"大中午的，学校广播站不休息，作什么妖啊！"

"心静就能睡着了。"凌默淡淡地说。

"天瞎了！我只听过心静自然凉，没听说过心静了，这么大的噪音就能当作没听见了！"

其他正准备在主席台下面小睡一会儿的同学也是怨声载道。

凌默没说什么，从背包里取出了随身听，把耳机往曲昀的耳朵里轻轻一塞，卡彭特的那首《昨日重现》响了起来。

曲昀拽了拽凌默的袖口，一脸惊喜："我还以为你的随身听里只有英语听力呢！"

"你确实该好好练习英语听力。"

曲昀自动忽略凌默这煞风景的话，摘下耳机一边问："那你不听，睡得着吗？"

"我比你心静。"

"那成，谢谢你啦！"曲昀塞上耳机，美美地向后靠着墙，很快就睡着了。

又过了半个小时，广播站终于停了下来，因为下午的比赛就要开始了。

凌默伸出手，在曲昀后脑勺上揉了揉："喂，下午的比赛要开始了。"

"嗯？又要开始了？"曲昀迷迷瞪瞪坐起身来，把随身听还给了凌默。

"唉，我要去检录了……"

"嗯。"凌默起身，将两人的包一左一右背上身。

"谢谢啦！"

曲昀收了心神，下午第一场决赛就是男子两百米。

参赛的选手们各就各位，曲昀也做好了起跑的准备。他侧过脸，朝自己班的观众席上一看，在一堆喊着"加油"的同学们中，看见了凌默站在后面，还揣着口袋，望着他的方向。

曲昀嘴角不自觉地翘了起来。

凌默真的随便往哪里一站，都是"鹤立鸡群，独领风骚"啊！

曲昀忽然觉得，如果把他赞美凌默的劲儿用到语文作文里，估计能挤进年级前十？

就在他歪着脑袋看凌默的时候，枪声响了。

其他选手都奔了出去，他才反应过来，赶紧蹿了出去。

曲昀一想到这会儿凌默正看着他，就跟打了鸡血似的，奋力向前冲。

铆足了劲儿的曲昀完全超出了大家的预料，本来因为起跑慢，落到第六的他追上了第五，开始不断地超越。

"莫小北加油！"

"小北加油！"

"厉害啊！追到第四了！"

还剩下最后五十米，班上的同学们嗓子都要喊哑了。

曲昀还在拼命地跑，最后三十米追上了第三名。

"厉害！莫小北！莫小北！"

这场逆袭上演得太超出意料，就连班主任黄老师也喊了起来。

曲昀在最后十五米追上了第二名，同学们的眼睛都快炸出来了。

站在最后面的凌默眉心蹙了起来，下意识握紧了拳头。

曲昀几乎和第一名一起冲线，让人分辨不出到底谁先谁后。

同班同学们鼓掌呐喊。

裁判老师们商量了半天，也没办法判定谁是第一名，最后决定让两人并列第一。

结果出来的时候，同学们纷纷把太阳帽扔向了天空。

班主任黄老师和数学丁老师笑着议论了起来。

当曲昀得胜归来，不少同学围了上去。

李静拿着一瓶可乐递到了曲昀面前："小北，恭喜你！一个冠军可以拿下三分呢！"

其他同学也将他围了起来，有的给他递纸巾擦汗，有的给他送巧克力，说给他补充热量。

曲昀摸摸后脑勺，傻笑了笑，他也没想到自己有一天能这么受欢迎啊！

他的目光掠过围在周围的同学，望向坐在高处低着头看书的凌默，笑了笑说："谢谢大家啦！一会儿还有四乘一百米的决赛，我休息一会儿啊！"

他挤出重围，走到了凌默身边。

"我想喝可乐。"曲昀用肩膀撞了一下凌默。

"李静不是给你递了可乐吗？"

曲昀知道，一提起李静，凌默就会不舒爽，于是他呵呵笑了几下："我没要啊。我的喝完了，你那瓶给我喝两口呗。"

"拿去。"凌默把自己的可乐拎出来，扔进曲昀怀里。

曲昀仔细地看了看凌默的侧脸，又说："我手上有汗，拧不开。"

凌默把可乐拿了回来，拧开之后递给曲昀，半天曲昀都没伸手接。

"你不喝？"

"喝啊，你喂我呗。"

"你不是个傻子吧？"

"傻子想你喂可乐，你喂不？"曲昀一副不要脸的样子。

凌默放下书，侧过身，抬起可乐送到了曲昀的嘴边。

曲昀对上了瓶口，凌默就把可乐往曲昀嘴里倒。

"慢点儿慢点儿！我喂你吃火腿肠的时候多温柔啊？这是咱们初中最后一次运动会了，就不能对我好点儿？"

凌默再次放下书，拿起可乐瓶，另一只手扣住曲昀的后脑勺，又是一顿灌。

"唔……唔……"

曲昀被灌得肺都要裂开了，凌默这才微微松了手。

"等你以后有了孩子，你这么喂奶，是要把孩子喂死啊！"曲昀把可乐瓶子一抢，扯着嗓子喊了起来。

凌默垂下眼，白了曲昀一眼。

"赶紧休息吧，一会儿就是四乘一百米决赛了。"

凌默站起身来，把身上的校服拉开，露出里面的运动背心，那气势真像是要去奥运会了，看得曲昀傻愣愣的。

凌默的手在曲昀的脑袋上拍了一下。

"你看什么呢？傻子一样。"

"看你帅到没朋友。"

凌默轻轻哼了一声，然后离开了观众席。

曲昀知道，他是去热身去了。

四乘一百米决赛即将开始，大家各就各位后，曲昀的心里莫名紧张了起来。

这种紧张是他参加两百米决赛时所没有的，仿佛全世界的呼喊声远去，他眼里最清晰的就是前方最后一棒凌默的身影。

很多事情，一辈子只会经历一次。

哪怕仅仅是在凌默的世界里，对于曲昀来说，也是独一无二的。

决赛开始后，曲昀向后看着，等待着李远航的到来。

李远航大概是被同学们给刺儿了，这一回明显比之前要努力。

李远航冲到曲昀面前，曲昀接了棒子正要向前奔，没想到鞋带被李远航踩了一下，起跑的时候一个大趔趄，摔了出去。

　　他的膝盖蹭在跑道上，火烧一般地疼。

　　"哎呀！莫小北摔倒了！"

　　"是李远航踩了他的鞋带！"

　　"他流血了！"

　　前面的凌默看见这一幕，正要跑过来，曲昀却什么都不管，把鞋带系上，冲了过去。

　　凌默看曲昀迅速爬起来，只能皱着眉头回到自己的位置上，眼睁睁看着曲昀拼命向自己跑来。

　　曲昀膝盖上的血沿着小腿流下来，把白色的袜子都染红了。

　　同学们看着这一幕，被感染了一般，大家嘶着嗓子喊了起来。

　　"加油！莫小北加油！加油！"

　　曲昀这辈子从来没有跑得这么奋不顾身，他的前方没有需要追捕的目标，后方也没有枪林弹雨，但就像是追赶着一去不复返的时光，他冲到了凌默的面前，喊了声："走！"

　　凌默接了棒，如同爆裂一般狂奔而去。

　　大家看着这一幕，惊呆了。

　　仿佛时间飞逝，天地都跟着倒转，凌默的目光坚毅，不断地超越。

　　当他冲过终点线的时候，忘记呼喊的同学们一阵狂呼。

　　他们拿下了四乘一百米的第三名。

　　凌默在终点线外，撑着膝盖，大力喘着气。他就像一只力竭的野兽，世界旋转着找不到终点。

　　一个一瘸一拐的影子缓缓地接近他。

　　"好家伙，凌默，你行啊！我还以为这次我们什么名次都拿不到了呢，没想到你还跑出个第三来！"

　　曲昀的声音在他头顶响起。

　　凌默低着头，角度正好能看见曲昀流着血的膝盖，红色的血液沿着小腿蜿蜒而下，凌默的眼睛红了。

　　"我陪你走一走吧！你这么低着头，心脏会受不了的。"

　　"走吧，我背你去找校医。"凌默的声音闷闷的。

　　"啊？就擦破了皮而已。"

这点小伤对于曲昀来说，压根儿不算什么，他曾经受过比这严重许多的伤。

凌默却低下身来，冷冷道："你上不上来？"

曲昀知道，自己再磨蹭，这家伙又要闹脾气不理他了。

"你背得动我吗？"

曲昀的胳膊刚搭上凌默的肩膀，凌默就捞起他的大腿，哗啦一下就把他背上后背。

看台上的同学们看到这一幕，齐刷刷地鼓起了掌。

感觉自己和凌默的汗水好像流到一起去了，曲昀也在这阵掌声里跟着感动起来。

曲昀看着凌默的后脑勺，忽然在想，这其实并不仅仅是对凌默的营救任务，其实也是对他自己的。

他的中学时代重来一次，所有他没有试过的，没有做过的，在这里全部都弥补了。

"谢谢。"曲昀趴在凌默的肩膀上说。

"只要你从此以后都不再受伤，就是对我最大的感谢。"

凌默这么说。

来到校医所在的看台，凌默将曲昀放了下来。

校医看曲昀流了那么多血，也被吓坏了，赶紧给曲昀处理伤口。

因为伤口里面有沙粒，校医不得不把里面也清洗干净。

赶来看望曲昀的同学们都不忍直视，坐在曲昀身边的凌默握紧了他的手，眉头蹙得紧紧的。

"同学，有点儿疼，你要是想叫，就叫出来啊！"

当双氧水流入曲昀的伤口里，几个围观的女同学都仿佛受伤的是自己一样小声叫了出来，而曲昀却像是没事儿人一样，看着双氧水在伤口里冒着泡泡。

"你这伤口得缝针，我这边只能为你简单处理一下。"校医用纱布帮曲昀包了起来。

"我送他去。"凌默说。

他低下头来，又要去背曲昀。

曲昀摸了摸鼻子，不好意思地笑了。

"我说，我本来以为你这臭屁高冷的样子，一辈子都不会低头呢。"曲昀半开玩笑地说。

凌默背着他,走下观众席,低声回了他一句:"那你感恩戴德吧。"

凌默背着曲昀去向班主任请假的时候,正好就看见大家正围着李远航七嘴八舌地质问。

"你是不是故意的啊?我都看见是你踩了莫小北的鞋带!"楚凝扬了扬下巴说。

"我没有!我当时只是没站稳而已!"李远航伸着脖子辩解。

"他一直就看不惯凌默和莫小北,这一次铁定是他伺机报复!"

"是啊,以前这种事儿,李远航干得还少吗?"

李远航张了张嘴,眼睛里仿佛还有泪光。

"对!就是我踩的鞋带,我故意踩的,行了吧!"

"你这人怎么这么讨厌啊!"

曲昀拍了拍凌默的肩膀,示意他把自己放下来。

他搭着凌默的肩膀,挤进人群。

李远航狠狠地瞪了曲昀一眼,低下头不说话了。

曲昀却抱着胳膊乐了:"李远航,看不出来你长本事了呢!"

李远航闷着不吭声。

同学们又七嘴八舌地开始数落他。

他的肩膀颤了颤,曲昀不用看也知道这家伙掉金豆了。

"我说你长本事,你咋不回我啊?"曲昀用手指戳了一下李远航的肩膀。

"你想怎样吧?"李远航闷着声说。

"你这人啊!还真想当三年的反派啊?差不多就得了!鞋带是我自个儿没系好,太长了,没塞进去,不然你也踩不着。"

"我不需要你同情!"李远航低声道。

"谁同情你了?我只是实事求是而已。而且我看见了,你跑你那棒的时候,跑过了两个对手,挺厉害的。如果不是我自己鞋带没系好,这一次我们班铁定第一名。算我对不起你,跑得肺都要出来了。给大家留了遗憾,对不住了。"

李远航看着曲昀,张了张嘴,一句话也说不出来。

凌默拍了拍曲昀的肩膀说:"走了,去医院。"

在大家的沉默中,李静开口说:"行,小北,你去医院吧!我们会给李远航的立定跳远决赛加油的!"

"那成!李远航,跳远我看好你哦!"

说完,曲昀搭上凌默的肩膀,慢慢地走了下去。

就在他们要离开体育馆的时候，曲昀一把拽住了一个挂着相机的女孩儿。

"那个，同学，能给帮个忙吗？给我们俩照个相成吗？"

"好啊，没问题。"

凌默正要把曲昀放下来，谁知道曲昀挂在凌默的脖子上不下来。

"就是他背着我这姿势！"

凌默没说什么，又把曲昀向上颠了颠。

只听见"咔嚓"一声，曲昀笑得很开心。

他拍了拍凌默的肩膀："你刚才笑了没？"

"关你屁事。"

"怎么不关我事？我们俩在一张照片里啊。哎呀！忘记问她是哪个班的了，好问她要照片呢！"

"你还是赶紧去医院缝针吧。"

到了医院，医生看了看伤口说："这位同学，你这伤口缝两针应该就够了，去打麻药的话还得排队。你看你能不能忍住？"

"打麻药。"

"我能忍。"

两人几乎异口同声。

医生看了看他们俩，笑了。

"你这同学还挺心疼你的啊？"

"那当然，我好哥们不心疼我，谁心疼我？"曲昀一脸嘚瑟。

"我给你排队交钱。"

凌默正要起身，就被曲昀拽住了。

"不就两针吗？真不用打麻药！"

他受过比这严重的伤，十六针缝合，咬着牙就过去了。

现在这两针，算个毛线啊。

凌默还是要去缴打麻药的钱，曲昀却紧紧拽着他的手说："别啊。把钱留着，我还想买 Beyond 的磁带呢。"

凌默看着曲昀，曲昀拉紧了他的手腕："我真的不怕疼，伤口早就麻掉了！你陪着我就行了。"

凌默站在那里两三秒，然后才坐了下来。

当医生的针扎进曲昀的伤口里，他自己还没觉得疼，一旁的凌默却仿佛很疼一般，抓紧了他的手。

曲昀反而伸出另一只手来挡住凌默的眼睛说："要不你甭看了，我怕你晚上睡不着。"

医生的速度很快，他看曲昀那云淡风轻的样子倒是很欣赏："小伙子，行啊！"

"我当然行啦！"

出了医院，凌默扶着曲昀上了公交车，曲昀挑着嘴角："哎哟，刚才你那紧紧抓着我的样子，不知道的还以为缝针的是你呢。"

凌默拍开他的手："都是汗，起开。"

"现在倒是嫌弃我手里有汗了，刚才抓我抓得那么紧。"

凌默没有说话，曲昀知道自己受伤让凌默不高兴了，也就闭嘴不敢再招惹他了。

晚上梁茹回来，看见儿子受伤，着急地说要给炖乌鱼汤。

参加了一天运动会，两人都是一身汗。曲昀是肯定得洗澡的，但是他腿上的伤口不能沾水。

凌默整理了两个人的换洗衣服，说了声："走了，我帮你擦一下。"

"啊？不用了吧！"

"你瘸着腿，没人看着你，再摔个半身不遂，你觉得光荣吗？"

曲昀摇了摇头："不光荣。"

凌默还拿了一把塑料椅子进去。

梁茹看了还说："还是凌默想得周到！"

周到是周到啊，可曲昀觉得不好意思啊！

进了浴室，曲昀背过身去，低下身来，坐在小塑料凳子上。

凌默拿着花洒，对着曲昀的背冲了冲，又打湿了毛巾，就蹲在浴室的地面上，帮曲昀擦腿。

"疼不疼？"

他一说话，温热的气息就落在了曲昀的腿上。

"不……不疼……"曲昀下意识屈起膝盖来。

凌默却扣住他那条腿，握着他的小腿："这条腿别弯曲了，不然绷着伤口。"

当凌默抓住曲昀的脚背，曲昀整个人都差点没从塑料凳子上翻下去。

"我脚出汗……"

"谁的脚不出汗？"凌默凉凉地反问。

"你不嫌我脏啊……"

"不洗干净才脏。"

曲昀觉得，自己的双脚这辈子都没这么干净过。

凌默任劳任怨，擦洗完毕，又拍了一下曲昀没受伤的膝盖："行了，起来吧！"

曲昀金鸡独立，站起来，一瘸一拐地离开了浴室。

晚上睡觉前，凌默还仔细地给曲昀的伤口上了药。

第二天早晨，凌默骑自行车带着曲昀去上学。

到了班上，大家都围上来问他的伤怎么样了。

曲昀大剌剌地笑了笑："没事儿，不就是膝盖上添了一枚勋章嘛。话说李远航的跳远怎么样啊？"

李静回答说："他拿了第一呢！"

曲昀笑着朝坐在自己位置上，低着头假装看书的李远航说了句："你小子行啊！总算还是有优点的。"

李远航朝曲昀比了个中指。

很快，这个学期过去了，期末考试的到来让所有人都紧张，除了曲昀的同桌凌默——他每天，每堂课的表情都没有多大变化。

这一次期末考试，凌默还是稳稳的年级第一，一点悬念都没有。但是让梁茹欣喜的是，她儿子竟然稳稳地坐在第一考场里，就连莫青在电话里听了这事儿，都激动了。

因为曲昀月考加上期末考试已经连续两次留在第一考场了，梁茹在家长会上也是雄赳赳气昂昂的。她和莫青就坐在曲昀和凌默的位置上，曲昀从窗子那里看过去，拽了拽走廊上的凌默说："瞧瞧他们两个，真是一对夫妻。"

"嗯。"凌默轻轻应了一句。

在回家的路上，梁茹对凌默说："你那个姨父……他炒股亏了钱之后不甘心，又向同事借了钱，继续炒。好不容易回了本，舍不得抛，结果亏了更多。"

"唉，股市有风险，入市需谨慎！"曲昀神神道道地说，"李远航妈妈的熊猫眼，不会是被他爸爸给打的吧？"

"你管那么多呢！"莫青说。

上学期结束了，就是寒假，过年就是寒假最大的事儿了。

年夜饭的时候，梁茹拿出了两个红包，一个给了曲昀，一个给了凌默。

凌默正要摇手拒绝，梁茹就说："你们下学期就要中考了，讨个吉利。"

凌默这才收了下来。

莫青开口说："小默啊，我知道你要上三中的，也知道你是绝对考得上的。叔叔一直都为你骄傲，也很感激你一直带着小北进步。叔叔……以茶代酒，谢谢你！"

　　凌默赶紧拿起杯子来："叔叔和阿姨对我的照顾，才让我感激不尽，小北本来就很努力，其实我也没做什么。我才是应该敬叔叔阿姨一杯！"

　　曲昀撑着下巴，说了声："哎哟，一家人敬来敬去的，有意思吗？"

　　"对对对！一家人，我们是一家人！小北，你也一起，一家人喝一杯。"

　　四个人一起举杯，外面的爆竹噼里啪啦地响，碰杯的那一刻，凌默的嘴角翘了起来。

　　吃完饭，梁茹和莫青坐在电视机前看春晚。

　　曲昀一直觉得春晚没意思，跟梁茹说想要出去放烟花。

　　两人离了家门，街道上几乎没有人，只有鞭炮声此起彼伏源源不断。

　　曲昀买了烟花，买了香，在空地上点了，然后跑回来和凌默坐在一起。

　　"好看不？"曲昀问。

　　"其实我更想看你脑子里放的烟花是怎样的。"凌默说。

　　"哈哈哈，就像礼炮一样，那种在空中绽开来，一圈接着一圈的。"

　　"烟花很美，但是消散得很快。"

　　"美的东西总是转瞬即逝，比如说流星，也是这样。所以，我们才会珍惜。"

　　"所以，你不是我人生中最美的东西。"

　　"哈？"

　　曲昀愣在那里。

　　烟花放完了，凌默站起身。

　　曲昀跟在他的身后，看着他的背影。

　　你醒过来，还能找到我吗？

　　第二天是大年初一，曲昀压根儿连个懒觉都睡不了，就被鞭炮炸醒了。

　　莫青一家在这座城市没什么亲戚，反倒是单位上一些人会来拜访。

　　梁茹给凌默准备了两袋东西，对凌默说："大过年的，陈莉毕竟是你姨妈，你还是该回去看一眼。"

　　"谢谢阿姨。只是这些……"

　　"这些都是你叔叔阿姨单位上发的，年糕和八宝饭，太多了，你和小北也不爱吃，不如拿去你姨妈那里做个人情。"

　　曲昀立刻把那两袋东西拿上，推着凌默出门。

　　"走了走了，不然还得花钱买东西，浪费啊！"

153

"你也去？"凌默问。

"我当然要去啦！不过你放心，我不上楼，在楼下等你。"

"楼下很冷的。"

"穿着新羽绒服，怎么会冷？又不是姑娘！"

今年也算暖冬，虽然下了雪，但是很快就化掉了。

曲昀跟着凌默来到了楼下，曲昀正要把手上的东西递给凌默，凌默却说了声"等等"。

他摘下自己的围巾，在曲昀的脖子上绕了两圈。

"你出门怎么总不戴围巾？"

"绕在脖子上，喘不过气啊。"

"我会尽快下来的。"凌默嘱咐了一句，就拎着东西上楼了。

才刚到门口，他就听见里面摔东西的声音以及李浩的怒吼声。

"你说！你把银行卡和存折藏哪儿去了？"

"家里的钱早被你折腾完了，你还要怎样？"

"明明还有三万块！过完年就要开市了，你赶紧拿来，我要翻本！"

"那三万块我要还给凌默！"

"你现在想着要给那个小白眼狼留钱了？之前怎么没那么好心？"

又是一阵砸椅子的声音。

凌默抬起手敲了敲门，扬高了声音说："小姨，我是凌默。"

他这么一出声，门那边立刻安静了。

门打开那一刻，凌默看见了陈莉的脸，她的颧骨也肿了。

"小默……你回来了啊？进来吧。"

李浩就坐在沙发上，闷闷地抽着烟。

凌默将手里的东西交给了陈莉："小姨，新年好。"

"你还带了东西来啊！"

"人家跟着莫总工程师，有吃有喝的，东西有的是！"李浩不阴不阳地说。

陈莉难看地笑了笑："我给你拿点水果，你坐着。"

这时候，李远航也走出了房门，就那样看着凌默。他的眼中有一种恳请，希望凌默能在家里多待一会儿。

凌默的目光很快就挪开了，陈莉放在他面前的水果，他也并没有吃。

陈莉本来还想问问凌默现在的情况，但是凌默却直接开口说："小姨，莫小北还在楼下等我。"

"哦……小北在楼下啊，那你跟他去吧。"

陈莉难得起身，将凌默送到了门前。

和之前不一样，陈莉没有很快就关上房门。

凌默低声说了句："其实远航这么大了，有你也够了。"

陈莉微微愣了愣，凌默却已经转身走出去了。

凌默走出楼，就看见曲昀缩着脖子在原地蹲着，他来到他的面前，用脚尖轻轻踹了踹他："起来了，走吧。"

"这么快？"曲昀抬起头来，露出不可思议的表情。

"我慢一点，你就能蹲出屎来？"凌默凉凉地问。

"我说，你好歹也是老师心目中的好学生，能不能不要这么不文雅？"

曲昀晃了晃，没起来。

凌默垂着双手站在一边，低头看着他，一动不动。

"我脚麻了……起不来。"曲昀仰着头说。

凌默这才伸出一只手，扣住曲昀的肩膀，几乎是将他拎起来的。

"喂！你力气怎么这么大了？"

凌默没理睬，曲昀知道那是凌默表示"这样的对话没营养"。

于是曲昀就自己碎碎念："学者专家之类的，还是应该戴一副眼镜，文质彬彬比较合适……那么大力气不就成了金刚芭比了吗？"

话刚说完，曲昀的后脑勺就被凌默拍了一下。

就在这个时候，有人从楼上冲了下来。

"凌默！"

凌默和曲昀一起回头，发现竟然是李远航。

曲昀立刻挡在了凌默的面前："李远航，你一个打不过我们两个！"

李远航停住脚步，看着曲昀，他的目光有点蒙，两秒之后才说了一句："你有病吗？"

"什么事？"凌默开口。

李远航拉开羽绒服，从里面拿出一个信封来："这是我妈妈让我给你的，她说密码你知道。"

曲昀刚想说这东西有没有毒之类，李远航就转身跑上楼了。

凌默将信封里的东西倒出来，发现是一个存折，存折上的名字是陈莉的，是三万块。

"这是陈莉还给你的？压岁钱？"曲昀抻着脖子说。

"比起被李浩折腾干净，她更愿意留给我吧。"

凌默将东西收入信封，递给了曲昀。

"你给我干什么？走两步我就能弄丢了。"

曲昀拿着信封左右看了看。

"你要弄丢了，那咱俩就都要饿死了。毕竟我这个大哥是得罩着你的。"

"谁是你小弟？"

曲昀在路上追着凌默打了一路，凌默总是在他快要打到的时候顺利躲避，他都怀疑这家伙是不是练过了，怎么身手比他还好？

就在曲昀晃神的时候，凌默忽然停住，曲昀一下子撞到他身上。

"喂！你干什么忽然停下来？"

曲昀正要后退，凌默却伸出胳膊，一把环住了他的肩膀："腿长在我身上，想停就停。"

"腿长在我身上，想走就走。"曲昀试着掰开凌默的胳膊，凌默却纹丝不动。

自尊心受到了小小伤害的曲昀，用更大的力气试着掰开凌默，但还是没有用。

大年初一的早晨，街道上的行人并不多，但在一直没有停下来的鞭炮声中，曲昀却看见凌默嘴角上清晰的笑容。

"耍我，你觉得好玩吗？"曲昀学着凌默的语气，凉凉地反问。

"去不去看电影？"凌默微微低下头来问他。

"不看。"曲昀想了两秒钟又问，"谁掏钱？"

"你。"

"我？你也太小气了吧？刚收了压岁钱，请我看个电影是会怎样？"

"钱都给你了，所以你掏钱。"

"走吧。今天人民艺术电影院有《偷天游戏》，要不要去看？"

凌默约他看电影，这简直破天荒啊！

"凌默，你脑袋被门夹了吧？"

"三秒钟，看不看，不看回家。"凌默的笑容淡了下去。

"看看看，当然看！"

曲昀快步跟了上去。

买票的时候，曲昀看了看凌默。

凌默扬了扬下巴："钱在你那里。"

"我哪来的钱？就一本存折还没取现！"曲昀心想，这家伙难道真的以为他出门带钱了？

售票员看着他们两个，忍不住问了句："到底带没带钱？没带钱就回去拿。"

"带钱了，在他口袋里。"凌默还是看着曲昀。

"我口袋里哪里来的钱？"曲昀气哼哼地将手伸进羽绒服的口袋里，愣住了。

他还真的摸出了一张一百块！

"哎？哪里来的钱？"曲昀傻眼了。

他的压岁钱昨晚被他压在枕头下面了，和凌默的房产证压在一块儿。

售票员哼了一声："有钱半天也不掏出来。"

曲昀很冤枉地将钱递了出去，售票员给了他们两张票，一边入场，曲昀还一边想着口袋里的钱哪里来的。

难道是出门的时候，梁茹塞给他的？

啊！是凌默刚刚在路边塞进他口袋里的！

进入放映厅时，电影已经开始一两分钟了，到处黑漆漆的，曲昀还是第一次来影院看电影，一脚踢在台阶上，差一点摔倒。

走在前面的凌默回过头来一把拽住他，帮他恢复了平衡。

曲昀在心里抹了一把汗。

电影剧情还是比较精彩的，男女主角之间的较量还带着某种暧昧。曲昀侧过脸凑到凌默的耳边小声说："老外就喜欢搞这种调调。"

"什么？"

"没听清就算了，看电影吧。"曲昀小声说。

"嗯。"

看着看着，曲昀似乎听见前面传来"啧啧"的声音，前排的两个脑袋好像也靠在一起了。

曲昀一开始还没反应过来，低下头猫下身子，从两个椅子之间的缝隙看了过去。

不看不要紧，一看吓一跳。

他进队里虽早，但也活了二十来年，还是第一次这么近距离地看到两个人接吻。

非礼勿视，曲昀赶紧向后紧紧贴在椅背上。

他斜着眼睛，发现凌默也向后靠着椅背，非常淡定地看着电影。

电影结束，影院的灯光亮了起来，观众们纷纷起身，曲昀叹了一口气……电影后半段的剧情他几乎就没有看进去。

当前面两个人站起来的时候，其中一个侧过脸看向曲昀，曲昀一紧张，下意识拽了拽身旁的凌默。

"嗯？"凌默一副什么都没看到的样子，"急着上洗手间？"

"……不是……"

两个人处对象的时候在影院这种场合亲密一些，他不是没见过，只是在这个年代，按道理根本不普遍啊！

曲昀就这样被凌默带出去了，直到呼吸到新鲜空气，他才缓过神来。

他用力拍了拍胸口，感叹道："天瞎了，吓死我了！"

"有什么好吓的？"

"他们两个！在电影院！那——那个啥！"曲昀觉得自己比这个世界的凌默多活了那么多年，见过这个没关系，只是凌默是怎么做到这么淡定的？

"哪个啥？接吻而已，你脑子里又涨水了？"

凌默那淡定的样子，让曲昀觉得自己果然大惊小怪。

"你才涨水了呢！"

曲昀非常不满凌默这种啥都知道的调调，显得好像他多成熟，自己是个小孩一样。

晚上回到家，曲昀和凌默陪着莫青夫妇看了会儿电视，就回去睡觉了。

大年初一的晚上，鞭炮声还是隐隐不断，曲昀躺在床上翻来覆去，睡不着。

"你怎么一直不睡觉？"凌默的声音响起。

"啊？你怎么知道我没睡觉？"

"你翻身翻得像摊饼，就差裹根火腿肠了。"凌默的声音淡淡的，可曲昀却隐隐听出一丝笑意。

"对不起吵到你，给我十分钟，我很快就睡了！"曲昀将被子一卷，脑袋一蒙。

还不到两秒，被子就被凌默给掀开了。

"你以为自己是个蛋吗？那也得有人来给你孵。"

"你才是蛋呢！"

曲昀遭了凌默这通讽刺，虽然早已习以为常，但还是禁不住一阵气闷。

这时候他听见凌默又说话了。

"上了高中，我们还要在一起。"

"你之前就说过了，我记着呢！我会努力的。"曲昀拍了拍凌默的肩膀，示意他赶紧躺回去睡觉。

凌默只说了一句"傻子"，就回过身去继续睡了。

第八章　等我回来

这个寒假还是充满了鸡飞狗跳的味道，因为陈莉将存折交给凌默之后的一周，就被李浩给打了！

然后李浩竟然逼着儿子李远航到莫家来找凌默，要把钱要回去，不然就打死陈莉。

李远航不好意思上楼敲莫家的房门，竟然就这样在莫家楼下等着，一直等到晚上八点多。当时曲昀被暖气吹得头晕，打算开窗透气才看到了他。

虽然从前曲昀一直挺讨厌李远航的，但是这会儿，是真心觉得他有点可怜了。十几岁的少年，能有多大仇呢？

"凌默，你下去看看李远航吧……他在咱家楼下就快被冻成大冰棍儿了……"

曲昀伸着脑袋，靠在窗台上。

凌默来到曲昀身后，一只手就放在他的后领里，靠着他望了出去，应了一声："嗯。"

"哎哟！你的手伸我衣服里做什么？冷死了！"曲昀把凌默的手从背上拿下来，附赠一个瞪视。

凌默就像没看到一样，从抽屉里拿了有陈莉名字的存折，走到楼下。

等凌默上来了，曲昀歪着脑袋说："嘿，你还真的毫不犹豫就把存折给李远航了？你知不知道，李远航他爸会干什么？我跟你打赌，过完年他爸绝对就把那个三万块弄到股市里，去给GDP做贡献！"

"你是不是心疼我们的共有财产？"

凌默的嘴角勾起来，又是那种让人抓心挠肺，特想将他痛扁一顿的笑容。

"我是心疼你的钱打水漂！"

159

"你不是说过，我以后会挣很多钱吗？"

凌默走回到书桌前，随手翻了翻曲昀的寒假作业。

"我有说过吗？"曲昀歪着脑袋想了想。

"你知道我有钱了想干什么吗？"

"用钱砸死李浩？"

"不对。"凌默侧着脸看着曲昀，他的笑容很浅，还带着一丝属于凌默的高傲，"我要重新把你喂成个胖子。"

"我才不要呢！"曲昀气哼哼地走过来，把自己的寒假作业抢回去。

过完年，又要开学了。

凌默接到了一个电话之后，就对拼命赶寒假作业的曲昀说："我出去一下。"

"哦哦，好！你去吧！"曲昀抬起手来挥了挥。

"你最近好像特别躲着我。"

"我没躲着你！这个……任何人都需要一点私人空间，对不？距离产生美，我也想享受一下孤独的滋味嘛！"

凌默果不其然发出了轻轻的一声哼，扔下一句"等我回来，和你探讨一下'距离产生美'这个话题。"

等门真的关上了，曲昀的脑袋瓜子里开始放烟花了。

他偷偷从书包里拿出那本陈桥在寒假前交换给他的《江湖迷情录》，然后把书放在腿上，津津有味地看了起来。

忽然有人敲门，惊得曲昀差一点魂飞魄散，还好他凭借高超的身手，将书一下子滑到脚下，立刻用脚踢到桌子最里面。

"小北啊，妈妈有事情和你商量一下。"

"好啊，有什么事啊？"

梁茹走进来，坐到曲昀的面前说："那个……你还记得之前跟你和凌默说过，帮你们换个上下铺的事情吗？"

"记得啊！"

"之前，估计凌默是不好意思，怕我们花钱，也怕给我们添麻烦。但现在想，你们马上就到初三冲刺了，还睡在一张床上，会不会互相影响啊？所以你爸爸觉得，趁着这个月家具还有打折活动，给你们买张上下铺，或者妈妈给你们两个钱，你们可以去挑喜欢的上下铺，你觉得怎么样？"

曲昀一听，立刻脑袋点得就像得了帕金森。

"好啊，自己挑好啊！"

就在曲昀想象着买张上下铺，睡觉互不干扰的时候，凌默来到了陈莉家，因为他接到的是李远航的求救电话。

一开门，就看见陈莉鼻青脸肿地站在那里，她很惊讶。

"小默……你怎么来了？"

"小姨，能进去聊吗？"凌默开口说。

"谁来了？"李浩的吆喝声响起。

"是凌默……"

陈莉的话还没有说完，李浩就嚷嚷起来："让他滚！他来干什么？"

一股浓重的酒味。

他顺手拿起茶几上的烟灰缸，眼看着就要落在陈莉额头上，却被人一把稳稳地扣住。

凌默那双冷到空无一物的眸子就这样死死地盯着李浩，李浩只觉得一股寒意顺着背脊直上脑门。

"我来看看我的房子。还有，我让你滚，你就得滚。真有本事就出去挣钱，别在我家里撒泼。"

说完，凌默拽过李浩的手，摁在茶几上。

"你……你要干什么？"李浩半天挣扎不过一个孩子，他看着凌默眼底的那一丝狠戾，牙关颤抖了起来。

只听见"哐——"的一声，烟灰缸就落在李浩的手指边，砸了个稀巴烂。

"啊——啊——"李浩惊恐地叫嚷着。

凌默居高临下看着他："下次再打人，我就真的敲烂你的手指头。"

陈莉站在那里，泪流满面。

李远航将凌默送到楼下，低着头，半天才挤出一句："谢谢……"

"生活好不好，都是自己选的。"

"我知道，谢谢。"李远航这几个字，很坚定。

凌默一回到家，就看见曲昀一脸兴奋地看着自己。

"你一副高兴得要死的样子是干什么？"凌默一边脱下羽绒服一边说。

"我妈给了我钱，我们一起去选上下铺！走吧走吧，趁着还有折扣。"

凌默拉开椅子，坐了下来，抬起眼来看着曲昀："这么兴奋呢？当初我来这里的时候，你可不是这样的。"

"你长个儿了，我也长个儿了啊。我妈觉得你不好意思提，这不刚刚给了我钱！"

"我去跟阿姨说。"

"有本事你就去说呗！"曲昀扬了扬下巴,他才不信凌默能说得通他老妈呢!

谁知道才半个小时,梁茹就进来对曲昀说:"小北啊,既然你和小默睡在一起不觉得挤,那就算了。折腾个上下铺,好像很伤感情的样子,影响小默的学习,那心情就不好了。"

"啊?凌默跟老妈你说什么了?"

"小默以为买上下铺是打扰到你的学习和生活,他心里很内疚,所以说要搬回他小姨那里去住。"

曲昀心里一惊,好一招以退为进!

"我看得出来,小默看起来好像对什么都不在意的样子,其实内心还是很纤细的。"

"他的心是金刚钻,纤细个毛线……"

"小北,你说什么?"

"没……没什么,呵呵……呵呵……"

寒假过去之后,中考的气氛就笼罩着整个教室,能够看出来任课老师都很紧张。后面的黑板报也被擦掉了,改成了中考倒计时。

做不完的卷子,写不完的试题,哗啦啦掉下来,十几岁的孩子都低头拼命地做题……曲昀才发现,除了高考,中考竟然也是这么不人道的存在。

学校用了往年的中考题库来做月考题,曲昀的前两次月考还是稳稳的第一考场吊车尾,却在全班排了前八。

每次研究名次表的时候,凌默都会用手比画一下,挑着眉梢,看着曲昀说:"你什么时候才可以缩短一下差距?"

"你考差一点不就行了?"曲昀一副无所谓的样子说,然后腰上受到了凌默的袭击,疼得他眼泪都要掉下来。

这时候,李静拿着她的数学卷子来到曲昀面前,她似乎有点惧怕凌默,但还是对曲昀开口说:"小北,我最后两道大题分没拿全……你能帮我看看吗?"

"哦,好啊。这一道题其实是这样的……"

曲昀才刚把笔抬起来,凌默就在草稿纸上敲了敲:"你自己这题都算错了,还教别人?"

"我这是计算错误,思路是对的!"

眼看着他们之间莫名其妙的火药味，李静赶紧拿着卷子走开了。

凌默起身去打开水时，曲昀撇了撇嘴，小声说了句："神经。"

而斜对面的楚凝听了他的话，看了他一眼说："不是凌默神经，是你太蠢。"

"我蠢在哪里？"

楚凝没好气地说了一声："你自己想。"

"你们优等生说话是不是都这样啊？都让人自己想？"

"你也是优等生啊。"陈桥路过曲昀桌子的时候，好笑地说。

哎，对哦！他已经稳定全班前十名的地位了，是优等生了哦！

活了这么多年，他竟然也体验了一回优等生哦！

等凌默拎着水瓶来到曲昀身边，曲昀一脸兴奋地说："凌默！我跟你讲，原来我是优等生了啊！"

"傻子闭嘴。"

好想把桌子都掀掉……

当每一天都过得无比充实和忙碌的时候，时间就比想象中要快很多。

但是随着天气越来越炎热，新闻里也经常出现关于传播性疾病的消息。

这种疾病是一种急性流感，范围越来越广，国家投入的医疗资金也前所未有的巨大。

曲昀一边吃早餐一边听着早间新闻。

梁茹很担心地看着两个少年说："这段时间，下了课你们就回家，知道吗？看见感冒咳嗽的同学也离得远一点！"

"妈，你放心，这种病毒不算什么，以后还有什么非典、甲流、埃博拉，还有'黑尔'病毒！"曲昀一说完，愣了愣，自己怎么把"黑尔"病毒说出来了。

他侧过脸看了一眼凌默，发现凌默吃着东西，一副没在意他说了什么的样子，让他呼出一口气来。

晚上，梁茹陪着两个孩子填报中考志愿。

凌默填了三中，梁茹是一点都不担心。倒是曲昀，他本来想在志愿表上填十中的，却被凌默扣住了笔，说了句："想死就填别的中学。"

"我考不上的。"曲昀雄赳赳地回答。

"你考得上。这几次模拟考试你都考得很好，包括最难的一次。"

"我不要报三中！"曲昀趴在桌上捂着志愿表。

谁知道凌默打了个电话给莫青，不知道说了什么，莫青就异常激动地让梁茹给曲昀报了三中，还说什么"年轻就是要拼一下"。

"拼什么鬼啊！你们是我亲爸妈吗？"

一转眼就到了中考前夕，就连远在外地的莫青都赶回来了，梁茹一直在跟儿子说让他好好发挥。曲昀其实很无所谓，一直不停地啃着小鸡腿。反正这也不是现实，没考上重点就没考上。

莫青却更担心凌默，将他叫到自己书房里。

"我不知道你听说了没有，你小姨……"

"我小姨正在和我小姨父办理离婚手续，这是好事。"

看着凌默什么都知道，什么都安排好的样子，莫青叹了一口气："总感觉叔叔我什么都没为你做。你有没有什么想要的？中考之前叔叔都满足你。"

凌默淡淡地笑了笑："我和小北上同一所学校就行。"

莫青一听，就笑了起来。

"小北啊……我听你梁阿姨说了，你想带着小北考三中。但是小北不如你成绩稳定，我不求他能考上重点高中……"

"他会考上的。"

中考当天，凌默和曲昀走进考场，他们身后是对他们满怀期待的莫青和梁茹。

这次中考考场的监管很严格，每个考生进入之前都要测量体温，体温稍高的学生都要到独立的小办公室里考试。

体温计在曲昀的额头上碰了一下，显示三十六点六摄氏度，他才呼出一口气来。

回想曲昀现实世界中的那次中考，数学大题几乎都只做一半，后面拿不到分。但是这一次他就像开挂一样，什么都会做。就连最担心的英语作文，他也是拿着凌默给他设计的模板，一路写得顺畅无比。

等最后一门考试考完，曲昀和凌默走出考场，就看见李远航站在陈莉面前，一脸眼泪。

陈莉也一直在安慰着李远航，瞥到凌默的时候，尴尬地笑了笑："小默，考得还好吗？"

"还好。"凌默淡淡地回答。

说完，凌默就拽了一下曲昀的领子，带他走了。

"走了，回去对答案。"

晚上坐在小凳子前，曲昀一道一道回忆着答案，让他意想不到的是，自己不记得的题目，凌默全记得，连题干都记得清清楚楚。

对完了答案，莫青还有点紧张地进来问："怎么样啊？"

"小北考得挺好的，肯定能考上第一志愿的三中。"

莫青听了呼出一口气来。

"考上了,反正也不一定会分在同一个班。"曲昀凉飕飕地说。

梁茹很忙,她在帮凌默准备行李。因为凌默要去北京见顾老所长,听说他快不行了。

第二天早晨,曲昀被凌默拽起来。

"干什么啊?中考都结束了,也不让人好好睡觉。"

"我要去北京,你起来送我。"

"你一周之后就要回来了!又不是以后都不见面了。"

曲昀没办法,被凌默拽起来。坐在莫青的车里,曲昀一路都在打瞌睡。

车站里几乎每一个旅客都戴着口罩。莫青和梁茹都有工作,本来要让曲昀陪着凌默一起去,凌默却说不知道北京的流感情况怎么样,让曲昀就留在家里,不要跟着他去人员密集的地方了。

来到进站的地方,莫青和梁茹都嘱咐凌默一路小心。

凌默就要排队过安检了,他回头说了句:"小北,我有话跟你讲。"

"啊!你还有什么圣旨啊?"曲昀走了过去。

凌默拉下了自己的口罩,曲昀凑过脸去听,忽然他的太阳帽被摘了下来,他刚要把帽子拿回来,就听到凌默说:"好好照顾自己,等我回来。"

曲昀呆愣在那里,凌默看着他的眼睛里是关切和嘱托。说完,那个少年就转身离开了。

曲昀傻傻地站在那里,周围人来人往。

"小北,你怎么了?快过来。"梁茹站在不远处朝着曲昀招手。

"没……没什么……"曲昀赶紧把歪到一边的太阳帽戴上。

哪怕这里只是凌默潜意识里的世界,曲昀却在此刻相信它是真的。

至少这里发生的一切,对他和凌默来说,真实得无可替代。

这时候,一个中年女性走过曲昀身边,曲昀没有反应过来,把帽子抬起来的时候,不小心撞了对方一下。

女子坐倒在地上,咳嗽起来。

"对不起,对不起,阿姨您没事儿吧?"曲昀立刻蹲下来去扶她起来。

"我没事,谢谢你。"

"小北,你发什么呆啊!"梁茹走了过来。

"没……没什么……"

曲昀第一次手忙脚乱起来。

坐在回家的车上，曲昀看着在灼热的日光之下，不断倒退着的街景，眼前一一掠过的是他第一次进入凌默的潜意识，看见的那个孤独得仿佛没有温度的凌默。

如果这只是一场大梦，曲昀莫名希望凌默能一直快乐，若是如此又何必一定要醒来？

至少在这个世界里，凌默不再孤独，曲昀觉得就这样一直陪着他，也没什么不好。

第二天早晨，梁茹敲开了儿子的房门，半开玩笑地说："小北，凌默不在，你就可着劲儿睡懒觉啊！"

"嗯……"曲昀迷迷糊糊地看了梁茹一眼。

"刚才凌默从北京打电话来，说他已经到了。本来我还想叫你起来和他说话呢，但他听说你还在睡懒觉，就说下午再打过来。他还真向着你啊。"

曲昀什么都听不清，只觉得梁茹的声音仿佛来自另一个世界。

"小北！小北？你怎么了？"梁茹的手伸了过来，碰了碰儿子的额头，随即大声喊了起来，"老公你快来！小北他发烧了！"

迷迷糊糊之间，曲昀听见救护车的声音，头顶是一片一片的亮光掠过，好像是医院走廊的灯光。

"小北！小北！你别吓妈妈！"

他的呼吸越来越困难，脑子越来越沉。

"他感染了流感病毒！马上隔离！"

他抬起手，一把抓住身边的小护士，对方完全没想到一个高烧到快要失去意识的人，竟然会有这么大的力气。

"告诉凌默……这一切都是梦……一定要醒过来……赶紧醒过来……"

曲昀的身体一阵剧烈下沉，失重一般，仿佛被黑色的海水淹没。

他要呼吸，他想活下去……

他要活下去！

当沉入最深处的时候，眼前骤然出现一个光点,他奋力朝着那个光点挣扎而去。当他通过那个光点，眼前一片明亮，氧气涌入他的胸口，他大口呼吸，身体完全拱了起来。

"他醒了！江博士，他醒了！"

"安全撤离，神经元剥离成功。"

"身体指数正常，大脑活跃度正常。"

当曲昀疯狂的心跳逐渐趋于平稳，他看见了向他走来的江城博士。

"我……我回到现实了？"

"嗯，你回来了。"

曲昀缓缓坐起身来，急切地看着江城博士："那么凌默呢？他醒过来了没有？"

"没有。"江城摇了摇头。

曲昀抱住自己的脑袋，深深叹了一口气："对不起，我失败了。"

他知道自己心底深处的某个地方，还在留恋着。

"你已经是留在他的潜意识里时间最长的人了。"江城开口道。

"我留了多久？"

想到自己的搭档陈大勇，曲昀一阵心惊，猛地抬起头来。

"五分钟。"

"五分钟？才五分钟？我……我和他相处了一年多……"

"你忘记了？之前我告诉过你，在潜意识的世界里，时间和现实世界是不同的。"

江城博士倒了一杯水，曲昀一口气就把水喝完了。

"你在他的潜意识里，用的身份是什么？"

"莫小北，他的初中同学。"

江城接过一台平板电脑，手指灵巧地敲了一下："有了，莫小北是莫青和梁茹夫妇的独生子，在中考后因为感染了当时大面积流行的急性流感病毒而病故。在这之后，凌默一直和莫青夫妇生活在一起，在他们的培养之下，凌默保送了Q大。"

"也就是说，在现实里，莫小北是存在的？"

"当然，我之前就对你说过，你在凌教授的潜意识里见到的每一个人都是真实存在的，意识世界里的一切都是对现实世界的映射。"

"那么……莫小北考上三中了吗？"曲昀问。

江城点了点头："他考上了。这对于莫青夫妇来说，应该是极大的安慰。"

曲昀呼出一口气来，这对他来说也是极大的安慰。

这时候，江城的项目成员走到江城面前，有些激动地说："曲昀留在凌教授潜意识中的时候，我们检测到凌教授的大脑活跃程度比之前都要高！我们都认为，如果曲昀能再一次进入凌教授的潜意识，凌教授的思维就会持续活跃，说不定就会醒过来！"

"难道我不是任务失败了？我还能再次潜入？"曲昀睁圆了眼睛。

"我知道我们这是强人所难……没有经历过思维深潜的我们，是无法体会到你在凌教授的潜意识里经历过的危险的,所以在你看来我们请你再次深潜,是站着说话不腰疼……"

曲昀无法听进去对方说了什么,他只想知道自己还有再一次陪伴凌默的机会吗?

他还记得那个少年,可是他却抛下少年退出了。

"曲昀,当你从凌教授的潜意识中剥离时,他一直试图挽回你,自动和你的神经元重新接驳,这是我们之前的深潜行动中没有发生的事情。如果你再一次潜入,我们相信凌教授一定不会排斥你。"

"我已经失败过一次……你们确定不要换一个人试一试?"

但是如果他再次潜入,会不会耽误唤醒凌默的时间?

"在你之前,坚持思维深潜最久的,是凌教授的一个学生。"

"他坚持了多久?"

"三十六秒。"

什么?才三十六秒?这不科学!按道理,凌默的学生不应该是最了解他的吗?

曲昀思考了片刻,有些担心不得不说出来:"你们自己也说凌教授在我退出他的潜意识的时候,还试图主动接驳我的神经,如果再次潜入……他不肯放我走怎么办?他会不会就这样一直做梦?"

"这是不可能发生的。"江城摇了摇头,"实现思维深潜,需要神经接驳器,如果我们检测到你们的大脑活跃出现问题,会强行让你剥离,这是凌教授无法控制的。"

"那……那我再次潜入……还会是莫小北?"

"如果你再次潜入,按照凌教授对你的接受程度,你会潜得更深,更加接近他脑海中关于对'黑尔'病毒的研究。莫小北已经因为急性流感病毒去世了,所以你再次深潜,只可能是另一个人。说不定还会是凌教授本来就信任的人。"

曲昀蹙起眉头来,假如真的是凌默信任的人,也许任务完成起来会更加容易?

然后,他们就能在现实中相会?

但是……

曲昀歪着脑袋看着江城说:"为什么我觉得你在忽悠我?"

江城抬起手腕,看了看手表:"陈大勇不知道可以坚持多久。"

曲昀的眼皮子跳了跳,目光沉了下来:"江博士,你在威胁我吗?"

"我不是在威胁你,我只是在陈述一个事实。如果你愿意再次深潜,我现在就派人去把陈大勇转移过来。当我们拿到箱子里的抗病毒药剂,陈大勇将会是第一个接受注射的人。"

"你确定我还能回来？"曲昀看着江城说。

"我确定。"

"你确定我不会一不小心变成个傻子？"

"我确定在凌教授的思维世界里越久，你的智商会越高。"

那倒是事实……他中考都考上最厉害的三中了啊！

"我不能再次成为莫小北吗？"

如果能用莫小北的身份陪伴着他，那该有多好。

"在他记忆里更接近'黑尔'病毒研究机密的部分，是肯定没有莫小北的。"

"好吧，我接受这个任务。"

曲昀思索片刻，抬起头来，目光坚定地看着江城说。

"我现在就通知人把陈大勇转移过来。"江城想到了什么，又很认真地嘱咐，"无论你是以什么角色再次潜入，你必须记住一点，千万不要让凌教授怀疑你，不要让他感觉到你曾经是莫小北，又或者是其他人，他很可能会产生警惕，从而抗拒你。"

"我知道。"

曲昀在心里叹了一口气，要知道，走近凌默从来都不是一件容易的事情啊。

他闭上眼睛，胳膊上微微刺痛，是江城为他注射的神经舒缓剂，为了让他不会排斥与凌默的神经对接。

一切在他的脑海中变得舒缓起来，他感觉自己正缓慢地滑入温暖的水流中。

第九章　二层下潜

　　身体猛地一阵下沉。

　　他睁开眼睛的瞬间,感觉到水流从四面八方涌入他的口鼻,他奋力向上游去,脑袋冒出水面,他就剧烈地咳嗽了起来。

　　这水还挺深,他一时之间竟然蹬不到底。

　　不远处传来有人扑腾的声音,岸上围着一圈人。

　　"李静!我去给你找救生圈!"

　　"李静,你别紧张!"

　　李静?李静不就是他初中时代的同桌吗?

　　那个总是怯生生拿着习题来找他的女孩!

　　曲昀游出水面,吸一口气,再度扎进水里,向着那个扑腾的女孩游了过去。

　　曲昀搂住了李静的脖子,将她带出水面。

　　她大力咳嗽着,直到被曲昀带到岸边撑起来,岸边的人才七手八脚地将她拉了上去。

　　"李静,你没事儿吧?"

　　"吓死我了!"

　　"你说你走路怎么那么不小心!"

　　李静继续咳嗽,喝了那么多水,呛了那么久,不会那么容易缓过来。

　　曲昀双手撑着岸边,一个用力撑了起来。

　　他这时候才发现,这是市里的一个人工湖,深度好像有四五米。

　　"天瞎了!"曲昀高喊一声。

　　我怎么会在这个湖里?

还好他游泳很熟练，小时候也经常在村子里的河里游，不然这就是自杀啊！

衣服都沾在身上，曲昀将身上的衣服脱了下来，用力一拧。

低头的那一刻，曲昀愣住了，因为他发现肚子上竟然有腹肌！

腹肌啊腹肌，宝贵的腹肌！

太美好了！

这时候，有人走到他面前说了声："谢谢你救了李静。"

曲昀抬起头来，看见的竟然是楚凝，莫小北初中时代的英语课代表。

难道他又穿回了初中时代？难道他并没有潜入凌默思维的更深一层？这和砍号重来有什么区别？他不要啊！

等等……眼前的楚凝和中学时代好像有点区别？

什么区别呢？

"哎，楚凝……我记得你胸没有这么大啊！你什么时候发育得这么好了？"

曲昀一脸惊讶地说。

"你有病啊！"

楚凝不由分说扬起手就要给曲昀一个大巴掌，但是这一次的曲昀可不是从前的莫小北，反应敏捷着呢。他一把就扣住了楚凝的手腕，歪着嘴笑着说："哎，你的臭脾气还真是一点都没变啊！"

一低头，曲昀就看见了楚凝身上的短袖衬衫上印着：三中楚凝。

所以说……现在并不是初中……至少是高中了？

"路骁你个王八蛋，你盯着看哪里呢？"

楚凝的脸都红了，挣扎着要掰开曲昀的手。

哎，原来我的名字是"路骁"？

这是个什么人物？

哎呀！后悔了，来之前应该让那个江城博士给一份凌默身边人的资料名单，让他从头到尾看一遍，也不至于来了之后抓瞎。

"我就看看你的校服，不然你以为我看哪里？楚凝同学，你可真是思想有问题。"

曲昀一说完，楚凝的脸更红了。

"你不就是为了报复我说你是胆小鬼，不敢下去救李静吗？可你自己说自己游泳技术好，要加入游泳队啊！游泳技术不好，你好意思报名？你不救她，谁救？"

在楚凝的话里，曲昀得到了两个重要信息。那就是，第一，他这一次的名字是"路骁"；第二，他想加入游泳队。

游泳队的身体好啊！倒三角，肺活量大！上一回莫小北那个小胖子，没少让他吃亏，感觉这回他终于全都找回来了！

可喜可贺。

"你到底什么时候放手？"楚凝恶狠狠地瞪着曲昀。

"啊……对不起……"

曲昀一松手，楚凝就转过身去安抚刚得救的李静。

"凌默……你来了？我们还以为你不会参加我们这次的初中同学聚会呢……"

刚才还紧张的楚凝忽然露出笑容来，就连声音里也带着雀跃。

听见那个名字的那一刻，曲昀的心脏一颤，抬起头来，便看见岸边的柳树下站着一个挺拔而冷峻的少年，他曾经漂亮精致的眉眼轮廓变得更加深刻，他也同样穿着三中的校服衬衫，可以轻而易举看出他的身形线条。

那不是少年时代的单薄，而是带着力度感的起伏，从腰背到胳膊再到他的双腿，都蕴含着某种爆发力……他的腿好像也比以前更长了。

曲昀的心脏疯狂地跳动起来，仿佛回到了他们在火车站告别的那一天。

只是曲昀知道，这个世界和上一次潜入的世界也许并不是连贯的，所以这个世界里，凌默的过去如果并没有和那个莫小北有着什么深刻的羁绊……那就真的好遗憾。

当曲昀再度抬起头来时，发现凌默竟然还站在那里，看着曲昀的方向。

他的目光很冷，冷到像是腊月。

曲昀下意识向后退了一步，但是他忘记自己就站在湖岸边，一时间左脚踩空，毫无预料地再次栽进了湖水里。

"砰——"的一声，水花四起。

曲昀正要向上游去，却发现掉下来的时候左腿的小腿抽筋了。

他抱着小腿，一边告诉自己"放松……放松了就好了"，一边抵住了膝盖，抓住脚趾向足背方向大力掰过来，让腓肠肌充分拉伸。但是可能因为接连受到冷水刺激，他的腿部肌肉却越绷越紧，一时之间放松不了。

岸上的楚凝一开始还觉得曲昀是在提弄自己："这家伙可是自己掉下去的，这回可不是我推他下去的！"

结果十几秒过去了，还没见曲昀浮上来，李静着急了："他怎么还不上来啊？不会是摔下去的时候受伤了吧？"

楚凝也感觉到不对劲，走到岸边大声喊起来："路骁！路骁你个王八蛋，别装了，赶紧上来！"

"路骁！路骁你没事儿吧？"李静也喊了起来。

"谁下去看看啊？你们有没有谁会游泳啊？"李静着急了，抓住路人就问。

"我不会啊！"

"不会，这可是湖里面，没那么好的水性啊！"

楚凝终于意识到情况严重了，大声呼救起来："救命啊！救命啊！我同学掉到湖里了！救命啊！"

在水里的曲昀扳着抽筋的腿，欲哭无泪。

你怎么现在才叫救命呢？

刚才哪儿去了？

我直接给淹死了，就能结束任务重新来过了。

周围路过的人只是看着，有的也帮忙喊起来，但就是没有人下水救人。

"路骁！你别闹了——我跟你说对不起！你快上来！求你了！"

这回，楚凝急得眼泪都掉下来了。

一个身影从她身边一闪而过，楚凝还没有看清，对方就扎进了水里。

她一回头，发现之前站在柳树下的凌默已经没了！

此时的曲昀已经自暴自弃了，他肯定创造了最短的深潜纪录，接驳之后立刻退出的那种……

迷迷糊糊之中，他看见有人正靠近自己，从混沌之中涌来……如同幻觉。

他的发丝随着每一次靠近而被水流拖拽着，他的眉骨，他的眼睛，他的鼻尖，一切都美好，陌生中带着熟悉。

……凌默……

曲昀张开嘴唇，念出那个名字，也呼出了自己最后的那口气。

曲昀感觉到有人一把抱住了他，如同将他从深渊之中带起。

熟悉的怀抱，熟悉的力度感，带着他涌出水面。

对方将曲昀撑上了岸，曲昀扒着岸边撑了几下，没撑上去。他的腿到现在还伸不直。

"你们俩没事吧？路骁！你是要吓死人吗？"

"我抽筋了……"曲昀回答。

凌默很轻松地就上了岸，李静和楚凝一左一右想要帮曲昀爬上来，但是反而让曲昀不好用力。

手上没力气，曲昀一滑，差一点又掉进水里，手腕被人猛地一把扣住。

对方的力气之大，就像要把他的手腕捏碎一样。

"凌默！"楚凝惊讶地看着身边的人。

她以为凌默肯下水救路骁已经很出人意料了，没想到他还会来帮忙拉路骁。

"你们松手。"凌默开口说。

楚凝和李静让开，凌默的双手绕过曲昀的胳膊下面，竟然直接将他拉了出来。

离开水面的那一刻，凌默也失去了重心，两人一起倒在岸边。

曲昀睁大眼睛看着凌默，他的目光如同初中时代一般漠然，但这样的漠然里又有一些其他情绪。

"谢……谢谢……"曲昀这才开口说。

"你叫什么名字？"

凌默的声音响起，还是那般比水还要从容和淡漠的声音，曲昀此刻听着却恍若隔世。

"这讨厌鬼的名字是……"

楚凝的话还没说完，就被凌默打断了。

"我在问他，没有问你们。"

他的声音与态度带着一种锋利，无形之中隔开了所有人。

曲昀张了张嘴，差一点又要说自己是"曲昀"了。

"路骁。"

"哪个路？哪个骁？"

凌默就这样看着曲昀，目光中的力度感让曲昀想起自己还是莫小北的时候，在大街上拉着凌默劝他跟着自己回家时，他也是这么看着自己的。

曲昀愣在那里。

他真的不知道这个名字是怎么写的！

"谢了。"曲昀侧过脸去，打算回避这个问题。

为什么凌默要问他的名字？

不可能自己才刚潜进来，就被凌默发现了吧？

这不可能！

这不科学！

这也不是什么命运的邂逅啊！

江城说过，如果被凌默发现，很有可能会被他拒绝出去的！

曲昀紧张起来，他仔细回想自己刚才拧干衣服时铭牌上的名字。

"条条大路通罗马的'路'。"曲昀再次试着将自己撑起来，但是凌默施加在他身上的力气却丝毫没有松懈。

"哪个骁？"

曲昀心跳如雷，难道这就是凌默的戒备吗？要防止任何人闯进他的思维里？

他死命地回忆着瞥过名牌的那一刹那。

没有三点水，所以不是潇，好像也不是萧……

曲昀猛地想到自己队长叫李骁，当时队长是怎么解释他那个"骁"的？

来啊！赌一把！

"就是古代骁骑营的那个骁！"曲昀用力挣扎，这一次他终于成功站了起来。

"凌默，你没事吧？"楚凝上前，想要将凌默扶起来。

她还没碰到人，凌默已经起身了。

他还是那样不把一切放在眼里的样子，仿佛没有看见楚凝和李静对他的关心，自顾自离去了。

唯一不同的是，他没有了从前少年时代单薄的感觉。

那时候他的漠然是为了自我保护，而此时的淡漠，是因为他真的孤独。

就在这个时候，曲昀听见一声暴喝："路骁——你不在家里看书，又跑出来干什么？"

下一秒，曲昀的耳朵就被拽起来了，他发誓，他从来没有见过动作这般迅速的……大婶……

"哎呀！疼疼疼！大婶你干什么啊！"

下一秒，曲昀就受到了连环爆击。

"你叫你妈'大婶'？你是不是想死？"

什么？

这个彪悍的大婶是他妈？

曲昀万分怀念梁茹的温柔和善解人意！

跟着路骁的妈妈回到家，他就被关进了房间里。

"还有一个月就要期末考试了，你还有工夫在外面闲逛，也不想想自己的成绩！"

曲昀一头雾水，他是莫小北的时候，成绩可是相当好的啊！

他随手将抽屉打开，看见一堆被揉得皱巴巴的试卷，打开一张"久违"的数学试卷，得分是那么"久违"的三十五分，只不过这一次是一百五十分的卷子……

至于他的物理化学，同样惨不忍睹。

曲昀觉得奇怪了，这个路骁明明是和凌默一个学校的，那就也是三中了。

三中是市里面重点高中的龙头，能考上三中，怎么可能考出这样的成绩来？这就是闭着眼睛瞎写……也不至于啊！

曲昀的脑袋疼了起来，他面临着一个相当严峻的问题，那就是他要从高一开始重新来过，不然以这样的成绩继续下去，迟早是要被退学的。

啊……啊……他一点都不想好好学习！

这天晚上，曲昀一边适应着他的"新任妈妈"刘芬芳，一边套她的话。

刘芬芳的丈夫在两年前去世了，曲昀就要体会一把单亲生活了。

他终于明白路骁的成绩这么垃圾的原因了——路骁迷上了网络游戏，整日泡在网吧里。刘芬芳不给钱，路骁就偷偷到妈妈包里拿钱，闹得刘芬芳每天下班就去学校门口蹲守，但依旧管不住有网瘾的儿子。

迷上网络游戏仅仅是占用了路骁大量的时间而已，事实上，学习好的男生很多都不是特别用功，真正给予路骁致命一击的，是他网恋了。

路骁过了一段充满粉红泡泡的网瘾时光之后，与这个网友约见。结果，见光死。

到底发生了什么，刘芬芳也不知道，但她的儿子彻底颓废了。既不去打游戏了，也不好好学习，都不知道是不是抑郁了。

曲昀本来很想要登录路骁的QQ，看一看他的聊天记录，可惜不知道密码，只能作罢。

比起这个，曲昀发现自己现在是高二下学期，他必须尽快和凌默"亲近"起来，或许……像上次一样找凌默好好学习？

只能明天去学校看看现在的凌默是个什么性子，再制定作战计划了！

而这天晚上，凌默陪着梁茹在桌子前吃饭。

"妈，过几天是小北的忌日，我想请假和你一起去扫墓。"凌默夹了一块排骨放在梁茹的碗里面。

"你学习好，我知道，就算一两天不上课，你也不会跟不上进度。就是……我怕你去了，会伤心难过。"梁茹的眼睛有些湿润。

"不会。妈，你还记得小北的口头禅是什么吗？"凌默的声音淡淡的，所有的喜怒哀乐都沉在深深的海水之下。

"他的口头禅……他经常一惊一乍的……"梁茹像是想到了什么，忽然笑了起来，"你还记不记得你们准备会考的时候，小北嚷嚷说'天瞎了，这个美国的区位选择是什么玩意儿'。"

凌默的手指扣紧了筷子："嗯……我回答说'天没瞎，你看的是地理'。"

"是啊，我最喜欢听你们两个说话了。"梁茹笑了起来。

"妈，今天我听见有人喊'天瞎了'。"

"所以你想他了？我和你爸爸也想他。"

眼见着梁茹又要哭了，凌默轻声安慰说："妈，吃饭。瘦了的话，过两天小北见了，会心疼。"

吃完晚饭，凌默回到了他和曲昀曾经住过的卧室里，一切都和两年前一模一样，就连书桌前也仍旧摆着两张椅子。

凌默随手拉开抽屉，里面放着一张照片，是运动会的时候凌默和曲昀的合照。那时候曲昀正好在接力赛跑的时候摔伤了，虽然很疼，却被凌默背着，笑得一脸没心没肺。

凌默的指尖在那张笑脸上碰了碰："不是说等我回来的吗？你跑哪里去了？"

照片下面是许多作业本和试卷，被平平整整地收藏着，仿佛还能感觉到那个人写字的力度。

第二天早晨，刘芬芳本来准备把儿子从床上揪起来，却没想到儿子已经在洗手间里刷牙洗脸了。

刘芬芳准备的早餐没有梁茹那么夸张，也不用担心营养过剩，会把曲昀吃成个胖子了。

曲昀一到学校门口，就看见校门口站了一排戴着红袖章的高二生，他们见到老师就敬礼，再过五分钟就要准备捉迟到的学生了。

曲昀赶紧走进校门，还没走两步，就听到有人在叫"路骁！路骁你等一下……"

曲昀没习惯这个名字，所以没有一点反应，直到有人从后面摁住了他的肩膀。

现在的曲昀和之前的莫小北可不一样，身体跟得上反应速度，他几乎出于本能，一把扣住对方的手腕，侧身猛地一拧，就把对方给拽地上了。

对方发出一声闷哼，曲昀这才注意到，对方的袖子上也戴着红袖章，是门口执勤的同学。

曲昀赶紧松了手。

对方这才爬了起来，捂着胳膊看着他。

那是一个挺帅气的男生，嘴角下边有颗痣，看起来那么点花心的感觉。

"路骁，你下手这么狠……你还在讨厌我吗？"

"啊？你谁啊？我要讨厌你？"

曲昀的心一向很大，不管曾经的路骁恨过谁，又爱过谁，现在内存卡换了，他曲昀不在乎。

对方难看地笑了笑："你肯来上课就好了，不然我会内疚的。"

"那你现在不用内疚了，我从今天起，好好学习，天天向上！"

"盛颖曦！还有一分钟关校门了，你快过来执勤。"一个女同学冲着这边喊。

哦，原来拦着他的家伙叫"盛颖曦"啊！

曲昀笑了笑，说："你咋起了这么个女孩儿气的名字？"

盛颖曦的表情立刻有点尴尬，他伸出手来像是要抓住曲昀。

这时候，一个揣着口袋，耳朵上戴着耳机的身影走进校门，正好站在盛颖曦和曲昀之间。

"你们挡到路了。"

那样冰凉的声音，曲昀神经一颤，侧过脸，果然看到了凌默。

不知道是不是错觉，凌默的目光带着无形的锋刃扫过曲昀的脸，曲昀一阵紧张，"咕嘟"一声咽下了口水。

"啊，对不起。"盛颖曦向一旁退去。

凌默就这样从他们两人之间走了过去。

曲昀看着他的背影，晃过神来，立刻走向了教学楼。

今天的早读是熟悉的英语，就连课代表竟然也没有换，还是楚凝。

而曲昀现在所坐的位置，竟然也和他刚成为莫小北的时候差不多。

楚凝正在组织大家念单词，大概是曲昀看她看得太入神了，引得她不大高兴，她凉凉地开口："路骁，你带着大家念一下第三行第一个单词。"

啊？又念单词？

这浓浓的命运即视感！

曲昀赶紧低下头来看了一眼单词。运气好！这个单词他认识！

"Contribut."

楚凝愣了愣，点了点头说："路骁，早读的时候看单词，不要看我。"

"我没看你，我只是在发呆而已。"

说完，曲昀就低下头认认真真地看英语课本了。

坐在曲昀斜后排，低头看着一本原文书的凌默，翻页的指尖微微一僵，抬起头看向曲昀的背影。

今天的第一堂课，是英语课。

曲昀仰着头，听得很认真。比起数理化，英语算是比较容易立刻听懂的。

而英语老师也发现今天的路骁一改之前上课睡觉的状态，竟然一直认真听讲，

178

于是她看向曲昀说:"路骁,如果中文是'当他在北京的时候,他和父母一起住',英文怎么翻译?用上 during 这个词,你上黑板写一下。"

曲昀没想到自己第一堂课就被老师点名了,不过他脸皮厚,倒是一点都不怕错,于是走上台去,在黑板上写下"During his stay in Beijing, he lived with his parents."

写完之后,英语老师露出了满意的表情,继续讲解 during 这个词。

曲昀感觉得到了小小的鼓励,只要自己认真听讲,还是有救的啊!

而他全然不知道,后面的凌默抬起头,看着黑板上的字迹,瞳孔瞬间一颤,就那么看了十几秒。

英语课结束之后,楚凝就开始挨个收大家的作业本了。

她走到凌默身边的时候,凌默正好抬手,将她捧在手里的作业本撞翻到了地上。

"对不起。"凌默低下身帮楚凝捡。

"没关系,没关系!我来就好了!"

楚凝蹲在地上,正好凌默又倾下身,两人的脸颊差一点贴在一起,楚凝的脸立刻就红了。

收拾好散落在地上的作业本,凌默把自己的作业本交给楚凝,然后低下头继续看书。

楚凝抿了抿嘴唇,走开了。

这时候,凌默从抽屉里拿出了一本作业本,封面上写着"路骁"。可笑的是,那个"骁"字的右上方还多了一点。

他将本子翻开,和其他同学已经写了好几篇作文的本子不同,这一本完全是新的。

这篇作文的第一句话就是:"The topic of air polution is becoming more and more popular recently."。

这个套句在高中算是用烂了,但是凌默编给初中的莫小北时,却是很好得分的。

凌默的表情没有任何变化,但是那本作业本就快被他捏碎了。

"还有谁没交英语作文吗?"

楚凝抱着作业本提醒全班同学,凌默立刻合上了本子,抬起手,对楚凝说:"这里还有一本,刚才掉的。"

"好的,谢谢!"

回过头来的曲昀摸了摸鼻子,这个楚凝啊,从初中时代就像只小母老虎,可每次和凌默说话,就像一只小家猫。

人和人的待遇就是这么不同啊！

这时候凌默正好抬眼，曲昀和他目光相碰。

他赶紧转过头去，继续啃他的化学课本。

这都是些什么鬼啊……他完全看不懂。

一整天的课程下来，曲昀安慰自己反正这些都不是真的，他没学好挂鸭蛋也没啥了不起的，除了刘芬芳扬言，如果期末考试他还考得很差，就要把他锁起来。

这时候体育课代表带着一张表来到曲昀面前，对他说："喂，你不是要报这一次全国中学生游泳锦标赛的市队选拔赛吗？记得填好表交给体育老师。"

"哦。"曲昀把表折好了，随口问了一句，"我们学校还有谁报名吗？"

"除了你，大概还有六七个吧。我们班的凌默，还有隔壁班的盛颖曦，高一的……"

曲昀一听见"凌默"的名字，陡然精神起来。

哦！哦！哦！

就算学习不好，还有体育嘛！

这个什么高中生游泳锦标赛就是他接近凌默的契机嘛！

这要是成了队友，还愁套不上近乎吗？

下课了，曲昀离开了教室。就在曲昀美滋滋地计划的时候，有人从后面按住了他的肩膀。

曲昀遇到这种从背后来的"偷袭"，不管三七二十一，肩膀向下一沉，紧接着瞬间扣住对方的手腕，又要将对方拉过去。谁知道身后的人反应很迅速，不仅仅避开了曲昀的动作，甚至反手用胳膊压住了曲昀的锁骨，硬生生将他顶在了走廊的墙上。

曲昀一惊，哪里来的这么厉害的家伙？

一抬眼，竟然是凌默。

凌默的眸子冷冷地盯着他的眼睛，就像是把他钉在墙上一样。

"干……干吗……"曲昀抬起一只手拍拍凌默的小臂，"你快勒死我了……"

凌默这才松开了胳膊，抬起左手，指尖上挂着一个牌子一样的东西："你的公交卡掉下来了。"

"啊……哦，谢谢。"曲昀伸手去拿公交卡，卡却被凌默紧紧捏着。

老大，你要是不打算给我，就不要叫住我啊！

曲昀用狐疑的目光去看凌默，凌默终于松开了手，走了。

曲昀呼出一口气来，他忽然觉得，还是上一次执行任务时的凌默比较可爱，现在这个……未免太有气势了吧！

曲昀来到学校门口，又看到那排执勤的学生，而那个盛颖曦一看见他就拽住了他。

"路骁……"

"干吗？你还没被我摔够呢？"曲昀好笑地看着对方。

盛颖曦长得挺好看的，就是那种他们全队的糙汉子都讨厌的小白脸类型，在男多女少的世界里，给他们这群糙汉子增加了多大的心理压力啊！

"你要是愿意，再摔我一次也行。"盛颖曦翘着嘴角笑了。

曲昀正要动手，对方就晃了晃手里的小本子说："我可以记你打架斗殴。"

"你幼稚不幼稚啊！"

"是你不肯和我好好说话。"盛颖曦抬了抬下巴，这小子笑起来也好看。

越好看越欠抽。

"哦，那你要跟我说什么？"

"南街开了一家新的麦当劳，我有优惠券。我请你去吃，当赔罪。"盛颖曦笑得一点脾气都没有，让和他一起执勤的女同学都露出羡慕的目光。

看吧，看吧，这种小白脸就是人见人爱，没有人看上他曲昀这种充满安全感的类型！

"好啊，你总结一下，你到底哪里对不起我？"曲昀抬了抬下巴。

"你就是要我当着大家的面跟你道歉，对吧？"

"对！"

其实是曲昀想明白，这个盛颖曦到底哪里对不起过去的路骁。

"好，我不该在QQ上假装女同学跟你聊天，骗你给我充游戏币！我本来约你见面，就是为了跟你道歉，把游戏币的钱还给你的……我没想到你会……你会……"

盛颖曦欲言又止，那样子让周围的女同学们充满了保护欲，她们都凑过脑袋来要听。

曲昀大剌剌地问一句："我会怎样？"

"……你会喜欢'我'。"

曲昀立刻被自己的口水给呛着了！

"天瞎了！原来是你！"

曲昀总算明白路骁一蹶不振的真正原因了，并不是被网恋对象给甩了，而是

181

被骗财，又被骗了心。

是那种本以为要见个萌妹子，没想到是只白斩小公鸡的欺骗！

闹心！憋屈！怒到想要找个屎坑，扔个鞭炮，炸这个盛颖曦一脸屎！

"我这不请你吃麦当劳说对不起吗？"

"你没看见我妈在对面虎视眈眈地抓我回家好好学习吗？"曲昀指了指站在马路对面死死盯着他的刘芬芳说。

可怜天下父母心啊！

"没关系，我去和你妈妈说。"

盛颖曦拉了拉自己袖子上的红袖套，自信满满地走到了刘芬芳面前。

刘芬芳一开始用怀疑的目光看着曲昀，接着不知道盛颖曦又说了什么，刘芬芳就不断地点头，好像是在道谢，还从包里拿钱给盛颖曦，但是被他拒绝了。

对，死骗子，你敢要我妈的钱，我就把你从教学楼上摔下去！

盛颖曦走过来，对曲昀说："说好了，一起去吃麦当劳。"

"你怎么说的？"

"我就说我是盛颖曦，期中考试年级第三，我要和你一起去麦当劳吃饭，吃完饭好好教你学数学。"

"就这样？"

"就这样。"盛颖曦耸了耸肩膀，"开过家长会的家长应该都知道我是好学生吧。"

"所以，好学生还装女生骗我游戏币？"曲昀冷冷地说。

"那是因为你……"

"我什么？"曲昀哼了哼。

"你很可……"

"啊？"

"可以走了！我去传达室拿书包！"

盛颖曦没回答曲昀，就这样走了。

他们两人走出校门的时候，正好远远看见凌默骑着自行车转过拐角的身影。

曲昀愣在那里。

他认出了那辆自行车，是他还是莫小北的时候，和凌默淘来的废旧自行车改装的。

凌默竟然还在骑着它？

不不不，重点是……曲昀很肯定那辆自行车是他作为"莫小北"的时候弄好的，车杠上缠着一圈一圈的透明胶带，那是他的杰作。

为什么那辆自行车会在这个世界里？

难道说……这并不是凌默潜意识里的另一个世界，而是上一个世界的延续？

曲昀咽下口水……那他是不是应该小心，不要被凌默认出来？不然凌默起疑，把他踢出这个世界怎么办？

"路骁！路骁你还愣着干什么？麦当劳在这边！"

"哦，来了来了！"

一路走着，盛颖曦都在说网络游戏的事情。

他喜欢的一款游戏是《梦幻星球》，算是比较早进入国内的联网游戏，但是曲昀满脑子都是凌默。

"喂，盛颖曦，你知道凌默是个怎么样的人吗？"曲昀问。

"哎？他是你的同班同学，你不知道他是怎样的人？"

"我打游戏逃了那么多课，而且凌默也不怎么讲话。"

"你怎么忽然对凌默感兴趣了？"盛颖曦侧过脸来，眉梢一挑。

"因为听说他也要参加市里高中游泳队的选拔赛。如果我们都选拔上了，就成队友了。只是这个队友有点儿冷啊！"曲昀用不经意的口气说。

"哦……其实你们班英语课代表楚凝是他初中同学。听说他初中一年级父母去世，监护他的姨母一家对他也不是很好，大概是有童年心理阴影吧。"

欺负凌默的才会留下心理阴影好吧！

曲昀在心里觉得盛颖曦啰唆，这些"前情提要"他都知道，问题是他走了之后呢？

"可是，后来收养他的人不是对他很好吗？"

"哦，对！他的养父母是高知，姓莫。凌默会变成这样，听楚凝和李静聊天时说过，应该是和他养父母的儿子有关。我也是听来的，你别到处去传。虽然我不喜欢凌默那种冷冰冰的性子，但是也没想去揭别人伤疤。"

曲昀的心里一颤，那就是和他有关。

"行了行了，我也不是大嘴巴。你跟我说了，我也知道哪些是他不能触的霉头。"

"我们中考那年，不是有一场病毒性流感很严重吗？市里面还有好多医护人员都感染了。当时凌默要坐火车去北京，去看一个对他很好，但是生了重病的爷爷。莫家都去送他，然后那家的儿子莫小北在车站感染了流感，一回家就高烧。凌默连夜从北京坐火车回来，也没赶上见最后一面。"

曲昀的心里就像装满了揉碎的冰，轻轻晃一晃，撞得心脏里每一个角落都疼

183

得要命。

"楚凝说过，凌默从来不跟别人玩，只和莫家的儿子在一块。在那之后整整一个暑假，凌默都把自己关在屋子里。他的同学老师来看，他都不见。后来还是他的养母哭着求他，说他们已经失去了一个儿子，不能再失去凌默，他才出来。"

曲昀的眼睛红了。

人心都是肉长的，和凌默在这个世界里相处了那么久，他怎么会不知道自己对凌默重要呢？

只是，他没想到，原来竟然那么重要。

"路骁！路骁你怎么了？"盛颖曦一把拽住了曲昀的后衣领，不然他就要直接撞在麦当劳的门上面了。

曲昀回过神来，转移话题似的问："是不是我想吃什么，你都请？"

曲昀小时候家里并不富裕，也不是在城市里，所以他还真的有很多东西都没尝试过。后来他进了队里，规矩多，出去一趟都不容易，就更加没试过了。

现在得了机会了，他什么都想试一试。

"对啊，你吃什么我都请。"盛颖曦一副很自豪的样子。

看来这小子零花钱挺多。

"那我先去点餐了。"

几分钟之后，曲昀端着三个汉堡、一盒鸡翅膀、两杯可乐、两袋薯条，走到了盛颖曦的面前。

"路骁，你还帮我点了？"

"不是啊，这些都是我要吃的，你现在可以去点你要吃的了。"

曲昀说完，就拆了汉堡咬了一口，幸福得直冒泡。

啊，他年少时候的遗憾，终于得到了弥补。

盛颖曦咽了一下口水，这一顿麦当劳，吃掉了他一周的零花钱。

骑着自行车回到家的凌默，迫不及待打开了卧室的门，一把拉开抽屉，将写着"莫小北"名字的作业本，还有整理装订成一大本的试卷全部都拿了出来。

他找出了英语卷子，翻到最后的作文，看见上面字迹的那一刻，他怔在那里，手指触摸上去，仿佛还能感觉到对方写字的力度。

他闭上眼睛，仰起头来，深深地吸了一口气。

他将这些都放回去，这时候客厅里的电话响了，是梁茹打来的，告诉他今晚单位加班，要他自己去买点东西吃。

"妈,我们班是不是有个联络簿?"

"有啊,怎么了?"

"我想看看。"

"就在我卧室床头柜里。"

"好。妈,你晚上几点回来?我去接你。"

梁茹听到这里,心里暖了起来。

"我都老了,没钱没色的,瞎担心什么?"

"你最漂亮了。"

梁茹在电话那端笑了。

凌默经常会这样,说出一些曾经莫小北才会说出来的话。

挂了电话,凌默找出了联络簿,翻到了路骁那一页,那里记着路骁的电话以及家庭地址。

看了地址,凌默就骑着自行车出门了。

当他骑过新开的麦当劳时停了下来,因为正好看见曲昀和盛颖曦坐在麦当劳的落地窗边,曲昀正大口吃着第二个汉堡。

"路骁,这里的薯条配番茄酱真的特别好吃!"盛颖曦捏着薯条,伸到了曲昀唇边。

曲昀张开嘴,一口叼走了,然后喝了一大口可乐。

盛颖曦笑着说:"吃完了,咱们把数学作业做完了再回去,我陪你做。"

"啊?为什么?"

"你忘记我们是以什么借口跟你妈说的?一点成效都没有,你妈还会让我们一起出来玩吗?"

曲昀点了点头,把最后一口汉堡咽下去,再把桌子收拾了一下,摊开了数学卷子。

第一道选择题,曲昀看着就觉得那是天书中的天书。

选项是四个图,问哪一个是题干里函数的图像。

曲昀的数学基础本来就没打好,什么是奇函数,什么是位移,曲昀看得发晕,差一点把刚才吃进去的汉堡吐出来。

盛颖曦很仔细地讲了半天,曲昀仍旧是一脸不知所以然。

第一题就遇到拦路虎了,后面的每一题都是坎儿,九九八十一难,只怕盛颖曦无法让曲昀渡劫成佛了。

"你说……你是怎么考上三中的?"号称年级前三名的盛颖曦长长地叹了一

口气。

曲昀摸了摸鼻子，高中知识的难度真的比初中上升了不少，而且……完全不实用。

"怪我咯？"曲昀向后瘫在椅子上，"如果不是你假扮女生到 QQ 上骗我游戏币，我也不会为了不在学校看见你而逃课了。"

他决定把这口大锅让盛颖曦背着。

"……对不起，但是我不明白……"盛颖曦抬起头来看着曲昀。

"不明白什么？"

"你在 QQ 上对我说的那些话，什么想要和我考同一所大学，想要有一天两人见面了，就一直坐在一起打游戏到天荒地老，那都不算数了？"盛颖曦抬起头来问。

曲昀虎躯一震，忽然捂着肚子哈哈笑起来。

"我说你……你怎么跟被我抛弃了的怨妇一样？明明被骗 QQ 币的是我好不啦？"

就在这个时候，旁边的桌子有人端着餐盘坐了下来。

曲昀一侧脸，竟发现那个人是凌默！

他一个不小心，就把手边的可乐推到了地上，发出哗啦一声。

"路骁，你小心点啊！"

刚听完盛颖曦讲述过自己作为莫小北离开这个世界之后发生的事情，凌默就忽然坐在离自己这么近的地方，曲昀不得不小心了起来。

"对不住咯，反正里面剩下的也是冰块儿了。"

麦当劳的工作人员拿了拖把过来清理水渍，但是曲昀的全部注意力都在旁边的凌默身上。

他的手指是怎样拆开汉堡外面的纸，他是怎样一口咬下去，他拿过可乐放到嘴边喝的声音，曲昀都下意识去关注。

"路骁？路骁？"盛颖曦的手在曲昀面前晃了晃。

"嗯？"曲昀回过神来，露出放弃治疗的表情，说，"要不你还是做完了，让我抄吧。你放心，我肯定不会全抄！"

"你还是在学习上上点心吧。其实那些东西，看看就懂了。"盛颖曦低下头开始写数学卷子。

他选择题做得飞快，就算遇到难题，也只是在餐巾纸上算一算就知道答案了。

唉，这就是学霸的世界。

曲昀不开心。

他已经很久没有抄别人的作业了，这一次还是在凌默的注视之下，他忽然感觉到小小的羞耻。

但是这种程度的羞耻，和刘芬芳的河东狮吼相比，就是小巫见大巫。

曲昀抄完了数学，后面的大题特地随便写了两行就没往下做了，然后用笔敲了敲桌面："物理、化学，还有英语呢？"

盛颖曦抬起头来，有点惊讶地看着他："你不是吧？好歹自己做一下，翻翻书，看看公式定理，你一定可以做出一部分的。"

"脑容量有限，就这样吧。"

"我看你是没有脑容量吧？"

"我的脑容量都在想你装女生骗我QQ币，破坏我人生观、世界观、价值观的事。"

盛颖曦愣在那里，什么都没说，低下头继续写物理。

旁边的凌默已经吃完了，但是他并没有急着走，而是翻开一本英文原文书在看。

曲昀下意识看向凌默的方向，想要知道他现在在做些什么，对什么感兴趣。

盛颖曦将物理卷子翻面，没听见曲昀说话，抬起眼来看着曲昀说："喂！辛辛苦苦写卷子给你抄的人是我，你看着凌默干什么？他也拯救不了你的脑容量。"

"那可未必。"曲昀小声嘟囔。

要知道，他还是莫小北的时候，凌默就起死回生了。

"呵呵，你是觉得凌默比我厉害，是吧？"盛颖曦的眉梢挑了起来，小伙子生气了。

"啊？凌默不是年级第一？"曲昀一脸理所当然的样子。

盛颖曦张了张嘴，莫名的火气就上来了。

从高一到高二，盛颖曦一直在年级前五名晃悠，老师说过，只要他高考正常发挥，什么重点大学都手到擒来。

可就是这样，他从来没有一次超过凌默，因为凌默是永远的年级第一，大家给凌默取了一个外号——三中的不败战神。

盛颖曦的牙槽都要咬裂开了。

"行啊，你去找凌默。凌默如果能教会你，我请你吃一个月的麦当劳！"盛颖曦放话了。

"啊？真的？"

曲昀眨了眨眼睛，他知道，盛颖曦说的话凌默是肯定听见了的。

太好了，他总算有借口去凌默那里刷存在感了，而且有盛颖曦的掩护，一点都不突兀。

大不了就是被拒绝嘛！现在的曲昀虽然没有莫小北那么胖了，但是脸皮厚这点是没有改变的！

"那我去试试。"

曲昀扯过自己的数学卷子，拿着笔，来到凌默的身边，笑了笑："嘿嘿，学神，帮个忙呗……你也听见了，为了一个月的麦当劳，指点一下？"

盛颖曦轻哼了一声，他怎么可能不知道凌默的性格，那个人独来独往，除了从前初中的旧同学会应和两声，几乎不跟任何人说话。

但是让他万万没想到的是，凌默竟然把书合上了，之前就被曲昀夸过好看的手指在桌面上敲了敲，意思是——朕就抽空点拨你一下。

盛颖曦看得下巴颏都要掉下来了。

曲昀在心里一拍大腿就明白了。

别看凌默平日里什么都不在乎的样子，但偶尔也是会有求胜欲的。盛颖曦刚才那番话，不就是说他做不到的事情，凌默也做不到吗？那凌默当然要来试着挑战一下曲昀的智商下限了！

"哪道题不会？"

当凌默的声音在曲昀耳边响起时，曲昀只觉得恍如隔世。

凌默的声线比起初中的时候，更加低沉，有着一丝不属于少年的沉稳，却仍旧透着凉意。

可在这样的凉意里，仿佛有什么被刻意拼命压制着。

"哪道题……都不会。"

曲昀以为会听见"傻子"两个字，但凌默只是拿过笔，说了声"草稿纸"。

曲昀就像得到圣旨一样，从书包里翻了半天，找出了一本新的作业本。

"就用它吧。"

凌默信手将作业本翻开，不知道是不是错觉，曲昀觉得这家伙的手指比之前更长更好看了。

"第一题，知识点是函数的图像变换和函数的性质，作为选择题，用排除法比较省时间。"

凌默讲题，和盛颖曦这种自己懂了就完的人不同，他能把考察点指出来，然后把一道题引申出来的知识点全部都梳理一遍，在曲昀的脑子里打好一个逻辑框架。

盛颖曦不甘心地站在旁边看着，他就不信凌默讲了这么多和题目无关的知识点，还有高一的内容在里面，对解题能有什么用？

凌默当面演算了一遍，却没有把结果写出来，而是问了一句："懂了吗？"

"好像……懂了。"

接着，凌默就把本子翻到下一页，推到曲昀面前："自己做。"

曲昀回忆了一下，虽然有点缓慢和笨拙，还真的做出来了。

凌默接着把后面的选择题和一道计算题给圈了出来："这些题，你自己看看能不能做出来。如果想不明白，看看草稿本上第一页我教你的东西。"

曲昀用笔头挠了挠后脑勺，然后做了起来。

对面的凌默继续翻看他的原文书。

盛颖曦站在曲昀身后，看着他做那些题目。

虽然运算不是很熟练，也有算错的地方，盛颖曦忍不住纠正他，但是他真的基本上都做出来了。

以同样的方法，凌默将知识点相近的题放到一起来讲。但是盛颖曦发现了一件有意思的事情，就是凌默的知识梳理全部都是从高一开始的，但是他记得路骁高一的时候成绩还行，是从高二上学期迷恋网络游戏才开始完蛋的。

为什么高一的东西也要讲？

不知不觉他们就从六点半待到了九点多，一整张数学卷子基本上做满了，连大题曲昀都磕磕绊绊地写完了。

曲昀呼出一口气来，眼巴巴地看着凌默说："你果然是在世华佗！"

凌默却神色淡淡地起身，将书收进了背包里，说了句："回去把草稿纸上的知识点好好看一下。"

"哦，谢谢。"曲昀点头，心里面充满了期待，这是好的开端啊！

放烟花！放烟花！

"不要再拉低全班平均分了。"

凌默留给曲昀一个背影。

"啊……"

这么说话多伤好感！

但是凌默已经走出麦当劳，骑着自行车远去了。

第十章　做一个关心我的人

"喂，很晚了，我们回家吧。"盛颖曦说。

"嗯，别忘了，你欠我一个月的麦当劳！"

"你小心吃出高血压高血脂！"

"才不会，小爷消化好。"

曲昀刚推开门，后衣领又被人拽住了。

要不是知道后面站着的是要请自己吃一个月麦当劳的家伙，曲昀能用门去夹盛颖曦的脑袋。

"你不会就这样崇拜凌默了吧？"盛颖曦问。

曲昀乐了，回过头来拽拽地说："那下回考试，你好歹也演一回东方不败啊。"

"东方不败不是自宫了吗？是独孤求败！"

"哦……有什么分别？"

"算了……两周之后就是游泳队的选拔赛了，你要不要和我去游泳馆里练习一下？"

"去游泳馆？那里就跟下饺子一样，都是人，根本游不起来。"

"我有费尔曼健身俱乐部的卡，我们到那里去游。"

"那里人很少吗？"

"你没事吧？那里是最贵的健身中心，一般人不会去。"盛颖曦又嘚瑟了起来。

而此时的凌默骑着自行车，破风而行，车一辆又一辆从他身边与他擦肩而过，他就像对交通规则完全不管不顾，所有的一切都是身体反应，有几个司机被他吓了个够呛，叫骂着。

"臭小子你不要命了！"

"知不知道怎么骑车!"

当凌默来到了自家楼下,双手还死死地扣着车把手,低着头,仿佛无法呼吸一般。

良久,他闭上眼睛,抬起头来,长长呼出一口气,掌心都是汗水。

"曲昀……你这个混蛋。"

第二天是周五,曲昀背着书包来上课,发现全班的气氛都更活跃了一些——大家都在盼望着周末的到来。

虽然周末一样是做作业,但总感觉终于有自己的时间可以支配了。

课间,曲昀去小卖部想买点零食,才发现物价涨了,而刘芬芳没收了他所有打游戏的资本,他连个泡泡糖都买不起。

"想吃什么?哥请你吃。"盛颖曦走过来,胳膊就搭在曲昀的肩膀上,笑得是满脸桃花,就连这厮嘴角上的那颗痣,都显得风流起来。

"我什么都想吃,你请吗?"曲昀歪着脑袋说。

"请啊。"

曲昀当然没那么过分,就拿了一筒乐事薯片。

在那个时候,乐事薯片对于高中生来说,还是小贵的东西。

盛颖曦笑着说:"就这些?"

"那就再来条德芙。"

"一共十四块五。"

盛颖曦的双手往口袋里一摸,愣了愣。

"咋了?"

"昨晚换了校服,零花钱还在裤子口袋里……"

"啊?"曲昀无奈了。

小卖部的阿姨催了起来:"到底还要不要?后面还有同学在排队!"

"那算了,不要了。"

曲昀正要把东西放回去,盛颖曦却拦住了他:"别这样,我问同学借一下。"

眼看着盛颖曦就要对别的女同学施展美男计了,有人走到结账的地方,将一支水笔放在那里,让曲昀熟悉的声音响起:"一起结账。"

是凌默。

他个子本来就高,长得又很好看,排队买单的时候就有不少女生偷偷看他。而且所有人都没见过他吃零食,他竟然买了薯片和巧克力?

曲昀傻傻地站在旁边,看着凌默掏钱把东西都买了,然后将薯片和巧克力一把摁进了他的怀里。

"吃多了，致癌。"

说完，凌默就转身走了。

同学们的表情都像是嘴巴里塞了鸡蛋。

"凌默刚才和路骁说话了？"

曲昀无语了，"吃多了，致癌"也算说话？

"凌默刚才给路骁买薯片和巧克力了？"

那是他不想被我们挡着浪费时间吧！

"路骁，你认识凌默吗？"

一旁的盛颖曦看不下去了，明明是他要请曲昀吃零食，怎么就变成是凌默请的了？

他一把拽过曲昀，往教室的方向走。

"喂！盛颖曦，这是你们班，不是我们班！"

盛颖曦这才放了手。

"薯片和巧克力你还吃吗？"

"不要钱的为什么不吃？"曲昀在心里弹了弹自己的脸皮，还是那么厚，他很满意。

"他说致癌，你还吃？他在骂你！"

"这人，不是出意外死的，就是生病死的，反正吃不吃都是要死的,当然吃了！"

曲昀从前可没这么吃过一整筒薯片。他记得中学时别的同学给他吃了一片，那种脆脆的、香香的感觉，他一直没忘。

只是后来再吃，好像就不是那个味道了。

曲昀回了教室，看了一眼凌默的方向。

他学的东西已经比这里超前很多，看了很多国外的学术期刊了。

因为知道他学习没问题，有时候他上课看别的东西，老师也并不会去计较，毕竟他一定是会为升学率做出贡献的。

曲昀把薯片筒和巧克力放进抽屉里，手一摸，好像摸到了什么，拿出来一看，那一瞬间他的手一颤，东西直接落地上了。

因为那不是别的，而是当年风靡莫小北初中的黄皮书《江湖迷情录》。

这一本看起来已经很破旧了，估计有不少少年郎都领略了其中的风采，靠这本书懂得了许多。这本书背面是久违的一点九八，曲韵看着有种很怀念的感觉。

就在这个时候，数学老师走了进来。

他是一个四十岁出头的中年男子，不苟言笑，有谁在他的课堂上讲话，他会毫不留情地用粉笔砸人脑袋，经常会异常准确地砸进对方的嘴里。

曲昀赶紧将那本书推进抽屉里，特别是迎上数学老师扫过来的目光，一阵心虚，连耳朵都红了。

从后面看，异常明显。

英语课代表楚凝侧过脸，当她看见凌默的那一刻，她愣住了。

因为此时的凌默撑着下巴，看着前面，明明没有什么表情，楚凝却觉得他的嘴角仿佛带着笑意。

这样的表情，她只有初中的时候见过，那时凌默就这么望着在讲台上答题的莫小北。

下了课，曲昀就迫不及待地问前后左右。

"喂！你们知道课间有谁来过我座位附近吗？"

"没有啊。怎么了？"

曲昀看了看周围，才将抽屉里的那本《江湖迷情录》拿出来，小声说："有人往我抽屉里塞了这本书……你看见是谁放的了吗？"

"啊？这书怎么了？"

这时候，侧边的一个男同学忽然走过来，一把将那本书拿走了。

"我租的书，怎么会在你这里？"这位便是他们男生中号称"毒王"的任晓飞。

说他是"毒王"，肯定不是因为他精通下毒，也不是他说话毒舌，而是无论是怎样不务正业的小说，他都能给你找来，是学生们思想上的大毒瘤，所以就得了"毒王"的封号。

"不是，你说你看这么古老的小说……好歹也与时俱进一下吧？"曲昀说。

"你看了？"任晓飞坏笑着问。

"没看。"

"没看你知道是什么内容？想要就说嘛，这么扭扭捏捏的，多没意思？而且我跟你说，这种书，还是老的好，之后所有的都是套路，只有这本是鼻祖！不过，怎么会在你这里？你偷拿的？"

"谁偷拿你这个啊！上数学课的时候，我忽然从抽屉里翻出这本书来，正好数学老师又进来，没吓死我！"

"那估计是谁偷拿扔你那儿了。不过兄弟，你要是想看可以找我啊，我帮你找。大千世界，无所不有！"

看任晓飞这意思，还是觉得是曲昀偷拿了这本书。

"任晓飞，你既然这么说，反正我跳进黄河也洗不清了，你干脆给我得了！"

曲昀伸手就要把书抢回来，任晓飞赶紧闪进座位里，结果曲昀扑了个空。而他向前栽倒的时候，凌默不知道什么时候走到了任晓飞的身后，任晓飞这么一避让，他正好扑进凌默的怀里，把凌默向后撞倒了。

完蛋了！

曲昀伸出手不顾一切地要垫着凌默的后脑勺。他的脑袋如果摔坏了，一切就都完蛋了！

可就在他们快要触地的时候，凌默忽然侧过身去，用胳膊垫住了两人，四周桌椅发出被挤开和在地面移动的摩擦声。摔在地上的时候，曲昀发现自己一点都不疼。

"喂！你们两个没事吧？"任晓飞探着脑袋问。

教室里的其他同学也看了过来。

凌默的膝盖抬了起来，曲昀猛地想起上一次还是莫小北的时候也发生过这样的事，当时凌默狠狠地给了他的肚子一下。

曲昀反应迅速，要把凌默的膝盖摁下去，但是却没想到凌默只是膝盖弯起，脚踩在地上，坐起身来。

"你起不起来？"

曲昀还侧躺着，凌默有点居高临下地看着他。

"我马上起来。"

曲昀刚想说凌默是不喜欢陌生人碰的，凌默的手就伸过来，扣住他的肩膀，将他拽了起来。

然后就像什么都没发生过一样，凌默信步走出了教室。

曲昀站在那里，总觉得今天的场景怎么那么熟悉？

对了！初中时，陈桥和李远航他们正好将这书传到他脚下，然后他捡了，那个小团体就联合起来挤对他，他就被推到凌默身上了。

只是那一次，为了保护凌默的后脑勺，他的手指都快断了。

而这一次，哪儿都没疼，凌默好像还护着他来着。

这是咋回事儿？

曲昀傻愣愣的，总觉得有什么不对劲。

下了课，盛颖曦又跑来找曲昀，表示要履行承诺，请曲昀去吃麦当劳。

"要不，你给我折现？"曲昀笑着说。

"折现有什么意思啊？肯定是我们两个一起吃才好。"

忽然有一阵风从盛颖曦的身边带过，是凌默骑着自行车离开。

盛颖曦为了闪开，一只脚踩进了旁边的排水沟里，崴了一下。

"哎呀！"

"喂，你没事吧？"

"没事，没事！"

等到疼痛缓解，盛颖曦走了两步。

"喂，你确定没事？如果受伤了，明天就别去游泳了。"

"都商量好了，怎么可能不去？你别担心了，我没事。"

盛颖曦盛情难却，而曲昀也想知道这个身体的游泳水平到底怎样，不然等到选拔赛，就要出糗了。

曲昀是受过游泳训练的，但是这种训练的实战性强，和竞技类追求什么更快更好的目的是不一样的。

正好和盛颖曦比一下，看看水平差距有多大。

第二天，曲昀不敢跟刘芬芳说自己是去游泳，偷偷找了泳帽和泳裤，塞在包里，说自己是去找盛颖曦好好学习。

刘芬芳不怎么相信自己的儿子，直到她听见盛颖曦在楼下喊："路骁，你还有多久下来？你物理到底还做不做了？"

刘芬芳赶紧把儿子赶了出去，还特赦了他零花钱，让他请盛颖曦吃东西。

两人到了游泳馆，曲昀看了一眼宽阔的泳池，清澈见底的水质，最重要的是，除了四五个人，真的没什么人游泳。

"怎么样，条件不错吧？走，换衣服去。"

来到男子更衣室，这里很干净，也比曲昀想象中干燥，没有难闻的水霉味。

"咱们上里面找柜子去。"

曲昀跟着盛颖曦走到后面，冷不丁看到有人在换衣服，T恤高高地拉起到脖子的地方，正好肩背用力，身体的肌肉线条绷了起来。没有练健美的那么夸张，但是曲昀看得出来，这是很实在的身型，匀称得恰到好处，以及……很漂亮。

特别是宽肩窄臀的范儿，再加上后背的肌肉线条，曲昀必须要给这哥们儿点个赞。

但是当T恤脱下来，对方露出侧脸，曲昀就愣住了。

"凌默！怎么上哪儿都有你啊？"盛颖曦叫嚷起来。

曲昀之前初中时也和凌默一起去游过泳，没发现这家伙身材这么好啊，梁茹到底给他喂了什么啊？

凌默只是凉凉地看了盛颖曦一眼,就走开了。

"算了啊!泳池那么大,还不够我们游吗?"

盛颖曦点了点头。

曲昀低下头,刚要把裤子脱下来,突然想起点什么。

"哎,路骁,你去哪儿?"

"我去淋浴间。"

盛颖曦一回头,就看见本来早就走出去的凌默又走了回来,打开柜子,好像是刚才忘记拿泳镜了。

过了两分钟,曲昀走了出来。

虽然这个身体没有凌默的那么好看,但是有腹肌,有肱二头肌,他非常满意。

他们做了一下暖身运动,活动了一下手腕和筋骨,走到泳池边,就看见凌默闭着眼睛躺在水面上,那是一种很自然,仿佛睡着了一般的姿态。

"走,我们去游一个来回!"

"好!"

曲昀和盛颖曦都下水了,一开始并没有游得很激烈,曲昀是自由泳,盛颖曦则非常骚气地仰泳,一副悠闲自在的样子。

为了避开一个孩子,曲昀不得不改变方向,不知不觉,就游到了躺在水面上的凌默身边。

按道理,曲昀是该避开的,但是在水下看着凌默的身形,让曲昀想起了刚以路骁的身份进入这个世界时,是凌默跳入水中救了他。

就在他游到凌默身边的时候,一直躺着的凌默忽然一个翻身,一下子就把他给按到了水下面。

"唔……"

他们站起身,露出水面的时候,曲昀摘下泳镜,抹了一把脸上的水,抬起眼来发现,凌默也摘了泳镜看着他。

"对不起,撞到你了。"

凌默扣住了他的胳膊。

曲昀这才体会到凌默的手劲儿有多大,骨头都像是被掐裂了一样。

"喂,凌默!你想干什么?"盛颖曦迅速赶来。

"是我游泳撞到了他。"曲昀赶紧解释。

盛颖曦可不管那么多,他始终都觉得凌默是在针对他。

"我说凌默,既然大家都在一个泳池里了,我们就来比一比,省得你总是莫名其妙地找我们麻烦。"

曲昀咽了一下口水，心想，盛颖曦你可真是真汉子，竟然敢挑战凌默？

"你既然要跟我比，输了的话，就要付出代价。"凌默看向盛颖曦，那目光让人感觉泳池水的温度都像是低了几度。

"行！我输了的话，你想怎么样？"

"不要再缠着路骁。"凌默回答。

"啊？"曲昀一脸蒙。

盛颖曦和他一起玩……怎么碍着凌默了？还用上了"缠着"这个词？

"为什么？"盛颖曦问。

"路骁是一班的，你是三班的。"凌默回答。

啊？这算什么鬼理由？

没听说不同班的不能一起玩啊！

但是不知道为什么，盛颖曦似乎还接受了这个理由，反过来说："要是我赢了，我和路骁在一起玩你管不着，而且，见了我们你得绕道走！"

"嗯。"

曲昀傻眼了，赶紧上前解释说："盛颖曦，我和你在一起玩不关乎两个班之间'通敌卖国'，所以你们不要……"

"闭嘴！"

"闭嘴。"

两人这会儿倒是很有默契，看向曲昀的时机出人意料的一致。

说完，两人就从泳池的两边上了岸，来到了起跳台上。

"路骁，你来发号。"盛颖曦说。

曲昀顿时觉得自己责任重大。

等等，你紧张个屁啊，你现在就是吃瓜群众。

其他几个在游泳的人看见盛颖曦和凌默一个抓台式，一个蹲踞式，准备起跳，好像非常专业的样子，纷纷来到了泳池两边观战。

"你不问问游多少米吗？"凌默侧过脸来看着曲昀。

"啊？"曲昀看看盛颖曦，这家伙的个头肌肉也不错，但一看就不如凌默中用，不如早点结束吧，"五十米？"

一个来回就结束了！

"五十米才换几次气啊？至少一百米！"盛颖曦说。

曲昀无语了，五十米你还可以说是自己没来得及爆发，可是一百米……何必呢？

"那好吧，一百米……"曲昀举起手来，说了声"开始"。

两人几乎同时跃起，凌默的空中姿态漂亮得让曲昀咋舌。凌默低着头，身体绷直，划过一道流线，没入水中的时候就已经比盛颖曦要远了。

更不用说水下的海豚腿，凌默的躯干灵活扭动和双腿的起伏连成一气，优雅又流畅，就像在水中挥舞的鞭子一样，甩开了盛颖曦一大截。

接下来的比赛，凌默水中换气明显都比盛颖曦要少，来到曲昀面前一个转身，利落而标准，看得曲昀都觉得自己好像这辈子都没学过游泳一样。

比赛结果可想而知，凌默完成一百米的时候，盛颖曦还差一个身位。

凌默触壁之后就摘下了游泳镜，从水中抬起头来。

这一百米，追得盛颖曦上气不接下气。

他看着凌默气定神闲，早就在那里待着了，气得咳嗽了起来。

曲昀赶紧给他递了一瓶矿泉水，安慰说："你昨天不是崴着脚了吗？自由泳太耗体力了，你腿脚又不灵便，不然你不会差凌默一大截……"

盛颖曦的脸色立刻比屎还臭，曲昀立刻意识到自己说错话了。

怎么能说"一大截"呢？应该说"不然，你就会和凌默差不多时间到了"。

"愿赌服输。"凌默凉凉地看着盛颖曦。

盛颖曦扭头就要上岸。

他的自尊心被凌默给刺伤了。

"盛颖曦！你等等，哎，我还没游呢！你走了，我一个人在这里玩什么啊？"曲昀要去拦盛颖曦。

结果，他一把就被人给扯过去了，还差点扑进水里呛死。

"你干什么……"

对上凌默那双冷若寒冰的眸子，曲昀发现自己连个屁都不敢放了。

"我不是人吗？"

"你……你当然是……人。"

"既然你们这么不甘愿，那我跟你比一次。如果你赢了，你可以继续和盛颖曦在一起玩；如果你输了，你也要答应我一个条件。"凌默说。

"啊？"曲昀傻眼了。

他看看凌默，再低下头看看自己的腹肌，那差别……

"我可不可以和盛颖曦比？我赢了他，我以后可以和他玩；他赢了我，他以后可以和我玩？"

他根本赢不过凌默好不好,一看凌默就是受过专门的游泳训练了。

凌默一句话不说,就这么冷冷地盯着他,而盛颖曦也看着他,说了句:"行!路骁,你和他比!上次体育老师还说,你的游泳是他见过最好的呢!"

曲昀快哭了,那是因为体育老师没见过凌默游泳!

你要是在岸上看着凌默的水中姿态,就知道那气势——乘风破浪、势如破竹啊!

"不敢吗?"凌默问他。

声音轻轻的,好像爸爸妈妈问小宝宝"晚上自己睡觉敢不敢啊"。

曲昀有一种被对方小瞧了的感觉,非常不爽。

"比就比,怕你啊!你以为你自己是菲尔普斯呢。"

两个人站上了起跳台,曲昀吸了一口气,闭上眼睛回顾着刚才凌默从起跳到入水摆腿,再到划水转身的全部姿态。

从小到大,他念书也许不行,但是说到体育项目,他学得很快。

教官说过他的肢体协调能力很强,平衡感极佳,许多体能和技术项目,他都完成得很好。

这一次,就让他学一学凌默好了。

之前他考虑以盛颖曦为目标,看看自己有没有可能通过游泳队的选拔,现在看来,怎么着也该以凌默为目标啊!

盛颖曦看着与凌默并排的曲昀,他能感觉到曲昀的那种认真和专注以及起跳台上针锋相对的紧张气氛。

"开始!"

凌默与曲昀同时跃起,就像刺入水中的两柄利刃。

之前盛颖曦在水中,所以没看见,但是此刻他能清晰地看到凌默的身姿,那是他无论如何都不可能赢的。

而旁边的曲昀,虽然落后于凌默,但是他划水的时候,全身都有一种协调的韵律感。

他的第一个转身不是很成功,但还是紧紧追逐在凌默身后,第二次转身的时候已经相当完整。

他的换气频率比凌默要快一些,但是踢腿很强劲,抱水的动作也比盛颖曦要标准漂亮。

曲昀越游,感觉越好,第三个转身已经非常流畅了。

他奋力地追赶着凌默。他的智商不如凌默,但是从还是莫小北的时候他就在想,自己应该总有什么是能超过这家伙的，比如说现在。

曲昀越游越勇，总觉得凌默就在触手可及的地方。他在最后二十五米奋起直追，而凌默也开始了冲刺，那速度和力度，让站在岸上的盛颖曦完全傻眼。

凌默触壁之后转过身来，曲昀才到达终点。

曲昀摘掉泳镜，喘着气，看着对面的凌默，良久才说了一声："你赢了。"

"嗯。"凌默应了一声，然后看向盛颖曦。

盛颖曦的目光冷了下来。

"我知道了。不过，如果市游泳队选拔我通过了，你就不能再说什么路骁是一班的，我是三班的，阻止我们一起玩。"

说完，盛颖曦就转身走了。

"喂！盛颖曦，你就这样走了？不跟我一起回家？"

"你自己回家吧，愿赌服输。"

盛颖曦回过头来，看了曲昀一眼就走了。

曲昀抓了抓后脑勺，感觉背后一片凉意，一转头，就看见凌默正盯着自己。

"那个……我说，大家都是同学，不至于吧……"

"我和你是同学，和他不是。"

说完，凌默就向后躺倒，在水面上浮了起来，闭着眼睛也不知道是不是在睡觉。周围的人开始游泳了，曲昀站在那里想，自己是不是也上岸回家算了。

但是刚才游得太用力，忽然也想歇一歇，便也学着凌默的样子，躺进了水里。

那种漂浮着的感觉，四肢都被水承托着，很特别，也很轻松。

不知不觉，曲昀就有点困了。

直到头顶传来凌默的声音："如果在这里睡着，会着凉。"

"啊？"曲昀睁开眼睛，正要翻身站起来，凌默的手伸过来，托起了他的后脑。

"回家吧。"凌默说。

"好吧。"

盛颖曦走了，他和凌默待在这里也确实很闷。

进了更衣室，曲昀打开柜子拿衣服，然后去了淋浴间里。

等曲昀出来的时候，凌默也从旁边走出来，他穿着有点宽大的T恤和牛仔裤，很清爽的感觉。

离开了健身中心，曲昀背着包走在前面，而他的身后是凌默。

这个少年揣着口袋，身形挺拔俊朗，哪怕仍旧是一脸冷傲，也无法阻止全世界投向他的目光。

知道他就在自己的身后，曲昀莫名有点紧张，就连走路都要小心翼翼，生怕被他认出来自己就是曾经的莫小北。

眼看着公交车站近在眼前，曲昀一个不小心就踢中了一块翘起来的砖，正要一个大跟跄，忽然有人从后面稳稳地扣住了他的胳膊。

"凌……默？呃……谢谢你。"

曲昀动了动，凌默放开了他。

曲昀走到了车站，发现凌默也站在他身边，当十路车到站的时候，凌默竟然跟着他一起上了车。

两人并肩吊着吊环，车子摇晃着开动了。

曲昀紧张了起来，其实都是同班同学，应该聊点什么，曲昀却怕自己一开口就露馅儿。

而凌默就像雕像一样，稳稳地站在那里，一句话也不说。他已经比许多人都高了，车上一些年轻姑娘都忍不住看过来。

本来车厢里还有空间，但是到了百货大楼站，就上来一大拨人。

曲昀还抓着吊环，凌默却被挤到了曲昀身后，他的胳膊绕过了曲昀，抓住了一把椅子。

这时候公交车正好到站，一个刹车，曲昀就向一旁倾倒，虽然他想完全控制住惯性，却被一只手紧紧扣住，将他一把扶正。

他知道那是凌默。

"谢……谢谢。"

好紧张，好紧张，曲昀抓着吊环的手心都是汗。

正好公交车开始播报，凌默从后面靠向曲昀："你刚才说什么？"

"我说谢……"

这时候公交车一个转弯，所有乘客都倒向一个方向，凌默几乎完全压在了曲昀的身后，曲昀伸出一只手来摁住车窗。

曲昀低头的那一刻，瞥见了凌默的手腕内侧一道深深的割痕。

所有思绪一阵下沉，他松开吊环，一把扣住了凌默的手腕："你这里怎么回事？"

"割伤。"

"我知道是割伤，这个疤痕当时肯定割得很深！"曲昀着急起来。

这时候公交车到站，门打开，不少人挤着下车。

凌默没有回答曲昀，他松开手，只说了一句："太挤了，我先下车。"

他一转身，曲昀也不管三七二十一，追着他下了车。

凌默还是那个样子，揣着口袋走在人行道上。

曲昀从后面一把拽住了他："到底怎么回事？"

这时候的凌默已经比曲昀高小半个头，他垂下眼帘，看着曲昀的眼睛说："关你什么事吗？"

曲昀顿时语塞。

是啊，他现在是路骁，不是莫小北……凌默身上无论有什么样的伤口，都不关他的事。

"对不起，是我多事了。"

曲昀松开了凌默，低下头，转身就要走。

凌默却开口说："因为有人对我说，这个世界不是真实的，要我醒过来。"

曲昀全身一阵颤抖，那是他还是莫小北的时候，在弥留之际抓住医护人员，请他们告诉凌默的遗言。

"什么……"

"两年前我刚到北京，就接到家里打给我的电话，这个世界上对我最重要的人，他病倒了，快要死了。我立刻买了当天的火车票赶去医院，但是我连跟他说上一句话的机会都没有。我很后悔，为什么要去北京，为什么要去车站，如果我不去，他就不会到车站送我，就不会被感染那种病毒。"

"那不是你的错，他……他……"

莫小北注定是要在那个时候去世的。现实里发生的结局，在凌默用记忆构筑的世界里也不会改变。

"如果我不去北京，他就不会去送我，也不会感染。"

"他一定不想你看着他生病的样子的，如果你在他身边也感染了怎么办？"曲昀上前一步，拽住凌默的胳膊。

凌默的眼睛里看不出悲哀，但是那种空洞才是最大的痛苦。

"我问当时医治他的医生，他有没有说过什么话。医生说，他说告诉凌默，这个世界不是真实的，赶紧醒过来。"

曲昀愣住了，难道说他留下的那句遗言导致了凌默做傻事？

凌默侧着脸，看着曲昀的眼睛，缓慢地，却极有力度地一点一点诱捕着曲昀的表情，当曲昀意识到的时候，已经动弹不得。

"可是这个世界就在这里，怎么可能不是真实的？我要怎么才能醒过来呢？"

凌默的声音很轻，他好像是问自己，又像是在问已经不存在的莫小北。

"所以我试了试，看看能不能醒过来。"凌默回答。

曲昀的心脏如同被击穿，全身钝痛到无以复加。他一把扣住了凌默的肩膀，看着他的眼睛着急地说："你疯了吗？如果死掉的话，就永远醒不过来了！"

"他都不在这里了，我醒着的意义是什么？"

凌默的反问，让曲昀一个字都无法回答。

"只要活着，就一定……一定还会有人对你好，把你放在心上，就一定会有人让你快乐，但是首先你必须活着。"

"可我不需要别人，我只想他在我的身边。"

凌默看着曲昀，他的目光没有一丝动摇，执着到极限，也是一种疯狂。

而曲昀的眼眶却红了起来。

"他会，他一定会回到你的身边。"

曲昀一字一句，很肯定地说。

凌默深沉到无法探知他内心的眼眸微微颤了颤。

"你怎么知道？"

曲昀愣了愣："啊？"

凌默侧着脸，目光也随之转折，就像在曲昀的思维深处用力地一次撩拨，将曲昀的一切都挑向至高处。

"一般人都会劝我节哀，你为什么肯定他会回来？"

曲昀愣在那里，原本所有对凌默的内疚和想要安慰他的感觉，如同被冻住了一般。

完蛋了……

他被发现了？

凌默会怎么样？

会让他退出这个世界吗？

曲昀的表情没有变化,内心却兵荒马乱不知所措了,在任何一个地方隐藏自己，都没有在一个人的心里将自己隐藏起来有难度。

而凌默的手却伸过来，在他的额头上弹了一下。

"不管怎么说，谢谢。"

曲昀就像坐了云霄飞车一样，从高处落下，心脏狂跳——看凌默的样子，是没怀疑他？

"不……不客气……"

"你是不是以为我手腕上的割痕，是因为要自杀？"

凌默扬了扬手腕问。

"呃……"

"如果下定决心要自杀，不会只割一边。"

"那……那你手腕上的伤哪里来的？"

"下楼拿牛奶的时候，摔了一跤，手腕正好摁在牛奶瓶的碎片上了。"

曲昀愣在那里。

凌默转过身去，继续揣着口袋走向前方。

曲昀忽然一股怒火从脚底板烧到头顶，他追了上去："凌默——你一开始就说是摔跤摔的啊！你不知道别人会担心你吗？"

曲昀的手还没触上凌默的肩膀，凌默就跟有感应一样，侧身避开。曲昀因为惯性向前栽，凌默却伸出胳膊来将他一把捞住。

"没有那么多人会真心在乎我有没有受伤，有的人是因为客气，有的人是出于礼貌，有的人是想要表现得品德高尚，那么你呢？"

凌默的声音就在他的耳边。

"小爷才不关心你！"曲昀一把拿开凌默的手，大步流星离开了。

他一边走，一边心跳如鼓。

"你还记得，和我比游泳之前你说过，如果输给我就答应我一个条件吗？"凌默用不大不小的声音问。

他们之间只有几步距离，但是曲昀知道，这几步是现实与幻想的差距。

周围的人一个又一个地路过，他们偶尔停下来，看着这两个少年。

"是啊，你想要怎样？"曲昀满脸不高兴地看着凌默。

"你刚才说你不关心我，那从现在开始，你要做一个关心我的人。"

夕阳落在凌默脸上，他的笑容很淡，但就像从前莫小北陪在他身边时一样。

曲昀瞪圆了眼睛，难以置信地看着凌默。

这根本就不是凌默会说出来的话。

"你神经病啊！谁要关心你？你缺爱啊！"

"你做不到？"凌默反问。

"你有病！"

说完，曲昀就毫不留情地走了。

晚上在家吃饭的时候，曲昀都心不在焉。

刘芬芳有点担心地说："今天和盛颖曦出去发生什么了？你只吃白饭，一口菜都没吃。"

"啊……哦……没什么啊……"

到了晚上，曲昀在床上翻来覆去完全睡不着，脑海里不断回放着凌默的那一句"你要做一个关心我的人"。

他和凌默之前都没有什么交集，凌默为什么要他关心啊？

这太奇怪了！

等等！难道是他暴露了，所以凌默要用某种不可思议的方法把他排除掉？

曲昀突然从床上坐起来，莫名起了一身冷汗。

……凌默的心思，真的是完全猜不透。

生活还在继续，曲昀吃力地追赶着高二的进度。

班上擦黑板是按照座位顺序来的。

曲昀最害怕化学课，他的化学方程式配平永远找不到方向。

上课前一分钟，楚凝路过曲昀桌子的时候，提醒了一句："路骁，你怎么还不擦黑板？"

曲昀赶紧拿了黑板擦冲上讲台，他刚擦了半面黑板，上课铃声就响了起来。

完了完了，化学老师特别计较擦黑板这件事。

曲昀的手臂疯狂地移动着，巴不得自己有三头六臂，而这时候有人拿着黑板擦来到了他的身边，迅速帮他擦了起来。

曲昀刚想说"谢了，兄弟"，就发现那个人是凌默。

曲昀立刻低下头不说话了。

化学老师走进教室，发现黑板还没擦干净，本来是要发火，但是看见擦黑板的还有凌默。好学生的特权就是，做什么老师都不生气。

化学老师面向教室，所有同学起立说"老师好"，在大家坐下的时候，凌默来到了曲昀身后，帮他擦了头顶的部分。

"走吧。"凌默的声音就在曲昀的耳边。

他总觉得这家伙是故意的！

曲昀回到座位上，他的掌心都是汗水。

好紧张……凌默到底想干什么？

他怎么好像和从前不一样了？

曲昀悲哀地发现自己完全掌握不了凌默的套路。

化学课快要结束的时候，曲昀感觉自己的后脑勺像是被什么东西扔了一下，低下头发现凳子脚下是一个小纸团。

曲昀狐疑地捡起来，一打开就发现那是凌默的字：下课了给我买虾条。

曲昀顿了顿，凌默其实从来不吃零食，虾条还是当莫小北的时候爱吃的。

曲昀的心莫名软了起来，但他还是在背面写了两个字：没钱。

趁着化学老师低头的那一刻，曲昀将纸团扔给了斜后方的凌默。

周围的同学是惊讶的，从凌默扔字条给曲昀开始。因为没有人可以想象，上课从来都是自己看书的凌默会做这样的事。

楚凝侧过脸来，看着凌默打开那张字条，嘴角轻轻翘起……那样的表情，她只在凌默看着莫小北的时候看到过。

一下课曲昀就想逃跑，谁知道还没起身，就被人一把摁回了座椅上。

是哪个家伙力气这么大？

曲昀一回头就看见凌默，气势顿时萎了。

凌默摁了十块钱在桌子上。

"我才不当你跑腿的。"曲昀觉得，这一次的凌默没有上一次的可爱。

"买完了虾条，剩下的钱你可以花掉。"凌默说。

"我才不要！"曲昀抬起下巴，一副很有骨气的样子。

"你不记得，你答应要关心我了吗？给你关心我的机会。"

凌默压低了声音，他嘴角的凹陷很浅，曲昀却能凭借从前的经验辨别出来这家伙心情好着呢。

"你幼稚啊！谁答应过要关心你……"

曲昀耸着肩膀避开，直到凌默转身走开。

曲昀吸了一口气，心想万一自己不帮凌默买虾条，这家伙又搞别的幺蛾子可怎么办？

算了，尊严和骨气并没有什么鬼用！曲昀一把抓了钱，跑去了小卖部。

他买了两包虾条和一个卤蛋，正好把十块钱用完，冲回教室，将虾条扔到凌默的桌上。

凌默正在看书，曲昀刚要转身离开，手腕就被他扣住，一把拽了回来。

"虾条给你，算是你关心我的奖励。"

曲昀愣了两秒，死死地盯着凌默的脸。这家伙的表情和从前没什么两样，但是他做的事情怎么那么不对劲呢？

奖励？跑个腿要什么奖励？他又不是凌默养的拉布拉多。

"你爱吃不吃。"

曲昀掰开凌默的手,回了自己的座位,把卤蛋吃掉了。

好奇怪!

凌默好奇怪,他该怎么去应付?

而这一切都被楚凝看在眼里,她的眉头微微蹙了起来。

放学后,曲昀正走在回家的路上,有人从身后叫住了他的名字。

"路骁。"

曲昀一回头,就看见了楚凝:"哎,英语课代表,有啥事儿吗?"

"我想问你,你和凌默是怎么回事?"楚凝一点客套都没有,直接开口就问。

"啊?什么叫我和凌默是怎么回事?"曲昀一头雾水。

"凌默从来不和别人亲近,这几天忽然特别关注你,总得有原因吧?"

"缘分呗?"曲昀耸了耸肩膀。

楚凝这么一说,曲昀忽然也意识到之前的路骁几乎和凌默没有交集,而且这几次都是凌默来主动接近他的。

"凌默……他……他和别人不一样。如果你不是真心要和他做朋友,就离他远一点。"楚凝极为认真地说。

"你什么意思?不是……你和凌默又是什么关系,轮得到你对他怎么交朋友这么关注?"曲昀好笑地问。

"我们从初中开始就是同学,他经历过的事情,我都很清楚。他最要好的朋友莫小北病故的时候,他整个人都垮掉了。他不会轻易交朋友,你根本不知道莫小北对他来说,意味着什么。"

"……什么?"

"那天,我听见莫小北的妈妈梁阿姨和凌默说话。"楚凝的眼睛红了。

墓园里面一排排墓碑挨得很近,但是不知道为什么,却让人觉得很空旷。

风吹过所有的间隙,日光也很明亮,莫小北的笑容很灿烂,那是从凌默在运动会背着他的照片上截下来的。

说起那一天去墓地看望莫小北,楚凝的眼睛里都泛起了泪光。

"小默啊,在我眼里,小北就是永远长不大的孩子。"梁茹说。

"嗯。"凌默很专注地擦着莫小北的照片和墓碑。

"你呢?他那么喜欢跟你一起玩,在你眼里他是怎样的?"

"他傻笑的时候像风,乖乖睡觉的时候像云。"凌默的声音很轻,像是怕把这场梦惊醒。

"是啊。"梁茹露出一抹笑容来。

"但是我抓不住风，也碰不到天空。"

心脏如同被无限碾压，血液拥堵着找不到奔流的方向，楚凝说着这一切的时候，曲昀觉得喘不上气来。他有一种冲动，很想冲到凌默的面前，向他坦白一切，全无保留，无论是现实，还是这个仅存在于潜意识里的世界……他都愿意陪在他的身边。

"所以，如果你不是真心，就不要接近他，不要假装好像关心他的样子，不要让他当真。当你玩腻了'做朋友'这个游戏的时候，你会伤害他。"

楚凝刚说完，就倒抽一口气。

因为凌默就站在曲昀身后，但是曲昀并不知道。

"关心一个人，怎么可能是游戏？凌默分得清虚情还是假意。他不需要捕风，也不需要摘星，我就在这里。不过，谢谢你，楚凝，那么关心他。"

曲昀用很真诚的目光看着楚凝。

这是人生中第一次，曲昀有一种强烈的渴望，他想要保护某个人，与这个世界是否真实没有任何关系。

一转身，与凌默的视线相撞的瞬间，曲昀有一种被穿透的错觉。

"凌……凌默……"

"走吧，一起去公交站。"

"啊……哦。"

曲昀跟在凌默身后，完全不知道要跟凌默说什么。

站台上等车的人很多，身后是一个妈妈抱着女儿坐着等车，一边给女儿讲《灰姑娘》的故事。

"灰姑娘穿上了水晶鞋，坐上王子的马车，和王子举行了盛大的婚礼，从此幸福地生活在了一起。"

"路骁，你喜欢《灰姑娘》的故事吗？"凌默忽然问。

"我是男的，当然不喜欢啊，而且没逻辑。灰姑娘的水晶鞋肯定是大了才会掉吧？明明不合脚，王子怎么就靠玻璃鞋找到灰姑娘？"曲昀回答。

"我也不喜欢。"凌默侧着脸，看着曲昀，"一个男人，要靠一只水晶鞋才能认出自己爱的人，多离谱啊。"

"对啊！"曲昀表示十分赞同。

"所以我在乎的人，无论他变成什么样子，无论他是否假装变成另一个人，我都会认出来。"

这时候公交车到站了，下班的、放学的都一股脑往车子里面挤。

曲昀有些犹豫:"我们要上去吗?"

"再等几辆也是一样。"

凌默拽过曲昀的胳膊,带着他挤了上去。

"路骁,这周末市青少年游泳队的选拔,你一定要通过。"

"什么?"

"我想和你一起参加比赛。"

曲昀想起了初中时代的运动会,他和凌默一起参加的接力赛。

"好。"

我也很想和你一起做某件事。

第十一章　承诺

到了周末，曲昀早早就爬起来，刘芬芳站在门口说："路骁，有同学来找你了！"
"啊？同学？"
难道是盛颖曦？
一开门，他就看见凌默背着包站在那里。
他有着漂亮又英挺的脸，就连刘芬芳这样阿姨级别的，都忍不住多看两眼。
"凌默，你怎么来了？"
"和你一起去体育馆。"凌默回答。
刘芬芳立刻热情起来："你……你就是凌默？那个一直是年级第一的学生？你坐你坐！路骁还没刷牙呢！你吃早点了吗？"
"谢谢阿姨，我吃过了，我能在路骁房间里等他吗？"
"当然，你坐。路骁你快点，别让凌默一直等你！"
曲昀就这样被刘芬芳推进去。
凌默走进了曲昀现在的房间，它比莫小北的房间小了三分之一，但是却有着一些属于莫小北的作风。
比如桌子上的水笔经常不盖盖子，比如各种卷子摊开并排放着，以及……
凌默低下头来，手掌覆在曲昀折成豆腐块一般的被子上，他的唇线扯起一抹笑容来。
曲昀从洗手间里走出来，看见凌默正坐在座位上看他写的物理试卷。
"我是不是要完蛋了？"曲昀一边咬着豆包一边问。
"只要没死透，就还有起死回生的希望。"凌默回答。
曲昀差一点就说，高中知识和初中可不一样，但是这么一说感觉就暴露了。

210

曲昀话到嘴边还是咽下了。

曲昀和凌默一起下楼，发现凌默竟然骑着那辆缠着透明胶的自行车。

曲昀的眼睛酸了起来。

"上来吧，我载你过去。"

"我很沉的……"

"比你沉的胖子我都载过。"

曲昀的指尖微微一颤，凌默说的人毫无疑问是莫小北，他装作什么都不知道的样子跨上后面的架子。

"我说，你这个自行车是透明胶粘在一起的，会不会散架？"

"你说呢？"

凌默反问之后，就忽然骑了起来，龙头一扭，惊得曲昀赶紧抓住他后背的衣服。

"你稳点儿！"

市游泳馆前来参加选拔赛的人，少说也有上百人，每个人都拿了编号，并且被编组。家长都必须在看台上等，水池边只有叫到号码参加比赛的人才能进入。

游泳馆的更衣室容纳不了那么多人同时进去更衣，所以很多人都选择把泳衣穿在衣服里面。

曲昀呼出一口气说："还好没和你分到一组。"

"选拔赛取的并不是每一组的前两名，而是所有参赛者中最快的前八名。"凌默回答。

"啊？"

"如果你分到和我同一组，我还能带一带你的速度。如果你和水平不高的人分在一组，大概就只能完蛋了。"凌默回答。

曲昀咽下口水，那就只能玩命地游了啊！

"那……报自由泳的人多吗？"

"排第一的是蛙泳，其次就是自由泳，你觉得呢？"

曲昀的膝盖又中了一箭。

首先进行的是蛙泳比赛，凌默拽着曲昀到外面做热身运动去了。

在人群里，曲昀一眼就看到了盛颖曦，他正要挤过去和他打招呼，就被凌默一把扣住了后颈，抓走了。

"喂，遇到同学，为什么不能过去打个招呼啊？"

"不需要。"这时候的凌默还真有点独断专行的味道。

曲昀无语了。

终于到自由泳的选拔赛了，曲昀和凌默报的都是一百米，而盛颖曦报的是四百米。

曲昀看向盛颖曦的方向，对方朝他笑了笑。

一百米的前三组游完，在曲昀看来真的是非常业余的水平，大部分是爱好游泳的学生而已。

站在水池边的有几个穿着运动衣的中年人，一看就是这一次市青少年游泳队的教练。

他们纷纷摇了摇头，且不说有些人水中转向一塌糊涂，就连泳姿都不正确。

凌默排在第五组，曲昀伸长了脖子，看着凌默站在起跳台上，那姿势怎么看怎么有种鹤立鸡群的感觉，就连那几个教练的目光也看向了凌默的方向。

一声令下，凌默就扎进了水里。他跃入水中的距离几乎是其他人的两倍，紧接着是漂亮的海豚腿，摆得看台上曲昀的心也跟着晃荡起来。接着是利落的划水和踢腿，迅速和其他人拉开距离，充满力度感的流线型身躯不断前进，那几个教练直接从椅子上站了起来，死死地盯着凌默。

凌默第一次转身的时候，他们不约而同鼓起掌来，待到凌默完成，其他人几乎才刚转身。

这一组结束，凌默在水中将泳镜抬起来，抹开了脸上的水，然后撑起来，上了岸。

那几个游泳教练迫不及待就围了过去。

"同学，你是哪个学校的？叫什么名字？"

"我是三中的，我叫凌默。"

"三中的……那可是全市最好的高中啊！"

他们都很惊讶，以为三中都是出才子，但是运动肯定不怎么样啊！

"我还以为，你的目标是以后考体校呢，毕竟你游得很专业。是专门学过吗？"

"我是看运动会录像学的。"凌默回答。

"自己学的……这也太不可思议了吧？"

一位稍微年轻点的教练露出怀疑的表情，觉得凌默是在吹牛。

凌默无所谓这些，说了句："几位老师，还有其他同学要比赛，我们留在这里不合适。"

说完，凌默就摘掉了泳帽，湿润的发丝落了下来。他走向看台上曲昀的方向，手指将发丝捋到了脑后。

曲昀一直以为只有电视里那种慢镜头才会有这样的效果，但是凌默真的得天独厚，他天生有一种禁欲的气质，而且这动作也做得利落不拖沓，完全随性。

而且那肩背的线条，腹部的肌肉，流畅分明，一点都不夸张，曲昀越看越嫉妒了。

凌默在曲昀身边坐了下来，将防水背包打开，取出一条浴巾搭在身上。

"你刚才看着我，想什么呢？"

"啊？"

"眼珠子都要掉下来了。"

"鬼才看你呢！"

"你不就是那个'鬼'吗？"

曲昀气哼哼地起身，凌默却一把拦住了他。

"干吗？"

"我只允许你游得比我一个人慢。"他的目光很稳，这种稳中透露出的是一种自信。

"你……你这人怎么这么惹人嫌？"

曲昀动了动，凌默没有让开的意思。

"如果你游得慢了，我会惩罚你。"凌默还是仰着头看着曲昀。

"惩罚我？你是要罚我站呢，还是能逼我写检讨啊？"

曲昀充满鄙视地看了凌默一眼。

凌默很浅地笑了一下。

"你可以试试看。"

曲昀心里咯噔一声，忽然觉得说不定凌默的惩罚真的非比寻常，自己只怕承受不来。

站在起跳台上，曲昀看着碧蓝一片的泳池，呼出一口气来。

别紧张，别紧张，不就是中学生游泳比赛吗？没游好也不会少一块肉，而且……这一切还不是真的。

然后他看见围着浴巾坐在看台上的凌默对着他比了一个抹脖子的动作，很利落，还带着一丝莫名的杀气。

曲昀咽了一下口水，紧张程度陡然上升。

但是还有比他更紧张的，在起跳台上没蹲住就直接掉下去了，那声水响搞得他差一点也跟着跳下去。

等到口令声响起，曲昀延迟了快一秒才跳下去。

完了完了！要是没游好，凌默就要作妖了！

但其实他的紧张完全没必要，他的跳跃距离虽然没有凌默远，但至少这一轮没人比他远，再加上水下摆动身体非常有力度，一下子蹿了出去，还没等其他人转身，他就已经领先了。

几名教练眯起了眼睛，等待着曲昀的水中转身。

虽然不能和体校的人相比，但是已经非常漂亮，几名教练点起头来。

"除了刚才那个学生，总算还有让人能看得上眼的了！"

"不错不错，好好纠正一下，这孩子的成绩能提升很多！"

曲昀游到终点，触壁之后就开始大喘气，当成绩通报的时候，他终于可以松一口气了。

凌默依旧遥遥领先，排在凌默之后的就是曲昀的成绩，只是慢了三秒而已。

虽然在奥运会上三秒是不得了的差距，但是在中学生业余比赛里，很正常了。

而且曲昀也知道，如果是和凌默一组的话，应该会被他带得更快。

曲昀回到了座位上，凌默问："你的浴巾呢？"

"我就带了块毛巾，没想过带浴巾！"

"这会儿更衣室还有很多人，你过来。"

凌默伸开手，拉着浴巾的一端，从后面盖在了曲昀的身上。

曲昀莫名一颤，浴巾一下子蓄住了体温，寒意还未来得及被察觉，就被这股温暖驱散了。

"你靠过来一点，都漏风了。"

他对这样的关心实在没有什么抵抗力，一时间只能呆呆地任由凌默摆弄。

"我……我的成绩会被超过吗？"

凌默抬了抬下巴，说了声："这一轮应该要被超了。"

"啊？"

曲昀看向水池里，一个少年在水中前行，他的动作看得出来比曲昀更加标准，转身也相当利落连贯。

"应该是请过专门的教练学习过。"凌默很平静地分析，"一般这样的，目标应该是要考体校，或者打算以后做专业运动员。"

这一轮的成绩出来了，对方的成绩只比凌默慢了一秒，比曲昀快了将近两秒。

曲昀干干地笑了笑。

"呵呵……天外有天的嘛……"

"走吧，更衣室那拨人已经出来了，我们赶紧去换衣服。"

换完衣服，凌默开门出来，却没看见曲昀，他迈出半步意识到什么的时候已经晚了。曲昀其实就在门的侧面，就着凌默的侧腰一记狠踹。

凌默虽然反应过来，但还是被曲昀带了一下，摔倒在地上。

曲昀迫不及待冲上去，一把扣住凌默的肩膀往后一拧，却没想到凌默竟然单手撑起身体，在曲昀还没来得及压下来之前挣脱了。

曲昀扑了个空，他惊讶地看着凌默，骤然想起那天在学校走廊，凌默捡走他的公交卡时，那一把将他摁在墙上的方式，正好压住锁骨，明显是专业的。

"你……你练过啊？"曲昀盯着凌默问。

这两年他没在这个世界待着，到底错过了什么？

凌默站起身来，看着曲昀，用一种很平静的声音说："你难道没练过？"

"我……我那是假期学的……你也学过？在哪里学的？"曲昀随便编了一个借口。

凌默走了过来，手在曲昀的脑袋顶上摁了一下："我是为了保命学的。"

"什么？怎么了？"曲昀跟上凌默。

"等时候到了再告诉你。"

他们离开更衣室，曲昀满脑子都是凌默那句"为了保命学的"。

这一次深潜之前，曲昀是把凌默的资料从头到尾看过的，但这些资料仅限于履历，难道是有什么没写进履历里的？

如果是莫小北，凌默一定知无不言，对他没有秘密。

但现在他是路骁，他在凌默那里的信任值要重新刷过。

曲昀浑浑噩噩地跟着凌默回到了观众席，正好到了盛颖曦参加的四百米选拔赛。

曲昀的注意力很快就被吸引过去了。

论短程，盛颖曦确实差了凌默不少，但是在四百米的比赛里，他的优势就发挥得明显了。

比如对比赛的规划，比如他的节奏感，以及……

"盛颖曦这小子体力不错啊！我估计，他游个一千五百米都没问题……"

"走了，不看了。回去。"凌默忽然拽着曲昀的后衣领将他拎了起来。

"干什么啊？最后二十五米了，让我看完！"

但是曲昀还是被凌默无情地拎走了。

"盛颖曦，加油加油！快快快！"

曲昀一边从观众席走下来，一边小声给盛颖曦加油，好歹他们是一起吃麦当劳的"战友"啊。

就在盛颖曦遥遥领先其他人触壁的时候，曲昀也跟着其他观众一起鼓掌。

蓦地，有人一把摁住了曲昀的胸口，将他向后推去。

曲昀的反应是很快的，立刻抬起对方的手臂就要转身，但对方就像是完全预料到了他是怎么想的一样，一个反手还是狠狠将他压在了墙壁上，他的胳膊也被对方压在后腰上。

曲昀有一种被教官实力碾压的不爽感觉，这料敌先机不走寻常路的风格，让他想起了梁教官，他差点没叫嚷说"老梁，你拧坏我胳膊，要赔我两条大中华"。

但此时熟悉的淡淡的肥皂味道，明显不是梁教官。

曲昀挣扎了一下，但路骁的力量没有对方的大。

"你很欣赏盛颖曦？"凌默的声音在曲昀的耳边响起。

"啊？不是……这都哪跟哪？"

"哦？不是吗？之前他在QQ上装女生，不是让你神魂颠倒吗？"

"那是从前的路骁，现在的我已经脱胎换骨了。"

"是吗？"

曲昀感觉到凌默的手松开了，立刻转过身来，满脸戒备地看着他。

"走吧。"凌默低下身来，将曲昀落在地上的背包也捡起来，潇洒地甩上肩膀。

曲昀咬牙切齿："到底是谁教你的？"

"你是我的敌人吗？"凌默忽然停下脚步问。

曲昀愣住了，半晌才回答："你有病啊，还是妄想症！"

"如果不是我的敌人，你管是谁教我这些？"

曲昀看着凌默的背影，忽然觉得从前的凌默对他而言就像白纸一样。

而现在的凌默，他完全看不懂了。

一周之后，选拔赛的成绩出来了。

他们学校有三个人被选中，凌默、路骁以及盛颖曦。作为出学习型人才的三中，这回总算风光了一把，校长在晨会上都点名表扬，说凌默和盛颖曦是本校全面发展的代表。

曲昀不是很开心地问旁边的楚凝："喂，你说校长为什么不提我？"

"你成绩都烂到垫底了，就算通过了这次市代表队的选拔又怎么样。教育部虽然举办了这次活动，但为了不耽误学生学习，要求所有通过选拔的选手本次期末考试成绩必须达到百分之六十。"

曲昀傻眼了。

什么？百分之六十？

那意味着……一百五十分的卷子他得拿到九十分啊！

皇上……小曲子办不到啊！

于是一整个上午，曲昀就像霜打的茄子。

距离期末考试加上今天，就两周的时间，他彻底完蛋了。

中午休息的时候，曲昀像条死鱼一样趴在桌面上，忧伤地叹了一口气。

"你为什么叹气？"

凌默的声音响起，曲昀抬起头来，惊得直起背脊看着对方："你……你什么时候坐到我的桌子上了？"

此刻的凌默就坐在他的桌角，低下头来，用一种很惬意的表情看着他。

"我不能和你一起加入游泳队了，因为期末考试我一定会完蛋。"

"哦，其实你不笨，还知道自己期末考试会完蛋。确实，老师教的方式不适合你。"凌默说。

"数学、理科小综合、英语、语文……你救得了我？"

"嗯。"凌默点了点头，"不过这课是不能上了，上了也是浪费时间。"

"我再逃课就要被劝退了！"

"所以要想办法。你跟我来。"

曲昀傻傻地跟着凌默来到了学校门外的电话亭，凌默投了一枚硬币进去，拨通电话之后拿起了听筒。

"喂，师父，我想请你帮我个忙。我想给我的同学开一张病假条，名字是路骁，道路的路，骁骑营的骁，十七周岁，谢谢。"

挂了听筒，凌默转过身来，对上的就是曲昀好奇的目光。

"你师父是谁？"

凌默笑而不答，抬起手来又撸了一下曲昀的脑袋。

到了下课的时候，还真的有人给凌默送来了一个信封，拆开一看，真的是一张病假条。

"这该不会是假的吧？"

曲昀拿着病假条前后左右看了看。

"真的，明天我给你交，老师就不会怀疑了。但是你每天都要按时离开家，到麦当劳等我。不然你妈发现你旷课，会扒掉你的皮。"

"你这么能耐？"

凌默向前一步，几乎就要撞上曲昀："我有多少能耐，你可以试一试。"

曲昀咽下口水，总觉得接下来的补习恐怕要和地狱一样难熬。

到了第二天，曲昀果然没上课，在麦当劳里等着凌默。不过半个小时，他就看见凌默骑着自行车背着书包迎风而来。

凌默发丝被风轻轻拽着，望向曲昀的方向，仿佛整个世界都被凌默拖拽着向着曲昀而来。

那一刻，曲昀恍惚了起来，想起了凌默在湖水中游向自己。

他走进来，潇洒地将书包扔在曲昀一旁的座位上，随意地问了一句："你怎么什么都没点？"

"我没钱。"曲昀很直白地回答。

凌默看了他一眼："你想吃什么？"

"炸鸡翅、鳕鱼汉堡，还有可乐！"

"看着包。"

说完，凌默就去点单了。

曲昀眯起了眼睛，他总觉得有点不对劲。

凭什么啊？

为什么啊？

他是凌默的谁啊，凌默会纡尊降贵给他买汉堡？

凌默的性格他最清楚，不会轻易与任何人亲近，更不会轻易对任何人好。

但是他们一起去参加市青少年游泳队的选拔赛，凌默甚至帮他开病假条，现在还翘课陪他补习。

好像从一开始，他就和凌默相熟一般。

凌默将餐盘放下，看了他一眼："你在发什么呆？"

"我在想，你为什么对我这么好？"

"你是说帮你补习？"凌默看着他的眼神很深。

那些欲言又止的东西，就像他还是莫小北的时候，他们在一起开的每一个没有营养的玩笑。

"嗯，算是吧……"

"为了证明我的智商高过盛颖曦。"

"好吧，当我啥都没说。"

凌默坐下，把草稿纸和数学课本打开，开始从最基础的高一数学理论疏导。

在学习方面，凌默的座右铭就是：理解，比对着一万道做不出来的练习题干瞪眼有用。

他边教边带着曲昀做题。

"我们的目标是这次期末考试能及格。出题的是我们班的数学老师，我会根据他的思路来复习重点，他出题概率小的知识点，我会略过。"

"所以这是临时抱佛脚，而你就是那尊大佛？"曲昀一边看着凌默的笔记，一边说。

"反正你也不是第一次抱我的大腿。"

说完，他一点思考的时间都没有留给曲昀，就开始讲集合、子集和空集的概念。

凌默的声音有一种让曲昀无法分神的感觉，而他的思路就像流水，源源不断，曲昀就这样被越带越远。

这一天过得比曲昀想象得要快很多，一转眼就到晚饭的时候了。

"那个……我要回家了。"曲昀站起身来。

"我跟你回去。"凌默将书包拎起来，甩上肩膀。

"啊？你不用回家吃饭吗？"

"我爸妈不在。怎么？你妈妈好像很欢迎我，看来是你不怎么欢迎我了。"

"我怎么可能啊！"

曲昀心想，自己可是巴不得和凌默赶紧把熟悉度和信任度刷上去，但是按目前的情况来看，好像不用他刷，凌默比他还上心地拼命刷……

回到家，刘芬芳果然把凌默当作神一样供起来，还多炒了两个菜，不断地感激凌默教曲昀。

到了晚上，坐在台灯下，曲昀做的也不是老师布置的作业，而是凌默为他特地选的习题。

曲昀下意识看了一下台灯照射出来的影子。

凌默的样子，就和曾经坐在莫小北的身边一模一样，撑着下巴，一动不动就看着曲昀的方向。

曲昀忍不住看向他，他的眼睛微微垂着，目光很专注，他自己似乎都没有想到曲昀会忽然看向他，眼底的那一怔来不及掩饰。

下一秒，曲昀的后脑勺就被敲了一下。

"不要看我，看题。"

那么客观，好像一点情绪波动都没有的声音让曲昀莫名不爽了起来。

他小声嘀咕了一句："你要没看我，怎么知道我看你。"

"傻子。"

那两个字蓦地让曲昀心里一颤，好像瞬间时光倒流，他还是那个莫小北。

凌默一直待到快十点才离开，离开之前他竟然对刘芬芳说："阿姨，因为期末考试迫在眉睫，如果路骁这一次不能拿到百分之六十以上的分数，就不能加入游泳队为校争光了。如果您相信我，能不能让路骁跟我住两周？"

刘芬芳眼中涌起欣喜："那会不会打扰你的学习和生活啊？"

"高中的知识我已经全部学完了。那就这样，这几天看不到路骁您别担心，我保证看住他。"

刘芬芳一直将凌默送到楼下，曲昀站在原地……再一次深深感觉到凌默在强行刷熟悉度。

就算因为成绩原因，学校不让他参加游泳队，也会有其他人顶上，凌默根本无须在意。

曲昀在床上扑腾了两遍，再一想……就算被凌默发现了什么，大不了他任务失败，换别人再来！

他想开之后，两秒入睡。

于是第二天，曲昀接受凌默辅导的地址，就不再是麦当劳了，而是凌默亲生父母留给他的那套房子。

和李浩离婚之后，陈莉就带着李远航去了另一个城市，听说过得还行。

房子空了出来，走进去的时候，曲昀还很好奇，想要东看看，西瞅瞅，却直接被凌默拎着后衣领拽进了一个小房间。

曲昀记得，这不是凌默曾经住的储藏间，也不可能是主卧，只可能是曾经的次卧，但它已经被改成了书房。

三面墙都是落地书架，上面摆放着各种书籍，有工程类的、数学的、物理的、化学的，各种学术期刊。

然而其中一面是国内外的病毒学著作。

"我记得……你对工程学更感兴趣啊……"

他回过头，就看见端着水杯的凌默看着他，目光极有穿透力地冲进他的眼睛里。

"路骁，我从没有在你面前看过一本和工程有关的书，你怎么知道我曾经对工程学感兴趣？"

凌默向后靠着书桌，水杯就放在一旁，他看起来好像与曲昀保持着距离，但曲昀却觉得他已经入侵了自己的大脑一般。

"我……我听楚凝说的。"

"是吗？可我没对她说过。"凌默的尾音微微上扬。

曲昀的心脏跳得快要疯了一样。

凌默那么聪明，一定会怀疑，他肯定已经怀疑了。

现在这里只有他们两个，凌默是不是要杀了他？

这个阶段的凌默明显比起之前更有杀伤力,他是不是要告诉凌默自己就是曾经陪伴过他的莫小北?

啊!他该怎么办?

"过来,我们接着昨天的往下看。"

凌默将椅子拉开,手指在草稿纸上用力敲了一下。

曲昀犹豫了两秒,坐了下去。

前面半个小时,曲昀虽然没看凌默,假装用心听他讲课的样子,其实一直都在提防着凌默的"异动"。

"这道题,你做一下。"

"……我不会。"

什么都没塞进脑子里的曲昀说,接着脑袋又被狠狠敲了一记。

"你刚才到底在想什么?"凌默好看的眉毛蹙了起来,"注意力提起来,我再给你讲一遍,如果你还是不会,我就要惩罚你了。"

"啊?"

要怎么惩罚?

凌默摁住他的脑袋,示意他认真看演示。

每隔四五十分钟,凌默就会和曲昀闲聊一会儿,这大概就是所谓的课间休息。

"路骁,你喜欢吃什么?"

曲昀趴在桌子上闭目养神,闷闷地回了一句:"是食物我都喜欢。"

"你喜欢看什么电影?"

"……战争片。"

你可不可以不要说话?小爷想睡觉!一会儿小爷打瞌睡了,你又要装腔作势了!

"你印象最深刻的一次任务是什么时候?"

曲昀全身肌肉绷紧,任务?什么任务?

是营救行动?还是说他上一次和搭档陈大勇守在楼顶的掩护任务?

凌默好像也趴了下来。

"他说过,我是他的任务。我永远忘不了他对我说过的话、为我做过的事……"

凌默的声音淡而缓慢,但这样的平静里却隐含着一种怀念,让人莫名心酸。

"他……他是谁?"曲昀睁开眼睛看向凌默,发现凌默正一直看着他。

如同跌入一个陷阱,曲昀正在急速坠落。

凌默的手伸了过来,手指掐在曲昀的后颈上。

曲昀的指尖感到一阵冰凉，四肢百骸都被某种力量冲击着。

凌默……要掐死他吗？

但是凌默的手指一点力气都没有用，只是缓慢地没入他的发丝，仿佛轻轻安抚着自己的猫。

凌默的嘴角微微凹陷，但是眼睛里的笑意很明显。

"你真好骗。"

但是……曲昀一点也不觉得凌默刚才的样子是在骗他。

在这个根据记忆形成的时空里，曲昀是了解凌默的，了解他的喜怒，他内心深处的孤独。

而那一刻，曲昀从凌默眼底的墨色里，看到了怀念。

曲昀坐起身来，瞌睡虫全跑了。

到了十一点的时候，凌默给曲昀布置了几道题，就起身去厨房了。

曲昀做到最后一题，给圆加了辅助线之后，看着那张图，自己笑了起来。

"你在笑什么？"

曲昀一回头，发现凌默不知道什么时候从厨房来到了房门口，侧着脸看着他。

"那个……没什么……"

"你不说，我会一直问。"

"……好吧。"曲昀抓起卷子说，"每次看到这种在圆里面的辅助线……我就会想到这是猫蛋蛋被切掉了，简称'切蛋线'。"

曲昀知道自己无聊，但是控制不住自己"胡思乱想"。

他以为会听到凌默说那句"傻子"，但没想到他只是微微笑了笑。

"很适合你，切蛋线。"

说完，他就转身，叫曲昀跟着去吃饭。

这是曲昀第一次吃凌默做的东西，很简单的辣椒炒肉和番茄炒蛋，但是学神做出来的东西，卖相确实特别好。

凌默提起筷子，夹了一片肉给他。

"你……你什么时候学会做饭的啊？"

"做饭就像做题，需要学吗？"

"不……我就是觉得你应该是十指不沾阳春水的……"

"那你需要改一改以貌取人的毛病。"

凌默垂下眼帘，吃着饭。

曲昀忽然对凌默这两年的生活好奇起来。

这个一向不和陌生人交流的凌默一直在主动接近他？这个不喜欢油烟味的家伙竟然会炒菜了？而且他展现出来的让人意想不到的身手是怎么回事？他口中的"师父"是谁？他到底还有什么是自己不知道的？

大概是他们吃饭的气氛有点闷，凌默又不是会配合聊天的主，曲昀跑去把电视机打开了。

电视里正播放着一则新闻，那就是今年全国奥林匹克物理和数学竞赛的冠军，北京名校高三的学生失踪了，疑似与同班某位女同学离家出走。

曲昀歪着脑袋看着，说了句："这就是私奔了嘛！"

凌默拿筷子在他的碗边上敲了敲："吃你的饭。"

曲昀赶紧笑着奉承凌默："这要是你参赛了，别人还有机会拿冠军？"

凌默淡淡地说："我下半年可能要去参加国际奥数比赛。"

"真的？"曲昀拍了一下桌子，"我就说嘛，你肯定是国际级别的。"

"你有空奉承我，不如先搞定你的成绩吧。"

曲昀感到淡淡的忧伤……

从昨天到今天，曲昀随手翻了翻高一的数学课本，发现凌默已经带着他把高一上册一大半的知识过了一遍。

而且与被老师强行塞进去的不同，曲昀的脑子清醒得很。

大概学神都有一套快速掌握知识的逻辑，又或者其实自己本来就很聪明，只是没遇到对的老师。

就在曲昀自我感觉良好的时候，凌默却在拿到他的化学测试卷后，微微皱起了眉头。

"这是你配的方程式？"

曲昀侧过脸来看了一眼："放心！距离配平不远了。"

凌默哼了一声："这是你家的祖传秘方吧？"

曲昀叹了口气："你能不这么煞风景吗？"

"不能。"

凌默陪曲昀吃了晚饭之后，就对他说："我留了一张数学，还有一套小综合试卷，你自己做一下。做完了就洗澡睡觉，我有事回一趟家。"

"哎，等等……这两周我们真的就住在这里突击复习？"

"不然呢？你觉得自己有很多时间可以浪费吗？"

"那你呢？你爸妈不觉得奇怪，为什么你每晚不回家？老师不介意你每天不去听课？"

"只要我一直坐在第一考场的第一个位置，上天入地都没人管我。"

凌默淡淡地笑了笑，这种自信也只有他了。

等凌默走下楼，曲昀就探起了脑袋，却发现凌默离开的方向根本不是去梁茹家的。

曲昀摸了摸下巴，凌默这个人不屑撒谎，难道说其实是有什么事情需要绕一下，然后再去梁茹那边？

曲昀低下头来，做了半面的数学卷子，看了看手表上的时间，想着凌默应该已经到梁茹家了，于是来到客厅，拨打了梁茹家的电话，但是并没有人接听。

曲昀的手指在试卷上弹了弹，心想：小爷再给你十分钟，看你回不回家。

结果十分钟之后，梁茹家里的电话还是没人接。

于是，曲昀每隔大概十分钟都会打个电话，直到十点钟，他基本可以确认凌默压根儿就没回梁茹那边。

凌默去哪里了？

要么是凌默撒谎骗他，要么是在回梁茹那边的路上出事了？

后面那个猜测让曲昀惴惴不安了好一会儿，但很快就打消了。因为如果凌默出事的话，这个思维世界就不可能存在了，也就是说……凌默在骗他。

凌默到底去哪里了？

曲昀眯着眼睛，脑海中不断回忆凌默那一次在走廊上压住自己的身手，还有在游泳馆换衣间里将自己压制在门板上的一系列动作，以及他的身形，他的肌肉线条……他接受了特别的训练。

这两年，凌默都发生了什么？

不知不觉，时间就过去了，当曲昀听到钥匙转动的声音时，是紧张的，因为他还剩下大半张卷子没做啊！

凌默拎着一个包走到曲昀面前的时候，他轻轻哼了一声："我不在家，你就开小差了？"

"我不是开小差，我是不会做，不会做的题目，想再久都没用。"

"撒谎。你有多少水平，能掌握到什么程度，我能不清楚？"凌默将那个包随手扔在了书桌边，颔首看着曲昀的卷面，漂亮的手指点了点，"这题你不会做，我就把你的耳朵扯下来。"

"滚！"

凌默完全不在乎曲昀的不满，单手撑在书桌上，另一只手取过曲昀握在手中的笔，在最后那道大题上列了几步："顶多也就这道题有点难度。"

曲昀有些紧张。

"你在想什么?"凌默的笔尖在纸面上点了点。

"我在想……你不是回家去了吗?怎么好像出了一身汗?"曲昀赶紧转移话题。

"我出去运动了。"凌默回答。

他的表情很平静,不像是撒谎。

所以,曲昀打电话到梁茹家里没找到凌默,应该是正好碰上他出去运动了?

"什么运动啊?你不会大晚上跑出去游泳吧?"

"跑步、健身、搏击。"凌默回答。

"你去健身中心了?有教练教你打拳?"

曲昀的眼睛立刻亮起来了。

凌默轻笑了一下:"怎么了,你也想去?"

"对啊!你可不可以带我去?你身手那么厉害,是不是那个搏击教练教你的?"

"你的第一步,先让期末考试及格吧。"

曲昀不高兴了。

但是凌默根本不在乎他的不高兴,用手指勾了勾他的后衣领说:"太晚了,洗澡去吧。"

"好好好,洗澡。"

曲昀也想换个心情再来学习。

其实他的内心也很想知道,他在这个世界里学到的一切,到了现实里还能记得吗?如果能,他的一切努力都很值得,搞不好回到现实世界,他就能弥补没考上大学的遗憾了。

曲昀三下五除二洗完了澡。

他洗澡从来不会超过五分钟,此刻也是。

他胡乱地甩了甩头发上的水,忽然感觉到有什么东西落在头顶,他惊讶地抬头,发现是凌默扔过来的毛巾。

"你为什么对我那么好?"他忍不住问出来。

如果他哪里露馅儿了,不如早死早超生。

"因为你像莫小北。"凌默回答。

平静到几乎没有情感波动的一句话,却极有力度地冲进曲昀的心里,那一刻血液骤凝,水流静止,心跳的声音也被定格一般。

良久，曲昀才开口问："我……我哪里像那个……那个莫小北？"

"说话的语气像。"

完了完了，说话的语气……说了这么多年，要改完全不可能啊！

"给点阳光就灿烂，给点雨水就泛滥的性格也像。"

"我没有！"

"傻子。"

"……好端端干什么骂人啊……"

"我是说，犯傻的时候更像。"

曲昀被呛到说不出话来。

好吧好吧，你的世界你最大，我们都是配角，是陪衬，是为了衬托你的高大上而存在的。

这套房子本来有两间卧室，其中一间被改成了书房，曲昀和凌默只好一起睡在主卧。

莫小北的习惯让他并不别扭，拽被子的时候都理所当然的样子。

但是当一切都安静下来，凌默的呼吸变得清晰，曲昀反而睡不着了。

"你怎么还没睡着？"凌默的声音响了起来。

"你……你怎么知道我没睡着？"

"听呼吸声就知道。"凌默回答。

"哦，那你和小北一起住的时候，应该很快就睡着了吧？"

曲昀记得，凌默总是一开始不理他，翻身对着墙壁睡觉。

"不是，我总是先背对着他，等他睡着我再休息。"

"为什么？"

"我想要确定他会一直在，哪怕是我睡着了，什么都不知道的时候。"

"他对你一定很重要。"

"他曾经说我是他的任务，为了完成这个任务，他可以连命都不要。"

曲昀缓缓抓紧了被子，他看着天花板的眼睛里一片模糊，有什么快要承受不住地心引力。

"可是他不是为我死的，他是被急性流感病毒带走了。"

曲昀没有想到，自己说过的话凌默竟然记得这么清楚。

"我曾经很想像我的养父一样成为一名工程师，为我的弟弟盖房子建道路。但是他走了之后，我想成为研究病毒的人，因为病毒夺走了这世上对我最重要的人。"

克制许久的眼泪猛然间奔涌出来，落在枕头上，曲昀要用尽全身的力气才能让自己的声音不发颤。

"凌默……你失去的那个人，也许他正用另一种方式守护你、陪伴你……只要你需要他，他也一定不离不弃。"

"路骁，你看你说的话，难道不像世界上另一个小北？"

曲昀咬紧了牙槽，他很想告诉他，无论是莫小北还是路骁，他们都是我，我就在现实里，只要你醒过来，我们就可以在真实的世界里把酒言欢。

但是莫小北的临终遗言让凌默消沉了那么久，难道自己要再说一遍吗？

"不要对我说不离不弃的承诺，我宁愿自己死死抓住，也不相信任何人的承诺。"

说完凌默就拽着被子侧过身去，背对着曲昀。

这两周的时间过得比曲昀想象得要快很多。

最后一个周末到来的时候，凌默找来了前几年的高二期末模拟试卷，让他从头到尾做了一遍。

数学一百多一点，三百的小综合磕磕绊绊地做到了一百九十多分。

至于英语，凌默给曲昀总结的题干分析法，让曲昀在有限词汇量的基础上，用锁定答案的方式将听力和阅读理解的分数拔高，再编了几套模板给曲昀。

应对语文，凌默没有让曲昀把要背的文章都背下来，而是划了二十个句子，很自信地表示，这一次期末考试百分之八十的默写就在这二十个句子里。

曲昀不得不承认，学神之所以称为学神，是有其必然的。

期末考试的倒数第三天，曲昀和凌默都回到了学校。

曲昀本来以为，大家会对凌默这两周的缺席感到好奇，但没有一个人问过类似问题，除了楚凝。

"那个，凌默……听说顾爷爷去世了，你心里一定很难过吧？"楚凝侧过脸来开口问。

顾爷爷？应该是凌默父亲的老所长，顾晨律师的父亲吧？他不是在初三的暑假就去世了吗？

"生老病死，人生常态，我没事。"凌默回答。

曲昀心想，估计凌默是用顾所长为借口向学校请的假吧。

早读的时候，班主任也过来安慰了一下凌默："我知道顾老先生就像你的祖父一样，他去世了，你心里肯定不好受。希望你能平静下来，期末考试考个好成绩，顾老先生才会觉得欣慰。"

曲昀可以确定自己的猜想是真的了，但是班主任又把曲昀叫到了办公室，很语重心长地对曲昀说："路骁，你看你的成绩一直在下滑，高二上学期的出勤率就不说了，下学期的成绩也一直没起来。你又生病了两周，作为你的班主任，我觉得你是不是考虑一下，重修高二？"

曲昀站在那里，看着班主任的眼睛。

他能从班主任的眼底看到一种期盼，他顿时明白了，在升学率为王道的重点高中，路骁这种学生的存在，对于各科老师都是极大的压力。

看着曲昀不说话，班主任安抚着说："你别担心，我会和你妈妈好好说。你请病假之前，都有好好来上课，我知道你是有紧迫感了，知道上进了，但有些事情需要慢慢来……"

曲昀一听就有点着急了。

什么？你还想和刘芬芳说我请了两周病假的事情？

她要是知道了，肯定会以为我联合凌默逃课，把好学生都带坏了，这不是跳进黄河都洗不清了吗？

这可不行，而且重修高二，就跟不上凌默的进度了，这样的事情绝对不能发生。

"老师……生病的这段时间，我也有复习以前落下的知识。您说的确实有道理，但是我也不确定我是不是真的有必要重修高二。所以，我有个想法。"曲昀知道这个时候不能和老师犟，还是要谦逊一点好好说话。

"你有什么想法？"

"我想在期末之前模拟考一次数学和小综合。如果这一次我模拟考成绩能达到百分之六十以上，请老师不要再提重修高二的事情，您觉得怎么样？"

班主任愣了愣，但是转念一想，也觉得曲昀说得有道理。

如果曲昀考得还行，他也不用费力气去说服曲昀的母亲刘芬芳。

如果曲昀考得很糟糕，他也有说服刘芬芳的依据。

"行，你就在我的办公室里模考。今天下课后我给你安排，你觉得怎么样？"

"谢谢老师，老师费心了。"

曲昀离开办公室，正好和盛颖曦打个照面。

这家伙正揣着口袋和某个女生聊天，不知道说了什么，女孩子的脸都红了，还在他的胸口捶了一下。

盛颖曦一看见曲昀，就收起了笑脸，直到曲昀走过他的身边，他才低声问："喂……听说你请了病假，还好吗？"

"我没事，安心啦！听说你也入选了游泳队，恭喜啊，暑假就能一起训练了。"

"嗯。"盛颖曦低下头，摸了摸鼻尖。

曲昀正要继续和他说话，凌默的声音就传了过来。

"路骁，要上课了。"

还在走廊上的同学都望向了曲昀的方向，大家都惊讶于凌默竟然主动和他说话了。

曲昀朝着盛颖曦使了个眼色，然后来到了教室门口。凌默就站在那里，带着一点冷冰冰的感觉。

曲昀一抬头，就发现凌默正与盛颖曦对视。

曲昀太了解凌默的视线带给别人的压力了，他朝盛颖曦挥了挥手，示意他回他自己的教室。但是盛颖曦偏偏一动不动，非要用目光和凌默较劲。

哎哟喂，大兄弟，拼眼神杀能拼过凌大教授的人还没出生呢！

曲昀刚要开口缓解这尴尬的场面，凌默的手就伸过来，压住了曲昀的嘴巴，将他摁进了教室里。

"化学课，你上点心吧。"

他的视线仍旧威逼着盛颖曦。

曲昀看得出来，盛颖曦是在硬扛，好不容易上课铃响了，盛颖曦终于撤退回他的教室了。曲昀刚呼出一口气，就被凌默勾住了后衣领。

"你一副放松的样子，就么担心？"

"呃……你就一点没觉得你和盛颖曦隔着走廊这么对视，非常火花四溅吗？"

"不觉得。"

"好吧……告诉你个好消息，检验你教学水平的时刻提前到来了。今天下课之后，我会留在班主任办公室里模考数学和小综合。如果不及格的话，我就要答应班主任关于留级的要求。"

"好，我等你。"

"喂，你就不担心我考个一塌糊涂？"

"你是傻子吗？"

"……应该不是。"

"那怎么会一塌糊涂？"

到了五点半下课，不少同学要去参加各种补习班，只有曲昀留在班主任的办公室里。

先是数学，曲昀非常果断地先做了自己会做的，这也是凌默对他提出的要求，那就是绝不恋战。选择题除了一定要计算出结果的，曲昀把排除法和带入法都用上了。

坐在一旁看着的班主任有点惊讶，因为曲昀的做题速度比他想象中快多了。他本来还以为是巧合，后来看见曲昀挪到一边的草稿纸，不得不承认这些是实力。

曲昀在规定时间内交卷了，除了最后一道大题只写了三分之一，卷子倒是不空。

"要不要休息一下，吃个晚饭再做小综合？"

"您如果相信我，就先去吃吧，我在办公室里做卷子。"

班主任看曲昀认真的样子，点了点头说："那你在这里写着，我去买点吃的，给你也买点。"

说完，班主任就离开办公室了，但是他委托了快退休的历史老师来监考，说白了并不是完全信任曲昀。

快到晚上十点，曲昀交了卷子。

班主任看着这张卷子，有点惊讶，因为最后的综合题，曲昀也答了个七七八八，虽然答案没算出来，但步骤分应该会得到一些。

曲昀是个潇洒的主儿，自己已经尽力了，完全不想明天的成绩。他刚走到楼梯口，就看见凌默单肩挂着书包，靠着墙看着他。

"你……你还真等我了？"

"嗯，我和家里打过电话，我送你回去。"

"我又不是女生，不需要男生送我回家。"

"十路车已经停了，你有钱打车？"

"没有。"

"那你废话什么？"

曲昀这才明白，凌默说的应该是骑自行车送他回去。

十点多的街道比平时下课的时候安静很多，凌默的车骑得很稳。曲昀坐在车后面，双手抓着杠子。

他看着凌默的背影，忽然发现自己好像从没有这么信任一个人。信任他永远不会跌倒。

第十二章　不要抛下我

第二天早晨课间休息的时候，曲昀到了班主任的办公室。

班主任抬了抬眼镜，似乎在斟酌怎么对曲昀说。

"老师，您就别为难了，直说吧。"

"你考得比我还有其他老师想象中的要好很多。数学一百零二分，理科小综合一百九十二分。"

曲昀眨了眨眼睛，哟，还真都过了百分之六十呢。

在三中这个成绩不算好，但是比上不足，比下有余。

"我和其他几个老师分析了一下你的试卷，有几个知识点你可能没有掌握好，还有计算方面你真的要注意一下，很多分都是因为计算错误丢的。"

这是曲昀还是莫小北时的老毛病了。

"我知道了。"

"你能在这么短的时间内把知识捡回来，我们很欣慰，希望你在期末考试的时候，能发挥出比这个更高的水平。"

听到这里，曲昀的笑容收都收不住，他不用留级了！

回到教室，看着曲昀那一脸嘚瑟的样子，凌默开口说："你有什么好得意的？这并不是真正的期末考试。"

凌默一句话，就让曲昀的心情回到解放前。

"你等着看，小爷这回一努力就要咸鱼翻身了！"

"咸鱼翻身，不还是咸鱼吗？"凌默淡淡地回答。

正在整理笔记的楚凝看向凌默的方向，这种感觉，这样的对话，楚凝有些恍惚。

放学的时候，有的同学还抱着英语单词本一边走一边看，曲昀都担心他会撞上电线杆。

还有的同学直接留在教室里继续自习。

各种补习班在期末考试前都暂停了。

曲昀收拾书包的时候就在注意凌默了，但是他不过塞一下课本的工夫，凌默就不在教室里了。

曲昀赶紧奔下楼去，就看见凌默骑着那辆单车离开了。

而那个方向，既不是回他的老房子，也不是回梁茹那边。

这家伙一定是又去见他的搏击教练了。

不管怎么样，曲韵就是想要知道凌默的教练是怎样的牛人。曲昀这回得了一个比莫小北更好的身体，但还是拼不过凌默，这实在让他太不爽了。

曲昀算了算，凌默会这样"消失"的时间基本上是周二和周四。

下一个机会正好是期末考试第一天结束。这家伙根本不在乎期末考试，所以那天一定还会去。

趁着周末，曲昀去旧货市场淘了一辆自行车，在楼下敲敲打打把它给弄好了，然后又找来了一张本市的地图，研究着大街小巷，将它们都记在脑子里。

周一就开始期末考试，曲昀想到自己在年级倒数第三考场，忽然觉得从前的路骁也并不是无药可救。

他一交完数学卷子就冲了出去，来到藏好自行车的地方，猫着身子等着凌默离校。

还好学校不允许学生提前交卷，曲昀总算等到了凌默。

凌默仍旧骑着那辆自行车，曲昀很有技巧地跟在其他人后面。转过街角的时候，为了避免被凌默发现，曲昀拐进了小巷子，在另一个巷子口果然又等到了凌默。

这家伙到底要去哪里？

本来还以为凌默选择骑自行车，要去的地方就应该不会太远，但没想到这已经超出了他们日常活动的区域了，这也让曲昀不得不拉长跟着凌默的距离。

曲昀觉得凌默是一个很警觉的家伙，在直道上，他跟在一辆小面包车的身后，谁知道一转弯，就不见了凌默的踪影。

人不会平白无故就失踪，曲昀骑着自行车在附近转了一圈。

这里有不少居民区，曲昀眯起眼睛，迅速观察，但暂时没有收获。

曲昀挑了挑眉梢，心想：好你个凌默，还挺会隐藏的，那我就守株待兔。

曲昀给刘芬芳打了个电话，就说考完试要和同学讨论几道明天的小综合题目。刘芬芳一直问到底和谁讨论题目，曲昀想了想，怕刘芬芳打电话去凌默家问，就说自己和盛颖曦在一起。

反正只要是好学生,刘芬芳都同意。

曲昀估计着凌默在这附近回家的必经之路,找了一家面馆,坐在玻璃窗前,要了一碗面。

他呼噜呼噜吃了两口面,就听见旁边桌子两个人在聊天。

"听说大力那个相好的就是在这里租了一套小公寓,结果大力的老婆带着弟弟来抓他们,把门踹开……"

"我听说了,直接一顿好打,整个小区都知道了!"

"哈哈哈哈!听说他老婆和老婆的弟弟就是蹲守在这个面馆里!"

正吃着面的曲昀差一点把面汤喷出来。

吃完面,曲昀知道凌默多半要十点左右才会出来,于是他叫了一碗花生米和一瓶汽水坐在那里。

到了九点半,凌默还没有出来,但是面馆要关门了。

小老板过来问曲昀:"你是学生吧?这么晚怎么不回家呢?是不是考试没考好,怕爸妈教训你啊?"

曲昀想了想,立刻挤出悲伤的表情,对老板说:"那个……能让我再坐一会儿吗?我爸爸总是不回家,听邻居说他不要我和我妈了,在这里有了另一个家。我想在这儿等他,叫他回家……"

老板一听,顿时心软了:"那你再坐一会儿,就半个小时,如果还没等到你爸爸,你就回家好吗?"

"谢谢老板!"

曲昀就这样聚精会神地盯着窗外。有三个小区,他要看看凌默到底会从哪一个出来。

面馆的小老板看着曲昀,总觉得这孩子很神奇,他很有耐心,目光一直望向窗外,仿佛没有任何事情能让他分心。

"这孩子大概真的想爸爸了吧。"

远远地,曲昀看见有人骑着自行车从秋华小区出来,正是凌默。

路灯的灯光落在他的身上,很明亮,他破风而来的骑行姿态,曲昀绝对不会认错。

在凌默能看清楚自己的脸之前,曲昀立刻假装把筷子碰到地上,低下头去捡。

等到凌默从面馆前骑过去了,曲昀这才抬起头来。

"老板,我还是没等到我爸爸,所以先回去了。"曲昀一脸颓丧,然后又随口问了一句,"老板,你知道那个秋华小区吗?"

"秋华小区?那是秋华小学的老职工宿舍了。"

"哦哦,那里面有人教散打、搏击或者跆拳道之类的吗?"

"没有啊!补习班倒是有,但都是教小学课程,或者针对小升初考试的。"

"哦,谢谢老板了!"

曲昀骑着自行车离开面馆,绕着秋华小区转了一圈。这个小区很老,但是周围的围墙倒是砌得挺高,翻墙不是很容易,不过这种老式小区都种了树。

小区的门卫也是老人家,估计混进去不会太难。

曲昀一边骑着车回家,一边觉得自己的行为真的有点好笑。

万一凌默来这里,根本就没什么秘密呢?

比如,某个老教师的补习班就在这里?

然后曲昀又觉得不可能,因为凌默是个相当自信的人,以他的智商,根本没有人能指导他。

回到家,曲昀免不了被刘芬芳一阵数落。

"我打了电话给盛颖曦,你说你为什么骗人?你根本没跟着他去好好学习!你说你这个孩子怎么就是不学好?你是不是又去网吧……"

一开始还低着头,打算任由刘芬芳数落的曲昀觉得不能再这样下去了,他本来就做好了长期抗战的准备,但是刘芬芳这样他真的受不住。

"妈!我也有考试的压力!我就是不想回来听你说这些不信任我的话,所以才躲到外面不回来。你知不知道,上周我们班主任想要劝我留级,我不肯,那天晚上我十点多回家并不是和凌默一起学习,而是留下来接受模拟测试!我数学模拟考了一百多分,小综合也有一百九十多分。你如果还当我是你儿子,就看这次期末考试的结果,行吗?"

曲昀一鼓作气喊出来,还真的把刘芬芳给镇住了。

"那个……妈妈也不是不相信你,只是你这么晚都没回家,妈妈担心……"

曲昀没再说什么,张开双臂拥抱了一下刘芬芳,就去洗澡了。

第二天就是理科综合和英语。

曲昀很从容地完成了考试,虽然也有不少拿不准和不会的题目,但他知道罗马不是一天建成的。他反复检查了会做的部分,保证运算没有差错,初步估计了一下百分之六十是没有问题的。

英语考完,同学们在考场外就对起了答案。

曲昀一走下楼,就在第一考场同一层楼的楼梯口见到了盛颖曦。这家伙笑得十分开心，正在和其他女同学对答案。

"哎呀，这世界上最悲哀的事情就是，我们的答案总是和盛颖曦你的不一样。"

"没关系，英语不是我的强项，我不一定就是对的啊。"

一看盛颖曦那样子，曲昀的火气就冒起来了。

昨晚刘芬芳打电话给盛颖曦，这家伙那么爽快地承认没和他在一起，根据他对盛颖曦的了解，这家伙不会那么不识趣，就是故意的。

"盛颖曦，你也和我对一下答案吧。"曲昀一把圈住了盛颖曦的脖子，将他拉到了角落里。

"路骁！你想干什么？"盛颖曦一脸不愿意的样子，可是压根儿没怎么挣扎就被曲昀带走了。

曲昀将盛颖曦带到了角落里，一把摁在他的耳边，气势十足地盯着他。

"你……路骁，你想干什么？"盛颖曦的后脑勺都快挤进墙角里了。

"对答案啊。你跟我说说看，昨天我妈问你的时候，你为什么不罩着我？这不是当兄弟最基本的吗？"曲昀的另一只手在盛颖曦的胸口上拍了一下。

盛颖曦咽下一口口水："你……你本来就没跟我在一起啊，我怎么帮你说谎？"

曲昀冷冷地盯着他，不说话。

盛颖曦也瞪着曲昀，没一会儿就败下阵来。

"我当时就想着你肯定和凌默在一块儿，还叫我圆谎，心里就不爽了，等电话挂了……我才反应过来，你要是真和凌默在一起，你肯定不用骗你妈……对不起啊，真的对不起！其实……你要是去网吧考前放松一下，我也能理解……你可以先和我通好气……"

盛颖曦的声音越来越小，几个同学都探着脑袋望过来，那样子活像是曲昀这个恶霸正在欺凌盛颖曦这个"良家少女"。

"嘿嘿，还真把你小子给吓着了？"曲昀笑了，抬起手来故意在盛颖曦脑袋上搓了一把。

盛颖曦愣了愣，赶紧捂住乱成一团的头发。

下一秒，曲昀就感觉到校服的后衣领被人猛地一拽，差点给勒死。曲昀想也不想就狠狠撞向对方的胸口，谁知道对方手掌挡住了曲昀的手肘，一抬眼，就看见凌默冰凉的眼睛。

"凌默……你怎么在这里？"

"还不走？"凌默的眉梢好像有向上挑起的趋势。

曲昀忽然想起这家伙有事情瞒着自己，还一副神神秘秘的样子，顿时就不爽了，于是他也板起脸来，一把勾过盛颖曦的肩膀说："对，现在就走！盛颖曦，你欠我一个月的麦当劳，还记得吗？"

"记得……"

"走啊，去吃麦当劳了！"

盛颖曦就这样被拽走了。

曲昀跟着盛颖曦进了麦当劳店里，点了一大堆的东西，坐下来的时候，盛颖曦在桌子下面轻轻踢了一下曲昀。

"我说，你这次期末考试到底怎么样？可别最后进不了游泳队！"

"应该八九不离十。"曲昀一边咬着巨无霸一边说。

"八九不离十？我那么拼命，就是为了和你一起进游泳队，听说会有为期两周的封闭式集训。"

"集训的时候，是不是不用回家，也不用参加学校的补课？"

"听说最近在流行什么'减负'，按照上面教育厅的意思，是今年不允许学校再给学生补课，不过估计暑假作业会特别多。"

"哦，不用补课就行。"曲昀继续低着头啃汉堡。

"那个……等到封闭式集训，我想和你一起住。"盛颖曦一边蘸着薯条一边说。

"到时候我们住哪里？"曲昀咬着鸡翅膀含糊地问。

"应该是本市体大的学生宿舍。"

"好啊。"曲昀点了点头。

这顿麦当劳算是曲昀期末考试结束之后的放纵。

两人吃完了麦当劳，就真的奔赴网吧，打了两小时的《幻想星球》，到了九点多才回家。

曲昀心情很好，吹着小口哨进了小区，刚走到楼梯口，就感觉到左侧一阵风袭来，有人摁住了他的肩膀。

曲昀不管三七二十一，侧过身来避开对方，拽住了对方的手腕，提起膝盖就去顶对方的小臂。这要是被他顶中了，铁定得骨折。

但是对方明显不是好惹的，在曲昀抬起的小腿上踹了一下，疼得曲昀一个趔趄差点没站稳，结果一把就被对方拽进了角落里，摁在了墙上。

曲昀心里咯噔一声，抬起膝盖，趁着对方没完全控制住自己之前，撞向对方最脆弱的部分，谁知道他的膝盖也被对方一把摁下去了。

黑暗之中，曲昀隐隐能辨认出对方的轮廓。

"凌默？你有病啊！"

曲昀扬起拳头揍过去，凌默的脸向后一仰，狠狠扣住曲昀的手腕，拧在了他的背后。

凌默很明显对曲昀的招式很了解，所以他的各种反应才会这样顺理成章。

到底是谁在教他？曲昀心里越想越不对劲。

一般的搏击教练，不可能把凌默教到这么专业的程度。

"和盛颖曦玩得开心吗？"

"当然开心啊，我们吃汉堡，打游戏……"

凌默扣着曲昀手腕的手指忽然松开，转而掐住了他的脸颊。曲昀被他掐得发疼，用力去推他。谁知道凌默突然松开掐脸的手，却扣住了曲昀的肩膀。

"不要抛下我。"黑暗之中，凌默的声音清晰无比。

曲昀却傻了。

他从未见过凌默示弱。

他的认知被颠覆，甚至无法捋顺凌默那句话的意思。

"我……我不是莫小北……"

心脏放肆地拖拽着他的思绪向着未知的地方狂奔而去。

"对，你叫路骁。"

"你……你要我呢？"

曲昀真的没有想过，人生中第一次接收到如此真挚直白的情感，是在这样一个并不真实的空间里，来自这个空间的主人——那个冷漠疏离的凌默。

"现在我已经告诉你了，你对我非常重要。所以，我绝对不会忍受你跟别的人变成挚友。"

曲昀傻在那里，之前潜入凌默思维的人有没有这方面的经验？

前辈们……我该怎么办？凌默和"路骁"才认识几天，为什么会突然上升到这个高度？

曲昀心不在焉地从包里找出钥匙，还没开锁就掉了。

这时候门忽然开了，刘芬芳站在那里，看着他们两个。

"路骁，你回来了？哎呀，这不是凌默吗？快进来，进来！"

原来是刘芬芳听见外面钥匙的声响，但半天又没见儿子进来，于是就来开门了。

曲昀顿时有种得救的感觉，刘芬芳的形象也高大了起来。

"太晚了，凌默要回家了，对吧？哈哈哈！"

"我爸妈今晚不回家，我可以在这里住吗，阿姨？"凌默看向刘芬芳。

什么？你还要在这里住？

不可以！绝对不可以！

"我床小，你睡不下的！你回家睡吧！"

说完，曲昀就去推凌默，但是后脑勺立刻就被刘芬芳狠狠拍了一下。

"你怎么说话呢？还不快让凌默进来！"

曲昀直接被刘芬芳推到了一边，凌默就像大神一样被她请进来了。

"吃了晚饭没有？"

"吃过了，谢谢阿姨。"凌默很有礼貌地笑了笑。

明明是公式化的浅笑，但是因为顶着学神的光环和一张好皮相，刘芬芳喜欢得不得了。

"妈，请神容易送神难！"

曲昀拽起凌默沙发上的书包，就要去扯凌默的校服："你快回家！"

冷不丁，他的后脑勺又被刘芬芳给敲了。

曲昀委屈地看向刘芬芳，内心用力控诉着。

妈——这家伙真的不是好人啊！当初还是莫小北的时候，怎么就没发觉凌默这么偏执呢？真是眼瞎！这下简简单单地告诉凌默这个世界是假的这种方式，根本就不好用了啊！他需要静一静，好好想想怎么应对这情况！

"凌默，你别怪路骁啊，他就是被我惯坏了。你帮他补课补了那么久，阿姨谢谢你啦。"

曲昀难以置信看着刘芬芳。

"看什么看？路骁，你才是我请来的最难送走的那尊大佛！"刘芬芳毫不留情地说。

这果然是"别人家的儿子怎么看都顺眼"系列啊！

刘芬芳用眼神警告曲昀不许再胡闹，然后就去准备水果了。

以前她逼着曲昀吃水果，都是整个苹果塞给他，现在变成将苹果切成一片一片地端进来，上面还挤了酸奶。我的天啊，这是贵宾级待遇。

曲昀坐在书桌前，一脸戒备地盯着凌默，而凌默则无所谓地坐在曲昀的对面，随手拿过之前路骁买来的漫画书，什么《海贼王》《火影忍者》《死神》，全是少年热血漫画。

"你到底想要什么？"曲昀的肌肉都绷着，警惕着凌默又来那么一出。

"你知道的。"凌默回答。

"你是脑子有问……"

正好碰上刘芬芳进来送水果叉，给曲昀的脑袋上又是狠狠一击。

"你小子怎么回事啊？会不会好好说话？"

曲昀欲哭无泪，他不明白自己怎么会落到这番田地。

"这么晚了，凌默，你先去洗澡吧？有没有换洗衣服啊？"

"我带了，在包里。"

什么，连换洗衣服都带了？这明明就是有预谋的！

"那凌默你先去洗澡吧。"

"还是先让路骁去洗吧，不然等我洗澡的时候，他说不定就跑了。"凌默看着曲昀，若有所指地说。

刘芬芳乐了。

"他能跑到哪里去呢？有阿姨在这里看着他呢。"

"那就麻烦阿姨了。"

刘芬芳离开小卧室，凌默就放下了手中的漫画书："我去洗澡了。"

"你去呗。"

凌默走之前还想用手碰一下曲昀的后脑勺，曲昀立刻躲开。

等到浴室的水声响起，曲昀坐在那里，脑子里百转千回。

我该怎么办？

这到底怎么回事？

凌默是认出他了，还是没有？到底是什么意思？

难道说在自己来之前，他就跟路骁很亲近了？曲昀记得自己第二次深潜之前，江博士说过他这次的身份可能会是凌教授本来就信任的人。

这是什么鬼任务！

他要回家！

曲昀坐不住了，在房间里走来走去，满脑子糨糊。

时间过得比曲昀想象得要快，凌默就站在门口抱着胳膊，看着曲昀像热锅上的蚂蚁一样，他的嘴角缓缓勾起。

"你可以去洗了。"

"……我现在就去。"

他低着头，随手抓了衣服，撞开站在门边的凌默，进了浴室。

这是他这辈子洗得最久的一次澡。

洗到手指都泡皱了，刘芬芳都忍不了了，拍着门说："路骁，你搞什么呢？你不会是晕倒在里面了吧？"

"没……没有，我马上就出来。"

239

啊！好想躲在这里面永远都不用出去！

怎么办？

怎么办！

逃避不是他曲昀的作风。

得了，出去跟那个家伙说清楚！

打定主意，曲昀就擦干了身体，穿好衣服回卧室。

一打开门，他就看见凌默靠着床头，看着路骁留下来的《HUNTER × HUNTER》（《全职猎人》）。

床头灯的灯光柔和地落在凌默的眉眼上，他所有的疏离和超然物外之感都没有了，仿佛时光倒转，回到两年前。

他依旧是凌默，而他是莫小北。

"你洗了很久。"凌默侧过脸来看着曲昀。

"你管得着吗？"

曲昀看着凌默主动为自己让出来的半边床位，那上面就跟有针似的，他一点都不想躺过去。

"你在这儿睡吧，我出去睡沙发。"

"你睡相不好，不怕从沙发上滚下去？"

和之前看似平静却带着热度的声音不同，凌默的声音完全冷了下去，沉得厉害。

他僵在那里，看向凌默。

"我不知道你的脑子是被门夹了，还是你在耍我，反正我必须告诉你，如果你把我当成你弟弟莫小北的替代品，对你我、对莫小北都是不尊重。"

曲昀吸一口气，很认真地看着凌默。

凌默没有说话，他的沉默让曲昀感到很沉重的压力，但即便有压力，该说清楚的话还是必须要说清楚。

"但如果你是想和我这个人做朋友，那我们应该循序渐进。"说完曲昀呼出一口气来。

他很了解凌默的性格，凌默不是死缠烂打的类型。

不过很可能，话说到这个份上，这次的深潜任务就这样莫名其妙地失败了。

凌默不置可否地抬了抬眉梢："那你和盛颖曦的交情就很好吗，他是从水里捞过你，还是帮你补习过？"

"关盛颖曦什么事？"曲昀睁圆了眼睛。

"我不爽。"

说完，凌默就伸长手臂，关掉了床头灯。

"睡觉。"凌默微凉的声音响起。

一想到身旁睡着凌默，曲昀压根儿就睡不着。

在他翻来覆去了几遍之后，凌默的胳膊搭了过来，一把摁住了他的被角。

"你知道这样翻来翻去，很容易把被子蹭掉吧？"

曲昀一听，立刻老实了，但他仍然睡不着。

"你有什么问题，就问吧。"凌默的声音响起。

曲昀决定有话就说，直接开口："在我之前，你应该还有其他朋友吧？"

"有。"

"谁啊？"

"莫小北。"

"什么——"

曲昀差一点叫出声，但一想到隔壁屋里的刘芬芳，他硬生生忍住了，一口血差点从胸口炸出来。

"合着你从那之后，就没再交过朋友了是吗？"

"我控制不了自己会对谁产生好感，就像我控制不了他离开我一样。"

凌默转过身去。

曲昀沉默了。很久之后，他才用平静的语气说："我可以成为你的朋友，可以和你一起面对一切，但你不应该只有我一个朋友。"

"为什么不行？"凌默仍旧背着身。

这个问题堪称天真，曲昀一时难以解释。

"反正我们约法三章，你不能再来干涉和困扰我！"

"我尽量。"

"你尽量算怎么回事？难道不是一定要做到吗？"

"如果你不跟着盛颖曦让我不爽。"

曲昀呼出一口气来。

江博士啊，这一次任务的难度直线上升，要不然我也摔在牛奶瓶的碎片上，一了百了吧！

凌默就这样大摇大摆地在曲昀家待了一整个周末，大多数情况他不是在看漫画书，就是陪曲昀去网吧打游戏。

凌默的零花钱似乎非常多。

曲昀这才想起来，凌默当时给了几十万让梁茹帮忙打理，现在两年过去了，凌默搞不好是资产过百万的有钱人呢？

到了周日晚上，凌默果然借口说要出去买东西，然后就下楼了。

曲昀不动声色，既然知道目的地是秋华小区，曲昀直接在凌默离开之后，也骑着自己的自行车绕了点路，避开凌默去了秋华小区。

来到小区门口，曲昀发现秋华小区的门卫竟然换人了，不是那天见到的老大爷，而是一个二十多岁的年轻小伙子。

而且这个小伙子既没有看电视打发时间，也没打电话聊天，而是一直看着周围。

他在警戒着。

曲昀的第六感告诉自己，这可并不是一个简单的看门小伙子。

曲昀假装不经意地骑着自行车要进入小区，果然被那个年轻人给拦住了。

"同学，你找谁啊？"

"我找我同学，他住这儿。之前看门的老大爷都认识我，你是新来的？"曲昀故意这么问。

毕竟自己十七八岁的样子，一般人不会把他想象成坏人。

"你同学住哪个门？"

"一单元四零三。"曲昀一脸镇定地回答。

没想到那个年轻人还真的拿出一个小本子，打了那家人的电话，然后看着曲昀笑着说："同学，撒谎可不是什么好习惯，你问清楚你同学住哪里再来吧。"

曲昀立刻扯着嗓子说："我只是不记得他的门牌号了而已，我自己进去就能找到。"

"那你说不清楚，我可不能放你进去。"

曲昀没和他争执，一副气鼓鼓的样子离开了。

越是这样，曲昀心里就越怀疑。

一个教工小区而已，至于防一个学生防成这样吗？

这里面一定有秘密！

一想到凌默的身手把自己压制得死死的，曲昀的气就不打一处来，他必须要找到到底是谁在训练凌默。

曲昀来到小区围墙边，把垃圾桶挪到墙根下面，爬上了垃圾桶。还好他这一回的身高远远高过了莫小北，他钩着墙头，用力向上，好不容易坐到了墙头。

他早就看中了墙那边的梧桐树。

这梧桐树距离墙面还有一米左右，一般的贼估计没那么大胆。但是他曲昀可不一样，在墙头奋力一跃，一把抱住了那棵树，惯性让他向下滑去，曲昀用力攀住，这才稳住了。

某栋楼的窗口上,一个高挑的身影刚掐灭烟头,就不经意看到了这一幕。

他看见曲昀爬上墙头的时候还暗暗发笑,心想这小鬼大概没多久就会坐在墙头不上不下地求救了,但是这个小鬼并没有。

他稳稳地在墙头站了起来,当他跳向那棵梧桐树的时候,吓得人冷汗直冒。

这小鬼如果摔下去了呢?

如果没抱住那棵树呢?

看着曲昀顺着树爬下去,对方总算呼出一口气来。

他拿起手机,拨通了门卫的电话。

"小恒,你这个警戒的工作没有做好,有小老鼠溜进来了。"

"不可能吧?"坐在门卫处的年轻人看了看监控,没有任何异常。

"有个十几岁的孩子避开监控,爬墙进来了。"

"这么高的墙,他上来了怎么下去?"小恒立刻离开了门卫亭,"十几岁的孩子……我想我知道是谁了。"

而此时的曲昀已经快速进入楼和楼之间的阴影里,他在二单元的防盗门里看到了凌默的那辆自行车。

曲昀撇了撇嘴巴,他的T恤下摆别着几根黑色的夹子,这是他早就准备好的。

这个年代的防盗门其实很简单,又是老社区里的老式防盗门,防君子不防小人。

他用两根夹子伸进门锁里,没两下就把门打开了。

他轻轻将门关上,然后走上去。

他闭上眼睛,回忆着这些楼里面哪些有灯光。

这栋楼里的门大多都不厚,他贴在一楼那家,里面传来电视剧的声音,还有一对老夫妻在聊天。

看来不是这家。

曲昀继续往上走,走到三楼就听到楼下的防盗门开了,关门的声音很轻,走路上来几乎没有声音,曲昀立刻警觉起来。

他不动声色,隐匿在转角的黑暗里,等着那个人上来。

当对方越走越近,曲昀发现对方也是贴着墙,似乎不想被发现。

他一边走一边抬头从楼梯的缝隙里看向上方,明显是在寻找某人的踪迹。

渐渐地,他距离曲昀隐藏的地方越来越近。

曲昀的第六感告诉自己,这个家伙就是在找他,而且他绝对知道凌默在哪里。

曲昀咧了咧嘴角,既然你送上门来,我就收下了。

小恒抬头看了看，没有看到半个人影，整栋楼静悄悄的。难道那个小鬼并没有来这栋楼？

就在那一刻，一个人影从阴影中蹿出来，小恒瞬间警觉，向后一个扫腿，但是曲昀早有防备，不但躲避开，还扣住了对方的肩膀，用力向下一压。

小恒顺势要挣脱，但是曲昀的手却从小恒的肩膀一路下滑，扣住了他的手腕，反身一拧，就将他撞到了墙上。

小恒做梦都没想到对方有这样的身手，他的另一只手刚探向腿侧的军刀，就被人截和了。

曲昀抢先一步取走了他的军刀，笑嘻嘻地问："嘿，你在找这个吗？"

小恒出了一身冷汗，压低了嗓音说："你到底是谁？你假装学生进来，果然就是有目的的！"

"对啊，不过我的目的不是你，我不想跟你玩了，我要找凌默。"

小恒一副视死如归的样子，冷声道："做梦！"

曲昀不由得笑出了声，直接用脚将他踹开了。

"我说你至于不至于？我身上又没有武器，见到了他，我单枪匹马还能把他怎样？"

但是小恒不甘心，又是一脚飞踹过来，那风声掠过曲昀的头顶，看来小恒是要出真本事了。

曲昀很清楚，自己的力量肯定不如长期训练的小恒，刚才全靠出奇制胜。

而且他一个十七岁的学生，能打赢眼前这个明显接受过几年专业训练的小兵哥，那才奇怪呢！

曲昀硬生生扛了小恒一拳，撞在墙上，倒在了地上。小恒一把将他提起来，恶狠狠地说："说！你到底是什么人？你想对凌默做什么？"

曲昀疼得蜷在那里，咳嗽了起来："我能找他干什么啊？我是他同学！"

就在这个时候，楼上一扇门开了，有灯光露了出来。

"带他进来。"

男人沉稳的声音响起，力度感中带着一种威严。

小恒低下身，将曲昀一把拽了起来，拉着他向上走。

"慢点……慢点……你打得我很疼……"

这一点，曲昀没说谎。

他被小恒推了进去，然后愣住了。

这间房子里的家具全部被搬空了，取而代之的是各种健身和搏击器材。

在客厅的中央,一个穿着白色背心和迷彩裤的男人正单膝将一个少年制伏在地。

那个少年用一只手拍了拍地面,说了声"再来"。

穿着迷彩裤的男人嘴里还叼着一根烟,正恶劣地笑着,似乎很开心修理这个少年。

曲昀傻傻地站在那里,内心就像被暴击了一般——因为这个穿着白色背心和迷彩裤的男人,就是曾经虐他千百遍,差一点成为他一生阴影的梁教官,而且是年轻了七八岁的版本,但是欠抽的表情从未改变。

曲昀已经下意识咽了一下口水,那咕嘟一声,让梁教官抬起头来了。

"哟,有个小朋友来参观了啊!"

曲昀一动不动。

而凌默却站起身来,看见曲昀的那一刻微微一怔。

"路骁……你怎么来了?"

曲昀这才想起自己是来干什么的了。

"你不是说你在健身中心学搏击吗?为什么会在这里?"

曲昀睁着圆圆的眼睛,一副"你竟然骗我"的表情。

梁教官站到一边,弹了弹烟灰,一副看好戏的表情。

"我就是在这里学。"凌默回答。

站在曲昀身后的小恒来到梁教官的身边,小声说:"这小子是跟踪凌默进来的。"

"哦,他说找凌默,你就放他进来了?"

"我没放他进来,他自己翻墙进来的。"

梁教官的眼睛眯了起来:"这里的墙头很高,他带了绳子翻进来了?"

"不是……跳到了梧桐树那里进来的,把容队长都给惊着了。而且这小子身手不错,我都着了他的道儿……他该不会是被派来的吧……"

小恒的声音不大,但是曲昀听到了。

梁教官将自己的烟递给小恒拿着,一步一步走向曲昀。

曲昀看着他的笑容就觉得瘆得慌,一步一步地后退。

"听小恒说,你很厉害,胆儿也肥?"

"没……没有……"

这时候的梁教官年轻得很,虽然还是一身痞气,但那双眼睛很漂亮,坏笑的时候还露出一口大白牙,根本看不出他吸烟。

关于曲昀吸烟这件事，也是被梁教官带坏的。

眼看着梁教官的手就要伸到曲昀的肩膀上，凌默忽然三两步上前，抬开了梁教官的手，挡在了曲昀的身前。

"师父，他是我的好朋友，他叫路骁。"

"小默，你想清楚，你的好朋友会跟踪你？你的好朋友能和小恒过招？"

梁教官仍然是笑着的。

"因为……"

凌默的话还没有说完，梁教官就挥了挥手："我要听你这位朋友说。"

曲昀是知道梁教官的脾气的，在他面前一定要表现得坦荡。

曲昀直接扬起下巴开口道："说就说！凌默和我打过架，我觉得他很厉害，他也说有教练教他，但是一次都不带我来，所以我就自己找来了。反倒是你们，偷偷摸摸躲在这里，到底干什么？"

梁教官果然笑了："小鬼，小恒可不是好对付的，你的身手在哪儿学的？"

曲昀本来想好了，就说自己寒暑假报班学的，就算梁教官去查，能在当时糊弄过去就好，但是没想到凌默却抢先一步回答："我教他的。除了你，我还需要对手陪我练。"

曲昀愣了愣，他万万没想到凌默会帮自己撒谎。

"你教他的？"梁教官摸了摸下巴，看着凌默。

凌默回视梁教官的目光很坦荡。

"有意思。你教他，他就能和小恒对打了？看来这小子很有天赋啊。"

虽然已经知道训练凌默的人到底是谁了，但随之而来的问题反而更多了。

凌默只是三中的学生而已，为什么鼎鼎大名的梁教官会亲自教他？

梁教官现在的年纪，也许还没有训练曲昀的时候那么出名，但是……一个专门的教官，一个有身手的小恒来看门，这一切都不简单。

"对啊，比起数理化，这方面我更有天赋。但你还是没告诉我，你们在搞什么！"曲昀回过头来，叉着腰，一副自己受了委屈、被欺骗了的样子看着凌默。

就在这个时候，另一个声音响起。

"小梁，这个小伙子也很有意思。既然凌默说，是他教了这个小伙子，我们就不妨来试一试。给他们五分钟的时间，他们两个一起上，如果能在你的手上坚持不被制伏，就告诉他。"

"容队长。"梁教官收起了脸上不正经的笑容，很严肃地看向那个身影。

劲瘦的身姿，笔挺的背脊以及无法让人忽略的气势，正是曲昀在现实世界中很崇拜的领导——容舟。

容舟在退伍之后接受巨力集团的雇佣，消失了许多年，等他回来之后，巨力集团就被大洗牌，宋致成了集团的控制者，而容舟也成了核心要员。

在凌默的记忆空间里见到容舟，曲昀就要爆血管了。

而他也瞬间明白，容舟这么说就是在试探曲昀。如果曲昀的身手真的是凌默教的，那么他们之间就一定会有默契，和梁教官一对战，就能看出来。

"好啊，来就来。"曲昀一副没有看出来容舟心思的样子，朝着凌默使了个眼色。

凌默点了点头。

"有意思，有意思！"梁教官活动了一下筋骨，"小朋友，你要不要热身啊？"

"不用了！小爷我骑了那么久的自行车，又是爬墙又是爬树的，咱们节省时间，直接来！"

曲昀原地跳了两下，拍了一下凌默的肩膀。

两人一静一动，虎视眈眈地看着梁教官。

本来梁教官以为曲昀是沉不住气的那一个，但是没想到先出手的竟然是凌默。

凌默一拳直逼梁教官的脸，梁教官刚抬手接住，正要拧过凌默的手腕，曲昀一个横扫，攻击他的下盘。

梁教官将将好躲开，但仍旧没有放开凌默的手腕。曲昀是了解梁教官路数的，直接顶膝假意要去攻击他的小腹，但转而去踢他的手腕，逼迫他放开了凌默。

两人的配合越来越默契，凌默下手又利落又狠，曲昀又总是出其不意。一开始梁教官只觉得有趣，但慢慢不得不认真了起来。

容舟看着表，说了声："小梁，两分钟了，你不会连两个小孩子都斗不过吧？"

梁教官扯着嘴角笑了笑，目光冷了下来。

他很熟悉凌默，但是对于曲昀，他完全没有想到，这个小鬼头仿佛很了解自己。

如果凌默进攻，这个小鬼就会很耐心地在一旁准备攻击他的疏漏。两人此起彼伏，梁教官玩乐的心思没有了。

他决定先一步解决曲昀这个麻烦，直接一脚抬起，眼看着就要架上曲昀的肩膀，没想到曲昀一个侧身，让位给了凌默。凌默直接攻击梁教官的膝关节，太狠了！

梁教官直接屈膝，胳膊肘砸向凌默，紧接着曲昀一脚踹了过来。梁教官早有准备，避开之后随手扣住曲昀的脚踝，猛地向身侧一拽。

曲昀一阵心惊，但没想到凌默立刻伸手扣住曲昀的肩膀，要拽曲昀回来。

梁教官嘴角向上一扯，曲昀心中大叫"不好"。梁教官一松手，曲昀和凌默都跟着向前倾倒，梁教官直接抬手，一左一右就要顺势把他们两个全撂倒。但这一切仿佛早就在凌默的预料之内,凌默单手撑地,手肘袭向梁教官的腰侧。

"呃……"一旁观战的小恒闭上一只眼睛,另一只眼睛却舍不得不看,他真心觉得凌默这一击太要人命了。

梁教官心眼儿一提,快到让人看不清,一把将凌默的手肘搋了下去,但是另一边的曲昀单手撑地,狠扫向梁教官的小腿,梁教官拽着凌默的肩膀去顶。

"哎呀!"小恒紧张了起来。

本以为凌默会被曲昀踹中,但是曲昀硬生生偏了方向。同一时刻凌默拽住曲昀,利用惯性两人一起脱离了梁教官的控制。

"三分钟了。"容舟看着他们,眼底多了许多探究。

他没有想到,两个十几岁的孩子竟然能把一个经历过实战的教官逼到动真格的地步。

梁教官拉起背心的下摆,擦了擦下巴上的汗,眯起眼睛。

他看得出来,凌默和这个小鬼彼此信任,但是信任到什么程度呢?

这个小鬼到底是不是真的值得信任呢?

输赢并不重要,结果最重要。

就在那一刻,梁教官忽然奔向凌默,迅雷不及掩耳,摁住他的脸,一把摁向地面。

小恒一看,立刻冲了上去。

这速度和力量,难道是梁教官被两个孩子烦到发火了?凌默要是后脑勺着地,说不定命都会没!

曲昀在那一刻肾上腺素狂飙,猛地冲了过去,膝盖在地面上滑动着,就去接凌默的脑袋。

凌默的眼睛被梁教官的手掌遮着,什么也看不见,但很快,另一只手从后面撑住了他的后背,那也是梁教官的手。

而曲昀也将将好扑到梁教官的身下,被他一脚踩住,动弹不得。

"你有病啊——"曲昀震天一声吼,脖子都红了。

冲过来的小恒停下来,呼出一口气来,难以置信地看着梁教官。

原来梁教官并不是真的要让凌默的后脑勺撞地,而是吸引曲昀去救凌默,但是那狠到要人命的架势,谁能想到竟然是骗人的?

凌默的喉咙也被梁教官给掐着,两个人都被制伏了。

容舟看了一眼手表,说了句:"四分钟。"

曲昀在心里把梁教官骂了个底朝天,什么"狗改不了吃屎""恶有恶报"之类的。

梁教官放开了他们两个,曲昀爬起身来,背上一个大脚印。

容舟朝梁教官点了点头，就转身离开了。

曲昀的眼睛还是红红的，看着梁教官说："你不想说你们的小秘密，不说就是了，用得着要人命吗？"

梁教官还是笑，对凌默扬了扬下巴："今天就到这里吧，带着你的小朋友回家去吧。"

说完他就到一边抽烟去了。

凌默好像一点也不害怕一样，只是走过来对曲昀说："走吧，回家了。"

"对，回家。你回你家，我回我家。"

曲昀回头狠狠地瞪了梁教官一眼，砰地把门一甩，跑出去了。

凌默立刻拔腿追上去。

"路骁！路骁——"

小恒来到梁教官的身边，跟着蹲下，试探性地问："凌默那个朋友……没问题吧？"

梁教官轻哼了一声："怎么可能没问题？你真以为凌默半桶水，就能把别人也教成半桶水？"

"那怎么办？"

"什么怎么办？一个人在紧急情况下做出的选择，靠的不是理智，而是本能。他一直在保护凌默。"梁教官吐出一口烟圈，眯着眼睛说，"你去调查一下那个叫路骁的小孩，看看他有没有可能是'黑雀'的人。"

"明白。"

而此时的曲昀一路狂奔下了楼，他知道凌默在后面追着自己，可压不住一肚子的火气。

以前还是莫小北的时候，凌默还没这么多秘密瞒着自己。

现在倒好了，这不是小秘密，都是大秘密了！

曲昀打开防盗门，哐啷一声响。

紧接着不到一秒，凌默冲出来又是哐啷一声响。

正在抽烟的梁教官无奈地叹息了一声："这些小孩子，为什么总是把动静整得这么大？"

曲昀跑出小区门，绕着墙，来到自己扔自行车的地方，然后他非常气愤地发现……自行车没了！

曲昀气得跳脚。

一转眼，凌默就追了上来，一把拽过了曲昀的手腕。曲昀不管三七二十一向后踹过去，他现在的心情是巴不得把凌默踹到飞起来。

但是凌默摁住了他的腿，然后瞬间抬起。

腾空的那一刻，曲昀下意识摁住了凌默的肩膀，凌默一转身就把他压在了墙上。

曲昀被凌默控制着，这让他更加气不打一处来。

他狠狠挣扎了一下，但是凌默纹丝不动，他所有的挣扎都白费。

"放我下来！"

凌默不说话，只是看着曲昀。

那双眼睛里有太多情绪了。

"放我下来！"

曲昀真的是气极了，抡起拳头就去砸凌默的肩膀，只要能砸的地方他都不留情地砸。

忽然，凌默退开些许。

"你怎么不砸我的后脑勺？"凌默问他。

曲昀被狠狠堵了一把："对，我就不该去接你的脑袋瓜！让你被梁教官砸死最好！"

凌默看着他，曲昀不安分地再次挣扎起来。

"你还更来劲儿了！放我下来！"

"不放。"

这两个字很有天经地义、理所当然的味道。

"你说什么？"

"你为什么那么怕梁教官撞我的脑袋？"

"那会闹出人命的！胜负有人命重要吗？"

"那你为什么要跟着我跑到这里来？就跟看不得我有事儿瞒着你似的。"

"我那是生气你有师父教，我打不过你！我要看看你的师父到底是谁！"

"哦，那你都看到我师父是谁了，为什么还生气？"

"你以为我傻？那些教你的人，都不一般。如果没有特别的原因，他们会那样训练你？"

凌默还是仰着头，他丝毫不在意曲昀的抵触，用很轻却很认真的语气问。

"你很关心我吗？"

"关心你个脑壳！"

"如果你和我只是普通朋友，我不需要什么秘密都告诉你，但是你叫我哥的话，就不一样了。"

"有什么不一样？"

"我不骗我小弟。"

"你才是小弟，先放我下来！"

凌默这一次倒是很干脆地把曲昀放下来了。

曲昀发现这个任务太难为人了！

他之前还对陈大勇被小红纠缠幸灾乐祸，现在忽然觉得，人还是不能落井下石，因为下一个遭殃的可能就是自己啊！

曲昀摸了摸口袋，出门没带钱，现在十点多了，公交车没了，打车没钱，还会被刘芬芳质问跑到哪里去了。

难道真的要走回去？走到半夜都到不了家吧？

就在曲昀惆怅的时候，凌默骑着自行车来到了曲昀身边，淡淡地说了句："上来吧。"

"不上。"

曲昀本以为凌默会再跟自己说两句话，谁知道他扔下一句"不上就算了"，立刻骑远了，气得曲昀差点没把鞋子脱下来砸他。

"干脆来一辆车把我撞死，直接结束这场坑爹的深潜任务！"

谁知道，曲昀来到下一个路口的时候，发现凌默就靠在路灯边等着他。

"上不上来？最后一次机会。"凌默的目光淡淡的，在清冷的灯光下反而带着一丝暖意。

好像在说……只要你点头愿意留在我的世界，我可以让你永远骄纵。

曲昀想了想，没必要这么较劲，于是一声不吭地坐在了凌默的后车架上。

"路骁，你有没有想过，就算你现在不愿意承认，也可以试着享受一下被我罩着的感觉。"凌默说，"我不会轻易信任谁，如果我信任了谁，我会把自己的一切都给对方。"

凌默的声音清透，那种微微的凉意里带着某种笃定。

"我不要你的一切！"

我只要你醒过来。

"只要你留在这儿，你要我做的一切，我都会为你实现。"

此时的曲昀，看不到凌默的表情。

一般的男人说出这样的话，就好像在恳求对方为自己留下一样。

可是偏偏凌默说出来，就像是一个高不可攀的人愿意为曲昀从神坛上走下来，是命运最大的眷顾一般。

你要我做的一切，我都会为你实现。

曲昀的心狠狠颤了一下。

那么是不是说，我叫你醒过来，你也会为我做到呢？

这里并不是真实的世界，一切都是虚构的。

不过这个念头也就是一瞬，经历过"牛奶瓶"事件，曲昀还是决定徐徐图之。

"好啊，你以后不能有事瞒着我。"曲昀咬牙切齿地说。

"看情况。"凌默的声音还是冷冷的，好像因为曲昀的话有点儿生气似的。

但是曲昀却知道，这家伙绝对在暗爽！

曲昀咽下口水，感觉压力很大。

第十三章　黑雀

回了家，刘芬芳本来还想怪曲昀怎么那么晚回家，但是一看到凌默，就什么都不说了。

这差别对待啊，曲昀叹了一口气。

两人洗完澡，曲昀抱着胳膊盘着腿坐在床上，冷冷地盯着凌默。

"那现在是不是该跟我说清楚了？你和那个梁教官，到底在搞什么？"

总不至于凌默以后要跟他曲昀做同行吧？抢人饭碗被雷劈！

凌默很悠闲地靠在床头，抱着一本《海盗路飞》："还记得你之前看过的那个新闻，全国奥林匹克物理竞赛冠军和女同学离家出走的事吗？"

"记得啊……怎么了？"曲昀立刻挺直了脊背，"难道他不是离家出走？"

"这件事，我跟你从头说起，你可能没听说过巨力集团的'明日精英计划'。"

"巨力集团我听说过，但是'明日精英计划'，我没听过……"

小爷只听过巨力集团这个坑爹的"思维深潜计划"！

凌默挪开书，看着曲昀的眼睛："你不错啊，还知道巨力集团。巨力集团是目前全球最有影响力的科技公司，但是一直都很低调。他们资助了不少我们国家的顶级科研项目，也建立了一整套的人才评估系统，而'明日精英计划'就是建立在这套评估系统之上的。所有未成年的高智商人才一旦通过了巨力集团的评估，就会一直被关注以及保护。如果监护人及本人同意，就能加入巨力集团，得到重点培养，并且使用他们最尖端的研究设备，那些都是实现自己价值的捷径。"

曲昀愣了愣，他知道在现实世界里，凌默的实验室就是属于巨力集团的，但是没想到他与巨力集团的合作竟然这么早？

"你通过巨力集团的评估了？"

"我属于他们的备选人才，还没有进入'明日精英计划'，但是那个全国奥林匹克物理竞赛冠军却是。"

曲昀立刻明白过来了："所以他不是和女同学离家出走了，而是有人在针对'明日精英计划'？"

"是的。那是一个地下组织，他们自称是BLACK CANARY，我们称呼他们'黑雀'。这个组织很强大，除了身手不输给梁教官的成员之外，也有不少各行各业的天才人物。他们盗取了'明日精英计划'的名单，秘密地将这些有天赋的年轻人带走，进行洗脑，再以巨额资金把他们卖给其他组织，让他们执行非法研究。"

曲昀下意识紧张了起来。

"你不是计划名单里的，难道也被盯上了？"

"现在名单里的人都已经被保护起来了。但在我们国家，有'黑雀'的分支，于是我们的高层决定和巨力集团联手，把'黑雀'拔除。我是被选中的诱饵，而你看到的梁教官就是被派来保护我的人。"

"什么诱饵？"

"我会去参加国际数学奥林匹克大赛，而且以我的能力拿下冠军没有问题，然后巨力集团会把我添加进入'明日精英计划'，'黑雀'的人就会行动。"

"这也太危险了！你不能……"

"不能什么？"凌默的手伸过来，揉了揉曲昀的脑袋，"你没听过一句话，'匹夫无罪，怀璧其罪'吗？"

曲昀沉默了。

哪怕是在现实世界，凌默带着抗病毒血清的飞机，还不是因为一些心怀叵测的人而坠毁了吗？

"除非我甘于平庸，掩藏自己的能力过一辈子，否则这个'黑雀'就是我必须要面对的敌人。我不习惯被动，宁愿主动出击。"

曲昀低着头，思考着所有关于"黑雀"组织的信息，却发现负责思维深潜项目的江博士从来没有提起过。

这么重要的信息，江博士又是巨力集团的人，他怎么可能不知道？

还是因为"黑雀"的存在本身就是机密，江博士不能告诉他？

忽然之间，曲昀的脑门被弹了一下，他吓了一跳，立刻向后撤退。

"你在瞎想什么呢？我现在还没去参加比赛呢。"

"所以梁教官教你的那些，就是为了让你自保？"

"嗯。"

"那万一你真的被'黑雀'的人带走了怎么办？"

"要么等容队长来救我，要么自救。"

曲昀想了想，自己确实不用担心，这里发生的一切都是现实的映射，是现实已经发生过的重现。如果凌默被"黑雀"带走洗脑了，就不会有后来的凌教授了。而且"黑雀"如果没有被连根拔掉，为什么自己在现实里跟着梁教官那么久，连听都没有听过？自己好歹也算梁教官信任的学生了，如果要对付"黑雀"，怎么可能不带上自己？

想到这里，曲昀就放心了。

"睡觉。"

曲昀拉起被子，在凌默的旁边躺了下来。

凌默一副什么都没发生的样子继续看《海盗路飞》。

曲昀睡不着翻了个身，背对着凌默躺下，凌默关了灯。

曲昀忽然对自己的未来充满担忧。

周一，曲昀和凌默去上课，凌默本来要用自行车载着曲昀走，但是曲昀总觉得如果自己老坐后座，多少有损自己的硬汉形象。

"我载你。"曲昀说。

"随便。"

但是曲昀骑着自行车来到学校的时候，不少人都惊讶地看了过来。

因为凌默不但把自己的自行车给曲昀骑，还坐在曲昀的后车架上。

曲昀再一次庆幸还好不是自己坐在凌默的车后架上，让凌大学神载着他，何等荣耀啊！

老师们也是拼了命了，趁着周末把卷子都改了出来。

曲昀看着自己的成绩，呼出一大口气。

数学一百零八，语文一百零二，英语一百零九，小综合一百八十一，总分竟然是整整五百分！

虽然这个成绩在班上排了三十二名，但三中可是重点高中的龙头。这个班一共五十名同学，对比路骁完全被放弃的过去，已经是革命性的进步了。

曲昀很满意，这也意味着他扫清了加入市青少年游泳队的最后一道障碍。

放烟花！放烟花！

曲昀的嘴角都绷不住笑，果然凌默是挽救他智商的华佗，再一次起死回生了。

如果在现实中他能早点认识凌默，说不定都考上大学了呢！

曲昀一侧过脸，就看见凌默撑着下巴，淡淡地看着他的方向，不知道多久了。

曲昀摸了摸鼻尖，脸上有些发烫。

放学的时候，曲昀在走廊上碰到了盛颖曦，这家伙眼巴巴地看着教室，明摆着就是担心曲昀这次考得不好。

"怎么样？怎么样？"盛颖曦凑上前来。

"哈哈哈哈！"曲昀兴高采烈地拿着班上的名次表，在盛颖曦的面前打开。

盛颖曦眯着眼睛看了看，一脸担心地说："怎么才三十二名？完了完了！考重点有危险！"

"你看清楚咱的分数！"曲昀不满意地说，真想把卷子往盛颖曦的脑袋上一摔，打他个天昏地暗。

"哟！都过了百分之六十啊！"盛颖曦一副不相信的样子，把成绩表拿过去一遍又一遍地确认。

"那是！小爷我临阵磨枪，不亮也光！"曲昀露出得意的小表情，余光立刻就瞥见了凌默冷着脸站在旁边。

他能读懂凌默目光里的警告，凌默不允许他和盛颖曦勾肩搭背。

"太好了……这样就能一起加入游泳队了！不过你这成绩，考重点大学很困难啊，二本应该是没问题了……"

"我本来就没想过要上重点大学。"曲昀无所谓地说。

这时候盛颖曦的胳膊伸过来，就要搭上曲昀的肩膀："你可不能这样自暴自弃啊！还有一年，哥们儿陪你一起努力……"

盛颖曦的胳膊就这样被人甩开了，抬眼一看，发现是凌默。

曲昀有点儿尴尬，立刻把成绩单从盛颖曦那里抢过来："我回家了，明天还要开家长会。"

盛颖曦不解地摸了摸脑袋："这家伙怎么跑得比兔子还快？"

其实曲昀躲的不是别人，就是凌默。

凌默舍不得丢下莫小北骑的那辆自行车，所以不会把它扔在学校里，曲昀赶紧挤上公交车回家了。

现在好了，曲昀不用拿热脸贴凌默的冷屁股了，也不用"屁颠颠"地跟在凌默身后了，这一回合的凌教授如影随形，曲昀都不知道该怎么面对。

刘芬芳看着儿子的成绩单，一副要哭出来的表情。

"我儿子多聪明啊，稍微用用功就能都及格了啊！我真要好好谢谢凌默带着你学习！"

本来刘芬芳是一点都不愿意儿子浪费时间，去参加那个什么游泳训练营的，但是这一次曲昀的成绩考得好，又听说凌默和盛颖曦都是那个游泳队的成员，刘芬芳觉得儿子就是应该和好孩子一起玩，于是晚上带着曲昀去了百货大楼，买了三条泳裤，长的、短的，还有三角的。

"妈！三角的就不用了，哪里有男的穿三角泳裤的？又不是比基尼！"

"备上，备上，七月份热着呢！"

"都下水了，管它热不热呢！"曲昀无语了。

第二天学校召开家长会，有些学生先回家了，曲昀先躲起来，看着凌默骑着自行车走了才出来。他在学校操场的双杠那儿挂着，等刘芬芳出来。

他倒着看这个颠倒的世界，觉得人的大脑真的是很神奇的东西，凌默意识里的世界和现实完全没有区别。曲昀觉得就算有一天自己回到现实里，会不会也总怀疑自己还在凌默的世界里。

有人缓缓向他走来，那双长腿，曲昀一眼就认出来是谁的。

他心中一惊，这家伙不是回家了吗？怎么又来了？

一个不小心，他差一点掉下来，被来人一把给接住了。

熟悉的香皂味道，还有衣服被太阳曝晒之后的清爽感觉，对方沉冷的声音响了起来。

"你这样会吓到我。"

曲昀倒抽一口气，凌默却只是将他扶上去，他仍旧倒挂在上面。而凌默却单膝半蹲在他面前。

曲昀的鼻尖正好对着凌默的鼻尖。

哪怕世界颠倒过来，凌默仍旧是最有存在感，也是曲昀所能看见的最有视觉美感的事物。

凌默的脸上没有表情，他站起身来，像是要把曲昀举下来。

"我自己可以下来。"

曲昀跳下来，拽过了挂在杠子上的书包。

这时候家长会正好结束，家长们陆续从教室里走出来，曲昀赶紧背着书包去找刘芬芳。

一到门口，正好碰上了梁茹。

她看起来比两年前要沧桑一些，没有了那种风风火火的感觉。

"妈——"凌默轻轻唤了一声。

"嗯，小默，走吧，好久没给你做饭了，今晚做点好吃的给你。"

"我知道你忙，我这么大了会照顾好自己，没关系的。"凌默走上来，挽住了梁茹的手。

其他家长都露出有些羡慕的表情,大家觉得梁茹的儿子是永远的年级第一,又不像其他男孩子那么叛逆,和妈妈很亲近。

但是曲昀有点心疼,尽管梁茹并不是他真正的母亲。

"这是我现在的好朋友,路骁。"凌默的一只手把曲昀揽过去。

"啊?小默的朋友?太好了!你有空一定要来我们家玩。"梁茹露出真心的笑容。

"谢谢阿姨。"曲昀点了点头。

"我们家凌默就拜托你照顾了。别看他不爱说话,冷冷淡淡的样子,但只要是他觉得重要的人,他会一门心思对你好的。"

"嗯,我知道。"曲昀点了点头。

看着他们离开,曲昀呼出一口气来。

高二的暑假就这么到来了。

曲昀背着书包去了本市的体大,向市青少年游泳队报到。

游泳毕竟是个大项,整个游泳队,男队女队加在一起,差不多也有百来号人了。

曲昀交了照片,游泳队给他当场做了一个队员证,钢印正好就压在曲昀脸上,怎么看怎么别扭。

一转身,他就看见了盛颖曦,对方也拎着队员证很遗憾地看着。

"哟,你的花容月貌是不是也毁了?"曲昀笑嘻嘻地搭上盛颖曦的肩膀。

那一瞬间他忽然想起凌默的警告,左看右看,发现没有凌默的影子,放下心来。

"是啊……"原本还有点心情低落的盛颖曦瞬间打了鸡血一样,"走走走!我们去登记住宿那里,跟宿舍管理员说咱俩要住一起。"

谁知道,当他们来到宿舍登记的地方,对方告诉曲昀,他的宿舍已经被分配好了。

他拿过来一看,果然看见了"凌默"的名字。

曲昀用脚指头想都知道,这是凌默故意的。

而且体大这一次给他们安排的是研究生宿舍,条件很好,都是双人间的。

泳队的意思也是不希望太多人。四个人一间容易相互影响休息,然后影响白天的训练质量。

曲昀领了钥匙,依依不舍地和盛颖曦道别了。

当他打开宿舍的门,就看到瓷砖地面如同镜子一般明亮,不用想都知道是凌默清理的。

这里都是上下结构的,下铺是衣柜和书桌,上铺是床。

其中靠门的那张书桌上放着凌默的背包,这意味着凌默把靠窗的床让给曲昀了。

曲昀把包放下,将所有东西都整理出来放进柜子里时,正好凌默就从外面回来了,对曲昀说:"东西放好了的话,我带你出去转转。虽然双人宿舍还行,但是洗手间是公共的,浴室也是,而且要插卡,按用水时间收费。"

"哦……"

今天晚上,为了欢迎同学们来到游泳队报到,体大食堂做了不少好菜,他们每个人凭队员证就可以免费用餐。

因为是暑假,这个食堂基本专门是为了游泳队开设的。

他们一进去,已经有不少人在吃饭了。

凌默一进来,女队那边就不约而同地看过来,有的看了一眼就马上低下头,假装不经意地和别的同学聊天。还真是少女情怀总是春,啊不对……是"总是诗"。

凌默和曲昀打了菜,一坐下来,就听见后边的女生在那儿讨论什么《蓝色生死恋》。

曲昀觉得自己和凌默之间气氛尴尬,只能没话找话聊。

"最近女生都在看《蓝色生死恋》,觉得很浪漫。"

"怎么个浪漫法?"凌默漫不经心地问。

"女主角得了白血病,绝望的爱恋。"曲昀说。

"那你做主角也挺浪漫。"

"什么?"

"你不是脑子有病吗?"

"啥?"

"傻子。"凌默说完,就咬了一口糖醋里脊。

"……那我就算是傻子,也得找个会照顾我的姐姐浪漫不是?"曲昀低下头。食堂里挺吵闹的,他以为凌默没听见,但其实凌默听见了。

"那样就真的是绝望的爱恋了。"

"为啥?傻子又不像白血病那样会死人。"曲昀觉得自己何等没出息,都承认自己是"傻子"了。

"因为她会嫌弃你。"凌默瞥他一眼,眸子里泛着笑意。

"……滚蛋。"

因为今天没出什么汗,曲昀不想去公共浴室排队,直接端着盆子在洗手间的隔间里冲了冲，就回寝室睡觉了。

第二天，他们穿着运动外套，里面就是泳裤，去体大的游泳馆集训了。

他们男子自由泳这边的教练姓邵，是个总爱绷着脸的家伙，他往那儿一站，这些十七八岁的大男孩儿没一个敢多说话的。

"要在两周的时间内大幅度提高你们的成绩是不可能的，只能尽可能纠正你们游泳方面的不规范，包括起跳、泳姿以及转身等技术性动作。几位助教会一对一给你们进行矫正，希望你们珍惜机会！"

大家排着队，跟着教练做完了热身运动，曲昀的筋差点没给拉断，才终于可以下水了。

负责教曲昀的助教看起来很年轻，但是光看肩背的肌肉线条，就知道他是专业游泳运动员。

"路骁，你的姿势大体是不错的，但是你一定要把握好两臂配合的时机。这是一种很微妙的平衡，我觉得你很有潜力，这方面要注意。你看一下凌默的泳姿，就像在水中行驶一样。"

曲昀点了点头，看向不远处正在被邵教练亲自指导的凌默。

大概一个多小时之后，大家可以休息了，凌默游到了曲昀身边，问了句："怎么样？"

曲昀思考了一下，回答说："还好啦，就是助教希望我像你一样在水中'行驶'，有点儿抽象，掌握不好。"

"用眼睛可以看见的用力，是在和自己作对。"凌默淡淡地说。

"呵呵，你可不可以不要对我说这些我听不懂的话？"

"你在水里游泳却想着挣脱水的束缚，而不是享受水的包裹，你当然越用力越难受。"

"……我又不是鱼。"

"你的肩膀需要调整。"

"啊？那我要怎样调整？"

"肩膀要耸起来一点，这样你的胸腹会更加平滑，减少水的阻力，并且提升你肩关节周围肌肉群的灵活度，使你手臂的力学位置更有利。"

曲昀在心中感叹了一下。

不愧是学神，游泳都和别人不一样……

而这时候，有人发出了明显的"哼"声。

曲昀一回头就看见了袁野。这家伙是五中的，也就是选拔赛上那个游得比曲昀快了接近两秒的家伙。

"听起来,你比助教还厉害哦!专业的助教都没说清楚这家伙不对的地方在哪里,你就能咯?"袁野扯着嘴角。

凭真心话,这家伙的长相属于曲昀比较欣赏的类型,有棱有角像个爷们儿,肌肉匀称有力,皮肤略黑,应该经常在户外游泳。

"那要不要比一比?"凌默上岸,随手拿过一条浴巾披上,回过头来状似无意地说。

"比就比!选拔赛的时候没机会较量,现在正好!"袁野似乎对于自己选拔赛排名不是第一这件事情非常在意。

盛颖曦吹了一声口哨,来到曲昀的身边,小声说:"有好戏看了!"

曲昀也很想看看他们两个如果同场竞技,到底会是个怎样的结果。

"不是和我比,是和他比。"凌默的手伸过来,在曲昀的脑门上弹了一下。

"啥?我为什么要和这家伙比?"袁野指着曲昀,睁大了眼睛。

那一刻,曲昀不高兴了,袁野明摆着看不起他。

"你不是说我教路骁的不如助教教的吗?那路骁现在知道自己要怎么改善了,你和他比一比,看看能不能赢他,不就知道我教的对不对了吗?"凌默的样子很平静,好像这只是一场客观的较量。

"喂喂!你们两个之间的较量,扯我下水干什么?"

曲昀的话刚说完,袁野又说:"如果我赢了这家伙,你敢明天什么都不穿在这里游吗?"

男队在上午,女队在下午,本质上凌默就算真的不穿也没啥了不起的,但是曲昀觉得能让凌默出糗,很好啊!

他一点都不想赢这个袁野了!

"可以啊。如果你输了,也一样。"

凌默不用想都知道曲昀心中的小九九,他靠近曲昀的耳边,压低声音说:"如果你输了,你就穿着三角泳裤给我表演弹泳裤吧。"

"不……不是吧?"

说完,凌默就看向邵教练。

其他几个助教叹了口气说:"邵教练,这样不大好吧?才刚开始训练,这些小鬼头就不安分了?"

"是啊,不利于和谐的气氛。"

"还是好好教育一下!"

邵教练却哼了一下："有什么不大好的？竞技体育本来就是一种竞争，你们以为是上车让座吗？"

几个助教有点尴尬地笑了笑。

"正好，你们看看这个袁野和路骁同场竞技的水平差距在哪里？到底技术上有什么不足？他们两个正好是自由泳这块拔尖儿的。"

"明白了。"

曲昀的助教走过来，左手摁着袁野的脑袋，右手压着曲昀的肩膀，笑嘻嘻地说："小伙子们，公平竞争，不许玩猫腻！任何不痛快，泳池里公平解决，不许在我们教练和助教看不到的地方乱来！"

"知道了！"

"明白。"

"游个一百米吧！"助教说。

此时的曲昀感到压力山大，他看了一眼凌默，凌默和其他人一起站在对岸。

曲昀和袁野都上了起跳台，开始准备。

曲昀吸了一口气，闭上眼睛，他必须要以最快的速度纠正自己泳姿上的缺陷以及适应这种调整。

脑海中浮现出来的是凌默在水中行进的样子，他的头部位置，他的肩膀，他的手臂，他打水的方式……

你要在水中行驶，曲昀。

只听见一声哨响，曲昀和袁野同时跃入水中。

袁野的起跳确实比曲昀要远一些，在短暂的海豚腿之后，曲昀立刻划动了起来。

他知道游泳并不仅仅是泳姿的较量，还有各种技巧，包括换气、转身，还有身体的爆发力。

专注起来，曲昀。

一点点节奏上的差错，他都会落败。

曲昀跟随着脑海中的凌默，他忽然意识到自己要做的不是把水当成阻力，而是助力。

水是他在泳池中唯一的力量来源。

"用眼睛可以看见的用力，是在和自己作对。"凌默的话在曲昀的耳边响起。

曲昀第一个转身，双腿极有力度地将自己推向前方，那一刻弥补了起跳时和袁野之间的差距。

游泳队里其他队员都越凑越近，感觉到了心脏绷起，血液都凝滞的紧张感。

"加油啊，路骁……"盛颖曦握紧了拳头。

几个队员还忍不住跟着他们游泳的方向在泳池边奔跑。

"太快了吧！"

又是一个转身，曲昀和袁野仍旧保持着齐头并进不分先后的势头。

仅仅只是肩部的一点点调整，曲昀没想到竟然会让他感觉到在水中更加自在了。

"我都没有注意到是因为肩膀。"曲昀的助教很惊讶地说。

邵教练抱着胳膊，低声道："只要你再多观察他一下，迟早也会发现他肩膀的问题。但是被人指点之后，他立刻就适应……这孩子很厉害。"

水中的袁野焦躁起来，他发现怎么样都甩不掉曲昀，甚至还会有一种曲昀已经游到他前面去的错觉。

"袁野有些急躁了，抢节奏了，但是身体没有配合好。"邵教练的眉头蹙起。

但是曲昀的状态却越来越好。

"路骁就是转身上比袁野差了那么一点……"

"有技术缺陷，说明有极大的提升空间。"

最后二十五米，曲昀发了疯一般开始划水和踢打，那种拼了命到肌肉都要绷断的力度感让邵教练愣住了。

这种气势也感染了其他几个助教，下意识都在为曲昀加油。

"很好……很好……保持这个架势……"

"加油！绷住了！绷住了！"

"再快一点！"

曲昀都不知道自己是怎么触壁的，只知道那一刻，他差点没在水里背过气去！

他的脑袋刚出水面，顾不上把脸上的水都抹开，就大口呼吸起来，结果呛了个大的，咳得肺都要喷出来了。

他上气不接下气，不知道自己到底赢了袁野没有。

袁野也大口喘着气，忽然用力将泳帽脱了下来，狠狠甩在水面上。

邵教练朝着曲昀的方向点了点头，示意赢的是曲昀。

曲昀差点没站住，坐进水里。

这种怎么呼吸都不够的感觉太难受了，但是当他看见站在泳池对面看向他的凌默时，他有种恍惚的感觉。

凌默，在现实中出类拔萃到曲昀永远望尘莫及，但是在这个世界里，曲昀好像得到了追逐他的力量一般。

围着泳池的队员们不约而同鼓起掌来，盛颖曦来到了池边，扣住曲昀的手腕拉他上来。

"你太牛了！真的太牛了！你知道刚才教练说什么吗？说你所花的时间比预赛的时候快了两秒多呢！"

"真的？"

曲昀知道，现在能游这么快，除了凌默指导了技巧之外，还因为这一次他抱着必须要赢的决心。

他无法容忍自己穿着三角泳裤在寝室里晃，一直被凌默弹泳裤。

曲昀朝着凌默的方向做了一个抹脖子的动作，意思是，迟早有一天，他也会赢过凌默，但是凌默却毫不介意，甚至嘴角带着浅笑。

"不可能……"袁野跑去看了其他助教录下来的视频，虽然差距不过半秒，但能分辨出是曲昀先触壁了。

曲昀上岸的那一刻，觉得自己的身体重到两条腿支撑不起来。

盛颖曦刚要扶住他，一只手伸过来，一把将他揽了过去。

那种强硬，除了凌默，曲昀想不到第二个人了。

盛颖曦虽然有点恼火凌默怎么总是拦住所有他接近曲昀的机会，但这是在游泳馆，这么多人看着，盛颖曦忍住了，但是他没有忘记去酸袁野。

"嘿，袁野，你输了哦！愿赌服输，别忘了明天来训练的时候，可什么都不能穿！"

"不穿就不穿！"袁野哼了一声。

老实说，曲昀还真不想袁野什么都不穿，他要真那么待在泳池里，大家游泳得多别扭。

扶着曲昀的凌默开口了："你还是穿着吧，路骁不想看。"

反倒是这句话让袁野瞬间害臊了起来，脸颊上还有点儿红。

曲昀赶紧说："对啊对啊，你千万要穿着泳裤。不然我在水下忽然看见了，铁定得呛水！"

紧接着，盛颖曦抱着肚子哈哈大笑起来，他和袁野是室友，走到旁边拍了拍袁野的肩膀说："得了，路骁是个缺心眼儿，你别介意他说了啥。总结起来，他就是不想你啥都不穿。"

"对对！"曲昀赶紧点头。

不过经过这件事，袁野大概也明白了什么是天外有天，不会那么"心比天高"了。

邵教练看他们几个没有在赛后闹脾气，很满意地点了点头，对他们的比试进行了技术点评。

袁野的心态问题和节奏的把控问题被邵教练点了出来，同时他也说曲昀的转身如果能再提高一个层次的话，成绩会出现可喜的进步。

"还要提高一个层次啊……"曲昀侧过脸来偷偷瞄了一眼凌默。

要知道整个泳队里，号称"转身之王"的莫过于凌默了。

让曲昀没想到的是，凌默竟然也正看着他。

那双眼睛里的情绪，别人也许看不懂，还以为凌默不食人间烟火，但是曲昀现在可清楚，凌默其实全身都是烟火。

早晨的指导训练结束，盛颖曦立刻来找曲昀一起吃午饭。

曲昀看了一眼凌默，见他什么都没说，就赶紧和盛颖曦并排走着去食堂了。

就在这个时候，有个女队员忽然叫了凌默的名字。

"凌默，你的队员证掉了！"

曲昀和盛颖曦也跟着回头，只看见一个身着运动衣留着短发的女孩儿有些紧张地将手里捏着的队员证递到了凌默的面前。

"谢谢。"

凌默点了点头，接过去了，然后继续揣着口袋走向小食堂，路过曲昀的时候还瞥了他一眼。

曲昀莫名有种凉飕飕的感觉。

"也就是凌默的队员证掉了，有妹子会捡。你信不信你的或者……应该不包括我这种帅哥，其他队员的队员证要是掉了，可没人理。"盛颖曦调侃地看向曲昀。

"怎么可能？我也不至于那么没有人气好不好？"

"路骁，不是我说，我总觉得你在男生中的人气远高于女生。"

"为什么？"曲昀还是不明白。

"你看，男生里面至少有我这个万人迷欣赏你，还有那个凌默总是盯着你，袁野跟你也是不打不相识，女生里面有谁啊？"

曲昀有种吃了苍蝇的感觉，但仍然不打算放弃治疗："你鬼扯什么？鬼要你欣赏！而且没试过，你怎么知道我在女生里面没人气？"

"那成啊，你就假装队员证掉在地上了，这里是去小食堂的必经之路，看看一会儿吃饭的时候有没有女生帮你捡队员证啊？"盛颖曦眼里那抹自信让曲昀不舒服。

"行啊！"曲昀把自己的队员证取了下来。

盛颖曦将曲昀的队员证扔在比较显眼的地方，然后拽着曲昀走了。

曲昀一边走，一边忍住回头看的冲动，仿佛躺在地上的不是队员证，而是他自己。

到底有多少脚丫子会从他的脸上踩过去啊！

曲昀后悔了，他忽然意识到自己是被盛颖曦耍了。

"喂，你的队员证也扔出来试试啊。"曲昀揪住盛颖曦的后衣领说。

"我的为什么要扔啊？"

"盛颖曦，你不是说你比我受欢迎吗？不扔下来比一比，你是耍我吗？"

曲昀眼睛一凉，盛颖曦赶紧解释说："你想想看，这一条路上既有你的队员证，又有我的，你也不怕教练以为咱俩故意的？"

"那你骗我扔我的队员证？"

盛颖曦终于憋不住笑了："这不是看你……挺可爱的吗？"

"神经病！"

说完，曲昀就回头找他的队员证去了，但是他惊讶地发现……它不在原来的地方了。

"盛颖曦！你把我的队员证扔哪儿了？"

"哎……我记得我就是把它放在这里的啊……怎么没了呢？"盛颖曦看曲昀半天没找到，也开始着急了。

"你赶紧给我找出来，不然我把你揍成猪头！"曲昀心想，自己就不该和盛颖曦一起混，连智商都降成负数了。

"别急，别急，我再找找！又不是结婚证，你别紧张！"盛颖曦本来只想开个玩笑，这会儿真没了，他额头上都出汗了。

曲昀站在一旁，抱着胳膊，冷眼看着这家伙。

真别说，盛颖曦虽然没有凌默的气质高冷，但脸蛋还是挺漂亮的，但是这些都无法弥补盛颖曦弄丢了他的队员证。

曲昀毫不留情地踹了盛颖曦一脚："找不到了吧？"

"哎……到底哪里去了？"

曲昀直接把盛颖曦的队员证从他的口袋里拽出来，远远地扔了出去。

"喂！路骁……"

"怎么了？这叫公平，下午陪你小爷去补办队员证。"

"好吧……算你狠……"盛颖曦眼巴巴地望着自己队员证的方向，他想捡，但是怕惹火了路骁，又不敢捡，"你这家伙力气怎么那么大……扔那么远？"

在曲昀的威慑之下，盛颖曦不敢把自己的队员证捡回来。

等到他俩去到小食堂的时候,凌默已经坐在餐桌前等着了,手旁还放着一份饭菜,明显是为曲昀打的。

曲昀坐了下来,凌默冷冷地开口问:"你没有什么要说的吗?"

刚要把葱爆牛肉送进嘴里的曲昀咽了一下口水,忽然有一种吃断头饭的错觉。

"啊?哦,谢谢你帮我打饭!"

看看盛颖曦蹙着眉头走过来的样子,就知道肯定来晚了,肉没打够。

"你没有什么东西丢了?"凌默又问。

"……你……你怎么知道我丢东西了?"

"脑子丢了。"凌默什么都没说,低下头来继续吃饭。

食堂的餐桌都是四人位的,盛颖曦端着餐盘来到曲昀的对面坐下,故意无视凌默的存在。

整个泳队的人都知道,凌默只会和曲昀说话,曲昀总是想和盛颖曦玩,但又总是和凌默坐一块儿,盛颖曦想和曲昀玩,于是总不得不和凌默打交道。

这复杂的关系哦!

"你还有照片吗?吃完饭一起去补办队员证啊!"

"嗯嗯,还有照片。"

这时候,凌默忽然把什么东西摁到了曲昀的手边。曲昀低头一看,这不就是他的队员证吗?

"哎,我的队员证怎么在你这里?"

"其他人捡了之后,叫我交给你。"凌默回答。

"啊?这人真奇怪,我刚才还在路上找了那么久呢。他如果先捡到了,在路上看见我怎么不直接还给我?"曲昀用手擦了擦照片上的灰尘。

"哈哈,这有两个可能。"盛颖曦伸出手指说。

"哪两个可能?"

"第一,你本人太丑了,捡了你队员证的人没认出来。"

"去死吧。"

曲昀刚要在餐桌下面狠狠踹盛颖曦一脚,旁边凌默的膝盖却靠了过来,硬生生将他拦住了。

他动了动,凌默直接用脚尖死死地顶着曲昀的脚踝。

"哎,你啥时候和这嘴贱的家伙好上了,连踹都不让我踹他……"曲昀不高兴地用筷子戳米粒。

盛颖曦翻了个白眼:"第二种可能,就是捡到路骁队员证的是个妹子,妹子知道你是凌默的室友，故意不还给你，而是特地到食堂里交给凌默，这样就能和高冷的凌默说上话了。"

"哦！原来是这样啊！"曲昀用胳膊肘撞了一下凌默，"妹子漂不漂亮啊？"

凌默微微抬了抬眼皮，回答说："是邵教练捡了，你觉得邵教练漂不漂亮？"

曲昀张着嘴，假装什么都没说过，低下头继续吃饭。

离开食堂的时候，盛颖曦要拽曲昀的后衣领，却被凌默摁住了曲昀的脖子。

"喂！路骁，说好了陪我去办队员证的！"

曲昀本来是有点内疚的，虽然一切源于盛颖曦使坏，但他的证确实是被自己扔掉的。

正要转头答应对方，脖子就被狠狠压下去了。

"你暑假作业还不赶紧写？"

"写写写！"曲昀的脖子缩了起来，就像一只乌龟，生怕凌默的手指真的掐下去。

而且有凌默在，作业写得快一点。如果不趁着集训的时候能写多少算多少，等比赛结束了，剩一堆暑假作业，他肯定会被班主任削成狗。

盛颖曦叹了一口气，看着曲昀没义气外加没骨气的背影。

这天晚上，曲昀爬上床铺，美美地拿出手机，看了眼日期，忽然就意识到，今天是老妈刘芬芳的生日啊！这他要是一点表示都没有，回去妥妥就是要被炸上天啊！

他赶紧编辑了一条短信：亲爱的妈妈，感谢您这么多年的养育和悉心照顾，祝您生日快乐！给您一个大亲亲！

一边编辑短信，曲昀一边入戏，带着真心诚意的姨母笑。

发完短信之后，他一边看着化学书，一边时不时拿起手机看看刘芬芳的回信。

等了半天，手机里啥都没有。

也许刘芬芳的同事陪她庆祝，又或者加班没看见？

过了几分钟，去公共浴室淋浴回来的凌默提着一个袋子，肩膀上披着毛巾，身上穿着运动衣回来了。

他本来就高，虽然一副冷冰冰的样子，但是很帅气。这种帅气除了他出众的五官和身型之外，还有一种属于男人的沉稳和力量感。

曲昀趴在床上看着凌默将洗澡的东西收拾好，心里不断回想着在那架坠毁的飞机里第一次发现凌教授的时候，他有这样的好身材？

呃，讲真，记不清楚了……

凌默一回头，就看见曲昀一只手从床上伸过来："我也要去洗澡，给我一下水卡。"

"你不是在游泳馆里洗过了吗？"凌默的右手伸过来扣住曲昀，但一点都没有给他水卡的意思。

曲昀一脸黑线，游泳馆淋浴间里那么多人，哪能一直洗，他随便冲一下就出来了。

而且凌默一直守在隔间门口，要他穿好了裤子才可以出来。

"没洗爽。"

"那我给你提桶热水，你去洗手间隔间里冲。"

"你是不是有病啊？我怎么感觉你今天在这儿跟我闹别扭呢？"曲昀要把自己的手收回来，却被凌默紧紧拽着。

"今天和盛颖曦玩得开心吗？"凌默换了个问题。

曲昀现在只担心自己手的安危，随口回答一句："还好！还好！"

"竟然还好？"

"啊——不好！不好！盛颖曦那个家伙那么自恋！"

"你还要和他一起玩吗？"

"……我努力……我努力不跟他玩了……"曲昀没骨气地说。

凌默这才松开了他。

"你还洗不洗澡？还洗的话，我就去给你打热水。"凌默很轻松地爬到了曲昀对面的床上。

两张床是挨在一起贴着墙的。

"不洗。"

凌默好像早就预料到这个答案了，随手取了手机，翻了两下，然后打开床头灯，看起了什么病毒糖链研究。

看凌默没动静了，曲昀这才呼出一口气来，取出手机。他现在特别想发一条短信给江城博士，对他说：我不想做这个任务了，让我回家。

但别说发短信了，万一这一次任务又失败，江城是否会再把他摁进这个任务里来都不确定。

他打开手机，发现有一条未读短信，大概是路骁的妈妈刘芬芳的回信吧。

谁知道他点开一看，显示短信是来自凌默的。

——我为你还知道应该在妈妈生日的时候发条短信而感到高兴，遗憾的是，我还不想做你妈。

曲昀抖了抖，这才发现自己刚才那条祝刘芬芳生日快乐的短信竟然发给凌默了！

因为都是"L"开头，两个人在通讯录里很近，曲昀一不小心选错了。

曲昀郁闷地把薄被一卷，决定睡觉了。

谁知道凌默却拍了拍曲昀的床头："你用脚对着我的脑袋？"

曲昀没好气地回答："你把枕头挪个方向，也用脚对着我不就得了？"

"你确定要用脚对着我？"

"怎么了？"

曲昀的床铺突然颤了颤，他撑起上身，发现凌默竟然从自己的铺位，爬到他这边来了！

他的双臂撑着上身，肩背和腿绷出富有张力的线条，就像某种巡视自己领土的猛兽。

当他的双手撑在曲昀的小腿边时，曲昀看着他眼睛里透露出来的气势，忽然意识到什么，隔着被子抬起脚踩在了他的肩膀上。

"喂，这里是我的床。"曲昀冷冷地看着凌默，警告性地看着他。

凌默却抬起一只手，扣在曲昀踩着他肩膀的脚踝。曲昀并没有把自己的脚收回来，反而更用力地往下踩。

而凌默明明只有左侧的胳膊撑着上半身，却一动不动地保持着那个姿势，甚至扣着曲昀的小腿，越来越靠近。

危机感来袭，曲昀与凌默对视，他告诉自己，不要退却，不要做出妥协的举动，否则和凌默成为室友的这两周，他都会为所欲为。

"你确定还要用脚对着我睡？"

凌默已经来到了曲昀的胸前，他的那条腿隔着被子折了起来，而曲昀却没有任何表情，他正在积聚力量，准备好一脚踩下去！

"路骁，如果你的床被你蹬塌了……你是打算我这张床吗？"凌默的声音很轻，冰凉中带着一丝威胁的意味。

"你就为了让我转过去，至于吗？"

曲昀扬了扬下巴，十分不满意地说。

"你就那么害怕？"凌默淡淡地反问。

"我怕你个屁！"

"不怕就好。"凌默的手伸过来。

曲昀立刻戒备起来,想着大不了给凌默一记重拳。谁知道,凌默只是一把抽走了曲昀的枕头,向后潇洒地一扔,然后退离了曲昀的范围。
　　那一刻,曲昀感觉到的不是凌默离开了,而是他高抬贵手放过了自己。
　　……这浓浓的不爽感!
　　曲昀起身,转了一下,将脑袋对着凌默那边睡下。
　　想了想,为了找回场子,他说了句:"你真幼稚!"
　　"为了配合你。"
　　凌默的声音从另一边传来,很近很清晰。
　　曲昀脑海深处某根神经被拨动了一下,久久无法恢复平静。

第十四章　你刚才的转身很漂亮

泳队的训练基本是根据每个人的情况设定的，而曲昀被重点关照的是转身和换气。

曲昀和一般人单边换气不同，他更适应双边换气，这也使得他左右划水力量均衡。

助教观察了他一个多小时，为他制定了属于他自己的换气节奏。

蹲在泳池边盯着曲昀的助教很惊讶，因为曲昀的适应能力很强。

这个年纪的孩子，无论是划水的姿势还是腿部打水的动作，都已经形成了习惯，不是一时半会儿能够被纠正的，但对于曲昀并没有太大影响。助教纠正肘部的动作，曲昀游了两个来回就能记住。

但是即便这样，到了水中转身的部分，助教却很头疼。

他很清楚曲昀如果还想要大幅度提升成绩，转身是关键。

"这个转身有个发力加速的过程，但是在这之前如何蓄力才是重点！"

助教甚至让曲昀坐在电视机前观看其他游泳运动员的转身录像。曲昀直勾勾地看着，到了水里，助教手把手地教他，却收效甚微。

助教很头疼地蹲在泳池边，邵教练来到助教的身边，陪他一起蹲着。

"别着急，你一着急，路骁会更加不自信。"邵教练拍了拍助教的肩膀说。

"他的心态倒是好得很，就是因为他心态好，也一直在分析自己的不足，倒是显得我这个助教多余了……"

到了晚上，曲昀去游泳馆继续练习，走之前他还看见凌默坐在桌前，亮着小台灯，继续看着那本病毒糖链研究。

"我去练习了！"曲昀说完，就拎着东西关门出去了。

凌默没什么反应，曲昀也终于松了一口气。

来到泳池，不少队员还在泳池里自由练习，而曲昀则在泳池边不断练习转身。

他观看录像，亲眼看着自己转身和其他高手转身的不同。他之前之所以能模仿凌默的转身，是因为他可以感觉到凌默的发力方式。可是录像带看到的只有动作，并没有什么用。

曲昀不知道练了多少次把脑袋从水里探出来，突然发现有人坐在那里，线条漂亮的小腿自然地垂在泳池边。

"凌……凌默，你怎么来了？"曲昀趴在岸上，仰着头，看着对方。

凌默的手伸过来，摸了摸曲昀的头顶。

"你看起来像海豚崽。"凌默这个动作一下子就吸引了泳池里其他人的注意。

"海豚崽？！"曲昀哼了一声，又要钻进水里，但是一直坐在池边的凌默忽然下了水。

曲昀在水下翻身的时候，忽然被人一把圈住，双腿被折了起来，惊得他差一点呛水。

他刚把脑袋伸出水缓了口气儿，对方继续圈住他，他立刻就意识到，这是对方故意的。

"喂……你想淹死我呢？"

凌默开口说："自由泳转身，一定要注意双脚位置向转身方向倾斜，屈膝约成直角，双手夹在后脑上，撑腿。"

曲昀一边试想着按照凌默的方式怎样发力，一边想着自己的缺陷。

这时候凌默放开了曲昀，来到了旁边的泳道。

"我转身一次给你看。"

"好！"

近距离感觉凌默的转身，恰恰是曲昀最需要的。他立刻扎进水里，睁大了眼睛。

凌默在水中的泳姿相当有力度感，那种流畅的身形线条，让曲昀嫉妒得眼热。

特别是最后一次划水，凌默的胳膊拉伸开来非常漂亮，俯身向下双腿并拢。他刻意放慢自己的动作，但仍旧可以感觉到他全身肌肉形成的某种默契的节奏感。他的蝶泳脚收腿利落，推水低头蝶泳脚，一气呵成，为加快转身速度做好了准备。

他全身翻转，双脚触壁时全身展现出来惊人的爆发力，而当他的身体舒展开来时，延伸而出的线条，有一种曲昀从没有见识过的力度美。

曲昀愣在那里，明明是在一秒不到的时间里完成的一切，却像是一帧一帧令人无法忘怀的慢动作。

凌默完成了转身，朝着水下的曲昀做了一个手势，示意让他也来试一试。

曲昀这才清醒过来，他先凌默一步浮出水面，用力地吸了一口气。

"你有认真看吗？"凌默问。

"有啊。"

"那你自己做来试一试。"

说完，凌默就潜入水下，要看曲昀转身。

被他注视着令曲昀莫名紧张，同时注意力也无比集中。

他的第一次转身虽然改善了一些影响速度的小毛病，却没有凌默那种浑然天成的流畅感。

"不要把水当成你的敌人，游泳的时候，它是你唯一可以借力的对象，每一次转身，都是下一次融合的开始。"

凌默的声音很好听，仿佛和这一整池的水交融在了一起。

"喂，你可不可以不要说这种听起来很有道理，但完全抽象的话？"曲昀歪了歪嘴巴，抱怨道。

"你真的觉得理解起来很困难？"凌默问。

"嗯。"

"那么你就做我转身的池壁。换个角度看清楚。"

说完，凌默又扎进了水里。

"啊，那不是要被你踩？你会把我肠子都踩出来的吧？"

曲昀一边抱怨，一边还是贴着泳池站着。

凌默从远处游来，曲昀能清楚地看到水面的变化，感觉着凌默的靠近。

当凌默转身，曲昀的一切感觉都跟随着颠倒过来，即便是透过水流，他也能想象凌默双脚蹬壁的力度，被击碎的危机感促使他伸出了双臂。曲昀与凌默之间就像拥有某种默契一般，凌默的双脚稳稳地踩在了曲昀伸出来的手掌上。于是，那种清晰的力度感，甚至他发力的角度，曲昀都感觉得那般清晰。

当凌默远去，水流仿佛也跟着从曲昀身边离开。这种奇妙的感觉，是曲昀从来没有过的。

就在曲昀还在感受着那一刻的时候，凌默悄无声息地回到了他面前，从水中缓缓站起身来。

当曲昀对上凌默的眼睛，忽然发觉自己如同被锁入凌默的世界里，动弹不得。

凌默的胳膊伸了过来，稳稳地撑在曲昀两侧的池壁上，用他一贯古井无波的语气说："懂了吗？"

"嗯……有点懂了……"

他本来想要低下身去，从凌默的胳膊之间离开，但是这家伙忽然手向下一挪，刚好又把他给挡住了。

曲昀刚想说"你这混蛋是不是故意的"，凌默却抢先一步说了声"对不起"，然后将胳膊挪开了，搞得曲昀觉得自己如果再生气，就是矫情了。

"我自己试一试。"

"嗯。"凌默很爽快地撑着自己上去了，还带起哗啦啦的水声，然后就那样坐在池边。

曲昀从远处游回来，他的大脑仍旧被凌默的那个转身所占据。如何屈膝，如何在水中转身，所有微妙的细节此刻都清晰无比。

当凌默远去，他才发现自己的每一个动作，每一次发力都衔接起来了。

曲昀从水中冒出脑袋，望向凌默的方向，然而并没有发现凌默。

曲昀顿了顿，莫名的失落感涌上心头，整个游泳馆也变得空旷了起来。

时间已经晚了，不少正在练习的队员都已经上岸准备回去了。

曲昀呼出一口气来，凌默本来就不怎么会在晚上练习，现在大概已经回宿舍了吧。

曲昀正要伸手撑上岸的时候，忽然有人从后面捂住他的嘴巴，一把将他带进了水里。

曲昀心里一惊，立刻转身就要横扫对方，但是当他发现那是凌默的时候就犹豫了，而凌默直接将他摁进了水中。

曲昀倒下去的同时捶了一拳，但是被凌默躲开了，凌默的泳帽却被曲昀带了出去，黑色的发丝就这样散开。

等到机会来临的那一刻，曲昀猛地向上，膝盖狠狠顶向凌默，但是凌默淡然地一把扣住他的膝盖，用力一翻，他便在水中失去了平衡。

但是这一切并没有让曲昀慌乱，而是立刻身体摆动，迅速打水，离开凌默的范围，没命地游向泳池的另一侧。

与此同时，曲昀感觉到身后水流的震动，是凌默追了上来，无形的力量推动着曲昀。

不能被凌默追上！绝对不能！

曲昀从一开始想要避开凌默，到不想一直输的劲力在血液中沸腾。他抢先一步转身，一切以最快最流畅的方式在水中反转，借力离开，没命地向前游去。

他许久没有这种将一切都从脑海中驱逐，只为了前面那个终点的感觉了。

当指尖触上池壁的那一刻，他知道凌默比他要晚，他莫名快乐起来，大口呼吸着，看着凌默从水中涌起，水流沿着他的发丝落下来。他看着曲昀，这让曲昀想起他刚才对自己做的事情，不由分说就要上岸离开。

"你刚才的转身很漂亮。"凌默说完就先一步上岸了。

哪怕是曲昀以莫小北的身份待在凌默身边时，都没有听过凌默称赞过什么。

曲昀站在那里，一动不动。

"走吧，去淋浴。"

"哦……哦。"曲昀一时没回过味来，愣愣点头。凌默居然夸他？

这个事实经过两分钟的消化，在曲昀脑子里引爆了史上最大的一场烟花。

一周的集训过去了，邵教练要进行队内排位赛，并且有针对性地规划正式参赛名单。

所有队员都很紧张，这关系到好不容易通过选拔赛的他们，到底能不能在大赛上露脸，以及有些同学也期待着自己的表现会不会被其他大学看中。

曲昀无所谓结果，是因为他觉得这个世界本来就不是真实的，就算拿到世界冠军也没有用。

而凌默一副完全淡然自若的样子，目光还是冷冷的。那是因为大家知道，在自由泳这个项目，全队没有几个人能赢过他。

邵教练正在公布比赛分组名单。

首先进行的是男子二百米自由泳，八个人比赛，虽然按照参赛名额，应该只取前两名，但是项目比较多，最后肯定还是会有调整的。

盛颖曦来到曲昀身边，拍了拍他的后背："加油啊，哥们儿，我知道你擅长短程。"

"你啥意思？是说我体能不行？"曲昀假意不满地说。

"哎，你那么较真儿干吗！"

说完，盛颖曦还拿了一片绿箭口香糖给曲昀。

"嘴巴里有东西，嚼着就不紧张。"

"谢了！一千五百米你加油啊，我知道你短程的爆发力上不来。"曲昀坏笑着说。

"你这人报复心咋那么重呢？"盛颖曦无奈地摇了摇头。

其实比起口香糖，曲昀更喜欢大大泡泡糖。

想着想着，曲昀就吹了个泡泡，虽然很小，但是让他很有成就感，毕竟这是他见过的用口香糖吹出的最大的泡泡了。

曲昀侧过身,正要拉盛颖曦看一眼,谁知道他一拽,对上的却不是盛颖曦那双水灵灵的桃花眼,而是冰冷却轮廓深而漂亮的眼睛。

凌默……他什么时候走到自己身边的?

盛颖曦那个大傻子跑哪儿去了?

哦……上一旁热身去了……

曲昀刚松开凌默的手腕,他却朝着曲昀倾斜而来。

感觉到泡泡的另一端像是被挤了一下,只听见"啪——"的一声,这层脆弱的障碍破裂了,凌默的指尖近在眼前。

是凌默捏破了他吹起来的泡泡。

曲昀很少见凌默有过这么幼稚的举动,感觉有点儿欠……但也更有人情味儿了。

他四下张望,不知道别人看见这一幕会作何感想。

"路骁,我们来做个约定怎么样?"凌默开口问。

"什么……什么约定?"

"如果一百米自由泳,你赢了我,我就不再做任何让你困扰的事情。但是如果你输了,我说什么,你就要听。"

曲昀知道凌默是个言出必行的家伙,但问题是……自己赢过他的概率实在不大啊!

"怎么,你害怕?"凌默问。

"你少拿激将法来激我。"曲昀哼了一声。

凌默却向前走了一步:"你不是害怕输给我,而是害怕我靠近。其实靠近了又怎样,我又不会窥探你,你也不会损失什么。你犹豫的原因,是因为你有关于我的秘密不想让我知道吗?"

他的声音太客观,仿佛所有他说出来的话都是客观事实。

曲昀站在那里,忽然有种想揍这家伙一拳的冲动。

十七岁的凌默,和十四五岁的凌默真的不一样。

年少时候的他,总想要将自己的喜怒放在心底深处,那是他自己的东西,没打算呈现出来给别人看。

但现在的凌默……他很明确地表达自己想要的是什么,以及……不想要克制。

因为他比从前更加自信了。

"你才有秘密呢,你一堆秘密,神秘主义!"曲昀的头发都要炸起来了。

"大人都会有。"凌默的回答让曲昀气结。

曲昀故意从凌默的身边撞过去:"走开,小爷好去热身!"

"那一会儿我等着看你的超常发挥。"

凌默的声音里带着一丝笑意。

曲昀觉得自己掉进这家伙早就设计好的陷阱里了……超级不爽!

十几分钟之后,排位赛即将开始。

曲昀戴好泳帽和泳镜,站在起跳台上,左边是袁野这个老冤家,他一副专注的样子,明显是想要一雪前耻;右边是盛颖曦,老朋友在身边,让曲昀更有安全感。而凌默则在盛颖曦的另一侧。

曲昀呼出一口气,对自己说,这也是他的机会!

让这家伙总看不起自己,这一次他非要给这个自负的家伙看!

哨声划过空旷的游泳馆,所有人一跃而起,曲昀奋力拉出一道弧线,刺入水中。他很清楚要游得快并不仅仅是用力就有用,怎么用力才是关键。

他如同刺破水流,冲向前方,一百米而已,容不得懈怠,也没有失误的机会。

第一个转身的时候,曲昀知道自己领先盛颖曦,也应该比一旁的袁野要快一点,但要赢过凌默是远远不够的!

还要再快,再快起来!

他的肩膀,他的肘部,他的呼吸,他的转身,所有曾经被纠正以及要求他注意的,他都绷起心神。

肢体的协调,水流的作用,他要让一切都配合起来,像共振!像共鸣!

第二个转身,曲昀知道自己已经和袁野拉开了距离。

你还能更快!

还能更快!

曲昀很清楚,像凌默这种习惯站在顶端的家伙,实力是说服他最强有力的证明。曲昀必须要让凌默知道自己拥有与他并驾齐驱的本领,否则,在凌默面前,自己就永远只能被压迫!平起平坐是必须的!他要用自己的实力来争取!

站在池边看着的邵教练很惊讶。

"凌默能有这样的水平,我不稀奇,但是路骁……今天的发挥太棒了。"

助教也跟着点头说:"是的……之前我都在苦恼怎样让他的转身快起来……他自己反倒摸到了门路。我刚才掐了一下他的转身时间,已经和凌默差不多了。"

很快就到了最后的二十五米,在一旁观战的队员们都跟着紧张了起来,忍不住大声呼喊着。

"加油！加油啊！"

在大家的心里，凌默的速度和爆发力是不可动摇的，就连请过私人游泳教练训练好几年的袁野都比不上。但是今天曲昀所展现出来的实力，让所有人为之一震。

"路骁加油！路骁加油！"

"路骁，你就差凌默不到一米！"

"路骁！加油加油！"

几个队员都快喊破嗓子了。

曲昀隐隐听见他们的声音，咬紧了牙关，最后几米连呼吸都顾不上，疯狂地向前冲去。

在触壁的那一刻，他的心脏像要裂开一般跳动着。

他的脑袋探出水面，大口大口地呼吸，抹开水流，脑袋还有些发蒙。

曲昀感觉一旁有人拍了他一下，好像是盛颖曦，却不知道对方在说些什么，他真正关心的只有这一次队内排位赛的结果。

结果出来的时候，曲昀看见仍旧排在第一位的凌默，有一种想要用脑袋去撞泳池的冲动。

他游得肺都要炸掉了，竟然还是没有赢过凌默！

太没天理了！

这一场一百米，让他连肌肉都要撕裂了，结果竟然是这样？

而凌默单手撑着泳池，正喘着气，似乎也拼尽了全力的样子。

大家轮流上了岸，助教将毛巾扔给他们披上。

"凌默，还有路骁，今天你们的表现太让我惊讶了！"

曲昀都不敢去看凌默。

表现让教练惊讶又怎样啊？还不是输给凌默了？

这下好了，这家伙又逮着机会对他提无理的要求了！

"凌默，你的成绩提高了零点七秒！还有路骁，你比训练时最好的成绩提高了零点九秒！"

大家都热烈地鼓起掌来，曲昀却什么都听不进去了。

一百米的排位之后，就是两百米排位赛。

明天还有八百米的排位赛，后天是一千五百米。

教练头一次没有在训练中太苛刻，而是让大家保存体力到明天。

早晨的排位赛都结束之后，大家纷纷走向男子更衣室。

曲昀心不在焉地拎着自己的塑料袋，一路走一路在掉，可他却完全没反应，满脑子都是，回到宿舍之后要怎样和凌默讲道理。

盛颖曦看见了，赶紧跟上去，正要帮曲昀把毛巾捡起来，却有人先他一步把所有东西都捡起来了，是凌默。

"凌默，我有一个秘密，特别想要告诉你。"曲昀在浴室门前沉下声音说。

我的名字是曲昀，我既是在这个世界里和你一起的莫小北，也是路骁。

"你信不信，我知道你的秘密是什么？"

凌默笑着，他的笑容带着属于男人的性感。

曲昀心里咯噔一声，对上凌默笑容的时候却愣住了，这个笑容他绝对见过，不是他还是莫小北的时候，也不是现在，更不是他和凌默在现实中的时候。毕竟在真实世界里，他们的接触仅限于那一次失事飞机救援……他到底什么时候见过凌默？而且绝对是已经获得成功的，自信的，并且对他十分了解的凌默……

"我们曾经见过吗？"曲昀不是很肯定地问。

"你这是向我搭讪？方式够老套的。"凌默微微垂着眼帘，清冷之中带着点笑意。

"神经病！"曲昀一把拉开门，走进了浴室。

半个小时之后，曲昀一脸郁闷地回到了寝室，完全没有搭理凌默的打算，直接翻身上了床铺。本来想要把枕头放到另外一边去，但是一想到凌默的战斗力，曲昀决定没骨气地睡这头。

本来他还背对着外面，但是当凌默的手搭在他床边时，他紧张地猛然坐了起来。

"干……干啥？"

"我要出去一趟。"

一开始曲昀觉得很开心，终于有点儿私人时间了。

两秒钟之后，曲昀立刻反应过来了："你是不是去见梁教官？"

"嗯。"凌默轻轻应了一声。

"那我也要去！"曲昀趴到床边，低着脑袋说。

凌默忽然转过身来，一抬下巴，差点就要撞到曲昀，惊得曲昀立刻缩了回去。

"那你表现好一点，叫我一声哥，我就带你去。"凌默的声音很平静，好像说"你给我倒杯水，我就带你去"。

"去你的！你自己去吧！等会儿教练来点名，你就死定了！"曲昀凉飕飕地说。

凌默淡淡地招了一下曲昀，仰着的嘴角带着若有若无的笑意："那你去试一试，看看教练罚不罚我。"

说完凌默就转过身去，将一个背包甩上肩膀，潇洒地走了。

曲昀叹了口气，他真的好想去看梁教官训练凌默的过程啊！到底有没有什么招数，梁教官教给了凌默，却没教给他这个正牌学生的，但是如果他上赶着凑上去，肯定会引起梁教官的疑心。

还有他们所说的那个"黑雀"组织，确实是个大问题。曲昀是相信这个组织肯定会被端掉的，不然十年以后，凌默也不可能"健康平稳"地成长为那么出色的病毒学家了。

但是在这个空间里，也是充满变数的，万一"黑雀"组织伤到了凌默，那可怎么办？

曲昀呼出一口气来，这时候有人敲门了，是盛颖曦。

"路骁，我和我室友想要斗地主，但是至少三个人，你来不来？"

什么？斗地主啊！手好痒！他要玩儿！

一瞬间，他就把对凌默的担心扔到九霄云外去了。

曲昀开了门，用力地点头说："玩啊！当然一起玩！"

"不过，要等邵教练查完寝室再说。"

门外的盛颖曦眨了眨眼睛，然后又探了探脑袋说："哟，凌默不在呢？"

"他……暂时不在。"

"那就好。他要在，肯定不让你跟我们一起打牌。"

"打牌有什么不好啊？防止变傻。"

到了八点多，邵教练果然亲自来查寝了。

本来曲昀还想着要不要帮凌默打掩护呢，谁知道邵教练直接就说了："凌默估计要十点多才会回来吧。路骁，你先别锁门啊。"

"哦……他怎么了？"曲昀对于凌默请假的借口很好奇。

"他妈妈好像有点儿不舒服，他爸爸打电话来，叫我们晚上给他放个假，回去看看他妈妈。"

"哦，我不会锁门的。"

曲昀点了点头，心想，打电话的肯定不是莫青，一定是梁教官假装莫青打过来请假的。

曲昀对凌默小小地鄙视了一把。

好不容易熬到了邵教练查寝结束，曲昀立刻迫不及待地来到了盛颖曦的宿舍。

"说好了，玩两个小时，到了十一点，必须睡觉。"盛颖曦说。

而盛颖曦的室友，正是袁野。

虽然袁野不是很高兴盛颖曦叫了曲昀，但是盛颖曦表示要叫就叫知根知底的人来，不然到教练那边打小报告了，不安全，袁野想想就勉强同意了。

"才两个小时？"曲昀不满意地说。

袁野直接用暑假作业本在曲昀的脑袋上敲了一下："你个傻子！明天八百米！需要体力，不早点睡觉怎么行？"

盛颖曦也不浪费时间，已经开始洗牌了。

"是啊，你小子入选一百米和两百米已经没问题了，我和袁野还想拼一拼八百和一千五呢！"

"好吧！"

玩了几轮，输得最惨的就是袁野。

盛颖曦聪明会算牌，曲昀的牌技是多年在队里训练出来的，袁野就成了那个冤大头，被盛颖曦和曲昀杀了个片甲不留。

还没到十一点呢，袁野就摔牌了："不玩了！点儿背！而且你们两个和起伙来算计我！"

"又没算钱，你那么介意干什么？"盛颖曦劝了劝袁野，"换个方位！转换一下运气！"

这时候，曲昀忽然侧过脸，说了句："等等……"

"等什么？"盛颖曦端着凳子问。

"赶紧！把牌收了！我听到邵教练的声音了！"曲昀立刻就去把扑克牌整理起来。

"不会吧，你什么耳朵？"

曲昀正拼命地把落在地上的牌收进盒子里，门却忽然开了！

邵教练冷着脸，站在外面看着他们。

还好曲昀动作快，把牌盒一脚踢到了桌底下，但是……不怕神一般的对手，就怕猪一般的队友！

袁野的手上还抓着大小王呢！

"哟，打牌呢？"邵教练慢悠悠地走进来，看着他们，"连路骁也在呢？"

曲昀笑了笑："没！我们哪能打牌啊？我们在讨论暑假作业呢！"

"是吗？讨论暑假作业？"邵教练走了进来，直接从袁野的手中拿走了那两张牌，"袁野，你知道这两个家伙是三中的吧？他们脑子都很好使，你确定打牌的时候没被他们耍？"

"啊？他们耍我？"袁野愣了愣，随即明白邵教练多半是在诈他呢，立刻摇头，"我们没打牌，真的是在看暑假作业！"

邵教练低下头来，将椅子用脚踢开，笑了笑说："除了大小王，这里还有张 A 呢。我跟你们说过，进了训练营就不能打牌吧？"

曲昀不说话了，他估摸着再和邵教练较劲，宿舍得被翻个底朝天不可，到时候就更加难堪了。

盛颖曦也不说话了，就等着看邵教练打算怎样处分他们了。

"你们的牌，我不全部没收，就这几张，我拿走了。凑不成一副牌，我看你们怎么打。三个人都给我出去，做一百个蛙跳。"

"邵教练……明天就要八百米队内选拔赛了，我们只是紧张，所以放松一下。一百个蛙跳……留到选拔赛之后可以吗？"盛颖曦一脸可怜兮兮地说。

"哦，我都忘了，明天还有八百米的选拔赛呢，就当作是给你们几个热身吧！"

三个人低下头来叹了一口气。

"路骁啊路骁，没有凌默看着你，你就要上天了啊！"邵教练用那几张扑克牌敲了敲曲昀的脑袋。

于是晚上十点半，曲昀、盛颖曦和袁野他们三个就在宿舍的空地上，并排蛙跳。

偏偏邵教练还非常响亮地为他们数数，闹得整排宿舍的人都凑在窗口看。

曲昀的一世英名就这样全毁了。

就在曲昀蛙跳的时候，凌默背着包经过，他停下脚步，喊了一声："邵教练。"

邵教练转过身来，笑着说："凌默回来了啊，你妈妈身体还好吗？"

"吃了药，睡下了。这是怎么了？"

"他们几个打牌，被我给发现了。"邵教练回答。

"嗯，那我先回去睡觉了。"

"去吧，去吧。"

盛颖曦和袁野只觉得被凌默看见他们罚蛙跳丢人，但是曲昀觉得气愤。

凌默去找梁教官开小灶也就算了，开完小灶回来，看见他受罚，也不知道和邵教练求情！

没义气！没人性！

曲昀在对凌默的各种诅咒之中完成了蛙跳，回到寝室，看见凌默端着盆子从洗手间回来。

这家伙爱干净，去梁教官那里肯定出了不少汗，所以肯定要去洗手间里冲一下。

283

曲昀没好气地就要爬上铺，却被凌默拽住了后面的裤腰。

"干吗？"曲昀不爽地回过头来说。

"我给你打了热水，兑好了冷水，你蛙跳不是出汗了吗？去冲一个。"

"不要。"曲昀继续往上爬，嘴上虽然说着"不要"，心里面却有点小感动。

凌默这辈子怕是只给他提过洗澡水。

但是凌默没有松手的意思，曲昀的裤子都差点掉下来。

"我没气你背着我到别人宿舍打牌，你在这里闹什么别扭？"

曲昀松开一只手去拽自己的裤子，没想到凌默竟然一把将他从梯子上捞下来了。

"你放手！"

"你再闹，一会儿邵教练又要过来看你了。"

凌默这么一说，曲昀就老实了。

"你说你是不是傻啊？今天的一百米和两百米，队里那么多人都看见你厉害了，你也不知道注意一点？"

"注意什么？"

"每个项目，只能报两个人出赛。从目前的成绩来说，邵教练让我和你去参加一百米和二百米是最有可能的。于是，其他人就会把目光放在四百米、八百米，还有一千五百米上。"

"哦，但是中长距离最有优势的是盛颖曦和袁野。如果他们两个受罚，说不定会被取消资格，但是邵教练知道他们两个厉害，只罚了他们蛙跳。有人故意向邵教练打了我们的小报告！"

搞了半天，他曲昀是那个附带的！

真的好倒霉啊！

"现在要去冲水吗？"

"那你为什么不帮我说句话？"曲昀不开心地说。

凌默却抬起来下巴，用一种居高临下的语气回答："首先，我不过是出去一下，你就跑去和盛颖曦打牌。其次，你又不承认我是你哥，我为什么要帮你求情？"

曲昀一听就来气，但凌默说得好有道理，他竟然无法反驳！

好生气啊！

曲昀气呼呼地来到洗手间，果然看见了凌默给他打的那桶热水。

算了，刚才蛙跳了半天，还真的有点累了。

被热水这么一冲，浑身上下都舒服了不少。

回到宿舍，曲昀看见凌默又用桶子打了热水，还对他说："过来泡一下脚，我给你摁一下小腿。"

凌默竟然要为他服务？听起来让人觉得好有诱惑力，但是曲昀却充满了警觉。

"不泡就算了，我睡觉了。"

凌默完全不在意地转身，就要爬到上铺去。

"泡！泡！我不要你给我摁！"曲昀赶紧站到了桶子里，连水温都刚好合适，血液好像都顺着四肢舒展开来了。

他仰着下巴呼呼了两声，在小凳子上坐了下来。

凌默也来到了他的对面："真不要我帮你摁一下？就当我没帮你说情的道歉。"

"哎哟？你还会道歉？我还以为你永远都不会错呢。"曲昀咧起了嘴巴。

凌默低下身来，手掌覆上了曲昀的小腿腹，顺着肌肉线条，不轻不重地从脚踝向上摁去。

曲昀不得不承认，凌默摁得很舒服。

"唉，这里你再用力点儿！真舒服！不然，脚底板儿你再给我摁摁？"

曲昀故意把眯起的眼睛睁开一只，正好看见凌默垂着眼帘，嘴角微微轻陷，表情很柔和。

"好了伤疤忘了疼。"凌默轻声道。

"我才没有。"

"哦，那一个月麦当劳就能被收买的人是谁？"

"你不是也帮我摁摁腿，我就原谅你了吗？"

"自己做错事，还搞得好像我对不起你一样，在我这里享受特权，又不尽义务。"

"啊？什么义务？"

"我这么照顾你，你呢？"凌默问。

曲昀还没回答，凌默就把毛巾盖在他的脑袋上了。

"你干什么啊？这是擦脚毛巾！"

"你的脚和你的脑袋是同一个层次的。"

曲昀倒完水回来，凌默已经在毯子里了，只能从侧面看见他漂亮的手臂肌肉。

曲昀一想到凌默的身体素质这么好，反应这么快，梁教官功不可没；再想想自己跟着梁教官的时候，都没享受到这种一对一高级指导，嫉妒心又来了。

"喂。"凌默忽然轻轻哼了一声。

曲昀歪了歪脑袋："干什么？"

"要不要再打个赌？"

"不跟你打赌！反正赌注都不是什么好事！"曲昀拉起毯子，巴不得把自己脑袋都盖起来，和凌默完全隔绝。

"如果明天的八百米排位赛，你赢过我的话，我就带你去见梁教官，让他教你几招。"

"真的？"曲昀又从毯子里把脑袋伸出来。

凌默侧过身，摸了摸曲昀的脑袋。

"真的。"

"行啊！"

八百米，凌默还没有展现过他的实力，他爆发力强劲，技巧上也让教练指不出缺点，但是不代表耐力就很行。说不定，盛颖曦和袁野都能赢过他呢！

"你是不是觉得中长距离，我就会输？"

"我没那么觉得。"曲昀把凌默的手打开。

要是打赌再输了，他可以想象凌默肯定会抓着这点嘲笑他到天荒地老。

年轻时代的梁教官啊！虽然看起来还是和几年之后一样讨人厌，但是曲昀真的好想和他过过招！

但是，等这一次全国中学生游泳锦标赛结束，就是高三。凌默就要去参加那个什么国际奥林匹克锦标赛了……曲昀觉得自己必须要了解这里面的具体情况。

一来，是了解这些年凌默到底都经历了什么；二来，他不能掉以轻心，必须保护好凌默。

"……好吧，我赌。"曲昀闷在毯子里，小声说，但是凌默一点声音都没有。

这才几秒钟，这家伙就睡着了？

曲昀不开心地晃了晃床头："喂，我说好。"

但是凌默还是没有任何回答。

曲昀将手从床头的栏杆之间伸过去，故意去捏凌默的鼻子："你这家伙是被梁教官修理成狗了吗？怎么这样就睡着了……"

蓦地，曲昀的手腕被对方一把扣住，凌默指尖的力度在这样安静的房间里是那么清晰的存在。

"你故意装睡！"

"明天加油。"

曲昀却反过来趴在枕头上，狠狠瞪着凌默的脑袋说："你这家伙是不是故意的？啊，你说是不是故意的？"

"你再不睡觉，我就爬过去。"

"……"曲昀立刻老实了，把毯子一拉，气了不到一分钟就睡着了。

第十五章　海豚崽

曲昀做了一个梦，梦见自己坐在床边，一双脚泡在一个带有刻度的玻璃容器里。而身着实验室白色长褂的凌默就坐在他的对面，将他的双脚抬起来，放在自己膝盖上的毛巾上轻轻擦拭。

"你说你这个人怎么这么不要脸？"凌默的声音是清冷的。

"我哪里不要脸了？"

"吃着我的东西，睡着我的床，还用我做实验的东西来泡脚。"

"我有特权呗。"

"你唯一的特权，不过仗着我让着你。"

曲昀轰然惊醒，傻傻地看着天花板。

"你怎么了？"凌默清冷的声音响起。

"没……没什么！"

你这家伙真烦人，连在我的梦里都要刷存在感。这太恐怖了，那可是成年版的凌默啊，自己竟然在他的实验室里撒野。

"喂，如果我拿你实验室里那种水缸泡脚，你会把我怎么样？"

"把你的脚剁了做标本。"

就是啊……曲昀拍了拍胸口，觉得自己的梦简直太不可思议了。

大概是被凌默欺负久了，只能在梦里撒野了。

曲昀走进洗手间，发现凌默连牙膏都帮他挤好了。

曲昀一边刷牙，一边在心里想着：凌默照顾人是真的体贴，生起气来也是真的吓人。

这就是长兄的威严吗？

"呸呸呸，曲昀你胡乱想些什么呢！"

小食堂里，大家都在吃早点。

体校的早点搭配都很科学，而且营养丰富。

曲昀左手糖包，右手肉包，喝着牛奶，没一会儿又呼噜着面条，对面的盛颖曦都忍不住问："你这样，不会串味儿吗？"

"不会啊。"曲昀回答。

盛颖曦看了一眼吃着早点一句话没说的凌默，然后凑向曲昀，低声道："我总算知道是谁打我们小报告了。"

"谁啊？"曲昀抬起眼来，他也很想知道这个杀千刀的家伙是谁。

"就是住我们对面的穆盛，和他的室友陈明。"

这两个人的成绩，基本上就排在凌默、曲昀、盛颖曦和袁野的后面，怪不得要作妖了。

但是严格意义上来说，人家也不算做得不对，谁要他们在宿舍里打牌，违反封闭训练的纪律了呢？

"那你打算怎么办？还能打回来？"曲昀好笑地说。

"没怎么办啊！我们三个今天一定要努力，把他们比下去，让他们知道，就算打了我们小报告，也不是我们的对手！"

"哟，不错啊，充满正能量！"曲昀继续呼噜着面条。

盛颖曦去放餐盘的时候，凌默这才开口。

"一会儿排位赛，你知道自己该怎么游吗？"

"嗯……前半段保存实力，最后五十米大冲刺！"曲昀的战略一向很简单。

"怎么保存实力？"凌默又问。

"……就是别游太快呗。"

"你得有个参照。中长距离的，盛颖曦比袁野，还有刚才提到的那两个人都要擅长。如果你身边是盛颖曦，你就要保证一直跟随着他。如果是袁野，你尽量让自己在他前面，但不用太冒进。"

"那如果是你呢？"曲昀问。

"如果是我，但愿你能一直跟上，我可不会让你。"凌默的手又伸过来，揉了揉曲昀的脑袋。

"我发现你好像越来越喜欢摸我脑袋了，好像我是什么不懂事儿的小孩一样。"曲昀不爽起来。

"你戴着黑色泳帽，脑袋光溜溜的样子，不就是海豚崽吗？"

"呸，你才海豚崽呢！"曲昀白了凌默一眼，但是他又忍不住问，"你这么好心指导我，是看不起我，觉得我一定会输给你吗？"

"其实比起摸你脑袋，我觉得你胜利之后露出的那种得意扬扬的表情，应该更可爱。"凌默半垂着眼睛，不紧不慢地掰开糖包，一点都看不出他这么正经的表情说着不正经的话。

"你才可爱呢！"

"谢谢。"凌默接受得理所应当。

八百米排位赛的时候，曲昀发现气氛比起昨天要紧张很多，毕竟这决定着其他人的参赛机会。

哪怕是在热身的时候，盛颖曦的表情也很专注，袁野也一副视死如归的样子。

至于那两个打小报告的家伙，穆盛和陈明也很认真。

曲昀忽然有点被这样的气氛所感染。

现实里，他读完初中就没有继续读了，这样的青春是他所没有经历的。

他们的追求很单纯，同时也很热烈。

曲昀很久之后才明白，所谓的后悔，是针对那些从来没有不顾一切追求和努力过的人。

曲昀看向走向起跳台的凌默，心底忽然柔软而温暖起来。

谢谢你所创造的这个世界，让我经历了所有想要经历却不可能拥有的一切。

谢谢你，让我得到了普通人无法得到的特权。

曲昀也迈开脚步站了上去，他的左边是袁野，右边是穆盛。

曲昀调整着自己的呼吸，变得专注起来。

随着那一声哨响，曲昀没入水中，蓝色的水底，很快被白色的波浪所覆盖。

助教们和邵教练站在一起，讨论起来。

"这一次八百米，不知道谁会排在第一？"

"我估计是盛颖曦。这孩子的耐力不错，能把控住节奏，之前的一千五百米练习，成绩也很不错。"

"别小看凌默，虽然一千五百米的练习赛他排在第三，但总感觉在这种紧张的竞争气氛之下，他的成绩会更好。"

"还有路骁……他属于那种在实战中不断吸取经验的选手。袁野也很不错！"

"我们一定要规划好参赛名单，让每个人的长处都发挥出来。"

邵教练点了点头，他眯着眼睛看着泳池里。盛颖曦和凌默的泳道挨得很近，两人齐头并进，已经三次转身了，盛颖曦仍旧没有甩掉凌默，当然，他也并不急于甩掉凌默。

但是一直保持在袁野之前的曲昀让一旁的穆盛有了非常不爽的感觉，他总想要游到曲昀的前面，但是曲昀始终保持着自己的步调。每当在直线上，穆盛超过了曲昀，一到转身，曲昀的优势就来了，总能在泳道的中段再度超过穆盛。

这样，穆盛就不得不加快节奏。

几个助教不由得皱起了眉头。

"穆盛太着急了。路骁之前练习的时候，成绩排在第四，穆盛完全可以保持与路骁的距离，在后面的四百米进行超越，最后两百到一百五十米的时候再次提升速度。"

果然，到了四百五十米左右，穆盛就无法再跟上曲昀了，而曲昀也和他拉开了比较明显的距离，两侧泳道就只剩下袁野坚持不懈地跟着曲昀。

又是一个转身，曲昀凭借水中摆腿，如同水中滑行一般，离相隔一个泳道的盛颖曦更加近了。

邵教练都忍不住拍手："转得漂亮！"

"是啊，我们这几天悄悄测试过，转身最快的就是凌默和路骁。之前路骁的转身是比袁野要稍稍慢一点点的，但是一周多而已，他就像开挂了一样，已经比袁野要快了！"

"路骁……虽然平时有点儿不靠谱的样子，但其实他比队里很多人都努力啊。"

最后一百米到来，盛颖曦的优势逐渐体现，他仍旧保留了冲刺的体力，而曲昀则要超越他。

从水流中，曲昀能敏锐地感觉到盛颖曦以及凌默划水所带来的冲击，他憋足了劲力，要冲破他们带给他的封锁感。

"行啊！最后五十米路骁还能与盛颖曦并驾齐驱！"助教睁大了眼睛，拳头不知不觉握紧了。

要知道凌默和盛颖曦的领先在他们的预测之内，但是路骁竟然也能跟上，这让他们诧异。

曲昀并没有以跟上他们为最终目标，他可没有忘记凌默答应他的事情。如果赢了凌默，下一次梁教官的训练，凌默就会带上他一起。

曲昀加快了节奏，破水行舟一般，最后二十五米的转身，他已经超过盛颖曦四分之一个身位了！

从肩膀到手臂，从手腕到指尖，从腰背到小腿，从膝盖到脚踝，这一切的配合都只是为了那一个终点。

当手触壁的那一刻，绷在胸口的心脏终于开始跳动。

他喘着气，脚下虚浮，这么拼尽全力，在他印象里好像还是头一遭。

他看向一旁，盛颖曦将泳帽摘下来，啪啦一下甩在曲昀脸上："臭小子！你要不要这样十项全能啊！连八百米都要跟我争！"

"不还有一千五百米吗？那个是你的！那个……我……我不行……"曲昀还在喘气。

"哈哈哈！你不行？你也有承认不行的时候？"

"凌默……游了第几？"曲昀还没忘记自己的目标。

"第一啊。"袁野凉飕飕地说。

曲昀差一点一口老血喷出来。

"还是第一！八百米他也第一……他去参加奥运会吧……"曲昀仰天长叹。

那一刻，脑海中什么画面一闪而过——他从水中涌起，似乎看见泳池边白色长褂下包裹在西装裤中的长腿。

"你游泳很厉害。"微凉的声音在空旷的泳池中回荡。

"那当然，我经常想时光要是倒流，我应该去考体育特长生，说不定能进体校。"

"好啊，如果时光倒流，我陪着你。"

"我才不要，你会抢掉我的风头。"

所有的一切模糊得就像隔着一层雾气，怎么拨也拨不开。

"路骁！路骁！你在想什么呢？"盛颖曦的声音将曲昀惊醒。

"没什么……喘不上气了……"曲昀用力抹了一把脸。

刚才的是幻觉吗？和自己说话的是凌默吗？是什么时候发生的事？

不可能的，曲昀百分之百确定，在现实里除了那架失事的飞机，他就再没和凌默打过照面。

这时候感觉到水的波动，盛颖曦和袁野都不说话了，曲昀一转头，就看见凌默站在身后，曲昀的肩膀直接撞上凌默："凌默！你跑我这边来干什么？"

凌默的手扣住曲昀的肩膀："哦，你又输了。"

曲昀翻了个大白眼，不想理人，直接要撑上岸："输了就输了！又不是输了一辈子！"

小爷就不信了，你中学的时候还真是市代表队的！这一定是他在他自己的世界里杜撰出来的！

结果曲昀的手一滑，差点栽下去，下巴颏要是撞一下，这个任务非结束了不可。但是他的腰被人一把扣住，向上一撑，他就坐在了某个人的肩膀上。

他一转头，就看见盛颖曦和其他人仰着头很惊讶地看着他。

"啊……"曲昀一低头，才惊觉这个肩膀是属于凌默的。

凌默侧过身，将他放回岸上。

虽然大家都还开着玩笑，但是邵教练很快就把注意力拉回来了，他再度着重分析了所有人的优劣势，然后视线瞥过曲昀、盛颖曦和袁野："明天是一千五百米，体力消耗将会是今天的两倍。希望那些痴迷于斗地主的，今晚能消停消停，把体力恢复好。明天一千五百米要是发挥不正常，我送你们上西天。"

曲昀咕嘟一声，差点被自己的口水给呛到。

等解散之后，盛颖曦非常不开心地说："难道斗地主是大过错吗？"

"不，你们最大的过错是斗地主的时候没叫上邵教练。"曲昀打趣道。

"哈哈哈，要是叫上邵教练，那就不是斗地主，是搓麻将了！"袁野冷不丁来一句，盛颖曦和曲昀都笑了。

于是吃午饭的时候，四人桌上还多了一个袁野。

眼见着几人聊起了这次游泳锦标赛其他市队的实力，聊得尽兴的时候，袁野忽然来了一句："你们说四乘一百米接力，会不会正好定我们四个人啊？"

"要是这样就好了！"盛颖曦抬手要和曲昀撞拳，"能和你一起比赛！"

曲昀也兴致勃勃地抬起拳头："那我们可是要称霸全国的啊！"

袁野也抬起拳头，大家有些尴尬地看向凌默的方向。

曲昀扯着嘴角，用胳膊肘碰了一下凌默，说："不要那么不合群嘛！"

凌默这才慢悠悠地放下筷子，抬起拳头。他一碰，盛颖曦的眉头就皱起来了："谁啊？疼死我了！"

袁野低下头不说话了。

大概是今天的八百米队内排位赛太耗费体力了，曲昀回到寝室，不管三七二十一就往上爬。

快要爬上去时，腿就被拽住了。会干这种事情的除了凌默，真没别人了。

曲昀的脸都皱了起来，回过头来可怜巴巴地说："凌默……别闹了行不？我真的好想睡觉……"

"那你睡吧。"凌默松了手。

曲昀一趴在床上，毯子一蒙，一下子就睡着了。

等到曲昀一朝梦醒，立刻就想起了自己和凌默的那个赌。

他连八百米都输给凌默了啊！

反正明天一千五百米，如果凌默再激他，他是绝对不会再上当了！

曲昀睁开一只眼睛，观察了一下寝室，然后发现凌默没有在对面的铺位上面，他又趴在床头，悄无声息地将脑袋低下去，凌默也没有在下面的书桌前。

太好了！他不在寝室！

头可断，血可流，尊严不能丢啊！

曲昀利落地翻身下铺，抓了背包往身上一挂，就赶紧跑出了宿舍。

来到门口，曲昀还向后望了望，凌默没有追出来，太好啦！

关系再铁的两个人，也是要有私人空间的好不好？

只是，虽然逃出来了，他去哪里好呢？

曲昀想了想，干脆就在体校遛弯吧！

顺着这里的四百米跑道，曲昀漫无目的地走了起来，一走就走到了下午快五点。

曲昀离开跑道，晃到了体校的西门。

正好几个穿着网球运动衣的女大学生骑着自行车从他身边经过。

大长腿，健康的小麦色肌肤，还有爽朗的笑声，曲昀觉得这才是悲催深潜任务之中的美好之处。

撑着下巴看着，曲昀忽然感觉更加悲哀了……因为他意识到这些女大学生，都是意识空间产物。

就在这个时候，一个短发女孩儿的自行车忽然掉链子了。

"哎呀！怎么回事儿啊？"

"这要怎么弄回去？"

另外两个女生也停了下来，三个人围起来左看看，右弄弄，完全不知道怎么把链条弄回去。

曲昀弯着眼睛笑了。

终于有他的用武之地了啊！

"怎么了？是掉链子了？我来看看。"

曲昀走过去。

路骁本来就高，眼睛很大，有点儿娃娃脸，很容易获得女孩子的好感。

"你会弄自行车？帮我们看看？"

"好哦！"曲昀蹲在自行车前，摆弄了一下，链条就上去了。

"哇！真厉害啊！你是哪个系的？"

"我是在这里进行游泳集训的。"

"哦哦！参加全国中学生游泳锦标赛的啊。小帅哥，大学要不要报我们体校？以后一起打网球啊？"

"好呀！没问题，不过几位学姐要照顾我啊！"

"你这么可爱，我们当然会照顾你啊。"

这是路骁第一次和女生说这么长一串话，还是被三个女生围着，那感觉不能更好了。

几个女生又跟曲昀聊了很久，她们大概每周二和周四的下午会来学校的网球场打网球，还说欢迎他加入，哪天带他去吃体校南门最有名的水煮鱼。

曲昀的心里都要开花了，看着几个女大学生骑着自行车离开的背影，他不自觉哼哼了起来。

"你的酒窝没有酒，我却醉得像条狗⋯⋯"

蓦地，后衣领被人猛然一拽，他差点跌坐在地上，好不容易站起来，就被人一把推到了校门口的梧桐树下。

后背被粗粝的树干一蹭，差点儿破皮。

"谁啊？"

曲昀一看清楚压制着自己的那个人，顿时傻了眼。

因为，那正是凌默。

曲昀心里咯噔一声，有种偷跑出来玩儿，被家长逮了个正着的错觉。

"我还以为你是不敢履行赌约，所以溜掉了，没想到你是为了跑出来看女大学生？"凌默微凉的声音响起。

"谁不敢了！你放我下来，今天我必须让你见识我的厉害！"

"好啊。"凌默扬了扬下巴。

这天晚上，曲昀抹开脸上心塞的眼泪，敲了敲盛颖曦的寝室门。

"咦，路骁？"盛颖曦赶紧把门打开，就见曲昀一瘸一拐地走了进来。

"你怎么了？"正在看漫画书的袁野也惊奇地看着曲昀。

"我今晚想在这里睡。"

"呃⋯⋯这里的床很窄哎⋯⋯"袁野指了指头顶的铺位。

"你⋯⋯"盛颖曦咽下口水，指了指曲昀的腿说，"凌默把你⋯⋯揍了吗？"

"啊。"曲昀抬起眼皮可怜兮兮地看着盛颖曦。

"他⋯⋯他挺照顾你的，应该舍不得⋯⋯所以，你干啥了？"

"啊？"曲昀反应了两秒之后，抓住盛颖曦就开始猛摇，"你还是我兄弟吗？凭什么就是他揍我，怎么就不能是我们势均力敌？"

袁野开口问："路骁是和凌默打架了吗？"

曲昀吸了吸鼻子，对袁野说："你去我寝室睡吧，你肯去，我明天就不参加一千五百米排位赛了。"

意思是，一个机会给你了，你别不珍惜。

袁野咕嘟一声咽下口水，摇了摇头说："我看你那样子，明天一千五百米也是要请假的了，我干什么还跑去凌默面前做炮灰啊？"

曲昀被狠狠地呛了一下。

这时候，寝室门又被敲响了。

袁野用哀悼的表情看了一眼曲昀："我打赌，是凌默来捉你了。你是不是得罪他了？"

曲昀拽着盛颖曦，拼命示意他不要开门。

但是门外的凌默发话了。

"盛颖曦，你再不开门，明天我会让你没办法下水游一千五。"

凌默的声音冰凉，听起来没有起伏，但是让人很有压迫感。

盛颖曦虽然犹豫，但还是决定保护曲昀。

"干什么呀？有事儿你就说！我还没穿裤子呢！"

这时候，门把手转动了一下，门就开了。

凌默就这样站在门外，手里是一段铁丝。

学生宿舍的门锁，都是防君子不防小人。

"……"盛颖曦拍了拍曲昀的后背，"兄弟，我尽力了。"

曲昀瞪着凌默，最后还是决定"有尊严"地离开。他昂着头，撞了凌默一下，走了出去。

回到自己的寝室，他的腿抖得厉害，半天没爬上去。

凌默一靠近，曲昀就紧张。

"我要真想把你怎样，你还能走路？你摆出一副娇弱的样子，我也不会内疚。"

凌默的手伸过来，撑住曲昀的腿，很轻易地就将他送上去了。

曲昀盖着毯子，一句话都不说。

下午跟凌默较力，不知道是第多少次败北就算了，还把脚给扭伤了——对于曲昀来说，这简直比被摁在地上揍一顿还丢人。

"你真没种。"凌默轻松地爬到了对面的铺上。

曲昀故意把脑袋盖住，心想：小爷才不会再掉进你的激将法陷阱里呢。

"你知道一个人等待的孤独是怎样的吗？"凌默轻声问。

凌默的声音轻轻的，曲昀的心却像是一点一点裂开一般，每一道细细的纹路都在疼痛。

只是这句话到底什么意思？

就好像凌默知道他到底是谁一样。

"……也许我也并不是真的，而你也不知道真正的我是什么样子。"曲昀说完才万分后悔。

他憋了那么久，怎么就会忽然冲动了呢？

如果凌默怀疑他，猜到真相，大受打击、世界崩溃，该怎么办？

"那我等你告诉我。"

曲昀感觉到自己的发丝好像被什么轻轻拽着，然后他才明白，那是凌默隔着床头轻轻摸着他发梢。

过了很久很久，曲昀忽然想到了什么，有点儿兴奋地开口说："明天不是游一千五百米吗？我们来打个赌？"

"赌什么？你又不参加。"

"哎，赌你还能不能拿第一啊！你要是还能拿第一，咱们继续做室友，你要是没拿着……"

"你还想上天？"

"对啊！我就是想上天！你明天要是拿不到冠军，我就搬到别的寝室里舒坦着。"

凌默冷哼了一声："你作死吗？去别的宿舍没两天，你就该哭了。"

曲昀坐起身来，被小瞧了的男子汉自尊心立刻就疼了起来。

"喂！我才不会！"

凌默不说还不觉得，他这么一说，就像催眠一样，说不定真的会！

"你把希望放在盛颖曦身上，你确定不觉得自己可悲？"凌默又问。

"你连盛颖曦都赢不了，才可悲吧？"

"你真幼稚，这又不是家家酒。"

曲昀愣在那里，不说话了。

"算了。如果我输了，你的一根头发丝儿我都不会再碰，但如果这一次我又赢了……"

曲昀紧张了起来。

凌默要提什么要求？

"你老实一点待在我身边，别一天到晚净想些有的没的。"

说完，他还特别居高临下地把手伸过来摸了摸曲昀的头顶。

那感觉，就像是他养的猫，闹了点儿别扭，主人宽宏大量来哄一哄。

……曲昀感觉更加恼火了。

这个时候，坐在床上看画报的盛颖曦忽然狠狠打了三个大喷嚏。

"哎呀，一定是有人在想我。"

对面铺上的袁野哼了哼："我觉得是有人打算修理你。"

但是这一晚，曲昀迷迷糊糊似乎看见了什么。

他好像喝醉了，醒过来的时候头痛到要升天。

"我杀了你这个混蛋！你竟敢灌醉我！"

"我没灌你，我还劝你了。"对方的声音就像被蒸馏之后冷却下来的水，纯粹之中带着一丝柔和。

"我醉了，你还敢拍我糗照！我跟你拼命！"

"你的命是我的，拼什么？"

"我咬死你！"

"随便你咬，别把小牙口崩了。"那微凉的声音听得曲昀更加恼火。

他低下身来，正好就咬在对方脚上。

手机闹铃响起，曲昀一把坐了起来，他握住昨天受伤的脚踝转了转，还是隐隐作痛，和自己在梦里咬对方的地方是一模一样的。

这是日有所思夜有所梦？

第二天早晨，在食堂里，曲昀照例不情不愿地坐在凌默身边，盛颖曦和袁野自来熟地坐在他们的对面。

曲昀飞快地吃完了自己的东西，然后将筷子伸向凌默的餐盘，直接夹走了他的豆沙包。

对面的盛颖曦和袁野都抬起头来，袁野差点儿呛着。他知道凌默只搭理曲昀，但是他没想过曲昀竟然那么大胆儿，敢把筷子伸进凌默的餐盘里。

盛颖曦咽了一下口水，说了声："那个……你要是吃不够，可以吃我的。"

曲昀满嘴塞的都是豆包，含糊地说："没关系，我吃凌默的就好。"

他把豆包咽下去之后，又用筷子把凌默的鸡蛋也戳过去了。

盛颖曦和袁野看着曲昀一张口把半个鸡蛋塞进去，十分有危机感地看向凌默，生怕对方把餐盘捞起来，直接扔到曲昀脸上。

但是凌默只是淡淡地喝着粥，什么都没说。

果真好忍性。

吃掉了鸡蛋，曲昀又把视线瞥向凌默。

凌默很干脆地把自己的餐盘推到了曲昀面前："还剩下烧卖，你要吃得下，就吃。"

曲昀其实已经撑到嗓子眼了。他舔了舔嘴角，还是用筷子戳着烧卖，塞进嘴里。

盛颖曦用筷子敲了敲曲昀的餐盘，有点儿担心地说："路骁，你怎么了？早上吃这么多，一会儿游泳的时候会吐出来的。"

"我今天不游泳，和邵教练请了假。"曲昀回答。

"你不用游……那你吃那么多干什么？"盛颖曦都怀疑曲昀是不是生病了。

"他是想要减少我的能量摄入，增加你在一千五百米排位赛里赢过我的机会。"

凌默说完，垂在桌子下面的手忽然一把抓在曲昀的肚子上，突然这一下，差点让曲昀吐出来。

结果，到了排位赛之前，邵教练将曲昀叫到了面前。

"路骁，一千五百米排位赛，你真的要放弃？放弃的话，就等于放弃了这个项目的参赛资格。"

曲昀的脑袋点得和啄木鸟似的。

"我放弃，我放弃！这个项目我本来就没有优势……"

"话不是这么说的。你八百米的成绩很好，一千五百米的话，也很有可能得到突破你想象的成绩。我知道你是因为昨天上铺的时候脚踝被挫伤了，所以请假。但是我和几位助教都觉得，有机会还是要让你试一试。"邵教练对曲昀还是很看重的。

但是曲昀一副扶不起的阿斗的样子。

"我软组织挫伤了，今天下铺还是凌默扶我下来的！累活一点儿都做不了，还是不要下去了！"

"是吗？我看看你的伤是不是很严重。"

邵教练低下身就去揭曲昀贴在那里的纱布。

"别！别！别！"曲昀赶紧去捂，但是耐不住邵教练要看清楚的决心。

其他几个助教也围了上来。

纱布揭开，能看见青紫的痕迹，但是真的不严重。

邵教练的脸却黑了。

"你小子行啊！这是你自己掐出来的吧？你是不是计划好了偷懒？这么多教练期待你的表现，你就这么干的？"

邵教练越说越生气，眼看着就要撸袖子揍人了。

曲昀低下头，坐在地上掰开自己的腿，他也惊讶了："哎呀，妈啊！我的复原能力怎么这么强大？"

昨天走路都瘸，怎么今天掰开一看就快好全了？

曲昀这下惨了，被邵教练拎着后衣领去做热身运动了。

闹了半天，他还是得参加一千五百米自由泳的排位赛。

被逼着上了起跳台，曲昀弯下腰就打了一个嗝。

盛颖曦有点担心地说："你吃太多了吧？如果不打算争一千五的前三名，你就慢慢来吧。"

曲昀点了点头。

他本来也没打算尽力啊。

一低下头，曲昀就从缝隙中看到了凌默。

他的侧脸依旧专注，没有任何表情，如同一柄随时准备刺入水中的利刃。

哨响之后，所有人没入水中，曲昀只是保持跟随着旁边队友。

站在岸边的邵教练却不乐意了："路骁！你的水平就是这样吗？你是在游泳，不是在慢跑！"

曲昀在心里给他比了个中指，心想，我就是不擅长一千五，你想怎？！

但是被邵教练这么点名，曲昀也不得不尽力划向前方。

四五个来回之后，胃部因为用力以及水的压力，曲昀越来越想吐了。

他还想再忍，但是一想到自己万一吐在泳池里，非被所有队友群殴不可。

当他忽然加速的时候，邵教练拍手道："路骁！你这才像个样子！"

谁知道曲昀没有转身，而是一把扒上了岸，走了没两步，就拽下自己的泳帽，对着里面呼啦一下吐出来了。

邵教练和几个助教傻眼了。

其他人还在奋力拼搏，曲昀却吐得稀里哗啦。

邵教练紧张了起来，走过来拍着曲昀的后背，帮他顺气。

"路骁，你没事吧？你怎么忽然吐了？是不舒服吗？"

曲昀看着自己吐出来的东西，更加想吐，连胆汁都快吐出来了。

"如果不舒服，就去休息一下。是不是肠胃炎啊？最近天气热，容易吃坏肚子？"

曲昀心虚，一句话都没说，但是这泳帽，他是再也不会用了。

曲昀将泳帽扔了，拿了瓶矿泉水漱口，然后坐在泳池边上，看着泳道上一排一排的水花。

目前为止，凌默和盛颖曦不分上下。

果真是游程越长，盛颖曦的优势就越大，发挥得也越好。

但是凌默一直和盛颖曦保持一致，让人不知道他到底是在一千五上的实力如此，还是只是战略上跟随对方，实际上仍旧有所保留，等到最后的冲刺一鸣惊人。

曲昀紧张起来，等到最后一百米的时候，盛颖曦、凌默与其他人的差距越来越明显，但是这两人却始终没有拉开差距。

曲昀握紧了拳头，沿着泳池跟随着他们两人。

他很清楚，到现在这个时候，所有人都很疲惫了，无论是身体上还是精神上，最后的冲刺拼的不仅仅是体能，还有内心深处的忍性。

但是盛颖曦明显还留有体力，在转身之后的最后五十米，加快了划水的力度，凌默微微落后于他。

曲昀激动了起来，压着声音为他加油："盛颖曦，不要松懈……坚持……坚持……你就要赢过凌默了！"

虽然和凌默之间的差距并不大，但这还是盛颖曦第一次在泳池里有了领先凌默的优势，也让曲昀看到了希望的曙光。

盛颖曦！我的大兄弟！你要是赢了，我这辈子就再不用被凌默一本正经地压一头了！奔向新生活就全靠你了啊！

别让我失望！

你要是赢了，我也请你吃一个月麦当劳……

开心不过十秒，最后一次转身之后，局势大转！

凌默这个转身实在是集利落与力量于一体，双脚借力之后冲入水中，身体的摆动仿佛要与这一整片蓝色融合起来，他打水的力度和水花让岸边的邵教练和助教们都惊呆了。

"他……他还有这样的体力？"

凌默划水时，肩膀和背部绷起的线条非常好看，曲昀看得紧张不已，喉结不断上下滑动。他在水中行进的顺畅感，仿佛他天生就属于水。

盛颖曦的优势在最后十米左右完全被凌默反超，尽管盛颖曦不甘失败，发疯一般追赶，但是这种差距就好像把血液都烧着了也追不上。

凌默在水中的姿态，酝酿着一种爆发力和势在必得的架势。

他触壁的那一刻，摧枯拉朽一般冲入了曲昀的视线，心脏就这样被他撞裂开似的。

岸边的教练和助教们在一两秒之后鼓起掌来。

301

"太棒了！太棒了！"

曲昀愣在那里，他觉得自己连呼吸都不记得了。

其他的队友陆续完成了比赛。

盛颖曦把泳镜往水里一扔，喘得就像气管要裂开似的。

凌默也抹开了脸上的水，闭着眼睛，单手撑着泳池边缘。

他这一次一定尽了全力，曲昀仿佛能听见他如同海啸一般的呼吸和心跳，眼眶莫名热了起来。

曲昀知道凌默的性子，他不喜欢输，但也不曾对什么事情如此拼尽全力。

当凌默的呼吸逐渐平稳，他缓缓抬起头来，目光所指之处正是曲昀的方向。

他的目光是冷冽的，带着一种严肃的意味。

但是越是往深里去体会，越是能感觉到那是一种超越一切，堪称温柔的包容。

凌默的手指拍了拍泳池的边缘，他侧过脸，下巴如同刀削一般锐利。

曲昀有一种被警告的感觉，凌默在告诉他"你小子再搞事儿，就让你哭出来"。

但他偏偏一点都不想示弱，像个孩子，一步一步为了尊严和面子，走向自己敬畏的事物，却并不知道自己想要证明的是什么。

他来到凌默面前，凌默扣住他的脚踝，他以为凌默要将他拽进水里，但是凌默并没有，只是握着他的脚踝抬起头来。

那一刻，所有的骄傲和自尊都被征服了一般，曲昀低下身来，单膝半跪在凌默面前。

"我又赢了。"凌默的声音是冷冷的。

那并不是一种炫耀，而是在陈述事实。

"哦。"曲昀很想说"你赢了就赢了呗"，可这样的回答太幼稚。

一旁的盛颖曦不开心地转过去，用力揉了揉眼睛。

凌默忽然单手撑起身来，直接在曲昀的额头上戳了一下。

太快，太迅速，没有人看清楚发生了什么，那样子就好像他本来想要自己撑上岸，但是力量不够又回到了水里。

邵教练大声宣布这一次排位赛的结果。

凌默排在第一位，第二位是盛颖曦，第三则是陈明。袁野只拿到了第四，看起来非常不开心。

自由泳的相关排位赛到这里就结束了，估计明天，邵教练他们就会商量出参加这一次中学生游泳锦标赛每一个项目的名单，并且展开针对性的训练。

盛颖曦上岸之后连走都走不动，曲昀就坐在一边，给他递了矿泉水，而凌默则披着浴巾靠着墙站在一旁看着他们。

曲昀怀疑，凌默是盯着他，不许他去扶盛颖曦。

"那个凌默……他一定不是人……最后二十五米，游得跟两百米冲刺似的！"

曲昀也有些悲凉地摸了摸鼻尖。

是啊，凌默肯定不是人。

该不会是他自己研究了什么乱七八糟的药，改良了基因吧？

"我连一千五百米都输给他了……"盛颖曦抬起手来捂住脸作哀怨状，曲昀拍拍他的肩。

"走了，去冲一个澡，然后吃午饭。"

这一次，曲昀想要让凌默先选淋浴间，自己再选另外一间，谁知道凌默直接将他推了进去。

"总感觉，凌默会为了曲昀抢早点的事情，把他给修理了。"袁野很同情地说。

而被推进去的曲昀，像是不想打针的孩子一样，拽着门框不松开。

凌默轻哼了一声："老实了没？"

"我……我知道你战无不胜！对你的崇拜之情犹如滔滔江水，连绵不绝！"

凌默继续冷哼了一声："你不是觉得我早晨少吃一点，盛颖曦就能赢我了吗？"

曲昀立刻摇手："没！我绝对没有这样卑劣的心思！我纯粹只是喜欢吃豆沙包。"

"哦？"凌默的眉梢扬了扬。

"鸡蛋我也喜欢。"

"是吗？"

"烧卖我也喜欢！真的，只是单纯的喜欢而已。"

"你欠抽了？你喜欢吃的是荷包蛋和炒蛋，最不爱吃水煮蛋。你不喜欢糯米做的点心，因为会让你觉得喉咙被粘住的感觉，所以你讨厌烧卖。你喜欢能让你利落咽下去的东西。"

曲昀怔了怔，没想到凌默会对自己的喜好一清二楚。

这时候，凌默的声音又响起来。

"你知不知道我游一千五的时候在想什么？"

"我……我游泳的时候脑子会放空……"

"我不会，我想在你不见之前抓住你。"

凌默的声音是那么客观冷静，可是说出来的话让曲昀只想尽快离开这个家伙的领域。

仿佛凌默凭借语言，也能控制他的精神……

"我洗好了，我要出去！"曲昀推了凌默一把。

"我还没洗好。"凌默回答。

"那你自己洗就好了！"

"你帮我搓一下后背。"

凌默扣住了曲昀的手。

"你自己不会搓吗？"

"胳膊累，够不到。而且……"凌默攥着他手腕的握力又加大几分，无声地传递出某种威胁意味，"你不会真的以为你玩那么多小花样，我会轻易放过你吧？"

曲昀愣在那里。

"……"

半个小时之后，曲昀真的真的好想……把自己的右手都换掉！

不是人！真就把他当小丫鬟使唤？搓澡搓了半个小时，连脚丫子都指挥着他给搓得锃亮，手都要抽筋了！

第十六章 《昨日重现》

接下来的两天，对全体队员来说是忐忑的，因为到了公布参赛名单的时候了。

而对邵教练和整个教练组来说，却很头疼，特别是男子自由泳这块儿。

凌默的爆发力和耐力都是一流的，但是根据赛程规定，一名选手除了接力赛之外，只能参加三个项目的比赛，而每个项目不能超过两人。

参加比赛的人既需要最大限度地发挥队员的能力，得到尽可能多的名次，另一方面也不能忘记体育精神，需要给每个人展示自己的机会。

盛颖曦和袁野毫无疑问是紧张的，盛颖曦担心自己在强势的中长项目上被凌默盖过风头而失去机会。

而袁野则是担心自己在短程排在了凌默和曲昀的后面，中长项目优势更加不明显，说不定会被教练放弃。

两个难兄难弟坐在书桌前瘫着，一副愁云惨淡的样子。

最不需要担心的就是曲昀和凌默。

但是此时，曲昀万分戒备地抱着膝盖，坐在床脚，密切注视着凌默的一举一动。

凌默很安静地看着书，写着暑假作业。大概是寝室里太安静了，凌默起身走到曲昀的床边，抬起眼帘的那一刻，曲昀还紧张了起来，之前被对方强迫搓澡的手仍旧保留着热辣辣的感觉。

"你暑假作业不做了？"

曲昀冷冷地看着，完全没有和凌默说话的意思。

凌默轻轻叹了口气，又说："你知道你现在的样子，就像被我欺负了一样。"

曲昀恨得牙痒痒，下一次你再抓着小爷的手，小爷皮都给你搓掉！

床忽然被晃了一下，一下子把曲昀从春秋大梦里惊醒。

"你在胡思乱想什么？笑得那么欠。"

凌默的目光凉凉的。

"我想什么，关你屁事儿。"

"没实力就别折腾，把希望放在盛颖曦的身上，活该你倒霉。"

曲昀还是不说话。

"行，再给你一个翻身的机会。"凌默说。

"得了吧。"曲昀在心里翻了个大白眼。

可别又是什么鬼比赛，曲昀算是明白了，在泳池里，估计没人能赢过凌默了。

"斗地主，我去对面把盛颖曦叫过来，你和他一边，我带着袁野。你们要是赢了，我让你和盛颖曦住一个宿舍。"

曲昀咽下口水，这个诱惑很大啊！

盛颖曦会算牌记牌，曲昀自己也是斗地主的老手了。反观袁野，十足十的猪队友！但这可是凌默啊，自己这样的学渣都能起在他的指点之下起死回生通过期末考试，也许袁野也可以？

就在曲昀歪着脑袋思考到底答应还是不答应的时候，凌默催他了。

"到底玩不玩？不玩你就老实点跟我住。"

"玩啊！"曲昀伸长了脖子。

"也是。反正你就算输了，也没有更多的东西能输给我了。"凌默转身走向门口，一副要去找盛颖曦的样子。

曲昀愣在那里不说话。

啊！好生气！

曲昀觉得，对着这个凌默，他把一辈子的气都生完了。

盛颖曦听到敲门声，有气无力地应了一声，打开房门就发现是凌默，无奈地说："难道离开了泳池你也要来刷存在感吗？"

"到我寝室斗地主，你和路骁一边，我带着袁野。我和袁野如果输了，路骁你可以带走。"

盛颖曦睁大了眼睛："真的？我带路骁走？"

"嗯。"凌默扬了扬下巴，那冷傲的样子，活脱脱的独孤求败。

"难道因为排位赛，你也让路骁压力大，所以路骁不愿意和你住了？"袁野忽然冒出来这么一句。

"他是挺有压力，不过不是因为排位赛。"

凌默一点没有要进这个寝室和他们聊天的打算，直接转身回自己的寝室去了。

一开门,他就看见之前还缩在床角的曲昀已经爬下来,把小板凳和报纸都铺好了。

袁野一进来就感叹:"哇!你们寝室也太干净了吧?"

曲昀指了指凌默说:"这家伙有洁癖。"

袁野神补刀:"如果没有你,应该会更干净。"

曲昀一点都不生气,拍了拍袁野的肩膀说:"所以,你和凌默更相配啊!"

"如果邵教练发现我们了怎么办?"

"没打算晚上继续玩,关邵教练什么事儿?"

盛颖曦已经开始迫不及待地洗牌了,一边洗一边用眼神示意曲昀,他们两个要大杀四方。

袁野则特别地紧张,生怕拖了凌默的后腿。

凌默的手指很漂亮,摸牌的动作特别有艺术感,拿着牌整理,还跷起一条腿的样子,特别有大佬范儿。

曲昀就坐在旁边,他们的凳子矮,凌默这么跷着腿,小腿时不时踢过曲昀的肩膀。

曲昀非常不高兴地瞪过去,但是凌默就像什么都没感觉到一样,侧着脸看着手中的牌,就像是看实验报告似的,微微抬起眼帘整牌时都透着精英范儿。

盛颖曦和曲昀配合得其实还行,但是几轮下来,曲昀就总有一种自己和盛颖曦的配合被凌默看透了的感觉。

之前袁野还是那种拿着一手好牌也能作死自己的水平,果然在凌默的挽救之下,经常性打得盛颖曦和曲昀措手不及。

最让曲昀气急的是,每次他手上有顺子,总是会被凌默逼得拆牌,到最后举步维艰。

"啊……又赢了?"袁野走完了自己手中的牌,看着对面的凌默,一脸不可思议,然后傻笑起来。

而凌默手中就只剩下一张牌了,是一张A。曲昀的手里是一对Q和一张K,盛颖曦的手上则是三个J。

这意味着曲昀就算拆牌了,也赢不了凌默,只能眼睁睁地看着他微微抬了抬眉梢,扔下那张牌。

"啊!啊!啊!"曲昀抱住自己的脑袋。

而盛颖曦也快要吐血了。

"我们打了十局,你和盛颖曦只赢了三局,赢的是我和袁野。还要玩吗?"

凌默淡淡地问。

袁野抬起胳膊看了看运动手表说："哎呀，不知不觉就六点了，我们得去吃晚饭了吧？"

"收拾收拾，走吧。"凌默站起来，进去洗手间洗手了。

袁野完全忘记排位赛的不利，沉浸在和凌默一起赢了盛颖曦和曲昀的喜悦中，仿佛在这种没意义的纸牌游戏里找回了自尊一般。

曲昀却难受极了，到底是自己智商不够，还是盛颖曦的智商没他自己吹得那么高？

"难道我和你的智商叠加，都拼不过凌默？"盛颖曦很痛苦地问。

"喂，是拼不过凌默和我。"袁野不高兴盛颖曦将他忽略了。

曲昀认命地将地上的纸牌一张一张收拾起来，回了袁野一句："盛颖曦的意思是，你的智商是负数。"

袁野极度不满地看向盛颖曦说："我跟你没法继续做室友了。"

坐在餐桌上，曲昀依旧有点小低落。

凌默从自己的餐盘里夹了个肉丸给他。

"你知道这次打牌的结果说明了什么吗？"

"什么？"曲昀有气无力地问。

"说明你和盛颖曦气场不合。"

这时候，凌默的手机响了起来，是梁茹打来的。

曲昀对这个世界的梁茹还是很有感情的，于是竖起耳朵听梁茹的声音。

"小默啊，今天是你的生日，早上你有训练，我就没打电话打扰你。现在是不是在和队友们吃晚饭啊？妈妈祝你生日快乐。"

"嗯，谢谢妈妈。今天确实过得挺开心的，明天就要出预赛队员的名单了，到时候我告诉你。"凌默的声音轻轻的，带着暖意。

曲昀咬着肉丸，心里面却在拍自己的脑袋。

今天是凌默的生日啊！

本来在家里的日历上都做好了标记，他还想着要提前准备生日礼物套近乎。

虽然现在……根本不用套近乎了，甚至"近"到曲昀不知道该怎么应付，但是凌默的生日……不只是对他本人，对于曲昀也是很有意义的。

凌默挂掉了电话，将手机放回口袋里，曲昀就在餐桌下面用膝盖碰了他一下，轻轻说了声："喂，生日快乐。"

盛颖曦虽然不高兴凌默什么都赢了自己，但也跟着曲昀说了声："生日快乐，新的一岁，做人不要太嚣张。"

袁野也说了句"生日快乐"。

凌默却向曲昀伸出了手："礼物呢？"

"啊？"曲昀愣了半秒之后，不客气地在凌默手心打了一下，"哪里有你这样问别人要生日礼物的啊！"

"像你这样记性不好的人，肯定会把我的生日圈在日历上，也会准备好生日礼物。"凌默回答。

"你又不是我妈，也不是漂亮妹子，我干什么要圈你的生日啊？"

"哦，那我在你家看见你桌面的台历上圈了今天，是为什么？"凌默问。

曲昀瞥了一眼对面看着自己的盛颖曦和袁野，有一种崩溃的感觉。

"因为今天和我八字相冲，我圈起来是提醒自己要小心！"曲昀恨得牙痒痒地说。

"是吗？看起来确实挺冲的。"凌默低下头继续吃饭。

曲昀在心中比了个中指：小爷说的就是你和小爷八字相冲！

晚上睡觉的时候，曲昀没来由地失眠了。

和他对着头的凌默当然能感觉到他在床上翻来覆去的，于是开口道："没必要因为没送我礼物或者没给我过生日而内疚。"

"我……才没内疚呢。"曲昀又想要拉毯子把脑袋盖起来了。

"其实，如果你承认我在你心里的地位，你就不会这么烦恼了。"凌默说。

"你少自恋。"

"我不是自恋，而是你幼稚。做我弟弟有什么不好吗？我比这世上大多数的人都聪明，更能挽救你留下的烂摊子，当你和别人说起你的大哥是凌默，也很有面子。"

曲昀不由得为自己默哀："你说得好有道理，我竟无言以对。"

他可以想象自己跟搭档陈大勇介绍凌默的时候，陈大勇一定会说：你也有今天。

"如果你想不到送我什么礼物，那就把你剩下的时间都送给我，不要再离开我了。"凌默回答。

曲昀张了张嘴，忽然一句话都说不出来。

从前曲昀觉得凌默孤独，是因为凌默的世界里没有谁真正懂他。现在，曲昀觉得他孤独，是因为他一直对莫小北念念不忘。

到底在凌默的心里，他是一个怎样的存在？

像凌默这样的家伙，永远住在自己的世界里，为什么会这么突然地对路骁好？

那么凌默到底是对过去的路骁好，还是现在被他占据了内存的路骁？

"喂，你从什么时候开始注意到我的？"

"从你那次趴在市区人工湖的岸边，嚷嚷着'天瞎了'的时候开始。"

曲昀的心脏被狠狠地撞了一下，转而又被死死捏住，甚至呼吸都不得畅通。

为什么是那个时候？

凌默发现了什么？

曲昀的指尖莫名冰凉起来，忽然惊觉凌默好像一直在拿莫小北的模板来套他……

以凌默对细节的洞察力，是不是自己早就穿帮了？而凌默现在就是一直在不断试探和确定的过程，一旦证据充足，就会把他从这个世界里抹杀？

"然后，我就想着……我不会让这样的傻孩子再掉下去了。"

心情峰回路转一般，刚才还在忐忑，瞬间又心暖起来。

"喂，你的手呢？"

"怎么了？"

凌默的手从对面伸了过来，正好摸了摸曲昀的头顶。

曲昀扣住了凌默的手腕，手指轻轻抚上那里的割痕，将自己的运动手表戴了上去。

"它不是世界名牌，也不是崭新闪亮的手表。"曲昀不知道怎样去表达心里复杂的想法，"但是它三十米深防水……和我一样可靠，我把它送给你了。生日快乐，凌默。"

愿你以后的每一分每一秒都不会再孤独。

"你知道手表代表的是时间吧？"

"啊？"

"这是不是意味着，你把你自己的时间都交给我了？"

"什么？还有这个意思？赶紧摘下来还给我！"

曲昀要去解表带，但是凌默已经把手收回去了。

"送出去的心意，就像是已经走过的时间，没办法回转的。"

曲昀有一种被人占了便宜的感觉。

"还有五分钟就十二点了，唱首《生日快乐》给我。"

"你别蹬鼻子上脸！"

"还有四分多钟。"凌默提示。

"你了不起啊！"

"你唱了，我也唱首歌给你。"凌默回答。

"我不想听，你的声音冷冰冰的，唱什么都像葬礼进行曲。"

"还有三分多钟。"凌默的声音很"平静"地倒计时。

"不唱。"

"其实你有没有想过，今天下午如果你和盛颖曦赢了，真的让你和他住，你会非常舍不得我。"

曲昀没来由地开始想象，是啊，如果真的和盛颖曦住了，肯定会不停地想象凌默在干什么，会不会一个人在自己的小世界里，一句话都不说？

"就好像现在，你不为我唱《生日快乐》，等到今天结束，你会更加睡不着。"

"我不会。"

"你有没有想过，你的一生并没有那么多机会为我唱这首歌？"

曲昀的指尖颤了颤。

是的，在这个并不是真实的世界里，也许发生的一切都只对他和凌默有意义，对于其他人，包括江博士，包括陈大勇，还有那些感染了"黑尔"病毒的人，都是不存在的。

他和凌默在一块儿的每一分每一秒，都是不可重来的，也许等到凌默醒来，回归他的神坛，他们就再不会见面。

又或者，再见面，凌教授也只会比对待其他人略微更有礼地说一声"你好"或者"谢谢"。

曲昀知道，只有在这个世界里，对凌默来说，自己才"与众不同"。

"祝你生日快乐，祝你生日快乐，祝你生日快乐……祝你生日快乐。"

曲昀唱的时候有点紧张，第二句甚至有点轻颤。

"你唱得好认真。"凌默说。

"才没有。"

"十二点了，睡吧。"凌默轻声说。

"喂，不是说好了，我唱《生日快乐》，你也会唱首歌给我啊！"

"你真的要我唱？"

"你唱啊。"

"我唱了，怕你掉眼泪。"

"又不是给我哭丧，我掉什么眼泪？"

"好吧。When I was young, I'd listen to the radio, waiting for my favorite songs…those were such happy times and not so long ago, how I wondered where they'd gone, but they're back again, just like a long lost friend…（我年轻时，喜欢听收音机，等待我最爱的歌曲……那些是多幸福的时光，就在不久前我想知道它们曾去何处，而今它们再次出现，就像失散的旧友重逢……）"

曲昀怔在那里。

这首歌，他听过。

他还是莫小北的时候，看凌默冲过终点时，广播里就放着这首歌。

他们在运动会的时候，凌默的随身听里也是放的这首歌。

一切就像巧合，但又像是凌默早就在记忆深处刻下的痕迹。

昨日重现。

曲昀的眼泪顺着眼角滑落下来，他不敢抬手去擦，因为害怕凌默察觉到。

一切像潮水一样涌来，以一种温柔却无可抵抗的姿态将他淹没。

凌默终于唱到了那首歌的最后一句，明明没有拉长尾音，利落地结束了，曲昀却觉得这个空间那么空旷，呼吸都被拉得很长很长。

"你睡着了吗？"凌默轻声问。

曲昀不想说话，假装睡着了。

"你睡着之后的呼吸不是这样的。"

曲昀无语了，为什么这家伙总要戳穿别人？

"等到这一次游泳锦标赛结束了，我想告诉你一个秘密。"凌默说。

"秘密？什么秘密？"

"你果然装睡。"

这家伙竟然诈他！

"我都睡得迷迷糊糊了，你一说要告诉我一个秘密，我就醒了！"

"真不要脸。"凌默拉过薄被，就不理曲昀了。

第二天，终于到了让所有人胆战心惊的时刻，邵教练宣布了预赛的参赛名单。

凌默参加一百米、两百米、四百米以及接力。这个结果其实在曲昀的预料之内。

邵教练很清楚凌默的爆发力，让他去游八百和一千五会消耗他的体能，把他放到最有竞争力的项目中是最安全的。而邵教练对曲昀的安排和凌默很相似，五十米、一百米、两百米。

曲昀有点不爽了。

"怎么了？"盛颖曦好奇地用胳膊肘撞了撞曲昀。

"这是双保险策略，凌默是教练们的重心，而我是备胎保险。"

不过，这样的安排反而让盛颖曦很安心，因为八百米和一千五百米，必然有一个是以他为主力。

果然，盛颖曦被派去参加四百米和一千五百米，而袁野则拿到了五十米和八百米。

而且自由泳接力的四乘一百和四乘二百米，也由他们四个人包揽了。

又经过两天的适应性训练之后，他们就可以回家准备行李了。

曲昀一边在上铺将他的东西塞进背包里，一边轻轻哼着歌。

终于不用和凌默脑袋对着脑袋睡在一起了，他每天压力都好大，生怕这家伙抓住他的破绽，把他给怎么样了。

然后曲昀悲伤地抬起头来，想到自己的任务就是接近凌默，告诉对方这个世界只是记忆空间，要赶紧醒过来。

但是他还是莫小北的时候已经提醒过凌默了，还差一点让凌默割腕自杀了……虽然这一点还弄不清真假。只是，如果现在他还是像莫小北那样，只是告诉凌默这个世界是记忆空间，凌默还是不知道要怎么醒过来，那又有什么用呢？

"你就这么收拾东西，毛巾和底裤塞在一起？"

凌默的声音将曲昀的思绪拉了回来。

"那不然怎样？回去再重新洗啊。"曲昀无所谓地说。

"你记清楚明天几点在车站会合吗？"

"记得记得！我虽然有点缺点，但从来不迟到。"说完，曲昀就把背包从上铺扔下来，而且故意扔在凌默的身边。

他本来以为凌默会稍微避开一下，但凌默就站在那里，一动不动地看着他。

曲昀从上铺爬了下来，刚下了一步，就感觉后腰下面挨了不轻不重的一巴掌。

曲昀差一点没摔下来。

"你干什么！"

"明天才再见，我盖个章。"

"你……你也不怕我放个屁给你！"

"黄豆味儿的吗？"

曲昀顿了顿，他想起当初还是莫小北的时候，因为吃多了猪脚烧黄豆，在被子里放屁的事情。

"还蚕豆味儿呢……"曲昀假装没有一点触动，低下身把书包捡起来。

"走吧，现在这个点，公交车人少。"

曲昀才刚走到宿舍门口，就听见凌默叫他的声音。

"路骁。"

不轻不重，可偏偏就在楼道里回响着，曲昀实在无法忽略，一脸不耐烦地转过身来："叫你爷爷干什么！"

"你的泳裤。"凌默的胳膊伸长，有一点点懒洋洋的感觉，而他漂亮的手指上挂着曲昀的那条三角泳裤。

其他人看过来，包括正在关门的袁野和盛颖曦。

这家伙就是想看他不好意思的样子！

明白凌默的目的之后，曲昀非常淡定地扯着嘴角笑了起来。

"我穿不下，你留着吧。"他说完，就潇洒地走了。

谁知道到了车站，曲昀刚上车刷卡，凌默就迈了上来。

车上的人不多，后排的角落里还有一个位置，曲昀赶紧上前，坐了下去。

太好了，有位置坐着，而凌默站着，曲昀产生了一种幼稚的得意。

凌默走过来，上了台阶，扣着前一排的椅背，站在曲昀面前。

曲昀故意侧过脸去，看向窗外。

体校在近郊，驶入市区之后，车上的人越来越多，凌默也被挤得站姿逐渐别扭。

到了转弯的时候，凌默的身子晃了一下，曲昀下意识伸手一把扶住了他。

车子转过去驶向直道，凌默直起腰来，低着头看着曲昀。他的嘴角有一丝很浅的笑，曲昀忽然想到了冬日暖阳的枝头快要融化的霜雪，滴滴答答落下来，没入了土壤的缝隙里。

这个时候只听见到站的提示声响起，凌默轻轻说了句："回见。"

他戳了一下曲昀的脑门便转身下车了，留下曲昀睁着眼睛傻愣在那里。

他就这样浑浑噩噩回了家，刘芬芳听说儿子要去北京，兴奋得差点没跳起来，一直不停地说自己这辈子都没离开过本市。

收拾行李完全由刘芬芳代劳了，明天要赶火车，曲昀十点就躺在床上，但半天都没有睡意。

第二天早晨，曲昀在车站和队友们碰面的时候，一眼就看见了人群中的凌默。

他看起来高高瘦瘦，清俊的五官带着几分不食人间烟火的味道，双手揣在口袋里，看着不知道终点的远方。

"路骁！你来了！"

盛颖曦刚叫出曲昀的名字，凌默就看了过来，目光里那一丝笑意，看似清冷，可落在他嘴角的光线似乎都改变了方向。

邵教练点了名，队伍就浩浩荡荡上了车。

他们穿着统一的运动衣进了卧铺车厢，曲昀在中铺，凌默则在下铺。

凌默的对面就是盛颖曦。非常有趣的是，中铺和上铺的队友们都坐在盛颖曦那里，没一个人坐凌默那边。

在火车上打扑克，邵教练总算没有意见了。

而凌默则一个人靠卧在床头，听着随身听。

曲昀也加入了扑克牌大军，但是四个人真的挤，袁野这个没义气的竟然用胳膊肘顶了顶曲昀说："路骁，你坐对面去呗。"

曲昀摇了摇头，用眼神示意：我不要。

谁知道另一个不长眼的也跟着说："是啊，我们玩个牌干什么都要挤一块儿啊！路骁，你和凌默不是室友吗？他又不嫌弃你！"

曲昀低着头继续出牌，没说话，气氛有点儿尴尬了。

这时候盛颖曦说了句："凌默，你要不介意，我到你那边坐。"

凌默连眼皮子都没抬一下，只说了一句："我不介意路骁坐过来。"

一时之间，众人的目光都看向曲昀。

曲昀拿着一手好牌，都不自觉地颤抖起来。

"行了行了！你们这群家伙，就那么不愿意和我坐在一张铺上玩！"

曲昀起身，向后一挪，坐在了凌默的旁边，却忽然起了坏心眼，将双腿往床上一盘，向后一挪，直接把凌默往最里面挤。

袁野看着曲昀这嚣张的样子，都有点儿惊呆了。

凌默直接侧过身来，后背贴着墙，单手撑着下巴，从他的角度正好可以看见曲昀手里的牌。

曲昀出了五张牌的连顺之后，得意地向后靠去。随着他的笑，他越发感觉到后面有什么，心里一惊，顿时连动都不敢动了。

盛颖曦洗完牌，新的一轮开始，曲昀借摸牌的机会，一点一点向前，试图拉开和凌默之间的距离。

但是他刚刚弯下背，凌默的一只胳膊就搭了过来，他连直起背都不敢了。

曲昀正要把凌默的胳膊拿下去，谁知道袁野将手指放在嘴巴上示意曲昀不要动。

另一个队友用眼神示意曲昀，曲昀一看才发现，凌默竟然侧着身睡着了。

凌默爱干净，卧铺的床单被罩他是肯定受不了了，所以铺了一件衣服在枕头上。

他侧着脸，很安静，睫毛微微向上翘着，半边脸几乎陷进去了，竟然有一种很乖巧的感觉。

曲昀就这么莫名其妙地成了凌默的抱枕，凌默好像一点都不嫌这个姿势难受，一直这么侧着。

几轮牌局下来，曲昀压根儿就不记得自己出了什么牌。

"行了行了！你们几个停一停，发午餐了。火车上的午餐都不怎么样，你们将就一下！等到了北京，把手续办好了，请你们吃烤鸭！"

大家都乐了起来，曲昀也跟着大家一起笑，因为有助教正在讲王府井的炸蚕蛹有多恐怖，感觉吃进喉咙里还在动一样。

曲昀看准备吃饭了，正想叫醒凌默，手刚伸过去，凌默的睫毛颤了颤，睁开了眼睛。

"那个……教练说发餐盒给大家。"

曲昀以为凌默会起来，谁知道他翻了个身，直到助教端着餐盒来到他们这边。

"凌默怎么了？不会不舒服吧？"

这时候凌默才坐起身来，轻轻将头发向脑后捋了捋，那种清冷又骄矜的感觉又来了。

他伸手接过饭盒，说了声："谢谢助教，我很好。"

等助教走了，曲昀端着饭盒正要到一旁的小凳子上去，却被凌默扣住了脚踝。

"上哪儿去？"

"我怕饭菜掉到你的床单上。"多么正当的理由啊！

"是你吃饭，还是床单吃饭？"

曲昀张了张嘴，还是认命地和凌默靠在一起吃盒饭。

对面的盛颖曦说了句："要不然，你上我这儿来吃？"

曲昀心想，哥们儿哦，我如果上你那儿吃，一会儿铁定少层皮！

自从曲昀执行这个鬼任务之后，这还是他头一回出省。他躺在上铺晃悠了半天，整个车厢的灯光都熄灭了，能听见各种声音，比如呼噜声，磨牙声，还有说梦话的声音。

曲昀睡不着，从中铺爬了下来。

他一边爬一边小心翼翼地行动，希望不要惊动下铺的凌默。

这时候的凌默正侧着身，脸在阴影里，看不见表情。

曲昀走到了车厢末尾的洗手间，捧起水洗了洗脸。

这时候洗手间的门开了，一个老人家撑着拐杖慢悠悠走了出来。

正好火车一个摇晃，老人家没站稳，坐倒下去。

曲昀赶紧低下身去扶："爷爷，您没事吧？"

"老了……老了不中用了……"

曲昀扶住手的那一刻，眉头就蹙了起来，这老人脸上满是皱纹，怎么手背的皮肤却并不松弛？

老人家靠着车厢说："能帮我捡一下拐杖吗？我的腰实在弯不下去了……"

"好的，爷爷。"

曲昀弯下腰去捡拐杖，就在火车经过某个站台，窗外忽明忽暗的时候，那老爷爷一手准备捂住曲昀的嘴巴，另一只手握着什么扎向曲昀的颈侧。

寒光乍现，还没等对方的手捂住曲昀的嘴巴，曲昀就狠狠推了对方一把，接着一个横扫。在狭窄的车厢内，对方没有可以避让的地方，直接被曲昀扫得倒下来。

这么快的身手，果然不是什么老人家！

这人手中仍旧握着注射器，曲昀的动作快到让人看不清，一把拧住对方的手腕，狠狠往地面上一撞，紧接着膝盖向前，直接在对方起身之前顶住了对方的下巴，然后抬起地上的拐杖，狠狠敲在了对方的另一只手上。

那么用力，肯定很疼，这家伙却忍住没叫嚷出来。

"你是什么人？想干什么？"

对方没有说话，而是试图用腰部的力量起身，但是曲昀的膝盖直接压在他的喉结上。

"你再乱动，我就碾碎你的脖子。"

曲昀的目光是冷的。

那不是十几岁孩子的目光，而是见过生死场面的狠戾。

这时候有人走过来，是一名列车员，看见曲昀压着一个老人，他直接上前来拽曲昀。

"你对老人家想干什么！"

列车员从后面勒住了曲昀的肩膀，将人从老人的身上抬起来，曲昀立刻反应过来这个列车员有问题！

且不说他制住自己的手法，而且如果真的发现有乘客欺凌老人，应该大声呼喝，怎么可能会压低了声音，像是担心惊起其他睡着的旅客一样？

那老人刚爬起来，曲昀顺势抬起双脚狠狠地踹过去，借力将勒住自己的列车员向后撞，希望能挣脱，紧接着踩着车厢的墙壁一鼓作气向上，逆向挣脱对方。

他才刚落地，列车员就猛地拿出枪，指着曲昀的方向。

"跟我们走，或者被我崩掉脑袋。"

曲昀站在那里，举起双手。

这个距离，他就是动作快，也快不过子弹。

"很好，不要出声。我们完全有能力杀了你，再从这里脱身。"

这两个人的表情是森冷的，经验告诉曲昀，这两个人绝对杀人不眨眼。

从假扮老人的家伙来看，他们最初的目标是制服曲昀，也就是说尽量要让曲昀活着了。

他们的目标是什么？

这时候，清冷的声音从曲昀身后响起，带着彻骨的寒意："杀了他之后，你们还想干什么？"

曲昀心中一惊，凌默怎么来了！

他正想挡在凌默身前，凌默却把他拽到了身后。

"凌默，既然你已经来了，那就跟我们走一趟吧。"列车员冷冷地笑了笑。

凌默向后推了曲昀一下："你回去睡觉。"

"睡什么！"曲昀怒了，这样的情况叫他回去睡觉？

这两个家伙，估计就是凌默之前所说的"黑雀"的人。明明知道凌默有危险，他怎么可能离开？

曲昀最担心的事情终于来了。

到了北京，容舟他们就好安排人手看住凌默了，但是这辆车上鱼龙混杂，确实是动手脚的好时机！

"路骁可不能离开，他看见了我们。而且，有他在，凌默你会比较听话。"

列车员的枪口微微晃了晃，对曲昀说了声："路骁，你不想我一个不小心开枪打中凌默的话，你现在乖乖地走过来。"

人家有枪，我只有大头。

曲昀刚迈出一步，就被凌默紧紧扣住了手腕。

这时候有人起身往这边上洗手间了，列车员冷笑了笑："被人看见，我就只好杀人灭口了。"

他指的是杀了曲昀和凌默。

不能让凌默死在这里。

曲昀不由分说地走向那名列车员，然后枪低下来，抵在了曲昀的后腰上。

假扮老人的家伙也拄着拐杖，慢悠悠地跟在凌默身后。

一前一后，就是为了防止曲昀和凌默有任何异动。

走过一节又一节的车厢，曲昀真的很羡慕这些睡得很好的旅客，即便有人还没睡着，也不会怀疑穿着制服的列车员。而且列车员的手搭在曲昀的肩膀上，一副很照顾他们的样子。曲昀不敢乱动，因为他一点都不想体会后腰被击穿的感觉。

就算这一切都是假的，他的大脑一定会非常真实地体会到这种疼痛的感觉。

来到了一间软卧车厢，曲昀和凌默被推进去。

假列车员直接将曲昀的双手锁了起来，然后坐在离凌默最远的位置，手枪压低横卧在铺上，随时可以打中曲昀的腿。

曲昀看着那个拄着拐杖的老人家，冷笑了笑，说："您脸上粘那么多东西累不累啊？既然西洋镜都拆穿了，麻烦你把脸上的东西拿下来吧，我看着别扭。"

"你是怎么看出来的？"对方一边把脸上的东西撕下来，一边问。

"你一脸的褶子，手背却光滑得像是大妹子，你搞没搞错啊！"曲昀扬了扬下巴。

"哟，小伙子还有两把刷子。"

这家伙果然不是老人家，而是一个看起来不到三十岁的年轻男人。

"说吧，你们搞出这样的事情来，是想要干什么？"凌默的表情是漠然而冷淡的。

列车员扯了扯嘴角，对同伴使了一个眼色："你们两个，是我们见过的所有目标里，最淡定，也最给我们找麻烦的。"

凌默的冷淡，恰恰让人猜不透他在想什么。

是恐惧，还是不知所措，又或者在计划着什么，所有的一切都被掩盖了，哪怕是透过车窗忽明忽暗的亮光，也只是将他的侧脸衬托得更加冷锐。

"我真特别讨厌这种的，半天打不出个屁来。"

"你还想打他？如果他真的是我们需要的人，我们就得一根头发丝儿都不能少地带回去。"

他们拿出了一张纸，纸上写的东西曲昀是完全看不懂的，跟哥德巴赫猜想似的。

"你能把这道题做出来，你和你的小兄弟就能活命，如果不能，那就是废物。我们不在废物身上花时间，直接一人送你们一颗子弹，再扔你们下车。"

车厢里的灯被打开，他们给了凌默一支圆珠笔。

曲昀确定这两个家伙绝对是"黑雀"的人，这估摸着就是什么智商测试之类的。凌默解开了题，证明了自己的能力，他们就会把凌默带走，当作商品一样，卖给其他灰色组织从事一些不法研究。

第十七章　他在捕捉你

凌默只看了一眼，落笔却很迅速，好像从一开始就已经知道答案了一般。

不过二十分钟，整张 A4 纸被写得满满的。

曲昀早就料到了，但是这两个家伙却很惊讶。

"难道这一次我们真的挖到宝了？"

凌默将笔扔下来的时候，从那个列车员的眼神可以看出来，凌默的答案是对的。

"你们还想要干什么？"凌默微微扬起的下巴，有一丝倨傲在其中。

那个假扮老人的年轻男人笑了："凌默，你别紧张。我们并不是什么十恶不赦的坏人，而且我们只和聪明人做交易。"

"我没有什么需要的，也就没什么交易可以和你们做。"

"你确定吗？"他拿出了两张照片，扔在那张写满运算的纸上。

照片上的路骁和凌默，看上去亲近得像一家人。凌默依旧很淡定。

曲昀也在评估他们目前的情况，这个假列车员看起来云淡风轻的样子，其实很警觉。

他放枪的位置也很微妙，曲昀有任何异动，他都可以控制曲昀的行动。

如果只有曲昀一个人，还能冒一冒险，反正失败了，顶多砍号重来。

但是凌默在这里，一个走火，他要是出了事，一切都没救了。

而且不知道车厢里除了这两人，还有没有"黑雀"的其他人埋伏。

必须静待机会。

"根据我们的调查，你对病毒研究很感兴趣。我们会给你提供一个小岛，岛上有一个研究所，你可以在那里进行你想要的病毒研究。而且，可以带上你的朋友。你想想，到了那里，他的一切都得仰仗你。除了你，没人会和他说话，除了你，其他人他都接触不到，他的社交圈就只能围绕你了。"

这话总带着一股子曲昀不喜欢的轻侮意味，而且……你们的诱饵重点，不应该是研究所里的东西，怎么扯到他身上来了？

凌默缓慢地侧过脸："你们凭什么认为，我会为了他答应你们？你们想把我关起来，给我的报酬就是帮我把路骁关起来？是不是太可笑了？"

"因为我们和太多的'天才'打过交道了。所谓天才，更多的是对自己所专注事物的执着。执着之上便是偏执，而偏执到极限，就是你们所追求的结果和答案。凌默，问问你自己，你是不是这样偏执的家伙？"列车员故意将枪口晃了晃，让人不由得紧张，怀疑他会不会忽然扣动扳机。

凌默侧过脸，窗帘缝隙间的灯光一片又一片地掠过他的脸，仿佛纤薄而锋利的刀刃，将他的思维一层一层切开，但只有浮光掠影，仍旧无法探知他的内心到底在想什么。

"我对病毒不感兴趣。"凌默回答。

这两个家伙露出的笑容，像是看见幼稚的孩子明明想要糖果，却要装作不喜欢。但是曲昀知道，凌默说他不感兴趣的时候，他是真的不感兴趣。

他只是耿耿于怀，因为病毒夺走了莫小北的性命。

"那你对什么感兴趣？"

"我想要研究一种物质，无论是病毒也好，荷尔蒙也好，让我重视的人永远依赖我，永远无法离开。"凌默的声音清冷却缓慢，那两人愣了愣，然后笑了。

"你还不承认自己偏执？"扮老人的家伙伸手，像是逗猫一样勾了一下曲昀的下巴，"路骁同学，凌默把所有心思都花在你身上了，这到底是你的幸运，还是不幸？"

还没等曲昀皱眉毛，凌默就以迅雷不及掩耳之势，一拳揍在了对方的腹部。

那力道，让男人差一点吐出来，他单手扣着桌板，低着头，疼到一句话都说不出来。

"谁让你碰路骁的。"列车员对自己同伴的手贱嗤之以鼻。

凌默仍旧是倨傲和冰冷的表情，他似乎对自己的软肋被别人握住并不在意。

"凌默，只要你拥有了自己的研究室，你想要研究什么是你的自由，没有谁能逼你。但是在外面的世界里，你得遵守这里的法则。而且世界这么大，诱惑这么多，别说路骁现在就不会完全被你掌控，以后他一定会为了别人，而挣脱你的束缚。跟我们走，你有充足且不被人打扰的时间做你喜欢做的事。"

"你们也是用这种方法说服陈星和跟你们走的吗？"凌默抬起了眼睛，还是那么云淡风轻，对目前的情况无所谓的样子。

陈星和就是那个和女同学"私奔"的全国奥林匹克冠军。

看得曲昀都有点儿担心，凌默这家伙不会是真的这么想的吧！

"陈星和的父母以及老师都极力反对他的选择，所以我们找上他的时候，他很干脆地跟我们走了。现在他过得很自由。"

"放屁！这算个鬼自由啊！"曲昀忍不住吼出来，"你们就是趁他心智不成熟的时候诱骗了他！就算此时他的父母和老师不认可他的选择，难道就要逃避这个世界吗？！"

列车员笑了笑："这要看站在谁的立场上来看这件事。对凌默来说，外面的花花世界并没有那么大的吸引力，让你乖一点比较重要。"

曲昀很不爽了。

什么叫"让你乖一点"，他曲昀又不是宠物！

没想到凌默虽然没有表情，但曲昀能感觉到凌默撑着下巴，饶有兴致的样子。

"对啊，他特别不乖。"

小爷抽你！

曲昀瞪着眼睛看着凌默。

"不过……打我的主意，你们做好准备了吗？"

这时候火车正好到达某个车站，临时停靠。

曲昀从窗帘的缝隙间似乎看到反光一般的亮点，立刻向侧面紧贴着软卧车厢。

只听见"啪——"的一声，有什么击穿玻璃，打中了列车员的头部，他应声倒下。

他的同伙立刻低下头，曲昀向前一扑，夺过了落在床单上的那把枪。凌默一个肘击，对方的脑袋砸在了矮桌上，一阵眩晕之后，正要起身，睁开眼就看见曲昀握着枪指着他。

他刚想要踢掉曲昀的枪，曲昀就压下了保险栓，神色冰冷地看着他。

"兄弟，我知道怎么用枪。"曲昀说。

那人喉结动了一下，最终还是没有动。

这时候，梁教官派人假扮成乘警进入了他们的车厢，将被击毙的列车员抬上担架带走了。

"将手放在头顶，缓缓站起来！"

曲昀呼出一口气，而梁教官的人也示意曲昀将枪交给他们。

曲昀一抬头，就看见站台上梁教官叼着烟看着他们，没有了之前的痞气，表情很冷峻。

曲昀猜想，不仅仅是"黑雀"派人在这里埋伏，梁教官肯定也派了人在这辆车上保护他们，所以当他们被劫持到这节车厢，梁教官才能行动得这么快。

不管这辆车上还有没有其他"黑雀"的人，他们都不会再轻举妄动了。

梁教官和容队长肯定也希望撬开这个来自"黑雀"的家伙的嘴巴，得到有用的消息。

曲昀低下头，忽然看到软卧的床沿下面垂着胶带，他瞬间意识到"黑雀"的人搞不好粘了一把枪在下面！刚才那家伙就倒在那里！

就在凌默从曲昀身边经过的时候，曲昀猛地一把将他摁倒，只听见"砰——砰——"两声枪响！

对手已经被压倒，手中的枪也被踢走，他的脸被摁在地上，笑着看向曲昀和凌默。

"凌默，本来你可以拥有一切。选择与我们为敌，你就会失去一切。"

曲昀发现凌默正看着自己，他的目光不再像从前那么冷漠，而是涌动着，他的下巴轻轻颤着，抬起胳膊，抱紧了曲昀。

这时候，疼痛的感觉蔓延开来，凌默的运动衣上成片红色的液体绽开。

曲昀张了张嘴，发现自己一句话都说不出来。

他只能从凌默的眼睛里看见自己的样子，仿佛向着极深的地方沉落。

曲昀被凌默翻过去，凌默跨坐在铺上，双手用力摁住曲昀的胸口，他原本清冷的眼睛变得如同火烧一般疯狂。

"医生！叫医生！"

曲昀感觉自己的身体不受控制地颤动着，指尖冰冷一片，而这种冰冷正在蔓延。

凌默低着头，额前刘海垂落下来的阴影，像是要将曲昀包裹起来。

车厢里兵荒马乱起来。

"我……我……我冷……"

"不要走。"凌默的声音压得很低，就像温水填满了曲昀所有的空隙。

凌默在求他，这一次是真的放下一切来恳求他了。

凌默的心跳好清晰，好像他的一切全部都交给曲昀了。

一切都不重要了，本身在这个世界里，真正存在的就只有他们两个而已。

凌默的温暖就像是一场回归。

无所谓发生的这一切仅仅在你的意识里。

无所谓你经常表现出来的强势和执着。

也无所谓我和你之前的差距那么远。

"凌默……我想告诉你我真正的名字……其实是……"

其实是曲昀。

一瞬间，曲昀滑入了一片黑暗之中，一股力量正用力地将他向下拖拽。

当下降的速度越来越快，曲昀的心跳也如同要裂开一般，眼前却乍然明亮起来。

他用力吸了一口气，坐了起来，耳边响起了机器的声音，眼前坐着的正是江城。

曲昀还在用力呼吸着，他的周身仍旧留着凌默的温度，仿佛连鼻间都是凌默的气息。

江城拿了一杯水，递到了曲昀的唇边。

曲昀仰起下巴，全部灌进喉咙里。

"凌教授……凌教授醒过来了没有？"曲昀问。

"你去得太深，他在捕捉你，所以我们给你注射了清醒剂，让你醒过来。"江城回答。

曲昀用力摁住自己头疼欲裂的脑袋，瞪向江城，说："你知不知道凌默已经很信任我了！我打算等我们参加完游泳比赛之后就告诉他！"

"他会把你关在他的世界里。"江城回答。

他的声音带着一种属于研究者的客观，而这种客观是漠然的。

"什么叫作……他会把我关在他的世界里？"曲昀难以理解。

"因为他需要你的陪伴。如果你不醒过来，他也醒不过来，你们可以在他的潜意识里一直待下去。"

"我会变成傻子？还是植物人？"

江城摇了摇头："那样的话，你只是去陪着他，对于唤醒他没有任何作用。"

"所以……我们该怎么办？终止深潜计划？"

"不，我们需要你再一次潜入。凌教授的思维活跃度比之前还要高，他在寻找你，他需要你。我们可以利用这种需要。"

"利用这种需要？"曲昀皱起了眉头，他不想利用关于凌默的一切。

江城靠近曲昀，看着他的眼睛说："如果你再次去到他的潜意识，而他再次失去你，也许他会明白，只有回到现实才能见到你。"

"你……你根本不懂凌默是一个怎样的人！他看起来也许很高高在上，也让人不知道该如何和他相处……但他对于自己在乎的人，是绝对没有任何杂质的，你不能……"

"曲昀，永远睡下去对他才是真正的残忍，还有那些感染了'黑尔'病毒的人。你也想他醒过来，也想他和你说话，对吧？"

曲昀沉默了，他知道要凌默清醒需要一个契机，一个足够有力度的刺激。

"我们现在来分析一下你这一次的任务。我能感觉到你和凌默思维的契合度更高了，结果却是他在诱捕你，而不是和你一起醒来，我想要知道原因。"江城取过电脑，在曲昀面前打开。

"我成了他的高中同学，名字是路骁，我们本来是要一起去参加游泳比赛，而我在火车上被来自'黑雀'组织的人击中，然后就脱离了。"

曲昀一边说一边蹙起了眉头。是的，江城没有告诉他任何关于"黑雀"的信息。

江城的手指正在敲击键盘，他的领口蓦地被曲昀拽了过去，整个人都被拎到了曲昀面前。

"江博士，关于这个'黑雀'组织，你是不是应该给我重点介绍一下？"曲昀歪着脑袋，嘴角扯起的笑容带着一丝狠戾。他在警告江城，别对他撒谎。

江城的眼镜滑落了下来，但是他的表情很镇定，伸手将眼镜向上推了一下。

"'黑雀'组织……没想到你会在凌默的潜意识里看到他们的影子，这说明凌默对你很信任。根据巨力集团总部提供给我们的信息，'黑雀'组织很复杂，而且从某种程度上来说，他们也是人才济济。其中最有名的，就是他们对巨力集团和各国联合打造的'明日精英计划'造成了极大的破坏。我相信，'明日精英计划'是什么，凌默应该已经在他的潜意识里告诉你了吧？"

"我知道。但是我需要的信息是，'黑雀'组织到底和凌默之间发生了什么！如果我再次潜入，我必须知道要怎样应对'黑雀'！"

"在现实中，路骁就是在火车上被'黑雀'的人开枪击中背部，穿透了心脏，失血过多而死亡。但是对外声称是他为了保护同学，被火车上假扮列车员的通缉犯给击中了。"

"所以，游泳锦标赛……"

"凌默没有参加那一年的游泳锦标赛，他一直陪在路骁身边，直到被安葬。自那之后，他没有再去过学校，但是他参加了在美国华盛顿举办的国际奥林匹克数学大赛，表现太过出色，所以成了'黑雀'的头号目标。"

参加国际奥数，因为表现太过出色而被"黑雀"盯上什么的，完全在曲昀的预料之内，也是凌默与容舟原本的计划。

但是凌默放弃了全国游泳锦标赛，曲昀真的没想到。

这个家伙明明是那种就算天塌下来了，也能把应该做的事情做完的人。

如果说和莫小北在一块的凌默是内敛的，那么和路骁在一块的凌默就是放纵的。

此时此刻，曲昀万分怀念那样的凌默，那是真实的，毫不掩饰自己渴望的凌默。

"后来呢？"

"后来他被'黑雀'的人带走了，消失了将近半年时间。"

江城的话音落下，曲昀的手指下意识一颤。

"半年……明明容舟派出了最得力的部下，配合巨力集团一起保护凌默，竟然还被带走了？这是在开玩笑吗？"

"但是，半年之后，'黑雀'就受到了极大的打击，在各国的分支都被各个击破了。"

曲昀这才想起，凌默说过，他就是那个诱饵。

"我想要这个行动的所有资料，包括凌默到底是怎样被'黑雀'的人带走，他做了什么让'黑雀'的基地暴露，他是怎么脱离'黑雀'，还有容舟和巨力集团为他提供了怎样的协助。"

曲昀冷冷地看着江城。

他需要江城明白，这些信息对于他再度潜入凌默的思维至关重要。

按照凌默会让他越潜越深的定律，现在自己越来越接近其记忆核心，也许这一次突破"黑雀"的行动就是那个核心！

他不能像之前，如同一个傻子一样，进入凌默的高中阶段，就连凌默和容舟联手都不知道！

江城有一丝紧张，虽然他掩饰得很好，但是这两次潜入凌默思维的经验，让曲昀也学会了下意识去揣摩那些不怎么乐于表达的人的情绪。

"你们想要我去执行任务，却不乐意信息共享，让我像只无头苍蝇一样，在凌默的潜意识里找不着北？你们是真的想要我唤醒他吗？"

曲昀的声音压低，江城从曲昀的眼睛里感觉到了他的坚决。

"这些资料是保密的。"

"但是等我再次从凌默的潜意识里出来，这些资料于我就不算是秘密了。而且你到现在都没有向我解释，为什么没有告诉过我'黑雀'的存在。"

曲昀向后一靠，无所谓地看着江城，因为他知道，江城必须提供这些信息给他，他的再次深潜才有价值。如果江城不肯提供这些信息，说明这个任务绝对有问题。

"好吧，我现在就去向宋先生申请权限。"

江城正要起身，曲昀再度开口。

"还有，我要看一看凌默。"

"你要看凌教授？"江城的眼底掠过一丝玩味，"这真有意思。如果凌教授不在这里,你怎么可能进入他的潜意识?"

"我想确定,他除了沉睡之外,还有没有受到其他伤害。"

"曲昀,在凌教授的潜意识里到底还发生了什么,是你没有向我汇报的?你这一次的态度,和你上一次从凌教授的潜意识里回来是完全不一样的。"江城眯起了眼睛,他目光中怀疑的意味越来越明显。

"我必须要排除所有让凌默不肯醒来的原因。凌默在现实中是一个成功者,他高高在上,还找到了'黑尔'病毒的抗体。你说过,只要他意识到自己所处的世界并不真实,就会醒来。而上一次深潜的时候,莫小北的遗言就是告诉他这个世界不真实,一定要醒来。他明明尝试醒来,却仍旧留在那个世界里,到底是什么原因让他留恋那里?"

如果说江城之前企图看透曲昀,那么此刻,就是曲昀要看透江城。

这位江博士,到底在掩饰什么?

"我明白了。你怀疑凌默受伤的不仅仅是大脑,你担心他的身体出现什么问题,所以他宁愿在思维的世界里让自己保持完整。"

"对,我要看见他。"

"好吧,你跟我来。他在无菌舱,你可以看他,但是无法触碰到他。"

曲昀跟着江城走出了这个房间。

这里的走廊很长,白色的灯光看似明亮,却很冰冷。

江城用自己的授权卡和指纹打开了一道门,在那道门里,曲昀看见了那个无菌舱。

那里还有无数穿着白色长褂的研究人员,他们都在观测凌默所有的体征数据。

曲昀的心狂烈跳动了起来,每走一步都让他紧张,直到他走到舱前,低下头来,看见了安静地闭着眼的凌默。

他的双臂自然地放在身体两侧,双腿修长,肌肉线条很漂亮,带着一丝紧绷感。

"你看到了,凌教授他很好。这里是他的体征数据,这里显示他的呼吸,他身体素质很好,目前心跳平和。不过,你潜入凌教授潜意识的时候,他的心跳有很多很有意思的现象。"江城也低着头,看着无菌舱里的凌默说。

"什么现象?"

"你的心跳超过平均心率的时候,凌教授的心脏也跳得很快。你们在干什么?"江城很感兴趣地问。

曲昀愣了愣,回答说:"应该是游泳,路骁和凌默都是游泳队的。"

"实际上我们思维深潜项目也做过许多实验来对比心跳。如果是运动，特别是游泳这种运动的心跳，是不会像那个样子的。"

江城从电脑里调出一些心率图来："你看，这是以一百个人为样本调查出来的，他们在游泳的时候心跳是这样的。"

"那凌默的心跳像什么？也许我能回忆起来那个时候我们在做什么。"

"像这个。"江城的手指在屏幕上一滑，调出另一份心率图。

曲昀对比看了看，虽然看不出所以然来，但是那种波动的形式，确实相似。

"这个是什么？"

"喜悦。"

他露出玩味的笑容来："高冷的凌教授？"

"所以，你在他的潜意识里没有发现他到底最在乎谁？"江城侧着脸问。

"我当然知道他在乎谁。"

"谁？"

不仅仅是江城，就连其他正在做研究的人都看了过来。

"他自己啊，天才都是自恋的。"

曲昀摊了摊手。

江城轻笑了一声，抱着胳膊说："我还以为他对你念念不忘，所以才会挽留你，抓住你，把你带进他思维的最深处。"

"在他的心里，我就是个傻子。天才和傻子，对牛弹琴吗？"曲昀自黑起来是从不嘴软的。

"好吧。"江城抬起手来看了看手腕上的表，那只手表同时也是一种通信装置，上面弹出了一条信息，"宋先生已经通过授权，你可以阅读你想要知道的信息了。"

江城将一台平板电脑递给曲昀，曲昀一点时间都不想浪费，立即开始阅读。

按照后来的任务记录，凌默前往华盛顿参加那一届国际奥数比赛，在成绩揭晓前失踪。根据容舟派去保护凌默的人的记录，他是在酒店里失踪的，之后他被带到了一个小岛。那是"黑雀"的一个根据地，凌默在那里被"黑雀"的人洗脑催眠，但是凌默是一个意志力很强大的人，他不仅仅成功离开了小岛，还从对方的系统里拿到了"黑雀"在世界各地组织的信息。

曲昀看得很认真，这里面的信息量看似很大，但真正的细节没有提及，曲昀所能了解到的仅仅是大概而已。

曲昀将平板电脑归还给江城的时候，江城问他："你都记住了吗？"

"嗯。"

"其实，我也想要知道，凌教授一直挽留你，从未排斥你的原因是什么。你说，他不是对你特殊关注的时候，我挺失望。毕竟，如果他对你非常重视，那就意味着如果他知道你的身份，应该会渴望在现实里与你重逢。"

"要不然，这一次我告诉他？"曲昀抬了抬眉毛。

"这个，就由你自己判断吧。只是一旦告诉他，你是一个不属于他潜意识的存在，这一次深潜失败，他还是不肯醒来，也许你就再无法潜入了。"

"他……不会。"曲昀的心中动容。

他有一种预感，凌默正在等着他，一个人孤独地，在那个世界里等着他。

"你准备好再次深潜了吗？"江城问。

"我准备好了。有很多人都在等待着我的成功，对吗？"

"当然。"

曲昀闭上眼睛，深深吸了一口气："那么这一次，就一鼓作气，去得深一点！"

"好吧，那么，我会稍稍为你提高意识接驳的力度，祝你这一次能潜入凌教授潜意识中的马里亚纳海沟。"

"马里亚纳海沟？那可是世界上最深的地方。江博士，你是想我有去无回吗？"曲昀半开玩笑地说。

江城笑着摇了摇头，手指轻轻在凌默的无菌舱敲了敲："他的思维才是世界上最深的地方。除了你，无人可以一窥究竟。"

第一册完

图书在版编目（CIP）数据

你怎么又来拯救我 / 焦糖冬瓜著 . — 广州：广东旅游出版社，2024.5

ISBN 978-7-5570-3284-5

Ⅰ . ①你… Ⅱ . ①焦… Ⅲ . ①幻想小说—中国—当代 Ⅳ . ① I247.5

中国国家版本馆 CIP 数据核字 (2024) 第 067677 号

出 版 人：刘志松
责任编辑：何　方
责任技编：冼志良
责任校对：李瑞苑
封面设计：Laberay 淮
封面绘制：CaringWong

你怎么又来拯救我
NI ZEN ME YOU LAI ZHENG JIU WO

广东旅游出版社出版发行
（广东省广州市荔湾区沙面北街 71 号首、二层 邮编：510130）
电话：020-87347732（总编室）　020-87348887（销售热线）
投稿邮箱：2026542779@qq.com
长沙鸿发印务实业有限公司
（地址：湖南省长沙市长沙县黄花工业园 3 号）
710 毫米 ×1000 毫米　16 开　21 印张　376 千字
2024 年 5 月第 1 版　2024 年 5 月第 1 次印刷
定价：54.80 元

【版权所有 盗版必究】
本书如有错页、倒装等质量问题，请直接与印刷厂联系换书。
联系电话：0731-85757101